哨譜

邱常婷

目次

哨童

殘篇之一

年代：西元一六三一年左右

李鵬全身赤裸地從天而降以前，不過是個小人物。打六歲就在鵝鸞山邊給人吹口哨，想當然他本是給自個兒吹的，只是因緣際會，後來便給整個鵝鸞山的人吹了。說起鵝鸞山，那山邊長年行經一道溪流，離山村是極近，成天擠滿小屁孩。小屁孩的娘們在溪邊洗衣打水，時候到了，就給小屁孩吹口哨。憑靠人體構造天生不同，有些娘能吹出葉笛草管、有些能吹出鐘鼓和鳴、有些吹的是虎吼龍嘯，有些便能吹到黃鶯出谷，那就更別提有些能吹出陽春白雪抑或什麼靡靡之音。娘們這般費力，讓鵝鸞山下鎮日繚繞樂音萬千，無非是為了自家小屁孩。又，那些小屁孩跟娘們到鵝鸞山下一整天，為的則是打水摸魚。他們玩鬧嘻笑，不一會就拉娘的衣角說要放尿，這時娘會開始吹口哨，直到小屁孩把水分全集中到溪裡。曾有路經此地的漁人問：難道溪流之聲無能催尿嗎？小屁孩們面面相覷，只道是流行爾爾。且他們打娘胎裡就受如此胎教，一般水聲從何比起？

李鵬五歲時失去了相依為命的娘，且在三天內便忘了娘親的眉角、鼻頭上細小的汗毛和慈藹的微笑，但他揮之不去娘親夜裡一聲高過一聲的口哨，頻頻催他中宵放尿。久而久之，當他在鶺鸞山下的溪邊蹲妥，腦中便響起娘親的口哨，他聽著那音，拉屎又拉尿。

李鵬初次將腦海中的哨音吹出時，正站在溪邊一塊大石頭上甩玩小雞雞，他胯下抖將著，揚起頭，吹出一連串高山流水的潑墨意象。直等到所有人噤了聲，他還無知無覺地吹哨；他吹蒼鷹啄水後嘹亮的長嘯，他吹濕風席捲深谷的嗚響，他吹欲來之山色，他吹天公破空後的悶雷。李鵬吹了整整一個時辰，待胸膛微喘，他才抿起脣，將晾在外頭冰冷冷的小東西收槍入袋。

此後，生理構造無法吹哨的、只能吹出單音的娘們，都拿零食找李鵬給自家屁孩吹口曲兒。

李鵬憑靠天生絕技，從零食賺到小毛驢，十六歲時，已儼然是鶺鸞山間的溪主霸王。他終日吹哨，看小屁孩換過一代，好些悄悄離了鶺鸞山，某日又悄悄衣裝筆挺地回來，總記得拿兩串李鵬貪食的糖葫蘆給他，說實在的，那人也不過比他大了一稔，看上去卻是少年白首。李鵬吸吮糖葫蘆，依著對方給吹了首山歌：

高山上蓋廟還嫌低
面對面坐下還想你
哥在那山頭妹在那溝
說不上知心話你就招一招手

他邊吹，那人邊唱，唱著流了淚，忙揮手說再不來了。可鵝鑾山的回音保留了他滿是哭腔的歌，沿著溪水，在源頭、在上游，興許到了中游，也興許到了下游，和李鵬娘親的哨音同樣，直到李鵬死去時都還迴盪著。

李鵬在鵝鑾山間吹足了十四年的哨。他只管吹哨，嘴脣長期地噘起，久了便再鬆不開，現下有人請他吹哨時，他用力縮起臉囊，頰肉咬入齒列間，輕吸口氣，吐出，便有雨點春溪的美韻。如此長久地待在溪邊，李鵬也不像其他同齡人老想偷下山，他還是嗜吃甜食，還是一根腸子直通溪底，即便漸長得壯實了，山民們也從不將眼前只拿桂花糕蔽體的年輕小夥子做大男人觀。後來有那麼一天，李鵬的故事傳到了無數黑衣人耳裡，他們便管李鵬叫「哨童」。

鵝鑾山入了今年冬至，山民中的娘們下山取水和麵，好揉湯圓。李鵬吹出一首首即興，將娘們逗樂了，便說要拿煮好的湯圓下來給他，李鵬呆等半天，終至夜鄉晨，他從石上悄然站起，光腳丫子踢在石面上，將他整個人高高拋遠。李鵬短暫地飛翔了一會，遂落進溪中較深處。水底，他想吹屬於娘親的調子，可周遭如此靜，而水如此冰，他突然想不起娘親最初的哨音，至今他所吹奏的，彷彿僅是自己隨意編演，差如糟粕。

李鵬在水底待得夠久了，正想返水面呼吸，此時竟有兵戎鏗鏘打岸上來，錚錚鏦鏦，好不熱鬧。他稍一衡量，從耳上抽出隨身不離的蘆葦管，戳進空氣裡平穩聲息，腳板維持一定的律動以免沉落。

鏗鏘聲兩兩相同，硬而脆，參雜其中是癆咳、以及鬆脆木料的甩揮。此等組合好生奇怪，李鵬過去未曾聽聞打鬥，但金對木總是前者更為硬實，他不禁替執木者捏了把冷汗。鐵器聲之霸道，在李鵬耳裡如一盞盞狂放的小金花，這人出手又極快，總是前一聲緊逼後一聲，明銳的小金花兒四射飛散，喧囂過水。即便如此威脅，李鵬竟聽不出執木者有任何挫敗，小金花快歸快，撩動的不過是空氣，稍一緩，木頭鈍推，金花便亂了陣腳，變得更快——快都到了狠處，使人耳花撩亂，李鵬已跟不上節奏，團團簇簇的小金花就在一下沉闊、遠低於人類聽覺領域的拍擊聲中朵朵凋零，若不是金音戛然而止，李鵬大概也聽不見那拍擊，他在水裡喘氣，心都跳到了嗓子眼，直到溪水上方傳來陣陣不連貫的溫暖，以及溢入李鵬口內的鹹味，他忙不迭從溪下浮起，抬高了頭，見一條皺巴巴、覆蓋白毛的陽具正對他的臉，李鵬高喊，又跌回了水裡。

立於溪邊的老頭子很是不耐地瞅他一眼，又晃著自己的東西，屁股一下一下往前推，卻只弄出幾點穢液。李鵬注意到老頭打顫的雙腿夾著一根粗木，約莫有他手臂般長，餘光掃過，不遠處四仰八叉地倒了四名黑衣壯漢，四人中只有一人到死手仍握著一根前有尖刀的銀管子，其餘三人皆赤手空拳。李鵬轉看老頭，只見他憋皺了臉，痛苦地撅高屁股，枯瘦大腿使勁綳緊，卻連一滴尿也無。老頭灰心喪志，從腿間拾回木頭，正提腳，忽停下，先瞧瞧那夥黑衣人，復瞪視仍坐在地上的李鵬。

谷底陰風陣陣，老頭手夾木棍，眼巴巴望著李鵬，他再如何都猜到了，老頭要殺人滅口！

通則而言，李鵬該大叫、尖叫、嘶叫，哪怕隨便胡吼，都好過開始輕輕吹起〈黃梅調〉，但他真吹了！還吹得比平時都好！有情緒、有轉折，延長處更有高妙的顫音。老頭一下也愣了，他甫拉起的破麻褲由裡到外被熱氣蒸脹蒸鼓，雙腿間徐徐淌下舒暢的尿水，一瀉千千萬萬里！

老頭事畢，感激地朝李鵬發出瘖啞的喘哮，又學他噘嘴的模樣死命噴氣，硬是一個音也噴不出，李鵬壯起膽子拍拍老頭的手，令自個兒拇指與食指圈起放在脣上，接著鼓舌如簧，頓時嗚嗚如簫管，從他指尖高昇遠揚、直入天廳。許久，連回聲亦竄流到山澗更深幽處，老頭甩開頭側的霜白髮絲，一只碩大無朋的巨耳頻頻扭動，搜捕凡人所不能聞的餘音。

輪老頭吹自己萎縮無指的前肢時，李鵬瞇起眼，側耳傾聽，都是幾個彆扭乾緊的嘴氣。眼見老頭吹得心頭火起，李鵬忙將自個兒的手送去，老頭一下吸、一下呼，弄得李鵬滿指口臭，折騰半晌終究還是吹出了個短短的哨音。老頭喜不自勝，巨耳掀動，乾癟的身子手舞足蹈。李鵬以為這劫就算過了，誰知老頭陡然目光如炬，生生盯住李鵬的右手猛吞口水，李鵬視線和老頭相撞，又緩移到黑衣人緊握的銀管子。

老頭看似猶豫，大抵因自己功夫不到火候，若砍了李鵬的手，一方面怕他再不肯教他，一方面又怕他因此而死。李鵬眼珠一轉，撲身去撿銀管，鐵了心用上頭的銳刃將黑衣人砍下隻手，將逐漸僵硬的斷手手指彎折成恰好能成哨的手勢交予老頭。老頭疑心一吹——嚇！又有聲——頓時便眉開眼笑，捧著隻斷手，在一陣谷底風過，居然便虎虎地隨山色往更裡處飄，他自身也軟若無骨般，潛進陰影，愈來愈淡、愈來愈輕薄。

李鵬癱坐地上，一時間回不了神，太陽都往西移了幾寸，他挪挪兩片屁股肉，竟見那夥黑衣人也不見了，只餘絲絲李鵬砍了手流下的鮮血。他便穩定心緒，吹出一似馬似牛的哨音，回路的羊腸小徑登登來隻小毛驢，李鵬兩手抓緊韁繩，軟著腿讓小毛驢給拖回去。

第一部

番紅花

年代：一八五七

諸位看官聽客！暌違多日，咱們終究在這大千世界再續前緣，你問一個龍山寺邊上不事生產的流浪漢能有什麼新鮮事交代？你看我這響板，敲一下，端得是雷雨交加，像不像昨夜風暴前夕，偌大的天空燜一個響屁？

其實我師父也這麼講：說書就像放屁，聽者聞其香，嗅其臭，渾渾噩噩，終不知身在何處……是了是了，就和鵝鑾山裡的蜿蜒崎嶇一般。

所謂故事向來沒有一定的結局，沒有一定的結局也表示從未結束，我師父與我師父的師父乃柳敬亭一派門生，取的是正宗陽關道，現在乃二十一世紀，不時與太史公講古，吹哨的故事暫且按下不表，今兒就來說個近現代的段子，大略也是和李鵬那傢伙有關，保證舊瓶裝新酒，還有黑衣人的真實面目，且聽我一一道來……

這得說到我師父的師父的弟弟的兒子的姪子的弟弟的徒弟，此人有一特徵，就是膚色赤紅，有關記載都說他是連江縣人，別看他名字豔麗，實是個男子漢大丈夫，江湖道上遂給他取了個渾名：番紅花。

番紅花真有點番人血統，無名小島上看過他的人都說沒見他爹娘，也沒個認識的親戚，這麼說來，敢情是被人扔的，也沒證據。簡言之，番紅花就是無名島上依海而生的野孩子。有人說他是從土裡蹦出來的，也有人說是從海上漂來的，但實際上這些答案都對，番紅花的媽還是個二八年華的大姑娘時，有一日與家中姐妹們在岸邊玩耍，忽腹痛如絞，就在海邊一塊木箱子裡生了個全身通紅的嬰娃，起初那嬰娃膚色顏色如血一般，嚇得番紅花的媽將木盒子往海裡推，便當沒事人一樣與姐妹們回家去了。

不料小島周遭的海流循環奇詭，三日後番紅花的媽與姐妹們再回老地方玩耍戲水，她又腹痛如絞，找了當初生娃的地方褲子一脫，準備拉大糞，竟見那木盒子又在海上遠遠地漂了過來。真是氣不打一處上來，她纖腿一踢，又將木盒子踢回了海上。

我們無法得知番紅花那時是什麼心情，想像一個全身通紅的小孩，孤零零地待在箱子裡巴望著老天爺讓他靠岸，天順了他的意，母親卻不認他。當然，我們無法得知一個全身通紅的小嬰孩當時是否真有任何智識，足以發表他無奈或者悲傷的心境，再者，一個全身通紅剛出生的小嬰孩待在木箱子裡多日不死，已經不是傳說故事，而是活生生的醫學奇蹟。

古來神人皆出生不凡，漢高祖斬白蛇起義，武則天彌勒佛託胎，番紅花也和平常人不大一樣，在六個月大時便意識到了自己的存在，這話說得玄乎，其實就是懂事了，知道母親那一腳已經將兩人血濃於水的連繫單方面地切斷，番紅花感到很可惜，他也就是個六個月大的小嬰孩，居然不懂哭、不懂笑，有了智識第一個品味到的感情，是可惜。

番紅花展開了海上的求生之旅，這段時間他偶然划著破爛的木盒子經過岸邊漁村的漁船，聽船上漁人們說起一段漁女與異國水手的愛情故事，很自然就帶上了母親——所以說，母親年幼時便遇上了一個海上來的浪蕩子，他們第一次見面時這浪蕩子便是醉醺醺地從一艘大船上走下來，那船不知什麼來頭，就那樣擱淺在岸邊的礁石群，而他搖搖晃晃，滿身是傷地走下來，見個小女孩坐在一旁補破網，身邊沒一個大人，就要伸手去拉，番紅花的母親給拉得東倒西歪，也搞不清楚這人什麼由來，瘦伶伶的身子挨不住，被壓著倒到一堆破破爛爛的漁網上，這浪蕩子猛地爬起，嘛起嘴大喝一聲：「挖特！（水）」番紅花的媽白他一眼，表示聽不懂，那男人眼珠一轉，比出泅泳海中的模樣，小女孩又白他一眼，指那浩浩湯湯一片大水，他不剛從那兒上來？浪蕩子又伸手扯他娘的衣襬，指著自己乾裂的嘴脣，黝深如穴的喉嚨，那小女孩這才意會過來，將身旁一葫蘆水扔給他。

浪蕩子咕嚕咕嚕喝完整葫蘆的水，用手背揩了揩嘴，一時間尷尬不已，無話可說，只得仔細地瞧著女孩烏漆摸黑的小身板，她沒穿什麼衣服，所謂沒穿什麼衣服，意思是沒穿什麼真正能稱得上是衣服的東西，那就是另一掛的漁網，給小女孩披在身上，真有說不出的怪異，但也說不出的趣味。

這浪蕩子一下來了興致，見女孩似是家貧，頓起了同情之心，居然問：「你是不是處女？」番紅花他媽……至今沒給她起個名字，暫且叫她番紅媽，番紅媽也不是個省油的燈，她住在這什麼島上？什麼方位？什麼文化風情？她會不知道別地方來的男人到哪都是男人，雖然她並不真的聽得懂男人口中的言詞，但男人眼中經常閃來閃去的那種銳利的光，好像要把她拆吃入腹一樣，她是很熟悉的。

先說番紅媽住的小島，位於連江縣上，卻不在連江縣的地圖裡，島上居民也極少和馬祖人往來，這小島沒有名字，只是彈丸之地，所以又叫彈丸島，彈丸島普遍來說民風純樸，主要以漁業為生，幾乎都是自給自足，造屋的方位都是面海背山，只是島上山實在不多，屋子便造得是轉來轉去，屋子背屋子，彈丸島的屋子對彈丸女人來說極為重要，因為他們的習俗裡海代表的是性，山代表的是不性，這在古籍上是有記載的，海代表了一個長得像某樣東西的字，山代表的是不像某樣東西的字，所以將房子造得對了，就能家庭美滿、夫妻和諧，但要是造得錯了，門對著海，卻無山可背，他們就無法盡情享受魚水之歡。

番紅媽遇見這個浪蕩子的男人，也就是番紅爸，第一眼就喜歡了，大抵是因為他長得毛茸茸、手長腳長，和島上男人不同樣，還有一雙海藍的眼睛，金色的頭髮，加起來就是陽光灑在海上那閃閃亮亮的樣子，番紅爸還沒從船上走下來時，番紅媽就從漁網中探出頭瞄他一眼，說了句：「阿努啊啊努耶。」大致表示這個男人像海神一樣俊美的意思。

說來古怪，其時彈丸島外正值西元一八五七年左右，當時臺灣還有零星產金的傳說，這個男人是否正準備搭船往臺灣走，我們不得而知，只知道彈丸島絕不可能是他的目的地，他的同伴們也不知所蹤，一艘大船在海上漂乎懸乎，沒個把月就化為腐木，消沉海底啦。而番紅媽縫補破網那時，一雙黑白分明的眼睛暗瞅這個男人，那個男人真正真正走來了，還問她：「你是不是處女？」誠實地說，番紅媽壓根聽不懂這浪蕩子在說些什麼，心裡卻樂得很，臉上裝作茫然的模樣，讓一臉浪蕩的男人看了是心急火燎的，他一把按住女孩子扭來扭去的小身板，一嘴鬍子往她臉上親，他委實是不在乎女孩子是不是處女的，畢竟文化不同，他這麼辣手摧花下去，還真有點擔心這女孩是處女，會給自己招惹麻煩。他們好了差不多半個時辰，浪蕩子回過神，忽然想起自己遇的是船難，落的是沒邊沒際的海上一孤島，怎麼就胡搞瞎搞起來了，事後後悔也沒用，而且看著那女孩在漁網中顫抖的身子，著實惹人憐愛，也不好多說什麼，從懷中拿出一顆骰子，是他過去在某某賭場裡順出來的，聽說是中國貨，骰子是龍骨雕的，一點和六點為紅色，嵌了紅豆粉，因此又有入骨相思之意……他不懂這許多，那骰子就是當時他身上唯一的私人物品，他將這東西贈予番紅媽，她便女孩地笑了。

番紅花坐在他的木盒子裡，那木盒子當時也漏水漏得多了，幾近要沉，但他聽那夥老菸槍坐在漁船裡談得深沉，硬是平衡在木盒盒沿上，把這故事的結局給聽完了。

從故事尾巴看來，他以為母親最後應是十分幸福美滿，但轉念一想，又覺可惜，倘若母親真的和那浪蕩子一塊好了，怎麼又弄到必須把他一腳踹開的境地？彼時獵魚人們懸一蕊幽然輕火引魚來啄，萬夜長空，悠悠天地僅他們一船一木盒，漁村裡的男人們默默給彼此點菸，忽然間沉寂下來，這一刻，番紅花只能聽見自己生嫩的呼吸，彷彿仍未習慣人世間腥鹹的氣息。

番紅花站的木盒子此時突然再也無法受力，撲通一聲落進了海裡，而番紅花就是個六月大的小嬰孩，他小小的心臟裡什麼複雜的情緒也沒有，只有一種平淡的可惜。此時他望著天上眨巴眨巴的星子們，耳邊盡是獵魚人傳唱那首動人至極的情歌，他忽然有了信仰，有了追尋，雖然確切地說來他還不知道自己究竟開始信仰什麼、追尋什麼，但他知道自己執念於那首歌，或者那首歌所代表的意義。

之前說了，番紅花給母親一腳踢回海裡的時日，正已出生三天，這三天乃至於未來六個月番紅花是如何在海上生活，其實有些玄祕。此時他落在水裡，竟也不著急，划著小手在澄涼的海水中猶如母親胸臆。番紅花划啊划，一面回想自己最初在海上生活的那段日子，彷彿已經離他很遠了，他記得母親一腳把他踹回海裡時，番紅花心中除了可惜，又有那麼一絲絲恐懼，他順著洋流漂遶環島的那三天看盡島上百態，當真是大多數島上居民終其一生都無緣得見的奇景，這彈丸島是個什麼地方，由於島實在太小，就連馬祖那兒的居民要給觀光客介紹，隔著一泓淺海，他們也不知能說什麼，就說這是某某島，沒有人居住，曾有個富商花了幾千兩銀子把這荒島買下來送給愛妾，買了也就罷了，那小妾聽得自家男人竟送一座島給她，光這名堂便夠她樂了，哪怕之後根本沒往這島上去。這對彈丸島的人來說實在荒唐，他們世世代代住島上，卻沒人看得見他們，有時候，連他們也看不見彼此鄰居，番紅花後來離開彈丸島，從海上往回望地研究了一番，忽然有了個想法，也就是海市蜃樓的東西，不知是雲影還是海影，就將彈丸島的真實情貌完完全全掩蓋住，於是既被人叫荒島，也沒人願意往島上瞧瞧，彈丸島的人幾百年來就過著遺世獨立的生活。

至於番紅花的奇幻漂流是這麼一回事的，他一天大的時候，全身還血紅血紅，隨洋流漂到了島南，木盒子裡他自然沒東西吃，但求生意志非常強烈，身上還捲著胎盤臍帶之類的穢物，居然知道把那一團腥臭扔進海裡，木盒子漂，魚群漸聚，都紛紛啄食起顯然頗有營養的穢物，那陣子洋流漂得正暖，母魚帶著滿肚晶瑩卵子，對懸在木盒子後方的營養補品為之瘋狂，番紅花一生從沒喝過奶，也不知道獵食的技藝，僅僅是順隨本能見一條條白肥白肥的魚兒真逗引，本來是玩兒，一條小胖胳膊往水裡把魚給摸摸，摸著摸著起了欲望，番紅花還不知道那什麼玩意兒，小肚子咕嚕咕嚕叫響起，一天大的小嬰孩也能起殺心，五指著力，竟活生生把一條魚捉進木盒子，番紅花把魚肚捏實，透過一缸天藍水藍的充足光線，見透明魚身裡顆顆耀眼的金色魚卵，番紅花本能地撕魚肚，對魚卵的色澤用嬰兒的呀呀話語由衷讚賞一番，便陡然地一低頭，將魚卵吸了個飽，番紅花吸得是一腦子昏天暗地，終於將頭抬起時還不知發生了什麼，只覺身子不那麼疲弱，眼睛也明亮些，反是那母魚，已經奄奄一息張合著腮部，彷彿控訴般凝視番紅花。

這或許是第一次番紅花認識到自己作為人類的殘忍，他起先有些猶豫，後來還是忍不住，把將死的母魚扔回海中，又藉機捉了另一條母魚飽餐一頓魚卵，如此周而復始，吃得是滿嘴甜汁、滿手鮮亮，眼睛裡卻不爭氣地縈繞水氣，撲簌簌落了兩行熱淚。

番紅花演繹了人類文明野蠻的進化史，此後就一直待在自己的木盒子裡海上漂，對著彈丸島，他有時漂得遠，有時漂得近，也就是在這幾個時候，番紅花看見了島上奇異的生態和各種妙景，這邊一一給他說說。

彈丸島的模樣，從遠方看起來就是有人在海的後面豎起了大拇指，但那片碧藍遮得不太好，以至於除了翹起的大拇指外還稍稍露出了屈起的食指部分。當番紅花漂到島西的外海，大拇指是偏右的，當他漂到島東，大拇指偏左，他就據此判斷自己目前在哪個方位。

番紅花首先漂到了島南，就像先前說的，島南的大拇指由於方向緣故這時看起來倒有點像有人在海裡面朝人比中指，番紅花發現彈丸島島南的人喜歡獵捕海鳥，他們靠捕海鳥過活，這種海鳥最大可有一成人伸開手臂那麼寬，通常是白色，有時是黃色，有時什麼顏色也沒有，羽毛間透著古怪，番紅花乘坐當時還沒沉落的木盒子經過時仔細給瞧了瞧，發現這種鳥的羽管是透明的，就好像北極熊的毛是透明的，島南人拿這種鳥製作特別的大衣，穿起來整個人會變得霧茫茫，遠遠看起來你就是不存在，只是一團模糊的光，這種衣服對人類沒什麼用處，但唬弄動物很有效果，特別是海鳥牠們自個兒，一看見人類穿上這種亮晃晃的衣裝全都奔上前跳起求偶舞，島南人就訓練這些鳥幹各式各樣的事情，時間一長，這些鳥幾乎都通了人性，有時反過來訓練人類做各式各樣的事情，和人類達成奇妙的共生關係，在這其中，有一件最特殊的，就是飛。

島南人從小就穿著海鳥衣服跑來跑去，和其他的海鳥生活在一塊，久而久之也根本不曉得誰是人誰是鳥，起初島南人並不放心，堅持要把自己的孩子找回來，但往往養到成年才發現自己養的根本是鳥，時間一到就呼咿咿叫著飛走，又或者根本不會飛，從此賴在寄養家庭裡吃香的喝辣的。至於那些自小生活在海鳥群裡的孩子，只要被母鳥認為年齡足大、羽毛豐盛，就會被趕到懸崖上逼著往下跳。你道人畢竟是人，即便有生死相關的危機也不可能因此飛起來，這想法真錯了，人在那種景況下不飛，你才真不是人，人的孩子就算在海鳥群裡也有人的狡詐和苟活潛能，再說被那群海鳥直勾勾盯著看，牠們那對眼睛就和人類一樣是長在前面的，你看著看著就會想到自己過去的家人，你的母親、父親、姥姥、姥爺……一個個全用那種呆滯目光瞅你，鐵做的心都會融化，所以每個孩子上了懸崖都跳了，跳了是帶著必定要飛起來的心跳的，和一般小海鳥沒什麼區別，那種嚮往著父親母親飛行英姿的感覺也和小海鳥沒區別，唯一的區別只是小海鳥往往撲騰幾下就能順著海風開始懶洋洋地滑翔，人的孩子就一團亮晃晃的閃光從懸崖一路滾到底，母鳥看了心疼，啾啾地要飛下去，父鳥就在旁用翅膀擋著，面色凝重地搖一搖長喙，後來每年這個時候這些孩子都要來跳一次，每一次都跳得比上一次好，番紅花遠遠地觀察許久，是親眼見那些孩子飛藝長進——他們有一天真的「飛」了——他們從懸崖後面蹲伏身子，吸一口氣，那口氣深而悠長，幾乎有半柱香那麼長，只見他們的胸膛紛紛如鳥的素囊鼓脹起來，透出如鳥一樣的臟腑，他們的身體輕了，而番紅花這時才注意到，那件海鳥羽毛的衣服最終長在了他們身上，他們衝向懸崖，很輕很輕地在天空與巖壁上跳躍，速度又快，以至於根本看不到他們落地的樣子，就是飛了，一團亮晃晃的閃光在懸崖上飛了，一個接一個，有些還不成熟，會閃晃晃地跌到懸崖下，但明年他們再接再厲，有朝一日會獲得這種好功夫。

番紅花對於這件事情，有一種莫名其妙的感受，在看到第一梯次的孩子全飛起來以後，番紅花便乘著木盒，鬱悶地拉拉老早便給自己馴化的幾隻牽線海鳥，讓牠們把自己牽向島的另一邊。

海鳥在島上來說算是「驚起浪頭兩邊生」的神鳥，但就算牠再怎麼有力，也不能反著洋流開，彈丸島周遭的洋流是逆時針轉的，所以番紅花接著到了島東。島東和島南在生態情狀上幾乎沒有不同，只是這兒的人從不理會海鳥，他們喜歡在島東周遭的石礁上撿螃蟹。

島東附近的海域有無數大大小小的黑色石礁，島東人打小就在這些石礁當中來去縱走，撿一種可食的螃蟹，此螃蟹約指甲大小，剛出生時通體透明，脫了一次殼就變成白色，再脫一次會變金色，最便宜的是剛出生的透明蟹，醬爆下去頗有脆勁，島東人沒事就喜歡炒一把放在口袋裡，走到哪就拿幾隻出來嚼；次好吃的是白蟹，這種蟹四菜一湯裡常會出現，是島東人的家常菜，通常與蔥清蒸，再一點醬油，可以吃得滿頰留香，但這還不是最頂級的珍饈，島東人由於常常吃這種蟹，螃蟹一旦生出來殼都還沒脫一層就會被大量捕抓，僥倖逃過一劫的才成為白螃蟹，而白螃蟹當中沒被捕完的就會褪去最後一層皮成為金色螃蟹，此蟹乃天上物，可遇不可求，不僅不能用人間炭火燒烤，也不能以人間水氣清蒸，只能在捕到的瞬間立刻拆開蟹殼，一口吸溜淨，傳說在那瞬間，你會抵達大千世界的頂端……這是一個自稱吃過金螃蟹的說書人講的，但他說得天花亂墜，也沒有其他人吃過，更沒有人到過他所謂世界的頂端，所以後來島東人寧願相信吃了這種蟹會長生不老，還比什麼世界頂端來得可信。而金蟹由於都是從島東人手中逃脫出來的佼佼者，無論智略、爬行速度都可與島東最厲害的捕蟹人相媲美，於是就有了某某捕蟹人終其一生和某某金螃蟹奪力拔河的過程，在島東地區傳為美談。

其實，島東人若真想吃到多一點的金螃蟹，只要少捕一些幼小的透明蟹，耐心等牠們長大就行了，但島東人沒有此類想法，他們一早出門往口袋裡塞螃蟹已經成習慣了，習慣總是很難改的，再者所謂奇貨可居，金螃蟹要是有一天和透明螃蟹一樣多了，他們島東也就沒特色、沒神話了，於是島東人便繼續大肆獵捕透明小螃蟹。

島東人獵捕螃蟹的方法很奇特，在於他們搜索石礁的辦法，對遠洋船隻來說這些石礁很危險，事實上，番紅花的父親也就是因為這些石礁才來到島上，但是除了島東人以外極少人知道，這些石礁會趁夜移動，到後來島東人捕蟹捕得勤了，就變成無時無刻不在移動。和島東螃蟹有關，黑石礁就是螃蟹們的巢，更嚴格地說，是螃蟹族群自個兒的墓塚，牠們的習性會將被人類吸溜乾淨的同伴空殼拖回石礁，並且以自身的分泌物堆疊起來，那末，島東人吃的螃蟹愈多，島東附近的石礁也就愈大愈密集。

島東人一開始並不知道這件事，只曉得螃蟹都在一堆堆的黑石礁裡，而這些石礁會動來動去，島東人便發明一種方法，叫做水鏢子，可以在石礁與石礁間測量距離。這是一段相當有趣而且宏大的——人類與自然搏鬥的史詩，水鏢子在初期真是用來探測石礁位置，因為當時石礁還不大多，也不大高，有時隱隱地擱在深海裡，沒人看得到，來往的船隻就用打水漂的法子探測前方是否有暗礁，這些海上的老傢伙都是船裡長大的妖怪，各個水性都好，打水漂也是還沒學會爬之前就先上手了，據說當時最差的捕蟹人也能丟出一百來下，每一下水漂之間隔著精確的一公尺，算上來總共就是一百公尺，一百公尺內他們能測到是否有暗礁，後來又從暗礁上發現蘊含豐富的螃蟹；到了中期，石礁開始緩慢移動的時候，捕蟹人就不打水漂，改扔水鏢子，以打水漂來說，取用的石頭並不一定要薄，訣竅是平均，石子本身愈平整就愈容易扔出水漂，到了水鏢子以後，水鏢已經有了既定的規格，材質也大不相同，有人愛用沉船鐵，就是往水裡打撈上來的沉船廢鐵製成水鏢子，這種水鏢特別有切割力，能夠順著投擲者的手勁短暫地潛入海裡，倏地又飛衝出來，就跟飛魚似的；也有人使珊瑚石，以珊瑚分岔細緻地堆疊出平整的水鏢子，珊瑚水鏢有一定的角度，可以在投擲者與石礁間往返，此外還有各式各樣的龜殼鏢、銅錢鏢、國姓鏢，就不一一說明了，當時水鏢子的功用只是為了讓石礁停下來，中期的石礁開始會跑，但跑得挺心虛，你遠遠地用水鏢子砸一下，石礁就悚然不動了，背影看來好比幹了虧心事的老頭兒在摸鼻子；到了後期，也就是番紅花六個月大的現在，那些石礁再也不理人，就是一顆震天雷把它砸爛了它也不停下，中期到後期的過渡階段經常可見捕蟹船追著一飛快奔逃的石礁狂扔鏢子，但追到天亮它還是在跑，理所應當，石礁裡的螃蟹經過幾百年的演化能不知道停下就要抄家的嗎？結果捕蟹人集體憤怒，就在水鏢上串了鐵鍊，這種水鏢子一開始都用沉船鐵，因為便宜又能在水中穿梭，打上石礁以後能夠穩穩地嵌入礁縫，此時船上的捕蟹人便使勁拉，石礁裡假如有蟹王——也就是金螃蟹老大，大抵也在石縫裡揮舞巨螯吆喝，這便是捕蟹人與金螃蟹奪力拔河的來由。

總而言之，番紅花在島東看了眾捕蟹人和石礁拔河的場面，一時感到十分趣味，但趣味的不是拉拔這活兒，而是他們投擲水鏢子的動作，乍看之下普普通通，脫了手卻勢力萬鈞，番紅花當時以六個月大的小手腕兒試了一回，發現光一枚貝殼他就扔不出多遠，也打不了幾個水漂，頓時消沉不已，但也激動非常，遂乘於木盒子上觀看島東人投擲水鏢子，這才發現島東人投擲水鏢需經過特殊的鍛鍊，他們許多孩子出生就在水裡，取一種更小巧的嬰兒水鏢在水中射擊珊瑚，他們的身體逐漸習慣了水的重力，上了岸以後輕盈如飛，隨便誰都能投出一百個以上的水漂。

番紅花當時只有六個月大，很早便體悟了他們成功的道理，經常趁夜跟著島東小孩子一起潛水，不單單要練習閉氣，還得跟著水中投鏢。番紅花第一次入水時是嚇了一跳的，那水裡有一整座珊瑚礁漆成的幼稚園，島東孩子們就在裡頭穿梭來去，互相投擲沉重的水鏢，番紅花一直不敢接近這些孩子，一來覺得自己沒爹沒娘，比別人差，一方面也怕生，又怕那些孩子朝自己扔水鏢，於是番紅花一天一天小心地觀察島東孩子，勤奮地跟著他們練習投擲的動作，久了以後即便扔不出一百個水漂，起碼也能扔五十個。

番紅花在島東島南分別觀察到兩種技藝，但這其實只是彈丸島上無數技藝中的兩樣而已，甚至還算不上最厲害的，但番紅花只是個六個月大的小嬰兒，他對於這些事情均感到新鮮有趣，忙不迭地學了個一塌糊塗，小小的腦袋偶然也會跑出一些精明的思緒，譬如這些彈丸島的島民雖然技藝不同，原理卻是一樣的，譬如島南人用閉氣的法子身輕如燕，島東的人用閉氣的法子在水裡打鏢，番紅花沒有想過這種閉氣的法子實際上是從哪裡開始的，等到他想起來必須查明看看時，螃蟹的季節已經過去，滿片海都是螃蟹青花白黃的空殼載浮載沉，透著夕陽通紅的餘暉，他看了看海平線上的晚霞，便將偷來的幾條水鏢鍊子繫於海鳥與螃蟹之上，讓牠們帶自己往島北過去。

番紅花沒在島北上看見什麼驚人的東西，事實上，他看見的只是一群島民在一座小土丘上興致昂然地唱歌，那首歌聽起來就和番紅花不久以後在夜海漁火中聽見那夥子船夫唱的漁歌是一模一樣，也就是說，番紅花這時還不知道有這麼一首歌，甚至也不知道它不僅僅是漁歌，它還因應了彈丸島島民們各地的風俗不同，被填上了各種不同的詞，番紅花初一聽那歌，只覺得十分順耳清新，就是一個好聽，他也看見了那些島民們唱歌時先憋住了極長的一口氣，鼓脹得胸口都呈透明，隨後吁氣長嘆，一詠而三抑揚，番紅花頓時淚如雨下，那時他還不知道，這首歌對他來說，代表的是媽媽。

番紅花任由洋流將自己帶往出生的原鄉——彈丸島島西，夕陽墜落之地，就在那個相同的地方，番紅花再度遇見了他來踩沙補網的母親，他與母親重逢時也許已過了一星期，也許是一個月，也許是一年，也許只是一瞬間，只是番紅媽生下番紅花以後一時恍神，番紅花便乘著木盒子捲入海水，但沒一會海水又將其拍打上岸，而番紅媽從恍神中回神，便又看見番紅花從海上徐徐地飄蕩而來。番紅花畢竟不是他媽，無法知道番紅媽當時是不是真的這麼想，至少對番紅花來說，當時自己依然只有六個月大，依然是在母親將他生下後展開了一段奇妙的漂流，在這場漂流中他始終只是個小嬰孩，並因此腦袋空空地學到了彈丸島的精髓，亦學到了他們怪異的風俗文化，甚至不知不覺也從原本的不會語言而至呀呀有話……不管怎樣，番紅花這會真正從海上漂流回來了！

但就像最開始所說的那樣，番紅媽一看見自己生下的孽障再度飄蕩回來，使的是全身力氣將裝有番紅花的木盒子一腳踹回海裡，也就是那一腳，使得番紅花在島北所聽見的歌一下子支離破碎，那當下，番紅花彷彿死去了，他曾經歷的漂流之旅一幕幕如跑馬燈般在眼前迴轉，那些從懸崖上一躍而下的孩子，那些在海中投擲水鏢的孩子，那些覆滿海域的蟹殼與海鳥羽毛，在夕陽下七彩斑斕、閃閃發亮，而最終最終，還是那首令人感到熟悉的歌，番紅花睜開了稚拙的眼，他想自己一定要弄懂母親這一腳代表的是什麼意思，他要弄懂母親這一腳的悲痛與故事，番紅花有了這個想法，一鼓作氣活了過來，彼時載育他的木盒子也瀕臨腐壞崩解，番紅花顫巍巍地倚在木盒上聽漁上的人怎麼說母親的故事，木盒子則一點一點地從底下開始進水，並且冒出豆大的水泡，木盒子翻，番紅花也隨之落水，但他向彈丸島人民們學習到落水無聲的祕訣，他滑進海裡就像裹著胎衣從母親產道滑出時那麼寂靜，他潛沉至水底，許久許久都沒有透露出一絲絲氣息。

假如水裡有螃蟹，那麼螃蟹們肯定以為番紅花已經缺氧昏厥了，假如水上有海鳥，肯定也以為番紅花再也不會浮起，但這些被預料到的事情沒有一件發生在番紅花身上，番紅花潛入海底時看見了一件十分令人吃驚的東西，而且，這件東西只有番紅花看見了才有價值——那是番紅花父親當時沉墜海底的大船。

要知道，平時會前往彈丸島觀光的人本來就不多，因此會乘坐大船不小心晃進彈丸島周遭海域的也就更少了，番紅花當時一看便知那是他父親的船，先不說整艘船落在陰藍海底的那股詭異勁，從海面上折射下來的陽光也如幽靈似的敷了一層，更別提灰撲撲成團棉絮似的海鏽，簡直讓所有無意間探頭經過的海底生物都為之發寒。然而對番紅花來說，如此荒涼的景象並不可怕，反而愈荒涼愈讓他牽掛，他往水面上再深深地吸了一口氣，驚嚇了誤以為他再也不會浮起的那幾隻海鳥，番紅花噙著氣，再度往沉船潛泳，他所游經之處全跟著一批螃蟹，和海上那些海鳥一樣，都是在環島之旅上曾經陪伴過番紅花的老朋友，幾十隻螃蟹們彼此交頭接耳，認為既然海鳥兒在上頭如此擔心，不如牠們一批留在這兒把守海下與海上的界線，一批跟著番紅花往船內探索，那批螃蟹當中有白有金，就是沒有透明，不過牠們起初全是又小又剔透的幼螃蟹，只是番紅花從不吃牠們，於是牠們愈長愈大，就全然沒有透明的螃蟹了。

一長列的金螃蟹決定跟隨番紅花進入船艙，番紅花也挺照顧人，哪裡有腐木漂過來打人，他就輕輕伸手按著，先讓螃蟹們經過了他自己才跟著走，而那艘船裡是黝暗黝暗，沒一丁點光，黑暗中金螃蟹們一隻隻從外頭接來稀微的光線，到了船內一長廊走到底，便成了煤油燈一樣的明亮，番紅花隨著那道光往底處游，他沒有想過父親原來是乘坐著這麼一艘大船來與母親相遇，番紅媽初見番紅爸時，以為他是海上來的神咧，這真是一點也不錯，番紅花如今也相信了，這麼一座龐然大物只能是從神的國度而來呀！

儘管番紅花懷抱著期待進入沉船，在搜尋了一陣子後卻頗感失望，這艘船裡沒有任何和父親有關的東西，即便有書面資料、文件，也在海水的侵蝕下無一不腐爛。

是一隻螃蟹遞來一塊精巧的寶盒，才讓番紅花從失意裡醒轉，想起自己還在海裡，再發呆下去恐怕就會溺斃，番紅花向那隻小螃蟹頷首，便欲帶著寶盒游回海上。這時不知是什麼因故，船體竟猛烈地震動了，番紅花循著螃蟹們橫走的方向一看，發現小螃蟹拿走寶盒的地方藏有機關，小螃蟹這麼一搞，船也許要壞了。番紅花不懂這些機巧零件，愣是從螃蟹兄弟們的驚慌橫走中看出端倪，才順著另一條走道往外游，游沒一會卻是不對，船儼然是在更深地下沉，隨著一下輕輕地撞擊，番紅花此時與船都不知所在何處，跟在身邊的螃蟹們也哆嗦後怕，只等番紅花找別的路出去。

番紅花四下看看，沒別的想法，只是握著自己海中飄蕩的頭髮看洋流，之前說過了，彈丸島的洋流是逆時針轉的，哪裡都一樣，番紅花看了自己的頭髮，斷定來時方位，也知道船現在沉得是什麼姿態，順著海流便朝出口去了，那出口，實在的說只是一扇通往貯藏室的暗門，理當不應該能浮出水去，但螃蟹們乖乖跟著番紅花，直到番紅花掀開一條支撐門板的鐵塊，嘩啦一下，登時滿頭滿臉的海草與陽光，螃蟹們爭先恐後爬出外頭曬太陽，番紅花則不疾不徐擠出瘦小的身子，他僅僅只有六個月大，此時對眼前的景象沒有一點理解，只知道從船的一扇門裡輾轉到了一個海石礁裡的岩洞，這岩洞比番紅花過去看見的都大，而且內部隧道是百轉千迴，岩室也大相逕庭，番紅花跟著螃蟹們走走看看，對這個地方嘖嘖稱奇，他們來的地方是沉船，現在卻進到了有空氣有淡水的岩洞，這不是奇蹟嗎？番紅花一屁股坐到地上，對岩洞的好奇滿足了，便開始琢磨螃蟹給自己帶的寶盒。

番紅花心裡喊它寶盒，就和一個孩子喊爹喊娘一樣，那個寶不是寶貝的寶，而是寶寶的寶，他喜歡這盒子，因為有人氣，番紅花把玩著盒子，也不知觸到了什麼機關，盒子就打開了。

盒子打開的瞬間，番紅花和螃蟹們都嚇了一跳，他手一鬆，蟹群一閃，導致盒子落在地上敲出一卷粗紙古籍，番紅花拿在手裡看來看去，上頭密密麻麻的字一大堆，他怎樣也弄不明白，而上頭浸著水氣的字跡觸及空氣愈是模糊，番紅花盯著字，渴望明白其意義，但這種事情是他瞪出眼球來都說不準的。番紅花只得放棄，放棄了又收束心神去看岩洞，岩洞中空氣淤塞，十分陰暗，中央有一大鹹海池，裡頭偶然魚蹤翻騰，番紅花無意間觸摸岩壁，發現岩壁濕潤，伸舌舔舐，乃是自然雨水。

番紅花收好古籍，拿著寶盒往岩洞深處走，當時番紅花並沒有想到其他事，他走只是因為無聊，而且滿心期待打開一只寶盒，裡頭卻塞著他一生都弄不懂的東西，他便感到很鬱悶，又有一絲遭受背叛的不快。

人與螃蟹在岩洞裡晃悠，乍看之下毫無目的地，實際上番紅花正跟著一種滴水入岩的聲音尋覓，小島上的石礁裡有岩洞，岩洞裡有淡水肯定不是從海裡流進來的，而是石礁最頂端的尖孔吃進雨水，一股一股滴水入石才造就了石礁內部的這許多坑洞，番紅花年紀小，起初不懂，但之後跟著一個叫夜宵的師父在岩洞裡勤練功夫，久了也就明白。

要說番紅花和這夜宵的相遇，實在是相當機緣巧合，畢竟若不是番紅花降生的木盒子被海水給腐蝕沉沒了，他也不會往海裡沉；他往海裡沉，若不是驚鴻一瞥父親宏偉的沉船，他也不會往船裡游；他往船裡游，若不是因為他的螃蟹兄弟給他壞事，他也不會順著洋流找到這通往天然石礁岩洞的貯藏門。簡而言之，這一切都是命中註定，就和所有偉大的故事中一拍即合的兩個人物一樣，一是番紅花這般誤打誤撞，卻有那末一點兒天賦的傻徒兒；一是夜宵這樣落難傷虎的師父。至於他倆相遇的海礁岩洞，實乃占盡天時、地利、人和之鬼神工筆，後人有詩贊曰：

彈丸小島沉船底，斧揮一氣地洞開；涓滴入石金縷玉，萬頃盡隔天礁外。

當時番紅花在那神祕的岩洞中窮極無聊瞎走，走到一處極為特殊的岩洞，那岩洞壁面上倒映有海水縠紋閃動，岩洞中央設一石臺，石臺四腳擺放四種不同材質的蠟燭，番紅花就是在那兒看見了一趾坐石臺上的光頭老者，彷彿入睡一般，面容安祥，眉宇間帶有一絲陰靡，但也極可能是岩洞內的陰影之故。

番紅花心思暫頓，老者忽地睜開眼，於石臺上豎立而起，番紅花六個月大的小身板縮了一縮，以為形跡敗露，不料老者竟是在石臺上開始一串行雲流水的身法，那看來不像拳術，也不似刀劍套路，只是以掌推空，足跟依泥踩地，迴身返動間慢過星光月色，夜晚就在他臂沿推移，番紅花看得痴了，就連螃蟹、海鳥與彈丸島周遭海域的各種魚類全都起出水來，於岩洞海潮邊看他練法，甚或海中僵死的水鬼，也一個一個頂著海草探頭而出，一瞬間海壁內磷光濛亮，正是鬼火宵行淒然，那景色如神如魔，番紅花一瞬不瞬地看著，直至老者停駐妥當，靜憩一會，又取一只模樣古怪的樂器來使。

那樂器似笛似簫，卻又非笛非簫，其音如人哨，他吹出那悠長曲調，其中彷彿有無限故事，說不清也道不明，這哨音包含了太多東西，幾個復沓還與彈丸島上的居民合唱頗為相似，這是一個難解的謎。番紅花還是個六個月大的小嬰孩，對這一連串巧合無以明辨，沒料到這時老者微張開眼，定定看著番紅花藏身的陰影，只說了一句話：「你早不是六個月大的嬰孩了，你如今已有十六歲。」

就這一句，像是黑暗中點亮的一盞明燈，番紅花心道：對啊！都這麼多個時候了，我怎麼還是六個月大呢？

他便一節一節地站起身來，那身子，真正是從爬著地板牙牙學語的嬰孩茁長到身材結實、相貌堂堂的一少年郎，番紅花長年被海風與豔陽曝曬的皮膚，此時顯現出健康的紅褐色，他光裸的身軀上覆滿堅硬的肌肉，一頭乾燥粗長的黑髮，野蠻地擱在他刀削般凌厲的五官上。番紅花一站起，腿便酥軟，復又跪倒下去，「鐺鐺」兩下朝光頭老者磕頭。

番紅花少年心嫩，還不懂成人世界那些繁文縟節，但一股重生的喜悅令他涕泣不能止，只把老者當作自己的父親一般，又或者，番紅花真正以為自己在沉船中找著父親了！

番紅花未諳人事，雖能聽人話，卻不懂言詞，只能手指天上，表示：您隨我出去吧？

老者卻是無奈笑曰，吹了句哨，含情而不及義，因此番紅花懂得，那意思是：你看我們可以出去嗎？

老者目光指向石礁岩洞頂端，一丸幼白螃蟹似的小洞就在石礁最高處，落著雨滴，也盛進銀月清輝，番紅花一陣心冷，此處就像蠱中芯，最厲害的毒蟲落入其中，斷也攀爬不出。

老者用哨音傳達意欲，一串短促之聲，翻譯起來就是：不知小子姓甚名誰？

番紅花自幼無名，當時也不叫番紅花，老者一問便答不出，只能連聲低呼，老者倒也無怪，盤坐石臺上龜息調養，似是要睡。

趁此隙，番紅花逡巡岩洞，渴望找到別條路逃出生天，可惜這岩洞當真是千年金蟹殼堆疊，又蒙海島鹽雨垂青，將千年螃蟹的金殼全蝕成了一塊，番紅花認識幾隻大金螃蟹，知道這種螃蟹脫了第三層殼可比黃金還硬，就是把拳頭捶出骨頭，對這岩壁也是無傷，番紅花內心絕望，又很無聊，便將寶盒拿出把玩，此時不知是番紅花不小心坐到了一只螃蟹兄弟還怎樣，他的屁股硬是挨了一螫，身子顫抖了下，寶盒落到地上，連帶滾出那份散落古籍，以及寶盒內一幅彩畫。

番紅花看不懂古籍內容，又是第一次見畫，立時將全副心力放在畫上。即便番紅花過去沒看過畫，這一目睹也能明白看出畫中人不是他所熟悉的彈丸島人，這些人有捲髮，有鷹勾鼻，有奇怪的裝扮，黑暗一片中只有幾個人身上泛著光亮，其中番紅花又最著眼一名金髮粲然的小女孩，這女孩身著白衣，面孔驚惶，本不該出現在這堆窮兇惡煞之間，但她偏偏被畫家安插進來，甚至成了圖畫上的一大重心，番紅花細看良久，不知如何，卻聞老者哨音呼喚，他回過頭去，見老者朝他伸手，番紅花不假思索遞出畫作，老者把頭一搖，指向地上古籍，番紅花心中領略，遂將古籍送上。

老者接過古籍的手頻頻顫抖，拿穩古籍後，更是抖得一場糊塗，喃喃低語著些什麼，言詞間甚是激動，番紅花不明白，老者也不知如何解釋，就在這時，石礁岩洞頂端的小孔忽遭雲雨遮擋，一股臭水涓滴流下，灑在老者與番紅花身上。番紅花不覺怎麼，老者卻皺眉顫抖。

小孔上方此時清晰傳來一聲嗤笑，番紅花極目仰望，竟是一人在礁外朝礁內撒尿，他正想呼聲求救，又被老者制下。

老者吁嘯幾聲，番紅花約略明白外頭那人便是令老者無法脫困的元凶，番紅花不解其故，倒是老者拉他至岩洞深處，兩人並坐石臺之上，只是看他，並不著一字一言，番紅花撐著不眨眼，老者也不眨，那對黃濁眼目中盡是滄桑感嘆，便在此時，老者靜靜吹起一句哨，哨音遙久纖長，拖著尾巴，竟有如萬縷絲線般盈盈入耳，番紅花聽著真是說不出的舒服、說不出的爽快，這哨音的萬縷絲漸漸透了耳蝸，入海馬迴，鑽腦溝峭，密密麻麻如一副新的神經網絡鋪蓋番紅花全身，不知怎地，番紅花竟長智識了，他雙目瞠炬，難以置信看著眼前老者，吐出一句：「師父？」

老者聞言瞬即跳將起來，呵呵狂笑，笑得眼淚都流了出，復又蹲坐番紅花面前，咧嘴挪動舌尖，極盡萬般難處才道：「你……你叫老子啥？」

番紅花一愣，只再唸道：「師父。」

老者遂又瘋笑不已，仰頭嘆曰：「我這……十多年未曾言語，興許就是要同你言語，七十多年未收一徒，興許就是要聽你一聲……一聲……」

番紅花生得機靈，立時又喊：「師父。」

老者登時熱淚縱橫，伸手拍拍番紅花的臉道：「好、好徒兒，我李師祖這會，終於後繼有人了。」

陡然間頂上再度簌落異物，番紅花凝神細看，竟是糞塊。老者一擺袖口掩鼻，憋著音問番紅花：「徒兒怎麼來的？」

番紅花曰：「從沉船上過來的，此地是我螃蟹兄弟家屋。」

老者驚極反笑，便說這地兒困著他已有十多年了，番紅花既有螃蟹兄弟，可否順道向龍王借兵出逃？

番紅花不知老者笑話，只是應答：「我且問問。」

遂遣幾隻螃蟹鑽縫隙中離開，番紅花又去摸來時門道，卻見門道已封，料是只能由外而開。番紅花回到老者身邊，問礁外撒尿排糞者為何？

老者嘆而答曰：「是個不安其位的黑鴨子，名哈爾轟。」

番紅花心念流轉，又問：「他圖什麼？」

老者一笑，這話是問到了點子上，便答：「他圖老子身上一粒丹藥。」

番紅花不置可否，尋思老者是否有意相瞞，卻無動機。老者見番紅花心思全寫在臉上，一時忍俊不禁，直言道：「我李師祖哨音傳訣，外人都稱傳奇，你這小子卻一臉不屑？」

番紅花只得告訴他委實不知哨音傳訣為何物？更不懂一粒丹藥怎會讓人如此喪心病狂，將一老人關在石礁中長達十年。

老者聽了便沉下臉，良久才娓娓道來。

老者說他姓夜，單名一個宵字，是哨童李鵬的後人，這哨童在彈丸島外是許多說書人愛講的故事，以現時代來看，每個說書人都有一個拿手絕活的故事，這故事裡的俠客大多真有其人，和說書人維持共生關係，但只有這哨童，他的故事真正是口耳相傳留下來的，是了不得的傳說！因為沒人知道哨童是否存在，說書人們便樂得將哨童故事改編，以至於出了各種版本，但在這許多版本中只有一個真實的：名曰《哨譜》。

夜宵老人說哨童的故事往後再續，主要是《哨譜》，不單單一個故事而已，還是他李後人的原典祕笈。《哨譜》全篇共有三百五十七段，一段為一哨曲，是當初李鵬和他的怪手師父哨音傳訊的紀錄，紀錄本身只有李後人才能明白。

《哨譜》有云：

嗶——嗶嗶——咻咻——嗶嗶咻呼——

意思是李鵬的師父怪手老頭曾是神州大陸浪跡天涯一等一的武林高手，因受陷害逃至鵝鑾山裡遇一少女，他與少女相知相愛，學得少女家鄉的哨音絕活，同時又因經年累月山中奔逃而練出了飛崖走壁的功夫，他從中悟出了以練哨增強內功的法訣，從此隱居鵝鑾山並與少女結為夫妻，無奈山下有一夥人……《哨譜》中並未說明何許人也，只道是這夥人全穿著黑衣裳，他們或許是當朝派下的殺手，也或許只是一群好管閒事者，總而言之這夥人人數繁多，上了山便一人疊一人將造詣極高的怪手老頭壓制撲倒，當著他面斬殺其妻、廢其雙手，導致他再不能吹哨，就此瘋狂……

無論如何，《哨譜》就是一部記述怪手老頭以哨練內，騰乎其外的武功祕笈，但除此之外，

《哨譜》還有另一個祕密，據說其中潛藏了哨童的原鄉，幾個知情的人都稱是「神仙鄉」，那神仙鄉在滅絕之時因哨童之故成為不可思議之地，傳說找到神仙鄉的人可以長生不老，還能見到所有死去的親人，故這《哨譜》人人爭之，而這本祕笈，此時就在番紅花手裡。

番紅花凝神聽完，只覺心驚不已，怎可能他手中就有這本祕笈？

夜宵老人卻撫掌笑曰，這本秘笈失傳已久，他年少時經歷詭奇，遭遇頗多，如今連家鄉也回不去，心中就惦記著師父曾給他說過的故事，是以開始尋索，終梳理出連師父也不曉得的前因後果。孰料好不容易知情源頭，卻被惡人所困，幸而番紅花誤闖海礁岩洞，否則恐怕他至死都無緣得見這本《哨譜》祕笈。

說到傷心處，夜宵老人又掩面而泣。

對番紅花，夜宵只是一名虛弱無力的老先生，他現在看不慣的就是夜宵被人所害，便又急問：那您說這哈爾轟圖丹藥，又是怎麼一回事？

夜宵答曰：哨童李鵬不管江湖喧囂，也不愛廣招弟子，向來一脈單傳，就好比當年六祖慧能承缽奔走，李後人則以一丹藥為信，如今丹藥在我手裡，哈爾轟便將我關於此處，藉此要脅丹藥。

番紅花暗想：假如要脅丹藥，怎能拖過五年十年還不得手？想必夜宵老人有法子治礁外那人。

他這番心念頗有依據，夜宵在一旁觀察番紅花臉色，見他天生棗紅的臉面英氣逼人，不覺可喜。這會上面那人又發出嗤嗤笑聲，夜宵便長嘯一哨，竟聞那人也哨音回傳，兩人一來一往，且緊且抽，一句逼過一句，著令番紅花耳膜陣痛。他摀住耳，哨音不是消失，反倒慢了，原來那一聲一聲宛如哨音的東西竟是慢了的人話，番紅花聽見那哈爾轟甜滋滋地喊夜宵師父，夜宵便忙著呸呸呸，哈爾轟又言：您老再不答應，我就要放火燒了。

番紅花一聽不得了，卻見夜宵臉上毫無懼色，只答說：「你早不燒晚不燒，偏要今天燒，我他娘的不信！」

哈爾轟嗤嗤而笑：「以前但覺還有機會，可現在跑進一隻小耗子，沒準您就給他染指了，那我多年苦苦守候，可就沒意義啦！」說罷又改了音調，變得低沉恐怖：「算我求您了，別敬酒不吃吃罰酒，我可給您再多三天時間考慮，到時還望成全，否則別說您，新徒兒也成死徒兒。」

番紅花轉看夜宵，只見他臉上白一陣青一陣，簡直有萬鈞怒雷蓄積眉梢，但不言語，番紅花也噤聲，夜宵要回石臺上坐著，身子卻一下軟倒，番紅花作勢要扶，被夜宵揮開。

「你……去把原典給我拿來！」夜宵叱道，而番紅花心中疑惑未解，這又更多一結，再說地上古籍早已散亂成片，番紅花不知哪個才是原典，只得一併撿拾。拾掇間又摸到那幅彩畫，畫中少女如水中幽靈，只讓他心中更嘆，這樣一個小丫頭，到底怎麼被安放進畫裡呢？

夜宵粗聲在催，番紅花便急急將寶盒中物全數收好，恭恭敬敬呈給老人。而夜宵沉默不語，至寶盒內翻尋數回，忽眉頭緊蹙，問一旁番紅花道：「徒兒可知此物失主？」

番紅花坦言：「我以為是我爹爹所有。」

夜宵「哦」了一聲道：「這裡頭除了《哨譜》與畫作一幅，另有當時船上說書人口記一份，你且試試認字。」

番紅花從其言，接過寶盒取一信封，裡頭有蝌蚪字洋洋灑灑，番紅花使盡腦力，好不容易才逐漸辨出此為一異國男子，署名馬丁所寫的文章，內容記錄了他在英格蘭從一黑衣者手中得到這份東方古籍，雖不解其意，卻視如珍寶，古籍與他近身久了，逐漸顯示出一條清晰航道，直指臺灣而來，同時黑衣者又說這古籍藏有臺灣黃金鄉、神仙鄉的神祕地圖。

番紅花讀到這裡，察覺黑衣者並未向馬丁透露《哨譜》密記之哨音傳訣，當然也沒有內哨之外的騰飛外功，不知是黑衣者並不知情，或者他刻意不透露，後人均未可知……唯黑衣者一席話到了最後，竟使馬丁將《哨譜》看作藏寶地圖，他隨之心旌搖盪，一股冒險的情志噴薄而出，硬是捨棄故鄉，乘船往臺灣去了！

不料，船至海溝是千危萬險，更沒料到一艘船竟闖進了從未有人進入的彈丸小島，大船觸及螃蟹石礁，船底密密紮紮全是洞，既不能補，亦不能行，耗費一季，十里船身俱沉矣，而這份文件，就是在那一整個夏季時節裡，由日日醉酒的馬丁所寫，行文至此，連番紅花都像聞見了這異國公子幻滅沉痛的悲呼，以及夜夜酒鄉的愁恨，襯著船外一聲緊過一聲夏蟬的叫響……番紅花不覺憂傷，再想此人極有可能是自己的父親，便胸口一哽，差點嚎啕出聲，此時看那幅彩畫，畫中少女看來不過十二、三歲，不曉得是馬丁的什麼人，是否曾被這離鄉背井的男人思念過？儘管文章寫道馬丁最後因無法承受幻滅，決心以漂流木再打造木筏一艘，拋棄了番紅媽獨自重新啟航，這趟旅程卻大概也是悲劇的結束，畢竟一艘木筏實在難敵彈丸島附近的海流殘暴，這馬丁最後也只是葬身海底的下場。番紅花這時終於感到鋪天蓋地的謎團有了解開的一線曙光，母親在岸上朝他踹下的那一腳也有了著力。番紅花回想十六年來環島一周的奇險際遇，以及夜夜在漁船邊耳聞的母親故事，失落的一環原來就在這裡，原來他們人人都說母親和父親有一段傳說般的愛情，殊不知父親只是絕望之下苟延喘息，在流浪異國的無依裡將母親視作短暫的避風港，但只要他休息夠了，終究還得揚帆。

所以母親不要番紅花這情傷的印記。

番紅花低聲啜泣，卻又告誡自己：你早已不是六個月大的小嬰孩了，快停下吧！

夜宵對番紅花的身世並不完全明白，而在他閱讀之時一併將文章看過，看完也是長嘆數聲，低喊：「黑衣者就是黑鴨子，便是他們盜了我李後人的命脈，如今又輾轉回來，豈非天命哉？」又看著番紅花濕潤雙目，黃濁老眼中同是淚意潸然：「《哨譜》從你而來，老夫當真得將畢身絕學交付予你，哪怕要遭烈火焚噬，卻苦了你的將來師承……小子，你可怕死？」

番紅花尋思片刻，搖搖頭道：「我不知道死是什麼。」

夜宵聞言呆愣，大笑曰：「答得可好！古今天下誰知道死？卻人人都怕死，誰及得上你小子初生智慧？哈哈哈，答得好！答得好！」

番紅花見夜宵瘋笑不已，也如受到感染般拍手而笑，一老一少於海礁岩洞中淚笑交雜，面對三日後的火燒之災卻手舞而足蹈，真是當世奇景，這景象後來傳到了彈丸島上，久而久之便有童謠云：

小花做得蟲徒兒，共遊海底洞窟裡；

螃蟹小鳥來作伴，人約三日踩紅華。

海礁岩洞三日之中，番紅花與夜宵並坐石臺解讀古籍原典，也就是夜宵口中他們李後人的《哨譜》，三日中他們並未考慮三日後將會如何，反而夜宵開始講述原先無暇贅言的哨童故事，那便是：怪手老頭瘋走鵝鸞，哨童李鵬輾轉尋娘……這標題下得不好，總之在後來的紀錄中可以發現李鵬就是怪手老頭的親生兒子，只可惜李鵬到了很久很久以後才明白這回事，至於故事中李鵬與怪手老頭聯手與黑衣人鬥智鬥勇的軼聞，則是說過三天也說不完的。

番紅花這時又聽見了黑衣人這個關鍵詞彙，心中猛地一動，忽想這黑衣人和馬丁遇見的黑衣人是不是同一個呢？仔細一想年代又不相同，將這事同夜宵說了，夜宵只是搖頭：「那群黑鴨子可不是只有一個啊，聽我講了這許多，你還不明白嗎？」

番紅花遂向夜宵磕了幾個頭，斟酌著問黑衣人來歷，那夜宵只是皺眉苦笑，見番紅花神色飛急，夜宵抬手示意他稍安勿躁，這才慢慢講述開來，而夜宵對黑衣人的解釋，當真是十分玄怪。

首先，黑衣人在夜宵道上自不叫黑衣人，而是黑鴨子，這是因為和黑鴨子交過手的高人都感到他們沒什麼智商，平日出沒總一大群，喜歡唧唧喳喳地聚在一起用旁人不懂的語言快速交談。其次，以夜宵的說法來看黑鴨子不是一個組織，也不是任何有嚴密制度的集聚，事實上，他們似乎是一股迴盪宇宙間的自然力量，然而，夜宵給番紅花解釋他們如何是一股力量時總沒有個確切的形容詞，因為黑衣人是確實存在的，他們像春天的毛蟲子一樣煩人，他們有時會幹些左右別人的大事，大部分都不是好事，大部分會讓一些重要的角色死，譬如夜宵的師父，就是在他們放火炸山的那日給焚成了一顆圓珠子，而按照他們李後人的行事，夜宵撿著了他的師父，便含著淚把那圓珠子吞了下去，如此，也就繼承了他師父的一切功底。

番紅花聽到這裡，忽然有種突如其至的悲愴之感，合哈爾轟所圖丹藥之事來看，敢情那圓珠子就是丹藥？那末哈爾轟要取丹藥，還不真殺雞取卵啦？

夜宵聽了額上青筋暴突，第一次掌摑番紅花，罵：「你說誰是雞？」

番紅花被打了臉，也不覺得痛，只想夜宵不愛聽他新學到的成語便罷，改口問他們李後人到底是怎麼個傳習方法？

想不到夜宵很奇怪地看他一眼，就說這話題是有點兒扯遠了，先說回黑鴨子吧。番紅花一想也對，便安靜地繼續聽著。

夜宵道那些黑鴨子曾經被逮到過一次，其實也不是一次，而是好幾次，每次都是出動了江湖上不世出的高手進行圍捕，一捕就是一大撮，詭異的是，這些黑鴨子捕了跟沒捕一樣，掀了他們的黑斗篷，底下竟然都是一張張普普通通的臉，絕大多數還頗似你家旁邊熱愛看戲臺子的大媽大伯，也不乏小孩模樣的，年輕平常的小哥阿姐，他們那臉蛋看久了有股邪異勁，因為你會忽然發覺那鼻子是隨處可見的鼻子，眼睛是你小學同學的眼睛，耳朵還根本是你自己的，看那幾張臉就像墮了五里霧，似曾相識又轉眼即忘。你拷問他們吧，根本得不出什麼內幕消息，只得了個涕淚縱橫的大媽大伯，真一點意思也沒有。

夜宵說完黑鴨子之事，岩洞內便硬生生沉寂了，番紅花猜想大概是講到夜宵師父的事情，心裡難過了，但夜宵說他們李後人以丹藥傳承，實在太令番紅花好奇了，他十分耐性地等了半個時辰，才開口喚了聲「師父」。

這聲師父叫得鏗鏘有力，像透了內勁似的，夜宵回應這聲呼喊時簡直喜上眉梢，完全是本能反應地對這二個字有感情，番紅花眨著眼靜靜望著夜宵，又重複了一次自己原來關於丹藥的問題。

這時夜宵再度露出了十足古怪的表情，並且這回連眼神都顯得有些嚴厲了，一整個恨鐵不成鋼的模樣。然而夜宵接下來跟番紅花講的這事，又真正是比前一件事更加奇詭，以至於番紅花聽完後張著嘴，一身雞皮疙瘩幾日內都消不了。

夜宵首先從破爛衣兜裡取出一片蟬翼透明的薄紙，番紅花小心拿到手裡，感覺觸感奇異，夜宵便說這是古中國漢武帝那時出的第一批紙，又名龍血書。那時的紙就是這個樣子，印著樹的靈魂與精氣，表面看來如玉透明，用的墨汁以龍血樹為材，摻夜明珠粉，就是晚上也能閱讀。而這小小一片紙，是比《哨譜》更加久遠，真正屬於他們李後人的寶貝。

且說當年李鵬與怪手老頭死生契闊，李鵬後來返回去看，竟在老頭風化粉碎的屍骨中得出一鮮紅丹藥，並得片薄紙牢牢包裹，將紙攤開，紙片竟毫無凹痕，靜靜舒展如花，李鵬在這片紙當中悟得了怪手老頭的臨終遺願以及其所傳承之攀緣絕法，後人即便不懂紙上內容，也能以常理推斷怪手老頭入鵝鸞山前便是一身絕活，斷然不可能無師自通，意即李鵬的師父的師父的師父的師父的師父的師祖便是寫作此片紙葉之人。

番紅花聽得頭昏腦脹，只知道終於可以將紙片好好看過，立即攤開紙葉，粗略一讀，便覺極似山海經之類傳說故事的斷簡殘篇，但其文字頗多冷僻古老，難以全解，番紅花後來為了自己將來的小徒兒閱讀方便，遂將該文字以自己的意思重新謄寫一遍，以下是番紅花多年後謄寫的版本：

某日一少年途經碩長怪樹，怪樹下一老人，頗感好奇，遂就教於老人，問樹為何樹？老者誠答之，從此，少年常往此樹下與老人問答，直至某日，老者感於天命漸衰，又不忍與徒兒分離，待少年再來，跏坐於蔭，囑他三日後返，言畢即坐化於樹下。少年悲不能止，三日後歸，怪樹老者均受雷劈，已成焦炭，少年往焦炭中撿師骨，卻於其中拾得一丸鮮紅圓珠，後人或曰舍利、或曰天丹，不一而足，皆同物矣，少年將圓珠和水吞服，得其師。

番紅花緊蹙眉頭，想請夜宵釋義，誰料那師父見他讀罷，忙將紙片收回，又看番紅花面露不解，只能嘆氣解釋李鵬之父當年所入師門，是如今江湖少見的煉丹門，其名已佚，只大略得知從戰國時代便已有內丹之術，至秦始皇尋不老仙丹開始才慢慢分出流派。當時秦王政要求長生不老之術，導致了秦代人們共同煉丹尋藥的風氣，也因此造就了後來綿延千年聲名鵲起的幾個煉丹門——方士徐福攜童男童女各五百訪蓬萊仙山是一門；以西王母蟠桃為丹元，信奉月教太陰星君的是一門；後來又有外丹煉金之術併道門武學，或者太極拳法等等，則是外話。道教中以煉丹求長生而為仙的都含括於丹鼎派之中，李鵬之父想必是承襲自其中一門，夜宵自述線索追到這裡便斷了，彷彿李鵬父親怪手老頭硬是不讓人知道自己師承。後來他入了鵝鑾山，就更加與煉丹術無關，往後傳頌於說書人當中的就只是一個哨音傳訣的祕譜了。

夜宵又說，他們李後人每代向來只有兩名，一為師，二為徒，藉由修煉靈丹之術延續後輩，師死徒為師，為師者須謹慎尋覓未來接替自己的徒弟，如此綿延不止，夜宵給番紅花講述時，用的是「師承」一詞，但承襲的是什麼，夜宵卻沒有明說，只道等番紅花正式入了他的門成唯一弟子，便將真相告訴。番紅花當下沒有追問怎樣才算唯一弟子，心裡只為夜宵難過，從哈爾轟將夜宵囚禁十幾年的手段來看，他貪圖的恐怕就是夜宵即將傳給他的。不消說，以番紅花目前的了解，傳承的理當是《哨譜》裡最厲害的功夫，也就是李鵬在山裡飛來高去的技巧，假使他們不是被困在海礁岩洞內，番紅花或許真會感到一絲期待，然而就因為是在這岩洞裡，面對著三日後的火燒之災，番紅花看著夜宵慷慨陳述的模樣只感到無限悲涼。

番紅花活到今日，原先與任何人都毫無關係，曾與他有關係的母親一腳將他踹回海裡後，他與母親便再也沒了關係，他想找父親與自己的關係，找到現在卻只拿到幾張破紙，紙上寫的還不盡然都是他爹的事情。番紅花活到今日，算得上真正有關係的，除了海鳥兄與螃蟹兄，恐怕就是夜宵。

番紅花生於海長於海，從來就不知道江湖是什麼，長時間聽夜宵講江湖，只知道江湖和海唯一的差別是水，江湖水淡而無味，也許還夾著一股子臭腳丫味。番紅花聽著夜宵拍他肩膀感嘆什麼「不如相忘於江湖」，就覺得還是海洋好，這浩浩湯湯一片大水，前面才說個忘字後面就都忘記了。

番紅花與夜宵在海礁岩洞內撐過了第一天，期間夜宵並不停止說《哨譜》故事，以及他來自的那個名為臺灣的奇妙島嶼，番紅花對外頭世界的好奇更未有減損，一老一少對答如流，時光如白駒過隙。第二天天光初萌，番紅花瞇著眼看太陽光碎玻璃似的溜過頂端小孔，看呀看，一瞬漆黑轉眼即逝，番紅花還以為是錯覺，卻真有一樣東西從上面往下落，還拖著條長長尾巴。他忙過去撿起一看，發現是一枚彈丸島人善使的帶鍊水鏢子。

當時夜宵正做龜息調養，番紅花無書可聽，頗感無聊，便將水鏢子往岩壁內四處甩動，沒想到番紅花甩了幾把，發現這只水鏢相當趁手，做工也精細，不像一般捕蟹人所有，就著洞孔陽光一束，番紅花仔仔細細查看水鏢。鏢子本身通體漆黑、沉重如鐵，表面如同吸收光線般黝暗，以形制來看，既不像珊瑚鏢層層砌疊，也不似金錢鏢輕薄小巧，鏢鉤僅有一處，番紅花以髮試之，吹毛得過，鏢身上不落鏢主名姓，甚至連個圖騰也無，番紅花左思右想，無法參破，只得甩著鏢鍊，仰躺岩洞天孔下，朝那白晃晃的石礁洞頂擲鏢。

番紅花幼時在海底勤練擲鏢，手勁極佳，一甩就是三尺，番紅花眼神一凜，復又上擲，這會用上七分力氣，竟能將鏢子擲近孔洞，番紅花低喝一聲趕忙跳起，心道：「有門！」蹲低了身子低甩水鏢，水鏢隨鍊子反覆迴旋，揉合海礁岩洞內自然穴風，立時發出虎嘯之聲，那聲音震得夜宵抬眼驟醒，一見番紅花低身甩鏢的動作頓時興味盎然，番紅花則沉浸在習慣的甩鏢動作上，以及那出乎意料的甩鏢之聲。

一般在彈丸島，帶鍊水鏢甩動時的確會發出嗡嗡聲響，捕蟹人又稱其為海龍吟，但那只是說得好聽，番紅花見人使過幾只祭典風俗用的表演鏢，其鏢作用便是要發出海龍吟嘯之聲，番紅花當時聽得津津有味，如今和這只黑沉水鏢比起來卻不過是海鳥幼雛哀啼。

番紅花使得愈劇，端的連天帝雷怒都旋出了音，他立時感到有些把持不住，鏢子還沒擲出，便虎口生疼，隱隱然將要脫力，夜宵原先放鬆眉宇，這時卻是額間爆筋，冷汗涔涔，深知番紅花入了魔，遂掃腿而起挺胸直立，忽地放聲鼓哨。

夜宵那一下吹哨銳利如箭，飛快射向番紅花甩動的鍊條間隙，雄偉的鏢聲立即遭破，番紅花低低一吼，將鏢子往旁甩去。鏢子翻斜脫手直插洞頂，恰恰鉤住了那如豆孔洞，一下子遮去半團陽光。

海礁岩洞頂離地數十尺高，番紅花扔上去的水鏢鍊子卻沒那麼長，這下鍊條懸在半空，番紅花想捉也捉不到。夜宵就在一旁招手，道：「你甭管那東西了，剛才差點傷了手，可知人家扔下來是要害你，不是救命。」

番紅花有些不信，可是夜宵面容嚴肅，看上去相當執著，他只好不再多說，回石臺上坐著，但仍不時仰頭看飄蕩的鍊條，咬牙隱忍不甘。

其後時光，番紅花以石壁涓滴之水解渴療飢，夜宵只是端坐石臺一動不動，彷彿正在預演他的死亡。至中宵子時，夜宵才微張鳳目，神色中情志紛陳，對一旁枕著雙臂昏昏欲睡的番紅花蠕動嘴脣，問了一句：「你……一直是在彈丸島上成長？」

兩天以來，他們一直是有一搭沒一搭地說著話，番紅花也不見怪，振奮了下精神便答是。

夜宵表情更加複雜，他沉吟了一會，道：「那末你這兩天聽我說外頭之事，豈不一點概念也沒有？」

番紅花聽了覺得自己果然不才，胸中鬱悶更發，夜宵見他不答便接道：「無妨，只是假若你能出去，假若小子你不是在這彈丸島上，而是彈丸島外，說不定會更有一番作為⋯⋯」

「有差別嗎？」少年問。

夜宵但笑不答。

番紅花心中搔癢，起身追問：「彈丸島外有什麼？」

夜宵答曰：「彈丸島是座時差之島，外頭的東西除非親眼所見，否則你怎樣也想不明白。」

番紅花有些不服，要夜宵給自己說說，他如今長了智識肯定能解。

夜宵聞言只向番紅花道：彈丸島之外還有更大的島，叫做馬祖，馬祖島之外還有更大的島，那是福爾摩沙，美麗島嶼。

番紅花問那麼美麗島嶼之外還有更大的島嗎？夜宵不答，番紅花了解那便是有的，只是連師父也不曾看過，他年輕的心一瞬間飛躍出對雙親的懷念與想像，番紅花忽然想展開探索之旅，他想到島嶼之外更大的島去，又想往更大更大的島去！

對番紅花這樣的人來說，你跟他講彈丸島之外有別的國家，還是島之外有別的人民，都是不符合他的世界觀，難以被番紅花了解的，但夜宵說了「島之外還有更大的島，更大的島之外還有更大更大的島」，就令番紅花十分有畫面，對他來說島外島的世界沒有終極，只有不斷更大的島而已。他相信在所有的島之外存在最大的島，而其他所有的島只是它小小的一部分，思及此，番紅花感到難言的興奮。

番紅花對夜宵說，如果他們真的大難不死，他肯定會跟隨夜宵到島外之島去。

夜宵眼中銳光一閃，但很快隱匿，再度面向番紅花的五官不見欣喜，反而更顯憂愁：「好徒兒，為師心有一計，能保你我性命無虞，但你必須完全聽命。」番紅花緊繃肌肉，讓夜宵在他耳邊嘀咕，不時點頭應允，語畢夜宵拍了拍番紅花的肩膀，有些躊躇地道：「若能成功，你我便可離開此島，對你追尋身世之謎幫助甚鉅，但聽我一言，這真相不見得是你能承受……」

番紅花問此話怎講？

夜宵更嘆，反覆嗟詠：時差之島、時差之島啊！

番紅花聽他唸叨，彷彿數數一樣讓睡蟲孳生，夜宵還沒唸完第二句番紅花便昏然入睡。

終到了第三日，夜宵囑番紅花取海洞石壁涓滴而入之水數升，番紅花心道難辦，這地方沒有容器，他四下找尋，只有寶盒一樣，番紅花便將寶盒中《哨譜》古籍並信件彩畫藏放身上，以寶盒盛涓滴之水盈滿後，端著水回夜宵休憩的石臺前方。

夜宵不讓番紅花與他同坐，就說一句：「跪下。」番紅花一生無父，卻在這聲命令中找到了人子的親愛之情。番紅花漸漸地跪下，意外於自己並不真的對寶盒信件中的馬丁有任何感情，誠然他似乎就是番紅花現實的父親，但此時此刻，他寧願夜宵是他的父親。短短三日，夜宵令他認字，令他長了智識，更重要的是令他有了向外探索的好奇，這是一種難能可貴的上進心，是假如番紅花終其一生待在彈丸島上將永遠不會明白的。番紅花或許會繼續流浪海島，在彈丸島的各地尋覓身世之謎，或許他會試著在島上和母親重新相聚，而母親會踹他第三腳、第四腳，只盼將這塊肉中刺剔除。番紅花會行走在狹窄的彈丸島上，遭新生的孩子丟擲海鏢。隨著番紅花逐日長大成人，他將再也聽不懂海鳥與螃蟹友好的私語，海鳥與螃蟹將成為他極難捕捉的盤中佳餚。他會餓，會渴，會覺得彈丸小島難以安身，但日復一日的海風吹得他昏了，年年來去的洋流總是一樣的風景。看著海，中年的番紅花不再感到驚嘆，只覺得無聊至極點。那時的番紅花，或許也不會有番紅花這個渾名，他是個無名小卒、引人側目的流浪漢，隨著時間推移他會知道所有故事的伏筆與結局，以一種毫不驚奇的方式。於是日子繼續，更加無聊，如海潮的頻率般一成不變……年老的番紅花，迷迷糊糊死在自己當年出生的地方，抱著一口木箱子，箱子裡盛著他混雜酒液的嘔吐物，天邊第一道曙光照了過去，他微張著嘴，看著那道光……

番紅花。

現在的番紅花，此時此刻看著他即將面臨死劫的師父的番紅花，以一種詭密的方式將他的另一種人生看了遍，他為那種彷彿凝滯在樹脂裡的絕望感到恐懼，即便回首現在、放眼未來他的確是一無所知，但他心中起了莫名的激昂，所有的祕密仍在編排啊！所有未解的謎仍然暗中期待！番紅花真正是什麼也不知道，且因為對自己未來將遭遇的一切渾然不知而欣喜若狂！

夜宵自石臺上放下乾枯瘦削的雙腿，令番紅花給自己洗腳。番紅花不懂外頭拜師入門的繁文縟節，但儀式動作使他心中平靜，他給夜宵洗腳，夜宵將手放在他頂上，說：「如今你就是我李後人的弟子了。」

番紅花眨著眼，看著夜宵像是難以相信這是如此簡單的事情，但夜宵微微頷首說明事實底定，又以沙啞嗓音道：「為師本該負責你十年外功的督導傳習，十年後方坐化而傳內功，還有理則哨音傳訣，但如今死劫難逃，只好……」

番紅花還沒聽到「只好」以後的話，海礁岩洞頂便傳來一陣嗤嗤冷笑：「看來師父果真要與我對著幹哩！」接著便是一串腥厚濃水從小孔中汩汩淌落，番紅花以為又是尿液，濃水落到地上才知是油，他暗叫不好，抬首向夜宵徵詢，他師父卻已跏坐石臺閉目運氣，番紅花不知夜宵心思，只得在邊上胡亂走動，石礁岩洞壁面光滑，片片是螃蟹甲殼，無法落足也無法著手，那油又沿著壁上向下蔓延，半個時辰過去也讓番紅花感到腳下黏膩，一抬腿則全是油漬。他還記著夜宵昨晚同他說的計策，現在看來還不是時候，但要是那哈爾轟最後二話不說，直接將火信扔下，他和夜宵豈不是得含恨而死？

油淌滿了岩洞，番紅花等著，胸口鼓鼓跳動，彷彿過了幾個海鳥學飛的季節那哈爾轟才再度出聲：「師父，您現在要答應我麼？」

番紅花看向夜宵，夜宵端坐在石臺之上，閉目而不答。

哈爾轟等了一會，再度喊出一聲師父，這次語氣顯得氣急敗壞：「您不理我，我可要燒了！」

此時夜宵終於靜靜開口：「你這小兔崽子，燒就燒吧，沒見過這麼笨的徒兒！」

番紅花不知道哈爾轟模樣，單從聲音來聽，就覺得此人沒什麼大智慧，但有無限小聰明，聽夜宵這話就明白有門兒，從前聽他叫聲師父都會嘔，現在卻罵他笨徒兒啦！

哈爾轟在頂上嘻嘻而笑：「師父您別生氣，有話慢慢說，您是不是打算收我為徒，要傳丹藥給我？」

夜宵低哼一聲，答：「我能收你為徒，而丹藥之事總還要從長計議。」

「我明白、我明白，李後人十年一傳，師父，這我知道啊！」哈爾轟忙不迭地媚聲道。

「知道還不把老子接出去！」夜宵大喝。

哈爾轟沉默一陣，又嗤嗤嘻笑：「您可出來，但那小耗子……我得燒了他。」

「你燒了他就不必做我徒兒了。」

哈爾轟開始犯嘀咕：「不燒不燒，諒是先拉您上來您也不肯，怕我轉眼就把小耗子弄焦，耗子先上來又不成，我可怕死他給我一記悶棍子，若是你們兩個都上來，抓不準給你們跑了，來個雙宿雙飛，唉……這可怎麼辦才好。」

番紅花這時看夜宵神色頗為從容，還對著自己眨了一下眼睛，便說：「這事好辦，你去弄條繩子扔下來，我讓師……老先生把我給綁了，你再入洞便成。」

「小耗子提出這建議挺好，但因為是耗子提出的，我就偏不幹，誰知道你要拿繩子幹什麼呢！」哈爾轟道。

夜宵這時做出不耐煩的樣子說：「你這小兔崽子如此煩人，到底是要或不要？」

「要要要！」哈爾轟忙說：「師父，我這兒有兩劑百合斷步香，是臺灣少數民族的劇毒之藥，服下後只要不離寸步便無事，我將兩劑繫繩投下，您和小耗子吞服完畢拉拉繩子，我就下去啦，事成之後再給解藥。」

番紅花暗想你用繩子把藥送下來，又看不見我們服過沒服，不是存心找打嗎？一丸天頂小孔沒一會降下細繩，末端垂著一副長匣，番紅花上前取下，將長匣打開，裡頭撲面一陣百合花香，卻是兩劑並著百步蛇毒的異族毒藥，番紅花眼視夜宵徵詢其意，夜宵只是擺擺手道：「非服不可，哈爾轟狡猾多詭，提出此番要挾肯定有確認方法。」

番紅花只得服下一劑，入口但覺奇香無比，此外不苦不澀，沾水即化。服後正要將長匣拿給夜宵，夜宵臉色丕變，喝問：「你幹什麼？」番紅花大惑不解，夜宵只道毒性已然發作，他現在萬萬不可移步，番紅花真不知他怎麼知道的，遂將長匣拋扔過去，待夜宵也服下毒藥，番紅花才知道吞服此毒的人瞳孔會出現一輪金環，幸而番紅花服毒時並未離開細繩太遠，這時稍一抬手便能摸得，他拉扯細繩，便聽當時番紅花入海礁岩洞暗門處發出「咿呀」一聲，一道漆黑人影閃身而入，番紅花冷眼望去，那人起先小心翼翼站在門邊等著，看見了番紅花與夜宵的眼睛後便噗哧而笑，堂皇走近他倆。

番紅花總算看見了名為哈爾轟的男人，這傢伙長得奇醜無比，頂上亂糟糟一團毛髮，五官結著暗紅瘤子，密密麻麻蔓延全身，夜宵在後頭小聲道：「我看他是得了痲瘋，當心些。」除了醜陋，他的身材倒很結實，關節處卻多有怪異，好似他四肢的關節都是反著長的，致使他走路的方式半爬半跌，乍看之下有如蜘蛛。

「師父，我先給您跪跪。」哈爾轟嘻笑著爬至夜宵跟前，又說：「我給您磕頭。」說著又「砰砰」磕了幾個響頭，接著他歪頭思想，問：「接著還要幹嘛呢？」

夜宵便道：「你得給我洗腳，去取淡水來。」

哈爾轟伸手抓抓夜宵的腳，嗤嗤笑著：「師父腳上頗多傷口，怎麼不治治？」

番紅花膽邊生恨，這哈爾轟真他媽太邪了！夜宵長年關在海礁岩洞裡，營養不良又空氣汙濁，還有無數蚊蟲叮咬，雙腳生瘡也是無可奈何，當時番紅花給夜宵洗腳時便洗得滿是血水，看上去十分疼痛，夜宵卻一派雲淡風輕，現在始作俑者倒還問他怎不治治？番紅花真想衝上去給他兩個耳刮子。

夜宵使眼色讓番紅花冷靜，向哈爾轟道：「傷小不礙事。」

哈爾轟卻抬起頭嘿然一笑，端著番紅花遺下的寶盒取水去了。番紅花看他走向，竟是往海水池去，盛了滿滿一大盆到夜宵面前，一面說「差我洗腳，我便洗腳」一面將水倒上夜宵滿目瘡痍的腳部，番紅花差點要抬腳過去，海水澆在傷口上就像火燒一般，夜宵咬牙痛喊，但是悶在嘴裡，怎樣也不示弱。

「咱們別玩這齣了，又是跪又是磕頭，還洗腳呢，您現在就把《哨譜》給我，在這兒……」哈爾轟怪異扭曲的手臂往岩洞一揮：「您大可就坐在這石臺上傳我功夫，我就住這邊服侍您、給您吃喝，拉撒您也隨意，反正十年一到不管您成什麼樣子，還是一把火要燒成灰的。」

夜宵頓時放聲大笑，聽在番紅花耳裡卻無奈得瘋狂：「好徒兒，你真說對了，他……就是要殺雞取卵啊！」夜宵這話是對著番紅花說的，哈爾轟依著看去，眼中先是懷疑，然是震驚。

「你這耗子原來……」哈爾轟還未說完，夜宵已趁隙抓住他一頭亂髮，另隻手扣其下頷，正要扭斷其頸，卻聞一聲燧石擦響，番紅花見到那個畫面——哈爾轟吃吃發笑從懷中取燧石擦亮，亮中生出了點點火花，火花即將落到滿地油泥，番紅花想逃而不能逃。隔著即將燃起的火焰，夜宵與番紅花四目交接，而後番紅花眼看見夜宵笑了。

他不知道夜宵是怎麼做到的，如何在將成火海的上一瞬間站起身朝番紅花邁出一步，然後舉起手，使扛鼎之力將番紅花停駐的身軀往上一拋，夜宵喝道：「抓住！」番紅花便應聲抓住那條水鏢鍊子，他雙腿未移因而毒性未發，底下卻瞬間湧起熱浪，一陣一陣將番紅花吹得東搖西擺，熱風在海礁岩窟內形成內爆，番紅花甚至不能張眼凝視下方慘況，萬丈光芒猶如一顆巨大的太陽，番紅花只能握著愈發滾燙的鍊子等待結束。

夜宵葬身火窟了。番紅花心中只有一個念頭。

火舌在底下幾乎舔著他的腳板，但他不感到痛，這火還要灼燒許久，海礁岩洞內更因為氣爆緣故逐步崩毀，神奇的是水鏢鉤子卻始終安穩，番紅花向上看那丸小小圓洞，在光線照耀下有些金光閃爍，番紅花這又想起海礁岩洞本來就是螃蟹殼堆砌而成，火攻蠻力都不可破，那末這一聲一聲發自岩洞內部的咆哮，恐怕就是彈丸島本身的悲泣了吧……番紅花如今長了智識，心中產生如此可笑的想法也未免愚蠢，但他此時難以思考，他的臉被煙燻黑，胸腔盡是悲痛與火燒惡臭，番紅花將鍊條與手臂纏了個死，最終昏厥過去。

唉，番紅花就這麼入睡了也好，很多事情他是不需要知道的，譬如當時這場大火燒在海裡，把他原先出去求救的螃蟹朋友們燒成了焦炭，還將留在海面固守海線的海鳥兄弟也燒得滿天殘羽，對彈丸島周遭的海洋生物來說，那是他們歷來少見的劫難，死了很多很多小魚小蝦，恐怕幾百年都無法復原。除此之外是彈丸島人，這座海礁位於島東，當年原是所有島東人的心頭大恨，因為這座海礁是他們那兒最大的海礁，總是緩緩、慢慢地移動，一百條水鏢子擱上去也不理你，只能是礁拖著人而不是人拖著礁，現在這座礁島頂端細細地冒出了一陣黑煙，島東人都以為海礁「死掉了」，他們同聲共氣說要弄一艘大船去把這礁拉到岸邊，眾人齊心協力將之剖開，看看裡頭有多少金螃蟹可抓。可這時島東當中一個資歷最老的捕蟹人說話了，開口就把每個年紀不超過三十歲的島東人都給罵了遍，他說你們要不要這麼沒腦袋，海礁冒煙是彈丸島上百年未有的奇事，誰知道裡頭是不是住了一隻比整座彈丸島還要大的神龜？還是海上氣吐烏雲的龍爺爺住在裡面？你們把礁牽過來剖開，龍爺爺還要不要讓你們活命？眼下最好的辦法，就是往島西找那個造陷阱的鐵臂師父過去看看。

鐵臂師父是彈丸島上出名的陷阱工匠，姓班名金創，所造陷阱能捕海鳥螃蟹，甚至是丸島上一種奇行快腿的希罕狐狸。他這人性格是相當怪異，島北島東島南都有人請他發明陷阱，但他總要先聽過你的用途才決定要不要幫忙。譬如有次一個島東的螃蟹大戶請他造個假石礁好圍困螃蟹以逸待勞，他聽了就覺得無聊，百兩黃金也不肯幹。沒多久一個小毛孩找他說他家茅坑太臭了，想要個能自動清潔的茅坑，班金創一拍腦袋說：「對啊！這怎麼沒人想過呢？」便著手動起了念頭。後來造了一個挺失敗的自動沖水茅坑，只要外邊海一漲潮就會淹水，搞得四處糞水，小毛孩是一塊錢也沒付，班金創見了他還得趕緊跑，免得被小毛孩扔石子。

但除了太過異想天開的東西，舉凡陷阱機關，班金創的手段是一等一的。此外他生來怪力，單手就能舉起一片屋頂，使勁工作時筋肉鼓起，摸上去有汲井的水桶粗，又如鐵塊硬，因此得名。

島東的這個老捕蟹人那日就率領了一大票年輕捕蟹人殺去島西，班金創遠遠看見煙塵滿天還以為又有人來求他幹無聊事，正準備回屋裡裝睡，忽聽見塵埃中異聲突起，原來是一個和他常有往來的島東小孩，這小孩雖然也是島東人，捕蟹為家庭事業，他卻是個瘦弱的小猴子，既不能使鏢，也不喜歡濫殺生命，閒來無事總往島西找班金創學手藝。

班金創看是小猴子，心中來勁，這孩子平素深知他最好馬祖老酒，每次見面總拿一瓶子過來，裡頭紅紅豔豔的老酒可會隨著路的顛簸叮噹唱歌。班金創一想就饞得不行，站在屋外等著大隊人馬急衝而至。小猴子先喘氣朝一群捕蟹人揮手，捕蟹人立即遞上兩大瓶老酒，班金創樂得一巴掌將小猴子打進屋子裡去，一手一瓶酒，便要幾個重要的島東人物往屋裡論事。

老捕蟹人一進屋子，見滿桌滿櫃都是奇怪物件，有些長得還像普通的水鏢子，幾個年輕捕蟹人伸手要碰，班金創便沉聲嚇阻，道這屋子裡什麼都不許碰，誰碰了誰倒楣。

他們穿越層層廳堂來到地底穴室，連老捕蟹人都嘖嘖稱奇，孰料外頭一間破瓦屋，裡頭盡是如此機關啊！小猴子看上去熟門熟路，不是第一次來，加上身子瘦小，行走其間更是靈活，一下子就跑到最前方去了。老捕蟹人剛想喊他別太放肆，班金創只哈哈大笑道：「沒事，他和我老交情了，先去還是給咱們打門呢！」

這些捕蟹人在島東向來只聞班金創鐵臂師父的威名，還從來沒真的進鋪裡看，如今身在這玄怪之地，也不懂「打門」是啥意思，老捕蟹人才要問，一扇「門」便佇立於眾人眼前。

那哪是一道門，分明就是個大金人，金人身上覆滿人體穴位走脈的點點線線，小猴子候在一旁，手上拿根白銀長針。

見人都到了，班金創朝他點點頭，小猴子便腳踢金人，踹得金人黃銅體內一陣悶響。班金創忍不住道：「你給我放輕點！」小猴子額上滴汗說了聲是，手指穴位循脈絡朝金人又戳又打，金人大腿跟處旋轉半圈，左右兩臂讓針一挑且移形換位，小猴子靈巧得像隻真正的猴子，直把金人從頭到腳改頭換面。這金人原是男性，末了卻成了女性，待會陰處翻動完畢，金人頓時活起來，走出牆面亦走出一黑越越的洞穴，洞穴直通班金創的地底工作室。

鐵臂師父見眾人目瞪口呆，只是笑道：「我這邊多的是機關巧人，只防那些心懷不軌的惡徒，來來，洪老伯伯這邊走，小心腳下。」洪老伯就是老捕蟹人的本姓，他原來知道彈丸島上有班金創一號人物，但洪老天天忙著捕蟹，從沒能見上一面，今天終於有機會到這兒一窺堂奧，洪老頭子眼中頗有興味，他嘴中時常嚼著一根螃蟹腳，這時也含在嘴中津津有味地吸啜著，班金創提醒他腳下階梯，洪老伯便吐出一口螃蟹腳，滿不客氣往下走去。

小猴子取燈給眾人照路，頓時花生油香撲鼻，一盞昏燈撐起一小片光照，階梯陡峭蜿蜒，卻不太長，很快就到了底，小猴子取燧石給邊上火柱打火，這兒的火順著暗裡的油跑出一幅繁複圖景，圖景完全跑完之時，地下室的內容也於焉清晰——那是數百具的各式巧人，令人想起秦始皇陵墓裡的兵馬俑。這些巧人個個也是面貌情狀大不相同，有男有女甚至非男非女，處處可見鹿頭蛇尾又有女人胸脯的怪物、或者一巧人腿間有碗盤大小的陰戶，陰戶裡又長出陽具，陽具裡又長出陰戶，完全是奇形怪狀，久視之下讓人頭暈想吐。

「這……簡直敗壞道德。」一群人中有的看得傻了，洪老頭倒是按捺不語，面色深沉，嘴中的螃蟹腳落在地上給人踐踏過去也沒撿，班金創卻不以為意，反倒朝幾個下來的捕蟹人笑笑，道：「全彈丸島就你們島東人沒見識過我這手藝，怎麼？不是想請我幫忙嗎？假如連此等怪物都信手拈來，還有什麼我做不出？」

洪老伯低笑一聲，便依班金創指向的一張河豚刺椅坐下，屁股剛碰到上頭巨刺便一根一根柔順地躺倒，班金創喊了幾聲好：「正是正是，這椅子就是要這麼慢慢地坐。」洪老伯哪管這許多，只是憑著多年對海洋生物的知識，見河豚刺上每隔半寸便有一個枝節，你若放輕枝節就軟，要是用力了，枝節卡住枝節，刺根便聳然而立。

洪老伯清清喉嚨，看了看一旁自個兒的捕蟹後生，又看看顯然天賦極高的小猴子，心裡又羨又嫉，班金創見狀忙抬腿踹小猴子屁股：「趕緊給客人倒水！」小猴子灰頭土臉地去了，洪老伯道：「真好的小夥子，我也是看他長大的呢！」

「小猴子好是好，卻也皮得很，沒兩條鐵臂可管他不動。」班金創心知小猴子父親不愛他老往島西跑，也不知道他在這兒做事。班金創是有些中意這徒兒，打算藉洪老頭這次有求於他，便在島東豎立一點兒名聲，將來就算小猴子的事情傳出去也不怕他老爹知道，反倒要歡歡喜喜送他來呢！

洪老頭知道小猴子家事，對班金創這會是有驚有疑，曾聽說汪家大戶請他造陷阱遭拒，便曉得這次請託不會太容易，誰曉得這班金創真是愛護徒弟，現下還彷彿要請他幫忙，洪老頭心念飛轉，想著不如就做個順水人情吧！

小猴子送上茶水，洪老頭低頭啜了幾口，分不清茶葉好壞，但覺得入口一陣清香，不像島上原有植物。

「這是海藻茶，以海藻風乾後並中藥煎煮，如何？還適口嗎？」班金創笑問。

洪老頭不動聲色，也是一個勁地笑：「咱明人不說暗話，彈丸島上論居民不過一百來戶，你鐵臂師父的名號是其中響噹噹底，我們島東這幾天遇上一件怪事，唯恐驚擾海神，不敢擅自作主，只好來請你幫忙啦！」說罷便把島東海域最大的海底石礁冒煙一事同班金創細細道來，班金創其人平素最愛鄉野誌異，聽得入了迷，洪老頭子手中的茶也換了幾次。

「您老真是絕頂聰明啊！」在聽到洪老頭向島東人們說礁中住有龍爺爺時，班金創終於忍無可忍拍掌大笑：「什麼龍爺爺！依我所聞，您是看中了礁內的金蟹石礦了吧？」

洪老頭聽了摸摸鼻子，不好意思地說：「唉，真瞞你不過。」原來洪老頭老早就知道金螃蟹的蟹殼可比黃金還貴，能夠鍛造一種利於捕蟹的金鏢子，這種水鏢光放著就能吸引金螃蟹搬動，更別說要是把凝結百年的金殼石礁拉到島外一賣，恐怕要換多少食物用品都不是問題。當然洪老頭最大的夢想並不是要拿一大堆的食物用品繼續活在彈丸小島上，而是到彈丸島外頭去，買一棟上好洋房好生待著，有個能幹的年輕下人照料，直到他吁出生命最後一口氣。

藏有金殼礦的石礁為數極少，又只有洪老頭能夠從外觀上加以辨別，就說明了洪老頭原本是不想與其他人分享，但此刻他倆說到最後，這石礁實在太過龐大了，將來就算真的開挖也是要動員全島人，洪老頭自知無法將這祕密瞞住，否則他就乾脆不要挖了。

至於洪老頭會要島東人們稍安勿躁的原因，則是金殼礦起礦方法和一般從海礁內捕蟹的法子是大不一樣，弄個不好海礁沉入海底，起礦便得加倍困難。洪老頭一時治不住暴動的島民，只得用這種神靈傳說蒙騙大眾。

至於班金創這邊對金殼礦也有別樣心思，首先金蟹殼是種極為特別的造物材料，班金創一嗅到有金蟹殼的隱情，腦中就浮現了一具完全由金蟹殼製成的巧人模型，一瞬間心蕩神馳，連小猴子叫他都沒聽見。

「猴子！去把棒尖兒給我拿來！」小猴子正想將手擺他面前晃晃，這時班金創一聲爆吼，驚得他是連滾帶爬奔去拿「棒尖兒」。洪老頭自是不懂，待小猴子抱來才知是老大一根粗鐵，又長又重不見尾巴，拖在濃重的黑暗裡就像一隻被捧著頭顱的蟒蛇。班金創接過棒尖兒小猴子便往後退，還要其他人也給讓讓，洪老頭率眾人退到牆邊，不得已得和奇形怪狀的巧人們靠近，眾人於是個個眉頭皺緊。班金創騰出這麼一大塊空地獨自坐在地上，兩條鐵臂下十根與棒尖兒幾乎同粗的指頭將其一把擒住，隨後就在眾人目瞪口呆的瞪視下開始「編織」起來。

班金創那十根手指敢情是比鐵棒還要堅硬的造物，對著棒尖兒又是搓又是捏，很快便編出一片金屬羅網，鐵棒棒尖兒在他手中溫順盤桓，真是百煉鋼成了繞指柔，更猶如活物似的與他十指相依，有時速度快了，班金創覆繭指腹還與鐵棒磨出了火花，他的速度愈來愈快，棒尖兒早已消失在編成的羅網之中，他的手指也愈來愈亂，好像有千根指頭於金屬羅網裡神出鬼沒，班金創額上汨出了豆大的汗水，他的創造逐漸將他沒頂，班金創卻笑得盡興，火花濺得又高又燦，他的速度愈來愈快，羅網愈織愈大，鐵棍還從黑暗裡不斷抽來，班金創終於一個手刀將鐵棍斬斷，此時展現於眾人眼前的，是一副足足有兩個魚池那麼大的金屬網子。

「你們將此網拿至石礁頂上蓋住，待三日後我與小猴子過去勘查。」班金創接過小猴子遞上的濕毛巾擦手道。

洪老頭看那宛如人間凶器般的十根手指被擦得閃閃發亮，心中暗自發怵，見班金創實是答應了他，也不好再多叨擾，囑眾人將鐵網帶回島東，然而就是動用十名大漢也提不起哪怕半刻……這該如何是好啊？洪老頭只得讓個腳程快的回去喊人，班金創卻說：不讓更多人看自己地下室了。洪老頭這會沒了法子，還是丟了自尊請班金創將鐵網弄到他家門口，一併喊人來抬，這才把事情辦好。

班金創送走了那幫大老粗似的捕蟹人後喚小猴子來，就說三日後要去島東石礁瞧瞧，小猴子聽師父叨唸什麼該帶什麼不該帶聽了整整兩個時辰，屁股都坐疼了，班金創見他坐立難安心不在焉，有些不高興，就問他是不是想回家？

小猴子哪敢說是，換了個姿勢坐著說沒有沒有，只不過師父平時明明在底下蓋了四十九個工作室，怎麼偏偏帶洪老頭子他們到這一間，師父明明對製作這些奇形怪物沒多大愛好，難不成是想嚇嚇他們啊？

班金創立時撫掌大笑，回說這夥人平常守舊敗類，老早就該嘗點苦頭啦，今晚全都非做惡夢不可。原來班金創雖手藝上乘，卻性格怪異，特別喜歡惡整外人，小猴子起初吃盡了苦頭，後來淪為共犯的下場，倒是得其所哉。小猴子聽了班金創的話也樂呵呵的，想自己以前不能出海，上船就吐個七葷八素，村裡人都喊他廢物，今天倒是讓師父幫著出了口惡氣，心中提振，就趕緊張羅師父要的工具去了。

至於洪老頭子那邊為了把鐵網弄上海礁著實費了一番力氣，他年事已高自然不會親自動手，就讓幾十個捕蟹的後生去幹，他獨自回到蟹殼老家裡坐在一張蟹腳堆製的搖椅上來回地晃，一面嚼著口袋裡的螃蟹點心，一面思量著就覺得不對了，班金創一來沒說要金蟹礦裡的多少，一來讓他們把網子掛上去，從屋裡往外看那煙卻是更濃密了，一朵一朵烏雲瘴氣一樣，像是要下大雨。這三日裡班金創琢磨著什麼心思？洪老頭感到很有必要探查一下，立即找了身邊信任的後生到島西監視。

島西這邊三日無事，小猴子盡讓班金創給折騰，師父要喝酒吃飯他無一不管，儼然成了管家的，還要在整個彈丸小島上忙活，來個東市買槌子西市買長鍬，到了最後，島上皆知島東要進行大工程呢！於是三日後班金創和小猴子出發往島東前進，為了避免看好戲的人潮，他們走了水路，是一艘石礁外貌的小船，小猴子本來抖抖瑟瑟，直說自己會嘔，班金創哪管得了他，一腳將他小猴屁股給踹上了船，師徒倆直接往傳說中的巨大海礁駛去。

上了船前幾刻鐘，小猴子還一副病懨懨的模樣，久了卻覺得船身平穩，無波無搖，真不愧是鐵臂師父的火花指技，能把船造得不顛不晃，委實太厲害了，小猴子有了精神就能幹活，班金創要他幹嘛還幹嘛去，一下把天空色的帆弄得角度正確，好溶入背景，一下讓石礁似的船身模仿螃蟹拖走，這還是奇快的石礁，一夥捕蟹人看了都沒勁扔鏢子，一路順遂地到了洪老頭說的巨海礁，班金創遠遠望著，嘴裡嘖了一聲，這可是一塊價值連城的金殼礁石啊！怎麼這麼好的東西都長在島東呢？橫看成嶺側成峰，假如彈丸島從外海看來像是人類豎起中指，那這礁石再大下去，恐怕彈丸島從此就豎起了兩根中指。

高聳海礁頂端此時升起團團黑煙，並且漸趨嚴重，令海上烏雲密布，雲中悶雷，雷中生電，電中積雨，雨落風起，班金創的石礁船也跟著搖搖晃晃，小猴子開始大吐特吐，班金創卻是哈哈狂笑，彷彿從未見過如此有趣的事情，他扯著掛在甲板上的小猴子道：「你怎麼也想不到，那礁裡有人哩！」

小猴子吐得兩眼昏花，壓根搞不清楚他師父在說什麼鳥蛋，只能幽怨地望他一眼，就此不省人事。

班金創獨自站在船上執槳，凝望暗下來的天色與海潮間不動如山的巨礁，胸中泛起微微敬意：這勞什子的海礁啊……簡直像在一夕之間忽有了成山的夢想，這才從海裡長出來的呢。它頂上那呼呼冒煙的部位套了班金創特製的鐵網，使用的鐵棒有遇熱即化的七種材質，煙色瀰漫之處便隨著瀝篩的鐵網反應有了層次不同，這煙色層次只有班金創一人讀得懂，本來嘛，班金創沒向洪老頭子商量報酬就是怕這礁裡其實什麼也沒有，他敲得多了就讓人知道他其實根本不會看礁，但現在班金創讀著煙色，裡頭有燒過金蟹殼的猩紅黃邊的煙，還有兩股粉紅色煙……那是屍體燒出來的，班金創看到黃邊煙得了確認，本想收眼駕船，不料兩股粉色煙中還有一股子白氣，那是活人苟延殘喘的煙色，班金創眼神一凜，兩條鐵臂划船更急，距離海礁有十公尺、五公尺、一公尺……

番紅花醒了過來。

他醒時右臂劇痛，轉眼看去原來是水鏢子鍊帶絞入肉中難分難離。這水鏢子鍊帶救了他的命不致摔落火中，卻也因此讓右臂幾近全廢。

番紅花向下望去。

火海已成灰燼星火，番紅花一陣眩然，底下光景有如從千尺高空向下凝視萬家燈火，金蟹殼於微光掩映下殼紋竟如人臉，人臉作壁上觀，朝番紅花嘿嘿而笑。番紅花低聲道：「救我。」無人回應。

底下夜宵師父恐怕就葬身在星火之中，或者便是化為星火，番紅花伸手按住胸前，《哨譜》彩畫似乎收藏妥當，再向上望，則上方濃煙密布，底下的煙全積在頂端小孔，要出不得出似的，此時番紅花又覺得有人動靜，加之想起自己劇毒未解，恐怕將移步而斷氣。

番紅花在這方面真是個傻子，覺得自己中了不能走路的毒那就不走路吧，卻是惦記著灰燼裡的夜宵。想起他倆將與哈爾轟對峙的前一天，他師父說心有一計，番紅花當時仔細聽過，老實說沒聽懂。夜宵見他不懂也就微微一笑，只說他自己知道便好，沒想到最後會變成這樣。番紅花不相信夜宵已死，現下盤算的就是怎麼掙脫鍊子跳下灰燼裡找他師父。

此時頂上石塵抖落，番紅花臂上一輕，隨著大片光亮照入石礁海洞，他又聽一漢子道：「難搞的老蜂窩，裡頭定有蜜。」番紅花早先扔上洞頂的海鏢子被打得鬆了，番紅花微一使力，便隨脫落的鏢子往洞底墜跌。

海礁岩洞裡頭真大，假如番紅花以前落下去肯定不死也半條命，如今卻有大片焦黑塵埃，算是給緩了勁。番紅花掉下去滾了幾圈，趕緊在地上趴好以免站起來算了步數，他得毒發身亡，半爬半跪地摸了整片地上就是不見師父，而頂上天光更亮，竟有人在上頭喊：「裡頭有人！」一會又是：「小哥！你還好嗎？」

番紅花聽那些人的話不懂，這是件怪事，番紅花六個月大的時候就能聽漁人講魚故事，如今他回想起來，恐怕絕大多數都是他的想像，他想起自己的母親，甚至開始懷疑他的母親是否真的曾經和一個異邦人戀愛，又被那人給甩開。

番紅花在鍊上長長地熟睡而至清醒，他的腦袋裡就像所有瀕死的人一樣略過了跑馬燈，在他人生的最初，他想起的當然是母親踹了自己一腳，但是現在的番紅花對那一腳已經淡了感情，他第一次幡然醒悟自己的身世之謎並不在母親踹他的那一腳上，而在於母親。同樣地，他苦苦追尋父親的身分到頭來也沒有實際成果。番紅花夢著自己在即將破爛的木盒子上艱難地維持平衡好聽漁人老頭們說故事，番紅花長了智識以後才了解到，他當時聽妥的那些都不是真正的人類語言，事實上，僅僅不過為漁人們捕魚時的呵欠或吐痰聲，這真是一件絕頂奇怪之事，番紅花想著自己年僅六個月大的時候，到底怎把人家一個噴嚏在小小的心靈中渲染成長篇史詩？番紅花不知道，因為他不知道，又想知道，於是他就從掛在鍊子上的眠覺裡醒了。

番紅花醒了以後，在他往下望去的前幾刻鐘，他想著假如自己還有命和師父一塊重見天日，他要鼓起勇氣尋他娘親，問她叫什麼名字？和誰相愛懷他？那人又是誰？番紅花這麼想著，便低頭去找他師父，當然了，他沒有找到。

番紅花落到地上以後隨手亂摸著，最終摸到了一粒不同於易碎灰燼的圓形物體，他拿起來一看，便是夜宵曾給他說過的紅圓珠子，番紅花今天第一次看到，那顆珠子有拇指指甲般大，紅得像鮮血，圓得像眼球。他頓時想起夜宵將一張龍血紙給他看過，上頭末三字「得其師」暗示了他們李後人傳承的法子，便是要吞食丹藥，儘管如此仍讓番紅花不解，何謂得其師？是心理上感到與師父同為一體，還是藉由這吞服的儀式化動作重溫與師父間的回憶？如今番紅花手中也有了一顆鮮紅珠子，他真不知是不是應該將珠子吞進肚裡，總覺得恩師夜宵就困在這珠子內部，不管怎樣，受人吞噬豈會愉快？再加上大惡人哈爾轟圖的就是這個，番紅花怎樣也不想同他一樣，於是最終只是以手擦拭珠子表面，小心翼翼將它放進衣袋裡和《哨譜》彩畫收好。心唸道：師父，您就安心去吧，徒兒會替您報仇的。

番紅花默語一番，最終垂下手，手指尖端頻頻顫抖，他仍然無法相信師父真化為一顆紅丹藥了，而哈爾轟，倒是得其所哉，真的和夜宵葬身此處，真是汙辱了夜宵，番紅花只得再按了按胸中那顆珠子，想到將來往外頭去，好生葬了此顆丹藥，他是和夜宵行過禮的，早是個有名分的李後人，加上又有《哨譜》，丹藥留不留該是其次，番紅花左思右想，上頭礁頂成片被掀開，垂下一條粗麻繩，一名漢子粗聲粗氣地對番紅花喊：「小哥你傻了嗎？還不快上來！」

沉浸於喪師之痛的番紅花正愣忡，那人又氣急敗壞地叫嚷：「愣啥呢？你島外偷渡的吧？洪老頭過來你就得被捉去餵螃蟹了。」番紅花聽得也不曉得什麼意思，下意識伸手抓住麻繩，那漢子立時吼：「猴子！」於是繩子頂端來勁兒，番紅花一點一點被拉上了海礁。

要說重獲新生是一種怎樣的感覺，番紅花只覺得太陽照得他滿面溫暖，紅得都要燒起來了，亮晃晃的光穿越他的眼瞼直射瞳孔，又從瞳孔照到了腦子深處，使得腦袋中也是白亮亮的，像星星爆炸，番紅花想要思索什麼，卻怎樣也無法集中精神，只聽得一旁看不清面孔的漢子道：「小猴子，你看這人像不像我邊上那戶人家的小女兒？」

一孩童聲答：「師父，我看這話不能亂說，他是有雞雞的……」

「什麼話不能亂說，老子指的是他皮膚紅通通，我知道全彈丸島上就他們一家是紅通通的啊！」

「師父，我看這話還是不能亂說……」

「我怎麼亂說了？你這島東人，跟你扯這些也沒屁用。我看這人傷得挺重，你過來搭把手……」說著番紅花就感到身子被提了起來，他瞇著眼，見自己上半身讓一壯漢提著，一隻血肉模糊的手給捧在個孩子手心裡，看他戰戰兢兢的，番紅花心裡便笑了。

他們走沒幾步，漢子忽一拍腦袋粗聲道：「完了完了，洪老伯就在下面呢！」

「師父，怎麼回事啊？」

小猴子被班金創巴了一下頭：「你上船的時候怕得慌了嗎？沒看出咱們被跟蹤？」

「您倒怪我了……」小猴子摀著頭上的腫包嘀咕：「明知道我暈船的呀！」

「你早該把那病根治了，否則以後怎麼替你老子打螃蟹？」

「我不想打螃蟹，我要打鐵做玩意兒。」

「就你這竹籤細的手臂，還不去練練再來？」

師徒倆就這麼一來一往地扯皮不已，番紅花像條破布似的給搭在班金創肩上，他們要循別條路離開，卻發現礁下圍滿了人，洪老頭這會也顛躓著上了礁頂，見班金創和小猴子已經把礁頂掀了開，眼神中犯疑猜。

「你們手腳可真快呀！」洪老頭說罷又向番紅花一看，擰起了眉頭：「這誰呢？」

「我島西那兒另一個徒弟，開鼎不小心傷了。」班金創從善如流地道。

「哦？」洪老頭眼中銳光更盛：「真是遺憾得很，不過這麼健壯的一個小夥子，上次怎麼沒看到？」

「我差他到外頭替我買東西去了。」

「這不可能啊，我在彈丸島上那麼多年，從沒見過這張臉孔。」洪老頭說著又要彎腰看個仔細，班金創沒閃，他知道閃了就糟了，他讓洪老頭靠近番紅花滿是髒汙的臉，低聲道：「他之前替我到馬祖送貨……你知道吧？那兒最近有個海盜，這小子和他頂熟悉。」

「你不是說……」洪老頭說著沒了聲，他們誰不知道那個海盜啊，那個鄭……什麼什麼的，甭說彈丸島，其實是整個馬祖都讓他關照過了，這兒許多漁人還靠他吃飯呢，洪老頭瞬即無語，恰好班金創指了起開的礁頂給他，說剩下的就交辦予他了，洪老頭開始還以為他要獨吞呢，想想也不可能，回頭問他要分幾成？班金創就講他那張鐵網，跟他那張鐵網一樣重的金蟹礦便成，洪老頭眉開眼笑地應答一會，班金創都走遠了他才驚覺不對，這鐵網多重啊，分明還是被占了便宜，其他捕蟹後輩見領隊的愁眉苦臉，一夥人全都沒了士氣。

回說番紅花掛在班金創肩上，小猴子蹦蹦跳跳地跟在身邊，近了水看見船，又成小苦瓜臉，班金創就罵他：「你什麼樣子！這點出息就想打鐵啊？不如回家吸你娘的奶吧！」小猴子年少氣盛最不禁激，被罵成這樣臉都紅了，直說：「我不吸，你才去吸。」

班金創上了船把槳扔給小猴子去使，兀自把番紅花安置一旁，便往船屋裡躺著歇息，語氣涼涼地：「那就好好划啊，到了再出個聲。」

小猴子膽戰心驚划了一會，風平浪靜，料是海礁不生煙氣，雲雨皆散，夕陽西下兜天的彩霞煞是好看，可惜了這麼好的景色，看在小猴子眼裡只想到黃晶晶的魚卵，划船划得手痠，肚子還扯嗓叫餓了，班金創在裡頭呼聲如雷，番紅花又如死人一樣，小猴子覺得又委屈又飢餓，划得愈來愈慢，結果到了晚上還沒划去島西，班金創立時醒了，打著呵欠抬頭一看，馬上變了臉色：「你小子搞啥？」

小猴子囁嚅道：「師父，我餓了……」

班金創摸摸肚皮也是空癟，便叫小猴子往船艙裡取捕魚工具，小傢伙一蹬三尺高，忙不迭搬來一架奇形怪狀的機器置於船邊，班金創推開小猴子上前鼓搗一番，就著月光，稍稍能看清楚那機器的外貌，看起來就像條龍，卻又不是龍，此物口銜魚叉，叉首銜丸，丸中藏網，擊入水中能破水網魚，是班金創的獨門漁具。

「龍生九子各個不同。」班金創一面搗弄一面給小徒弟教育：「我之前把這東西取什麼名字啊？」

小猴子乖乖唸道：「蚣蝮炮。」

班金創很是得意，蚣蝮性喜水，拿來做漁具也挺合適，就見師徒倆手忙腳亂給炮中塞入魚叉，焰準時機朝水裡猛然放炮，炮聲高響，晚上黑闃闃的卻是誰也不見魚，弄了幾下什麼收獲也沒有，班金創怒道：「蚣蝮蚣蝮，吃得全是水！早知道該叫饕餮才是！」

「師父您現在可改它名字啊！」小猴子在一旁頗為無辜地建議。

「你小子懂啥？我班金創的造物發明說一不二，名字定了就有感情，你可得學著點。」

他倆又在鬥嘴，番紅花自個兒醒轉過來，見他們站船邊不知幹什麼，他多日未進食也沒喝水，身體早就撐不住了，微微張開嘴嘶啞道：「水……」

班金創眼睛亮嘴巴利，偏偏一雙耳朵一邊是聾的，番紅花喊半天都沒聽到，後來還是小猴子察覺他醒了，趕緊拿出隨身的葫蘆給他倒水喝，番紅花喝了一口就嗆住，班金創大掌拍開小猴子的小葫蘆，劈頭罵道：「人家躺著怎麼喝？又許多日沒進水，先拿布沾濕他嘴唇即可。」小猴子照做不誤，番紅花才感覺舒服了些，他舒服了，又想到自己被救過程中是不是腳碰了地，一時心急氣喘不休，小猴子慌了，大喊師父。

「怎麼？」班金創湊過來問，番紅花細弱蚊鳴，微張的眼睛露出一對鑲金環的黑瞳子，班金創心裡有了底，正要向番紅花詢問細故，不想番紅花硬是掙扎著道：「我腳……碰地沒有？」

班金創「啊？」了一聲，又聽得番紅花急慌慌的：「我、我中了百合斷步香，腳若碰地，邁出一步……是要死的。」

小猴子聽了臉色鐵青，班金創卻面無表情，默默走到蚣蝮炮旁，按著蚣蝮頭，壓抑了一會，隨後放聲狂笑。小猴子打第一天認識師父以來，從未見過他笑得如此癲狂，簡直不計形象了，瞧他笑得要死要活，後來還抱著肚子做地上滾，小猴子很害怕，就趁他稍稍歇息時問：

「師父，你病了麼？」這一句又讓班金創更加不能自抑，他笑得滾得捶地得都成神經病一樣，還忘記他們正在海上呢，一翻身落到海裡去，「嘩啦」一下濺起老高的水花。小猴子趴船邊看師父從海裡冒出的小泡泡，數著師父不諳水性能撐多久，才數到十，班金創鐵樁一樣的手指倏地破水而出按住船沿，力道大得掐斷了木頭。一會後，他濕淋淋地爬上來，還上氣不接下氣，卻理性多了，他將小猴子拉到一旁，低聲道：「為師心有一計，好徒兒可得好生配合。」

小猴子可乖巧著，聽班金創破天荒跟他這樣正經說話，小猴子面色也跟著嚴肅起來，點頭答好，班金創按著額頭又呵呵笑了幾聲，小猴子擔憂地看他師父做崩潰狀，立時有些後悔，這時班金創給小猴子解釋：「那人口口聲聲說自己中了什麼百步蛇毒，在我來看，他是給人騙了，他眼睛上那一圈綠綠金金的東西，是銅積累過多造成之跡象……」

「您怎麼知道？」

「笑話，老子打鐵烙金多少年了？銅中毒還看不出？」

小猴子聽了便大聲起來：「可得趕緊告訴——」

班金創一雙大手摀住小猴子嘴巴，用勁之大，小猴子暗想您不如一刀給我個痛快還勝過這樣啊。班金創卻在他耳邊道：「他這人這麼好玩，我們又救了他，他的命就是咱師徒倆的命，還不耍耍他？」

小猴子瞪大眼，細聲道：「您還耍他啊？這人中了毒，咱們這麼幹……挺損的。」

「損啥啊，我班金創名言是什麼？」

小猴子無奈曰：「『無聊事不招班，班自招無聊事』。」

「很好很好，孺子可教，等下我說一句你應一句，知道不？」班金創自顧自說完便走回番紅花躺倒處，語重心長向他說：「小兄弟，你身中奇毒，可知無藥可解？」

番紅花一閉眼，道：「知道。」料想哈爾轟葬身火窟時，恐怕也將解藥一併燒毀了罷。

班金創興沖沖地又問：「你知道這是何毒？」

「百合斷步香。」

「對此我略知一二，既為斷步，便要斷你半步不成，可惜你雙腿好端端地，這會全廢啦！」

小猴子在一旁不敢言語，班金創不滿意，拉他過來問：「你說是不？」

「是是是……您說的都是。」小猴子顫抖曰。

「什麼叫我說的都是？這人從此不能邁步，真是可憐得緊！你還不給他唏噓一會？」

「是是……」小猴子唸到一半，忽然靈光一閃，就當著番紅花的面問其師父：「您既然可憐他，不如給他造副枴杖？」

班金創一下愣住，不禁覆述小猴子之言：「造副枴杖？」

「是啊！一副不同凡響的枴杖哩，像高蹺似的，他能腳離地幾丈高，全靠雙臂支撐，就不必走路，也不會毒發啦，這枴杖就叫……巨人蹺，小哥你聽好啊，我師父是全彈丸島上最了不起的鐵臂師匠，他答應給你枴杖，肯定造得比外面賣的都好！」

番紅花一旁聽了甚是感激，半坐起來握班金創寬大粗手道謝不已。班金創這會被徒兒陰了，眼神都死了，嘴脣還頻頻顫抖，他原本只是想玩弄瀕死的可憐蟲，現在卻變成要負責他的終身大事了。要說班金創平日最好什麼？就是惡搞折騰別人；要說最怕什麼？就是別人拿他當師父或恩人那樣感激……也就是小猴子和人滔滔不絕說他鐵臂師父能幹嘛能幹嘛，把他都捧上天了，倘若他今天不造出一副巨人蹺，那他名字還不倒著寫嗎……

話說回來，班金創打從最最開始就不敵小猴子在他屋外長跪不起，直說一生就認定他是全天下最好最厲害的鐵臂師父了，不收他做徒弟他就不起來，班金創天不怕地不怕，就怕有人給他軟的吃，小猴子那時還沒跪半個時辰呢，就被班金創提著衣領進屋去了，還討得一碗熱呼呼的黑糖老薑水暖手。

如今小猴子也不知是吃定他師父了，或者當真同情番紅花一番遭遇，反正大事底定，班金創只能摸摸鼻子趕緊拍船回島西，當下月夜正好，小猴子照料番紅花身上少許燒傷，班金創哼哼唧唧唱他的打鐵歌，一會後船靠了岸，師徒倆將番紅花抬到岸邊，又忙著船上什物，暫且就不管番紅花了。

番紅花雖是彈丸島人，卻從來都沒上過島，他的頭枕著岩灘上的巨石，身子下面一層粗石礫，番紅花感到沒有頻率，那是長久生活在海上的人才會明白的暈眩，土地固定，番紅花卻覺得沒有海的頻率，那就好像一個人忽然失去了呼吸一起一伏的感受，番紅花此時就是這種想法，他不會呼吸了，而一切是堅固而確切，番紅花伸出手胡亂抓耙，抓了一會便給小猴子抬上了肩。

「師父說你暈陸地，得習慣習慣……小哥，我以前覺得自己暈船很傻氣，沒想到你比我更傻氣。」小猴子說著就把番紅花抬進班金創屋裡，用乾海藻給他堆了張床，淡水和幾顆乾果子擺一旁，番紅花不覺得挺累，而且其實從最開始遇見兩師徒便覺得他們說話的口音十分有趣，番紅花從來沒有真正與外人交談過，小猴子問他還缺了什麼沒有，番紅花搖搖頭，只說要他多給自己講講話。

小猴子想師父牽了船也不知多久才回來，不如就和這人聊聊，也是看他可憐，講了半個時辰的話，小猴子都是把番紅花當外地人的，時不時問他島外頭的生活如何？番紅花以為他是在說石礁裡的生活，但《哨譜》一事又不好講，只得編了一些自己兒時的幻想，唬得小猴子一愣一愣的。半時辰後，二人聽屋外有人語交談，正好番紅花說得累了，就不作聲，只聽得班金創說道：「你真沒生過孩子？」

老大一聲巴掌又脆又響，小猴子驚得肩膀抖顫，聽一女子說：「去你的我生孩子。」

班金創的聲音又道：「全彈丸島就你一家皮膚紅通通的，不是你還是誰呢？」

登時一窈窕身影直入屋來，從番紅花的角度看過去全是背光，看不清女子的面貌也看不清她的表情，只知道自己的臉被摸了個遍，那女子彷彿嘆了口氣。

班金創的聲音擲地而來：「你看如何？」

女子不再言語，大概覺得說多了就露餡，番紅花此時倒希望女子能說說話，她的臉即便一片模糊也是好看，還帶著自己熟悉的奶香。女子摸摸他，摸完了起身要走，番紅花心急起來，費盡全身力氣伸手拉她，女子看似慌張，要把番紅花手給撥開，番紅花硬是不放，便聽班金創在一旁呵呵直笑：「海燕，我看你就收了他吧！」

女子見甩不開，也不羞怯，反是罵罵咧咧道：「收什麼收！我家幾十口人要吃飯，瞧他病懨懨的，手不能提腳不能跑，曾奶奶肯定不愛。」

「你要是喜歡，算你幾張補網的工錢便罷，再說生米若煮成了熟飯，與你曾奶奶先斬後奏也不遲，反正她老人家專愛說女人是賠錢貨。」

這話說到海燕痛處，一瞬間閉口不語，小猴子機靈，見狀趕緊拉女子的手道：「姐姐真對不住，我師父就這樣狗嘴吐不出象牙來，可你看小哥多可憐，要不你回去同曾奶奶探聽探聽，沒準能知道他的身世。」

班金創狠揍了小猴子一下，回頭又正色道：「出去出去，我這裡女人與狗休得進入。」

叫海燕的女子一聽就來氣，氣得肩膀顫抖，背過身彷彿在哭，小猴子一旁看了直搖頭，他師父吧，今年不過方屆不惑，二十幾歲到這彈丸島上，見島西一戶人家個個膚色鮮紅，其中一個小女孩兒更是特別的，生得水靈水靈，皮膚竟是粉紅色，他當時就下定主意把打鐵屋建在這戶人家旁邊，為的是來個光源氏計畫，他眼睜睜把小女孩從小看到大，看到她二十歲都快嫁人了還是沒敢出手，又一天到晚拿話激她，這不是自作孽嗎？小猴子天天給他們吵架時緩頰，就不知道哪天她真給班金創激得……就不當女人了，但以小猴子敏銳的觀察來看，海燕哪天長出雞雞，班金創也會喜歡的。

番紅花自然沒聽見小猴子內心胡言亂語，也不見班金創專注地盯著海燕離去的身影，至於海燕，已經走出老遠啦，番紅花心裡此時此刻想的是：我在彈丸島上，這是我從小出生的地方，我終於回來了……我的母親在島西沿岸上生下了我，並將我流放海中，我坐在一方木盒子周遊全島，親睹島中奇事，隨後漂回島西，再度遇上了母親，而母親也再度將我踹回海裡，然後……我入了沉船底海礁岩洞，遇見夜宵師父……

番紅花這時悚然一驚，這是他清醒後第一次真正想起師父。番紅花這才曉得，原來他一直捉著母親的事不放，只是為了遺忘——那日火燒得有幾丈高，山壁劈啪作響，黑煙成雲飄蕩，如一隻巨大的怪物，一點一點霸占他的眼睛、鼻腔、嘴巴……思及此，番紅花再度失了呼吸。

幾刻鐘後，小猴子送走海燕回來照料皮膚暗紅的神祕小哥，卻發現他漆黑如墨鑲嵌金環的眼睛瞪著天花板，什麼話也說不出來，什麼反應也再沒有，「他」成了活著的死人，雖然還能張口吃飯喝水，也懂得撒尿拉屎，但這些動作全要小猴子一一服侍，這神祕小哥呀，似乎還有頑強的求生意志，依然不敢以腳踩地，還老是護著胸前口袋裡一份古籍，但他對小猴子的叫喚與班金創的咒罵不置一言，直到最後，班金創拍拍小猴子的肩膀對他說：這小哥夢魂飛了。

小猴子還年輕，沒見過人死掉，還是自己分明可以救下的，以為師父說「夢魂飛」就是死，哭得鼻紅眼睛腫，班金創最受不了他這樣，使勁拍他腦袋，小猴子一串鼻涕被拍得噴了出來，髒兮兮地望著他師父，說這人連名字都還沒同我們說呢，真太太可憐了。

班金創頭一歪道：看他不知神遊何處去，模樣也是傻氣，不如就叫他傻子吧？

小猴子抽噎著罵：您認真點行麼？他魂都飛走了，我們還管他肉身幹啥？

班金創就說你小子以為夢魂飛很容易嗎？想古代通訊不發達，李白杜甫也只有晚上能通通夢魂，有時夢魂遇上了關山，還飛不過去呢，這人……姑且就叫他傻子，海礁岩洞裡灰頭土臉地出來肯定要向某某人報平安，他又沒別的辦法，只得飛夢魂，我們先替他作肉身保存，他飛完了才好回來啊！

小猴子又啜泣曰：這人恁的傻！怎不叫我們幫他送送信呢？

班金創拍他頭道：就這點容易的都想不到，才叫他傻子嘛！

於是傻子在班金創地下室裡住了下來，小猴子待他挺好，擦身餵飯頗為勤快。班金創一如過去十年成天喝酒睡覺，這陣子甚至染上了菸癮，是洪老頭子每隔幾日便送過來的螃蟹絲，班金創拿一根大菸桿裝這金金紅紅的菸絲，小猴子要是又犯錯了便拿菸桿敲他頭。至於隔壁家的海燕，偶爾會來看看傻子，每次過門都要經過班金創煙氣撲撲的躺椅邊，那螃蟹絲挺怪的，燒出來的煙成螺旋狀，海燕如要經過，班金創懶洋洋地睜開一隻眼睛，徐徐吹出煙掀她衣襬，海燕被欺負就更生氣，更不理他，小猴子有天忍不住了，一面給傻子抹身一面屋裡喊了句：「師娘！你們趕緊洞房了吧！」

班金創耳朵不好，小指一挑彈出老大一塊耳屎表示啥也沒聽到，海燕卻羞得滿臉通紅，之前班金創說她和傻子生米熟飯啥的她都沒臉紅，還盡往他啐髒話，猴子一喊她只能揮開滿頭的煙霧回家去，真是羞死人了！這對師徒這麼不正經，偏偏海燕就是喜歡他們不正經。

海燕是彈丸島上大戶人家的么女，說大戶人家就真是大戶的，又窮口子又多，海燕上面七個哥哥十三個姐姐，全都是希罕紅皮膚，也全都幹著島西的事業——男的捕魚，女的補破網，在海燕家，女孩子是沒地位的，但是女孩子上了年紀就有發言權，譬如海燕的曾奶奶，是彈丸島上出了名的悍婦，傳說她年輕時在彈丸島一年一次的海神祭裡扮演了獻祭的女子，結果勾搭上扮演海神的年輕小夥子，在他們祭典裡面，扮海神的都是最俊美的少年，海燕的曾奶奶就把人家給纏上，啪啪啪地一口氣生了十個，十個當中原本有七個是女孩子，但都被她們母親親手淹死，在他們那個時代是沒有辦法的，女孩子嫁出去就像海浪漲潮而退，真是潑出去的一泓海水，杯子囚之不得。

是到了曾奶奶年老了，幾乎罵不動了，海燕家的女人才漸漸多起來，而且個個出落得十分俊麗，繼承的紅皮膚淡中帶粉，好似夕陽的餘暉折射在蓬鬆的雲朵上，她們四肢的關節部位顏色尤其鮮豔，跑起來就是四團火星子，要是無意間跑得快了，一下子落到海裡，海水會被蒸出一串金色的煙氣，襯得她們身上的粉紅色更加甜美、更加妙不可言。

因為海燕家的女孩子是這樣的人間尤物，每年海神祭都讓她們做獻，今年就輪到了最小的女兒海燕頭上，不過海燕一點也不在乎做獻的事情，她現在每日往班金創家裡跑，為的是看看那個身世成謎的傻子。

海燕跑向班金創屋裡的動作總是有一定的順序，她會先跑出四團火星子，氣喘吁吁地在班金創家門前煞停，悠悠然看一眼破銅爛鐵打成的小矮屋，隨後再瞪一眼必定會坐在門廊上的班金創，班金創整個人淹沒在他淡藍色的煙氣裡看也沒看海燕，就把旱菸桿往屋內一指，班金創的屋子門口有一張破破爛爛的簾網，整個夏天都有燕子穿飛，海燕就用她發燙的右手腕猛一掀開簾子，和幾隻小燕子一起走進班金創屋內。

海燕從來沒有入過地下室，她甚至不曾想過班金創的破屋子是有機關的，她和幾隻燕子一起奔進屋裡，左看看右看看，對四面掛的奇怪圖畫又不感興趣，只是在小猴子面前裝裝模樣，她還是最在乎傻子。海燕每回來看傻子，都要捧著他的臉凝視許久許久，總覺得這人的五官很熟悉，好像在哪裡看過，但又說不出個所以然，海燕有時帶哥哥們弄壞的網子來班金創家裡補，一面補一面陪傻子踩高蹺。

話說傻子自從不講話以後，有天班金創家裡來了位客人，是海燕過去沒見過的樣子，從口音看來頗像馬祖島上的居民。班金創用福州話和他說了幾句，那人在熱辣的太陽底下摘了斗笠，露出一張黑漆漆的麻子臉，肩上挑著兩擔什物，一看就是個賣藥郎，他挑擔的手臂細如竹竿，也不知是擔子挑他還是他挑擔呢。海燕問班金創：「他誰呢？」

班金創回道：「我一個朋友，江湖郎中。」

海燕看他對傻子又是扯眼皮又是剝褲子，心裡急得慌，就說：「你叫他別這樣折騰了。」

班金創笑著咬了一口菸：「怎麼？你心疼？」

海燕沒說話，心裡卻想給他一楞子。一會後，黑麻子取了傻子的尿液過來，說是尿血，就肯定了，給班金創開了些藥包便告辭。那人一走，班金創將藥包扔給海燕，讓她燉上一個時辰給傻子服下。

正要往屋外走的班金創一下被海燕拉住胳膊，就說你到底對這人幹了什麼？

班金創眉頭不皺，很淡然地道：我這是救他呢，偏偏他傻氣，挑了真病根，卻還信著假病灶，真他媽我活該倒楣替他負責，你瞧，我這會還要幫他造出巨人蹺……你見到小猴子沒有，見到他拎我這兒，眼下非得踹他幾下方能解氣。

班金創說著就頭也不回地走了，獨留海燕一個原地愣忡，又聽外頭班金創真在鋸木頭打鐵，那什麼……巨人蹺，海燕等小猴子回來以後揪著他問，就聽他把找到傻子時師父開的玩笑說了一遍，原來他們開這玩笑時真以為傻子很快就得一命嗚呼，不料班金創一個外地來的朋友輾轉從馬祖島遊歷到此，班金創順手捏來替傻子看看，算是死馬當活馬醫，沒想到黑麻子郎中說可治，他師父這會真得將承諾付諸實行啦。

海燕聽了好奇，問是什麼承諾，小猴子領她到後院一看，見班金創正使出渾身解數，拿一把大槌子將鐵棍一根敲得火花四濺。

「傻子現在真傻了，堅持不踩地，我師父索性好人做到底，送佛送到西，替他那雙正常無比的腿打造高蹺一具，這高蹺說來特別，就是以雙臂為著力，雙腿臨空不沾塵土，端得是要好臂力……」小猴子滔滔不絕說了半個時辰，回頭卻發現海燕早已回屋裡照顧傻子去了，她一面給傻子餵飯一面對他輕聲細語：「連小猴子都有了這股心思，給班大叔帶壞了嘛，我們再也不理他們了。」

不管怎樣，海燕的生活就在傻子到來以後增添了色彩，過去在家裡，海燕是最小的妹妹，什麼事情都要聽哥哥姐姐發話，她沒有一點兒自由意志，但現在出現一個傻子，需要她照顧，也會聽她說話，海燕每天早上都說要出門找破網來補，實際上是到班金創屋裡去了。過去海燕頂喜歡班金創和小猴子兩師徒，但苦於沒理由串門子，現在多了個傻子，她就歡歡喜喜地每天都去，雖然心中雀躍，還裝作嫌麻煩的樣子，事實上就是把傻子當成弟弟看，她還年輕，有個弟弟真是全世界最開心的事情，小猴子有一次捉到她給傻子換穿長裙子，海燕還說小猴子不能看，這是她們女孩子的事，但什麼時候傻子成女孩子啦？

就連傻子第一次踩高蹺也是海燕在一旁扶著，彈丸島的夏日時節猶如時光凝滯，班金創坐在他後院的泥巴地裡擺弄新製的長高蹺，但那與其說是高蹺，不如說是兩把形狀怪異的枴杖，他鼓搗完最後一樣上漆的程序，海燕就倚在一旁看著，不時和班金創交換一句「去你的」，海燕說髒話十分慣習，可完全不懂意思，她說「去你的」的模樣就好像唱兒歌，比中指就如同摘小花，這些粗俗事又都是班金創教的，他便很樂意見她將這些粗俗事發揚光大。

班金創將枴杖或是高蹺的東西擺著風乾，要海燕去把傻子帶來，海燕說：「你等會啊。」一雙小腳忙跑去屋裡和小猴子一塊牽傻子。

海燕進去那會，傻子正在摸他最喜歡的一顆紅珠子，或者翻動他隨身的一些信件、古籍和彩畫，海燕曾經偷偷見過那張畫，畫裡有個特別可愛的金髮女孩子，看著很像海神的女兒，那幅畫相當漂亮，也難怪傻子一天裡要看它幾百回。海燕便想：傻子大概挺喜歡畫畫，他有時也自己畫，用珊瑚礁在沙地上亂刺亂戳，就好像那是他唯一與外界溝通的語言，在傻子的畫裡面有他對整個彈丸島的奇思妙想，譬如島東的捕蟹人在海裡養孩子，或者島北有一群唱歌的島民……海燕知道他們，那夥人是專門替海神祭奏樂的，還有島南捕海鳥的島民將孩子託在海鳥群裡，久了這些孩子就長出了翅膀……海燕一一地解讀傻子的畫作，一一地覺得好笑又可悲，彈丸島上捕蟹人和捕魚人們從來不在水裡養孩子，而是把過多的孩子扔進水裡淹死，至於島南的孩子，他們生活在一片懸崖高地之上，島南人起初將孩子扔進海鳥群裡任其自生自滅，但孩子們總是會跑回家裡，演變成這些父母親必須裝扮成海鳥執行殺嬰的儀式，將他們不要的孩子帶到懸崖上摔死……海燕以前也是差點被弄死的，只是她的母親向曾奶奶求情，保證是她生下的最後一個小孩，海燕這才順利地長大成人。

海燕看著傻子，覺得他可親可愛，也許是骨子裡察覺出他們流有相同的血，但海燕並不往這裡想去，傻子也不往這裡想去，事實上這件事到了很久很久以後都沒往他倆是姐弟的可能性發展，海燕覺得他可親可愛，是個聽話有趣的大娃娃，傻子則把她當記憶裡的親娘。

沒一會，班金創在外頭喊人了，海燕這才叫小猴子與自己一塊帶傻子出門，兩人抬著傻子軟呼呼的身體，還得小心別讓他腳掌著地，否則他非瘋了不可。到了院子裡，那院子長著一叢一叢參差槎枒的機械花，亮燦燦的陽光照在上頭使得滿院生輝，除了班金創以外每個人進院子都得先瞇眼幾下，不然拿手擋著，否則非瞎了不可。

傻子的枴杖就靜靜地陳置於一方木桌上，小猴子見了嚷著：「師父這不是高蹺啊！」班金創伸手拍他腦袋，差點把腦袋給拍掉，還罵他：「高蹺是要用腳踩的，你有知識沒有？」

小猴子被打得疼呼：「沒有，我沒知識。」

「那就誇誇這組枴子。」

小猴子暈糊糊地跟著唸到：「誇誇枴子。」那副傻樣逗得海燕發笑不已，小猴子心裡委屈，知道師父就愛這樣逗女孩子開心，偏偏他的頭可疼極了，一點也不覺有趣。看在未來海燕倘若成了他師母，班金創或許就不會再一天到晚欺侮他，小猴子只得苦苦忍耐。

這天是傻子到彈丸島上的第三個月，傻子眼裡的金圈消褪了，身材長得壯實些許，原初在海礁岩洞內的傷口也好了，只留下幾個怵目驚心的疤痕，經過每日海燕細心的照料打理，看起來還人模人樣挺清爽，有時也會獨自便溺，不再需要攙扶，海燕和小猴子看了都高興，也頗有成就感。

傻子被安置在木桌旁，海燕和小猴子都不敢說話，班金創從滿園金光裡緩緩地朝他走來，指著那雙枴杖給他看，又說：「小子，答應你的東西我給搞出來了，現在你要如何都與我無關，只是你一個大男人將來打算一輩子給女人和小鬼照料起居，試問你還有尊嚴否？你有何遭遇我完全不知，但都不是消沉一世的藉口，你若真有未解的謎或未盡的業，就拿起這枴子走他媽的兩下！」

起初，傻子面無表情，乾淨的手指也擱在桌面毫無動靜，班金創哼了一聲，指海燕說：「操你的，吸你媽的奶吧。」便施施而去，海燕愣了一會，正要追上給班金創耳刮子，卻聽小猴子叫道：「海燕姐！快看！」

海燕停下來往後看去，正目睹傻子在一片園裡生輝中拿起那燦爛輝煌的兩把枴杖，艱難地試著用腋窩夾住，不知怎地，海燕差點哭出來了，那個連裙子都穿過的傻子居然自主地動起來了，這盛夏的陽光和堅挺屹立的機械花交相掩映，模糊了海燕濕潤美麗的眼眸……儘管如此，半個時辰後她還是要去給班金創耳刮子，誰叫他不管造什麼都金光閃閃，像個鄉下財主，大老粗似的一點品味也沒有。

至於班金創，打從十幾年前上了彈丸島便過著日復一日的無聊生活，或者對海燕來說他是沒點品味也沒點上進心地過日子，但班金創倒覺得以現在的時局來看嘛，能在彈丸島上看著同一個女孩子長大成熟，已經是絕佳的生命體驗了，復加一桿菸、一手馬祖老酒，以及他屋子底下四十九間堆滿機關巧人的暗房，班金創真有種「人生至此，夫復何求？」的感慨，除了這些，便是海燕每回進屋裡時都會用右手腕掀簾，時間久了在相同的一處便有她鮮紅手腕燒出的一片焦痕，班金創很喜歡在傍晚天涼時立於門口摸摸那片焦痕，摸著摸著他心裡便踏實，隨後他才跨過門檻進入屋裡，含笑將門給闔上。

傻子自打得了一雙枴杖，天天勤練，時間久了練出兩條膀子上又硬又黑的肌肉，海燕總是笑嘻嘻地捏捏他說：「小傻小傻，個頭長大，還是小傻。」說著也不幫他，突地有隻蝴蝶飛過來，她便追蝴蝶去了，徒留傻子呆呆站在原處，睜大眼看恰好走近的班金創，彷彿在說：我娘親為什麼不認我？

班金創看了忍笑不已，拍拍他腦袋道：「你娘親不認你難道是老子的錯？」

這事的確頗有些怪異，海燕真是傻子的娘嗎？或許我們可以再問：海燕真是番紅花的娘嗎？首先番紅花這渾名是在很久很久以後的未來才會被人們所提起，所以海燕肯定不是番紅花的娘，番紅花出現於歷史洪流中的日子和海燕實在相差太過久遠；那末，海燕是傻子的娘嗎？以海燕對傻子的包容和關照來看，海燕活脫脫就是傻子的親娘，再者他們倆也有血緣關係，只是海燕現在不會知道，將來不會知道……傻子也是一樣。

有一天傻子練得累了，坐在地上把玩他的小紅珠子，海燕對那珠子看得久了，心裡生出好奇，便伸手要奪，傻子卻拚死不給，好像護著的不是啥珠子，而是他的命根，海燕爭了一會爭不到，遂以手插腰曰：「你不給我？你不給我我就不當你娘！」

說也奇怪，傻子傻了一下子，便猶豫、顫抖地將珠子雙手奉上，海燕看著他手中珠子，最終沒接，反倒嘆氣坐了下來。

「小傻，我老實跟你說了，我不是你娘，你看我今年二十歲，真要生你恐怕那時連路還不會走呢，你肯定是誤會了。」

傻子沒說什麼，儘管他不會說話，眼神卻比過去幾日靈動多了，聽海燕說完這話只是點點頭，繼續擺弄他的小圓珠子，擺弄完了就看他的彩畫古籍。海燕頓時覺得心裡一顆大石落了地了，十分喜悅，就湊上去和傻子一道看他那本小書。

海燕一直就覺得這本古籍小書有些奇異，裡頭的字她沒一個看得懂，雖然她也不識字，偶然問了班金創，他也說沒見過那種書，又揶揄她說傻子要看傻子語的小黃書你管他那麼多幹嘛？

海燕便不管了，只是見傻子常常拿出胸口上的小書坐在陽光下研究，有時會好奇地跟著看，傻子讀倦了便練習班金創給他做的枴杖，起初走得跌跌撞撞，猶如初生小牛，一段時日過去已經可以簡單步行，得要過更長一段時間，他們方能見識到傻子的潛藏實力。

傻子不是真的怕死才不肯用腳走路，班金創給他治了銅中毒後本來鄭重地同他懇談，就說他之前是鬧他玩笑，他的腳碰地是沒什麼的，世界上沒有哪種毒會讓人走不了路，什麼百步啊十步啊斷步啊，只是要強調此毒毒性猛烈，你走路走多了血氣上湧便會毒發身亡，但假如沒有解藥，你就是坐著不動也是斃命，更別說他中的還不是真正的百合斷步香，肯定是被騙了，不然就是使毒的傢伙弄混了……班金創苦口婆心說了一堆傻子都沒反應，他便怒了，叫小猴子把傻子放地上，讓他自己走！結果傻子腳才碰地便整個人軟了下來，班金創終於知道傻子不是不想走，而是不知什麼原因，他的腿再也走不了了。

班金創本想找人再給傻子看看，但這三個月裡他心裡煩著一事，以至於沒有功夫去管傻子——當初同洪老頭談妥的金蟹礦始終未到，只每隔幾天由洪老頭差來的島東小夥子送螃蟹菸絲，並非說菸絲不好，班金創不懂菸，但那俗稱螃蟹絲的東西抽起來滿口異香，據說這種菸絲得用「趕」的才出來，怎麼個趕法呢，首先捕蟹人得先捉幾只最上等的金螃蟹，集中一塊用牠同伴的蟹殼煨燒一天一夜，到了第二天黎明時拿到海邊，這些金螃蟹對水的乾渴和對家鄉的思念達到了極點，將會一個個從燒燙的蟹殼裡跳出來想回到海水裡，但是脫了蟹殼的螃蟹只剩下一團爛肉，剛躍出來就被煙氣煨焦了，像乾癟的茶葉蜷縮起，再由捕蟹人撿拾戳成條狀，通常運往島外賣給洋鬼子或海盜。班金創和送菸絲的小夥子講過很多次了，要他回去讓洪老頭送金礦過來，他有急用，可是小夥子每一次都笑嘻嘻地又拿菸絲招呼。

班金創暗想怎樣才能讓洪老頭子老實呢？關於這點，他不是沒有辦法，只不過鬧大了對誰都沒好處，他想來想去，最終嘆了口氣——看來只有使巧人一途。

每年的海神祭都在夏期，選在颱風將至的時日，每年的海神祭也都有歌唱、有舞蹈，歌的是上一代扮演獻祭女子的海燕娘親當時唱的一首曲子，舞的是一群神祕女郎執匕而蹈，這群女子如夢美麗，行轉葇荑劍花飛綻，古今往來恐怕只有公孫大娘舞劍可堪比擬，怪異之處在於，這群女子已為海神祭舞蹈十年有餘，卻始終不見老態，貌如夏花秋月，身如細柳海蛇，舞步也年年同樣，分春舞、夏舞、秋舞和冬舞，唯有夏舞每年略有不同，被當作祭儀高潮，女郎們舞罷巧笑倩兮，眼含流星一般，隨後足踏碎花而去，年年如此，不知令多少島上男兒相思摧心，每一年，班金創都嗤笑著帶一把螃蟹點心到後臺啃著待命，這是海燕家曾奶奶與他共謀的事，執匕女郎沒一個活人，全是班金創埋在地底的機關巧人，他和海燕曾奶奶共謀有其他用心，不過皆是後話，暫且按下不表。總之班金創知道海燕曾奶奶年輕時和洪老頭子有過一點那啥，當時出於好玩將一個巧人造得與她年少時的畫像一模一樣，後來祭典時洪老頭子就發了痴，猛向旁人追問那姑娘什麼來歷？直至聽說那群女子全是由海燕曾奶奶關照，洪老頭子才不敢多話，但年復一年都占住祭儀表演的頭等席，女子出場時兩眼發直盯著看，口水流了一地，有人笑話他：「老不修！還要不要臉子？」洪老頭同那人呸了幾聲道：「臉子臉子，我還沒了裡子！」彈丸島的孩童聽了好玩，每年祭典結束都愛唱專屬的改編歌曲：「臉子臉子，沒了裡子，洪老頭子，沒命根子……」總要唱到洪老頭追出十幾里才稍停。

回說當下，班金創就是打算利用洪老頭子著迷的這具巧人來整整他。班金創正坐躺椅上尋思呢，眼前出現當初撿回來的傻子灰頭土臉在練枴杖，小猴子一旁監督安全，老實說，不過短短幾周傻子已經將雙枴杖練得挺不得了，那兩條枴杖就好像他天生的腿桿。班金創瞇眼看他用枴杖尖點地而走，那需要怎樣的平衡感啊，小猴子也看得一愣一愣的，傻子點著點著，看似漫不經心，居然點進了一個窟窿，傻子吃了一驚，忽然來個旋風翻身，兩枝金光璀璨的枴杖唏哩呼嚕直上牆沿，可見他臂力帶上的衝勁多大，地上的落葉都給捲上天際，傻子再度著地時用的是另一根枴杖，還有一枝就扶著牆，看上去仍有些驚魂未定，小猴子卻已在一旁熱情地拍手了。

班金創走近牆面，鐵椿似的手指試過一枚給傻子戳出的小洞洞，啞然道：「這小子是個人物。」

小猴子頭也沒回，仍在拍手：「師父，您意思是說小哥很厲害呀？」

「他厲害到給黑鴨子們知道了，都要買好船票往這兒趕啦！」班金創這是說給自個兒聽的，沒注意傻子一瞬不瞬看著他，那些黑鴨子的事情將來有機會真相大白，許多許多年以後，不單單是黑鴨子，連外頭幾個出名的說書人也爭相搶他的故事……特地尋了方法到彈丸島找班金創問定本，他因此賺了老大一筆，都是後話了。

班金創有了想法，便把自己關進地下室幾個晚上都不出來，海燕早上不見他心裡就有些落寞，但還是強顏歡笑和小猴子一塊照顧傻子，如此班金創也安下心，這事兒他可一點也不想讓海燕摻和。

他打算怎麼做呢？首先便是點盞油燈連夜將那具巧人從四十九間石室裡挖出來，班金創每年祭典都將她安排在夏舞，是當時盛大的高潮橋段，他每個巧人又都有名字，這一具就叫夏花。他把夏花從地底挖了出來，擺在另間更為隱密的工作室裡，接著便開始打燈擰螺旋，他的巧人都是上發條的，先讓夏花跳一段昔年的舞步測試內部狀況，再思量該怎麼調整到正常人的動作姿態。

夏花被班金創粗壯的臂膀從泥裡抬起來，就著室內昏黃的燈火，外人不定以為那是被凍住的女人屍體，班金創溫柔地抱著她好像抱著愛人，而夏花晶瑩雪白的肌膚透明得幾乎泛出青光。接著班金創將她擺到冰冷的石臺上，用工具將她切開整理，那是極為怪異的情景——昏暗石室內一名男人動手鋸開一名女人的身體，這名女人長著狐狸精似的漂亮臉蛋、豐腴的身材和兩團玉雕樣的白胸脯，切開裡頭卻是往各種方向旋轉的齒輪鍊帶，其複雜程度常人恐怕看一眼就要暈厥，班金創戴上一邊放大眼鏡，拿根螺絲起子這邊戳戳那邊轉轉，不知過了多久才終於滿意，重新闔上女人皮膚，澆上特殊的樹脂糊出凝脂嫩膚，他扳起夏花烏黑的長髮頭顱讓她挺身坐起，這時就和所有聊齋故事一樣，夏花睜開一雙明眸，眨巴著海鳥翅膀般的眼睫顧盼生姿，真是要說風情有千般風情，要說媚態有萬種媚態，班金創看著她就像看著女兒一樣，臉上柔情似水兼春風得意，欣賞幾會便拍拍她的肩膀說：「丫頭，可別令老子失望啦！」

彼時初颱將至，夏熱正熟，海神祭舉辦迫在眉梢，洪老頭獨自帶柄魚叉往彈丸島中央的一處天然古林進發，原因何在？海神祭每年均須備妥特殊牲禮，洪老頭老早聽說彈丸島島中央有一處神祕古林，林中有一種極為特殊的麝香豬，此豬最大可至成人般重，肥不可擬，據說這豬的汗就是牠身上的脂肪，聞起來帶有厚香，牠不善跑，一旦跑起來就得滿地流油，有時還會被自己的油給滑倒，此豬身上的膘總發出煮沸似的冒泡聲，獵人遠遠地就能聽到。獵捕這種豬不算十分容易，主要因為麝香豬品種殊絕，而且其肉鮮腴肥美，很早以前有獵戶滿山捕豬，鬻於街頭，不出半天便賣個精光，到了今天，麝香豬似乎已然絕種。此外彈丸島島民們借沿海之便漁業興盛，幾代下來人人都是諳水性而不諳山性，後來就沒人再往山上去了，自然也就不再有流油豬的肥肉可買。

洪老頭的年紀是吃過流油豬的，每年洪老頭都想藉著海神祭的機會往山上捕隻豬下來，順而詔告天下他洪老頭子不僅捕蟹厲害，捕豬也依然寶刀未老，只可惜許多年過去他還沒能捕到一隻，但老頭子有自己的脾性，他每年還是要往山上試試身手，於是乎，今年初颱前夕洪老頭便一聲不吭，獨自往島中古林去了。

洪老頭對最初幾條山道還算熟悉，都是他自個兒闢出來的地兒，這島中林地勢巍峨，其實就是在海上往島看去時會見到的突起手指，洪老頭此刻就站在指尖上，周遭一片雲霧繚繞，看來頗似海外仙山。洪老頭心中滄桑頓起，高處不勝寒之感油然而生。

忽然間，山霧之中黑影撲騰，洪老頭伏身低近，見地面一小灘豬油溢香，他伸手沾起嚐了一嚐，一把魚叉緊攥手裡，背心胸膛整個是汗，他是捕蟹人，每年僅這一次上山打獵，每一次都感到陌生的不習慣與恐慌，然而時間久了，作為一名老者他還是從中找到一股沛然莫之能禦的生命力，並為之上癮。他仰起頭，嗅了嗅不同於海上的山風，屬於豬隻特有的油香體味順風而來，他操起魚叉瞄準霧中黑影，調勻呼吸，直到連他老邁的心跳也停息。

洪老頭，或許有屬於他的黑暗與奸邪，但他總是一個手段高明的獵者，無論海上或山上，狩獵是他的命根，當他的魚叉瞄準目標時他便等待，並以行將就木的身體更往死亡逼近，他的心跳切實地停止了，可那雙混濁的老眼依然閃動著幾不可察的銳利，此時一隻蒼蠅嗡嗡地朝那雙眼珠飛來，疑惑地停妥於洪老頭其中一隻眼睛且吸吮他眼上的淚液，洪老頭卻是死了，或可說死亡在一旁替他端著魚叉桿子，他聽見豬隻濁重的呼吸，那是屬於生靈鮮活的氣息，這時洪老頭子彷彿自身就是死亡，他貪婪地吸入一口宛如新生的氣，心臟重新跳動的當下，他的魚叉飛馳出去——

「唉呦！」洪老頭子沒料到自己居然會聽見一聲女子嬌喘，他內心吃驚，趕忙撥開濃霧一看，不得了，跌坐在地的可是每年海神祭都會往舞臺上跳舞的夏花姑娘，洪老頭心裡此刻是什麼想法……五味雜陳說不清楚，首先他初一揮開霧，看見一女子衣衫不整地坐在山崖邊，搖搖欲墜，玉腿遭魚叉劃傷，卻沒流血，而是流一串珍珠似的水液，這不是山鬼是啥呢？只不過沒像屈大夫說的身騎黑豹，霧中女子依然具有野性的神祕魅力，她長髮烏黑散亂，在霧裡如夢似幻，彷彿即將消失一般，洪老頭看得便失了神，其次細看她面貌，更是心裡起栗，猶如回返五十年前他與海燕曾奶奶初見面的時刻，當時海燕曾奶奶有個清麗悅耳的名字，叫海叮噹，據說是取一種海草於水中叮噹作聲的特性命名，但事實的真相，恐怕唯洪老頭和海燕曾奶奶知曉。

洪老頭一見這女子一下就時空錯亂了，恍恍惚惚還以為自己回到五十年前與海叮噹兩相對看的第一眼，可回頭看看自己，還是褶子一堆的糟老頭，洪老頭這才想起第三種可能性，就是每年都會在海神祭上舞劍的夏花姑娘，也在這時，他一拍腦袋嘆自己犯糊塗啦，前兩個猜測都是天馬行空的不可能，非得到了第三次才猜出實情。洪老頭立即過去把夏花扶起，美人嬌軀傷無力，洪老頭只好顫巍巍地說聲「失禮」，把女孩子背在身上帶她下山。結果，今年洪老頭依舊沒能捕來麝香油豬，但臉上一片神采飛揚，好些島民打趣說：「海神這下要震怒啦！」不然便是「龍爺爺非得起來吃人不可囉！」其實，他們誰都知道海神不會憤怒，龍也不會騰水食人，他們誰都知道洪老頭子撿了個年輕女孩回家，那女孩子長得還頗像海叮噹少女時代。由於海神祭表演不是所有島民都能觀賞，只有極少數的人知道這女子年年都在祭典上舞劍，這些人便不說什麼，遇到洪老頭不過禮貌地請託他將祭典臺柱給照料好，洪老頭子自然是連聲答應，從此再不出門挖他那海礁裡的金礦了。

洪老頭子到了這把年紀，萬萬想不到有一天還能和個貌美如花的姑娘整日面相對，夏花嘴巴甜做事勤快，傷稍微好些便堅持要替洪老頭忙活家務，洪老頭早先和海叮噹談戀愛以失敗收場，直到今天都沒能緩過來，還是光棍一條，他對夏花也沒別的心思，整天就呆呆望著她看，好像不僅海叮噹重新回到他的身邊，他自己也重拾了青春年歲。直到有一天，洪老頭正在教夏花怎麼清理蟹殼，他屋外門串兒拉響，島西那個怪漢班金創大步流星躍進門來，劈頭便說：「夏花，原來你在這兒，還不快跟我走！」洪老頭嚇得一身虛汗臉色慘白，回頭見夏花眼含淚花，哀痛得彷彿要咬碎一口貝齒，洪老頭只得挺身擋在他倆之間對班金創陪笑道：「我說怎麼鐵臂師父到這兒來呢？有事別嚇壞人家丫頭，往裡面說話可好？」

班金創哼了一聲，瞪了一眼夏花才和洪老頭進客室。這會洪老頭又想拿螃蟹絲招待，班金創卻大手一揮說：「不用麻煩，洪老先生，咱們明人不說暗話，這夏花和她一班妹子都是我在島外連繫的賣藝女，每年我駛船接來島上舞劍，如今表演在即，妹子們說找不到姐姐不能表演，輾轉聽說她在您這裡，我有一回私下帶她走，結果她居然說什麼再也不回去了，洪老先生，我和外面人是有契約的，夏花萬萬不能繼續待您這兒，還望諒解。」

洪老頭聽完愣了半晌，那顆曾經在捕獵時能隨意所欲暫時停止的心臟此刻怎樣也靜不下來，就像個十七、八歲的小夥子般突突亂跳，一想到班金創曾經趁自己不在偷偷來找夏花想帶她走，洪老頭心裡就氣得悶，只差沒拿魚叉捅班金創心窩，但現在人都找上門來了，說的也句句在理，他不讓夏花走嗎？到時外面契約主討債是向他討的，再者他手上還欠了班金創老大一塊金磚，洪老頭心一橫，望了望紗簾外夏花朦朧窈窕的身影毅然道：「班師父，我看就這麼辦，之前欠你的金蟹礦我一直沒時間運給您，實是人手不足的問題，但現在我整座海礁都不要了，你給拿去秤秤值不值夏花的價，人家一個荳蔻年華的清白女子，要不賣藝是她有尊嚴、有骨氣，我們總也不能推人入火坑啊……」

班金創此時又在心裡哼了一聲，這洪老頭子從以前就是個錢奴，人生最大的心願是在島外買洋房，為此還借著捕蟹的機會賣過不少島上的女孩給外頭海盜，要說推人入火坑，洪老頭子可是其中翹楚，島上誰都沒他幹得多，他那金蟹礦沒人力送也是胡話，誰不知道他愛錢如命，如不是班金創今兒個出此下策，他啥時候拿得回那堆蟹礦？

洪老頭聽完自己說完那堆話大抵心裡也不踏實，便改口說：「人家夏花多好的女孩子，你就要把她的人生給糟蹋了？自打她來這裡就跟我說喜歡島上的風土民情，想長住下來，聽到這話你不高興？你看女人不起我知道，可夏花現在有她自己的心思，你拿金礦找那契約主問個價，倘若還要更高我也能想法子。」

班金創心想好啊，你要拿我當壞人我就壞到底吧。說來說去班金創哪是個沙文主義者？只是和海燕拌嘴的事在島上傳開了，人人都以為班金創喜歡欺負海叮噹家的女孩兒，島上有些人就愛這爺們氣，有些瞧他不起，尤其是女人，但班金創這下也樂得輕鬆，他不愛的女人們不愛他是天經地義，反正海燕知道他的心思便行。

班金創默不作聲從懷裡掏出一張紙，上頭是他們捕蟹人分劃撈捕海域的公平契約書，具有絕對效力。他對洪老頭子說：「您要問價，行！先在這紙上蓋個拇指印，說明整座海礁都過給我，問價以後斷然不能反悔！」

洪老頭子活了這麼多年也成精了，剛要畫押，忽然停下來瞅著班金創尋思道：「我蓋了拇指印，你還讓夏花留我這兒不？」

班金創哈哈大笑，說了一個字：「行。」

於是乎此戰告捷，班金創手拿契約樂呵呵返家，見傻子滿頭大汗溜楞杖更是心頭跳隻蟋蟀般愉快，那蟋蟀還唱歌呢！班金創立即賞了袋魚酥點心給他，傻子卻盯著他直看，一瞬不瞬，盯得班金創有些不適。

「你傻子看什麼看！」他叫道。

傻子沒說話，扔開楞杖坐著嚼起魚酥，那眼神，就好像知道班金創剛才幹的是件下等事，他不僅僅唬弄一個在愛情裡不得志的男人，還嘲諷了青春不再、獨身過活的老人，班金創肯定會得到報應的……傻子雖然什麼也沒說，班金創卻悟出了這些道理，其實他又何嘗願意得罪洪老頭子，只是那海礁金蟹礦是所有金工鐵活的匠師心之所向，他曾耐心地和洪老頭溝通，但對方卻始終沒有回應，他能怎麼辦呢？他班金創也不是吃素的，昔日在外頭闖的時候，還被人說是居心叵測的江湖老油條，他到島上以後已經收斂很多了，連海燕那個小丫頭都是看到現在沒敢動手，一怕得罪海叮噹；二怕自己年紀一大把，傳出去對海燕不好聽，三怕海燕若真有別的心上人，他一廂情願地追著個小丫頭跑，有損他鐵臂師父的威名，反正他東怕西怕，到現在年近不惑了都沒敢求親。

傻子依然什麼也沒說，就用楞子在地上戳洞洞，班金創呆然看他戳洞，一下一個，戳得又深又準，班金創心想不對啊，他這後院的地可不是普通泥巴，底下鋪得是他地下室的屋頂，傻子一下一下戳洞下面豈不灰塵紛飛？班金創立時搶過他的枴杖扔到一旁，正要破口大罵，忽然心又一驚，這還是不對啊！他當年造四十九間地下室用得可都是最好的材料，別說傻子剛才戳的屋頂了，那是由一種天山冷鋼打造，夏天鋪上冷鋼，屋內滿室生涼，硬度更是介於鋼鐵與漢白玉之間，他給傻子造的枴杖雖然外表金黃，內部卻是木頭造的，也不是什麼昂貴木頭，卻一戳一個洞，這就和材料無關，而是內力。班金創第一回仔仔細細蹲下身把傻子從頭到腳看個透澈，見傻子毫無反應只是個傻子，就伸手往他頭上拍，傻子還是沒反應，班金創有些火了，問他：「你對我有什麼不滿？別裝傻，就給我說了吧！」

傻子嘴巴蠕動幾下，沒發出什麼音，但他的表情顯示著對班金創的所作所為十分不屑。班金創最終沒法子，只得罵罵咧咧地回屋子裡去了。

回說洪老頭，他無論如何還是和夏花度過了一段堪稱幸福的時光，只不過當夏花身上的發條轉完了，他們平靜的日子也轉完。洪老頭那會正坐在客室裡喝茶，透過那片紗簾看夏花忙碌的身影，心中感覺踏實而愉快，或許他看著夏花就像看著自身較好的一部分，以至於他再也不想買洋房離開彈丸小島……因為夏花說喜歡彈丸島的風土民情。洪老頭隔著紗簾看夏花，紗簾是米色的，長年給海風蝕得有些破爛，此時一陣與往日不同的風輕輕吹過紗簾，夏花看起來倏地身輕如飄，洪老頭還一面啜著茶一面想：真是弱不禁風，看起來像是要給風吹得倒了呢！

沒想到，夏花真的讓風給吹倒了，而且這一吹倒就再沒醒過來，洪老頭扯落紗簾趕去時，夏花正發出最後一聲機械停擺的嘎嘎噪音，她美麗的眼珠子往後翻，露出慘亮的眼白，身體四肢以不自然的方式扭曲並激烈顫抖，直過了許久以後，她腿上最初被洪老頭的魚叉給劃傷的傷口再度汩汩流出珍珠白的液體，洪老頭失魂似的看著那液體，想著自己怎麼就這麼傻呢？他不是老早就在班金創的地下室裡看過那些機關巧人嗎？夏花只不過是它們中的其中一個而已，世界上沒人流血不流紅色的呀，洪老頭卻以為夏花是山鬼，是海妖精，就和那些螃蟹魚蝦一樣血呈透明，但不是，她只是班金創誘騙他的一個手段，夏花年年在海神祭上執匕而舞，洪老頭年年都以為她是神仙，或許……洪老頭其實也多少明白這是怎麼一回事罷，他就想自己一輩子幹了不少壞事，一輩子孤獨了不少時日，最終總不會那麼倒楣才對啊，再不然他也覺得其實沒關係，巧人就巧人吧，只希望夏花能繼續在他身邊走來走去，替他掰蟹殼子，洪老頭最後是真這麼想的，他還抱著夏花去向班金創求救，說要金礦什麼都可以，只要讓夏花活回來同他一塊過日子，他什麼也不要了，可是班金創聞言卻是放聲大笑。他說洪老先生您真是病得不輕，他金蟹礦拿到了，詭計也就到頭，您著了道怎麼還不清醒？夏花是巧人，是沒有生命的木頭，就是讓她再動起來也無趣。

班金創因為一個無趣的理由把洪老頭子打發了。放在過去看，班金創就是這樣子人，不有趣的活兒他不幹，以前對這點沒人會說什麼，洪老頭卻像是被打進了冰窖一樣，反正班金創就是不肯將夏花救醒，洪老頭說那他也不還夏花給他，班金創更是笑個沒停，說洪老先生啊，您要那玩具便拾回家吧，這貨我要多少有多少，底下還有好幾個夏花呢，您要下來挑個新點的麼？

洪老頭沒答聲，抱著他的夏花回島東老家裡盤算著該怎麼辦，洪老頭回家時已是黃昏時刻，屋裡都黑了，夏花還在時總不是這樣子的。洪老頭將夏花放在平日吃飯的桌上，將罩子、未吃完的剩菜碟子都給移開，他左思右想心裡發慌，最後真不知如何是好，就往屋裡拿了平日剝蟹殼的小刀，想著夏花是機關巧人，不就是機關嘛……肯定沒什麼難處，不需班金創，他自個兒也能行！洪老頭把夏花的衣服扒了，露出她瀅瀅雪山的起伏裸體，洪老頭用剝殼刀在夏花腹上割了一下，他割一下，那處便流出珍珠白的液體，好似夏花正無語地哭泣。洪老頭被自己給嚇住了，但他不能停手，他必須讓夏花活過來呀！是以洪老頭將刀沉得更深，切開夏花雪光飛散的肌膚，洪老頭子埋頭幹了許久，再回過神來，夏花已經是被開膛剖肚不成人形，有些零件被拿出一會，下一刻洪老頭又忘了該往哪裡放去，夏花再也回不來了，意識到這點時，洪老頭看著滿桌狼藉，摀著臉脆弱地痛哭失聲。

洪老頭子是個老人，在他痛哭時無人懷疑，但當他抹去一臉老淚縱橫，他心中無比冰冷。洪老頭按著活人的喪禮把夏花埋了，此後便十分低調，再沒和班金創說過什麼，也沒找他要那海礁金礦，這時候彈丸島正迎來夏季第一個初颱，由海叮噹大戶主辦的海神祭即將盛大展開。

整座彈丸小島都為了海神祭典忙碌不休，班金創也設計了新的夏花主導這次舞蹈。至於海神祭究竟在祭些什麼，據說這是流傳已久的故事，最初第一個到彈丸島上的是個女孩子，這女孩子有一回坐在海礁上，感到十分孤單寂寞，便給自己面前的海取了名字，後來這片海感名而生情，化為人與女孩在島上延續後代，因此所有彈丸島上的居民都是海神之子……這是海叮噹家裡的版本，實際上對大部分捕蟹人與漁人來說，海神就是帶給他們豐富魚貨的神，至於曾經從島外來的便說海神不是男人，該是女人，尤其是那些馬祖島來的，就說他們的神不正統，海神應該是馬祖，而且起的是保護航行船隻的作用，根本無關延續後代還是漁獲量，然而海叮噹活了將近一個世紀，交際手腕挺驚人，有人到門上吵她就四兩撥千金地說三種講法都對，再說神為啥不能同時是男人也同時是女人呢？假如又有人想發難，海叮噹就顯出潑婦本性把對方祖宗十八代罵個遍，看他還敢不敢造次。

海叮噹最早和班金創接觸是在海燕年僅五歲的時候，海叮噹那時就覺得班金創看她曾孫女的眼神不對頭，海燕那時才是個小屁孩呢，全身光溜溜地滿島上跑都沒人會搭理，偏偏班金創一個大男人千不該萬不該眼巴巴地望著她，海叮噹心裡就起了疙瘩，後來班金創向她拜碼頭，給她看了自己一些手藝，海叮噹倒是挺欣賞，決定和他合作一場「造神運動」。

沒有人知道海叮噹年輕時的彈丸島什麼樣子，但據說那是一個沒有神的時代，也是一個新神即將傾巢而出的時代。海叮噹來到彈丸島上時身無長物，只有一座被海水腐蝕得看不清模樣的神像，海叮噹自己用第三人稱說她那時的事：一座無名的小島，某一天有個全身赤裸的女孩子，胸口懷抱一座神像被海水沖上了小島，這座島就是彈丸島，這個女孩就是海叮噹——此段簡簡單單的小故事，就是海叮噹造神的第一步。

當然海叮噹來到彈丸島上時絕對不是全身赤裸地抱著神像被沖上岸的，那只是她向彈丸島島民們講述的神話，如此一來，她就能坐上很高的位置。

十三年前，彈丸島上有一批原始住民，他們撿到了懷抱神像漂流到此的女子，這名女子曾經是廣大海域裡出名的海上豔妓，曾經她周旋於外面世界那些達官貴人之間，在一艘艘船上舞動年輕的肉體，不料一日卻遇上颱風巨浪，將她沖到這彈丸小島，亦不知是福是禍，如今，她利用昔日交際手腕誆騙島上單純的原始住民，展開了長達十三年的造神運動。

海叮噹中年時心裡就有了想法，但直到六十歲遇上班金創，她才切實地感覺有成功的可能，班金創當時很年輕，不過二十六歲，手藝已經相當了不得，他和海叮噹合作創造了彈丸島歷史上最大的神蹟——海底龍宮！

彈丸島的居民們普遍是海神信仰，相信和海有關的任何神話，所以遇上狂風暴雨，他們就說是龍爺爺作祟了，但所有與海神相關的故事，其實全都出於那場造神運動，那時為了塑造一新神，班金創使出渾身解數，利用彈丸島周遭的海礁地形打造了名為「蜃」的海底投影機，其名取自中國古代神話中的巨大牡蠣，《彙苑》書中記載，這種牡蠣在春夏從海中吐氣成樓檯，也有一說是吐氣而為龍貌，班金創當然不可能憑空創造出這種神話古生物，他傾力所造之「蜃」是利用了海礁岩洞內部反射海中光束，加諸經過精密計算後得知的海底火山噴發時間，在高熱下進行光線扭曲與投影。

於是便於夏季初颱將至，風貌平朗之時，班金創在海叮噹一個眼神底下拉動機關，讓一幢金碧輝煌的龍宮自海底徐徐升起，與此同時，那海叮噹還將衣服全脫了乾淨，站在一枚巨大的蚌殼裡浮出海面，當時彈丸島上所有人都看見了，所有人都五體投地跪了下來，直呼「海娘娘」，彈丸島上的居民著實不多，而在這夥人裡只有一個人是不跪的，這個人就是洪老頭子。

前文說過，洪老頭子此生最大的夢想就是到神州上海買棟小洋房，再收個閨女做媳婦，如此終老一生，他沒有說，其實自己就是神州來的。

洪老頭年輕時也有個大器響亮的好名字，叫福海，洪福海小時候叫阿福，來自東北鄉下一個小漁村，在他們那漁村裡還流傳著饒富趣味的老傳統，即是每逢端午便要划龍舟，他們那個年代，端午賽龍舟裡的龍舟無論大小形狀，均是身分地位的象徵，賽龍舟也不比速度快慢，而是龍舟上頭一個個做「巧劇」的童男童女，好些自許為藝術家的，遠道而來說看的是「巧劇藝術」，其他砸重金造龍舟的主子們看的則是哪家童子面貌俊好、體態輕健。朱脣皓齒，明眸濕髮，「巧劇」時身段靈活、姿態優美者，屬上品。膚如細沙，漫漫過水，黃髮褐膚又身姿稚拙的，屬中品。至於偶有肢體殘缺、又不諳水性，暴牙濁目者，便屬下品。洪福海仍叫阿福的時候，曾是他們漁村裡價位最高的巧劇男童，至於海叮噹，則是相對於阿福價位最高的女童子，阿福和叮噹是青梅竹馬，這點說來頗叫人意外，因為在他們的一生中總共只相遇了兩次，一次便是童年兩小無猜一塊長大的那些日子，另一次則是他們遲暮將至，從海上到彈丸小島橫隔數千里遠的最後一次相逢，到了那個時候，海叮噹卻已經不認得阿福了，他們曾經在同一個故鄉長大的回憶，到最後只存在於阿福腦海裡，當阿福成了洪老頭子，他也漸漸地懷疑自己是否真的和這位彈丸島的神女有過一段純純的感情，他甚至懷疑自己真是從神州東北來的嗎？真是從東北輾轉到海上，追逐著海叮噹婀娜的身姿，徘徊於千頃浪花頂端霓虹四射的舞廳嗎？真是在東北某次端午那最碩長的龍舟上她翩翩起舞，而他巧劇千翻，兩人合作了一次風雲際會的表演嗎？真是他濕髮垂髫，藍眼黑瞳時初次見到海叮噹，便為她稚嫩如貝的耳朵給吸引住了嗎？

真是他仍在母親腹裡便聽見了來自那萬頃波濤中神祕的叮噹聲響嗎？

真是……他洪福海固然可以如此追憶下去到幾輩子之久，但他已不情願，對他來說海叮噹是怎樣一個女子，一如他知曉怎樣在夜晚下鏢捉螃蟹一樣，總有一些深藏在他心裡的執念是和記憶無關的；阿福三歲就被賣到村子裡專門調教巧劇的「練房」，「練房」外懸掛老大一面黑檀木匾額，曰：「龍宮天堂」，內分「龍宮」鍛鍊男童子翻滾做劇的技巧，「天堂」教育女童歌唱舞蹈的技巧，兩者均講求水上平衡，便難免有一塊到海邊校外教學的時候，他們漁村裡面，買賣兒童的事都得瞞著母親幹，有親戚便說孩子出生就死了，或者到水裡游泳溺死，去了「龍宮」，往崖邊摘花的女孩子，就說一腳踩進雲棉花，到了「天堂」。

有一次阿福與一班使後空翻的孩童到海邊，那時正有一艘教學船於海面飄蕩，他們甫上船，見一個女人衝來，一把撈過一個女孩子轉身便跑，練房裡的師父們群起直追，沒一會追上了，把那女人抓住，一根一根地將她指頭從小女孩身上扳開，那女人見無力回天，張嘴咬住女孩子白白的頸子，似要將她咬死，師父們一巴掌一巴掌地打，那女人偏偏一張像鱉的嘴，死咬著直至被眾巴掌拍死，也沒鬆口，小女孩睜著一雙懵亮懵亮的眼，既不感到痛，更不知道那個試圖將自己咬死也不想她受折磨的女人是她的親生母親，後來阿福在船上看著師父們將這女孩子連同女人屍體一塊拽上船來，又與靠岸的商船借了個眉清目秀的船醫，要他幫著把女孩子頸上的屍體從咬傷處取下，大夫不知哪裡人，講著一串無人能懂的南方話，好容易才聽懂原來那牙咬得太深，強行拔下只會扯開傷口，那個什麼頸動脈會破得出血像一朵朵雞蒜花。師父們沒辦法，這時再看死去的女人，是沉魚落雁、秋月般的容貌，他們一時間動了惻隱之心，索性不再強將母女二人拆散，向這大夫求得一帖藥方，能讓屍體僵而不腐，他們給女孩子治療的時候，就讓阿福在一旁替她挽頭髮。

所有童女都得養頭髮，需養得烏黑柔亮，並有六尺之長，阿福當時十三歲，替十歲的少女撩起長髮，頓覺四面撲香，彷若海中暈開一片黑藻絲，濃染綿軟一滴墨汁緩緩將整座海洋侵占，阿福年輕的心鹿動不已，在這片被暈染的海洋裡划動掌心，撫著摸著，竟拾得一枚雪白剔亮的貝殼，他小心翼翼揉了揉那朵貝殼，發現裡頭傳來叮噹聲響，幽咽杳遠，訴說著無人能懂的傳奇，他方知道，這女孩的耳朵記憶著海洋裡一神祕的聲音，那聲音裡包含了太多東西，是生性多疑的人們所無法理解的，阿福聽著這單純的響聲，體味到某種能被稱為「永恆」的真理，只是他當時年紀太小，不能浸透體會，到了他年老的時候，又因為已和所有成人一般複雜多疑，便連當初能解的萬分之一都無以細嚐了。

那些訓練他們的師父見阿福呆愣甚久，也俯下身看女孩子，當然聽見了叮噹響，他們或許覺著怪異，卻還當作某種商品的附加價值，女孩子當時無名，此後得名海叮噹。

海叮噹幼時便美，與從一而終咬著她嫩白頸子的母親相比，她的美是一株欲開未開、含苞待放的百合花，隨著年齡增長，十二歲，十四歲，她與母親面貌愈來愈像，那南部漢方的蒙古大夫也是真有一手，海叮噹母親死時灌下一斗藥劑，竟令她肉身不壞至今，肌膚軟而不化、韌而不僵，甚是吹彈剔透，宛如橡膠，一頭幼細長髮仍在死亡之後生長，在洪福海眼中看來，是更為野蠻。海叮噹的母親不像死了，反倒像倚靠著吮咬海叮噹的頸子才得以活著，只不過是以正常人不理解的形式。

大部分受訓的孩童都將海叮噹視為異端，在男孩的眼裡，她太美了。在女孩的眼裡，她從小就有一只不可方物的真人等高大娃娃，太走運了。所以男孩們常理之內地恐懼她的美貌，女孩們則常理之外地嫉妒她的運氣，而實際上，他們都擁有專屬於孩童敏銳的直覺，他們都對。洪福海初見海叮噹便想：她就是那名全世界最美又最幸運的女子……的雛型，她還在長，睡覺也長、吃奶也長、撒尿也長，就對著自己母親的原型一點一滴嚴絲合縫地長成，海叮噹頸傷連繫著媽媽，日常生活有諸多不方便，洪福海都瞞住師父們協助她。所有男孩都怕她，因為她是全「天堂」裡最清麗的少女，但洪福海也是全「龍宮」最俊秀多才的少年，洪福海許早認知到這點，亦認知到海叮噹和自己天生絕配的命運。海叮噹剛沒了媽媽……應該說，海叮噹剛得到一只媽媽娃娃那會，洪福海挽著海叮噹的頭髮，撫摸她軟軟白白的貝殼耳朵，在極近的距離下聽見清脆的叮噹聲，他禁不住要回應那幾聲叮噹，彷彿那叮噹問了他的名姓、生平與過去。

洪福海說出他的名字，他叫阿福，這個名字一點兒也不清脆動人，相反地，還有點俗氣，可海叮噹不同凡響的耳朵就是一枚能記憶聲音的海螺，它們短暫地記憶了洪福海的小名，在叮噹聲後輕輕地回應了怯伶伶的一句：「福……ㄚ……」

洪老頭子往後回憶起，都說那時候自己對那個呼喚的聲音一見鍾情，儘管那只是來自海叮噹耳中的回聲而已，洪福海沒有辦法，海叮噹根本不會說話，她的頸子被母親一口咬下，傷及聲帶，導致她一個音都發不出，未來所有與海叮噹耳鬢廝磨、絮語低喃過的男人，永遠都只能從她耳中回收自己說過的綿綿情話，與結束播放後的一聲叮噹。

洪福海不曾做過海叮噹的男人，在他們這一行裡，童男童女是禁止相愛的，在他們這一行裡，男女到了二十歲仍稱童子，又沒有在船上做舞藝、巧劇的人能活過二十歲，他們到了該行成人禮的時候，總會開始覺得平素寬廣的龍舟甲板突然變得狹窄不堪，支撐他們於船間飛躍的長蒿短得驚人，動輒得斷，他們原來頗識水性，到了二十歲掉進水裡，忽然發現身子沉了，他們再不能驕傲地向大海耍賴飛高高的遊戲。

童男童女們不明白，這其實都是天堂龍宮裡的師父們為了淘汰掉價的孩子所設之陷阱，讓孩子們往往仍未經人事，便成了殉祭海神的供品。

洪福海的年紀在童子中已不算年輕，但他技術好，龍宮師父們還想把他留著栽培做下一任大師父，他表面乖乖的，師父說什麼是什麼，也裝得天真爛漫，都已經十八歲了，還像十二歲似的啥也不懂，師父們甚愛他，漸漸地也不提防，看他憨傻可憐，就把淘汰年長童子的事情一一說給他聽，又囑他不需害怕，師父們都保他。

洪福海有個關係特別好的大師父，原本也是龍宮裡的童子，曾經愛過天堂裡的一個小女孩子，對洪福海到底搞啥名堂頗能意會，不只一次找他來勸了，洪福海卻不答應，只道是他阿福今生就要這個海叮噹了。

「你當真嗎？」他大師父嘆氣：「那女孩子漂亮歸漂亮，一天到晚帶著她媽的屍體，洞房花燭夜你不嚇死？」

洪福海當場跪下來求，望大師父放他倆一條活路，阿福當時小小年紀，已經什麼都知道了，包括不久後又要迎端午，這一回，龍舟採用了特別的主題，將一艘艘龍舟全都用金鎖連繫，他洪福海被安排在最壯闊華麗的雄偉龍舟之上，表面上，那些過去愛他疼他的師父們說會保他性命無虞，可是真正疼他愛他的大師父已經悄悄透露給他，他預備表演的巨大龍舟其實是一名東北土豪的棺木，時間到了便會起火燃燒，將所有金鎖相連的龍舟並龍舟上的童子們燒成小焦人。大師父說，東北土豪年輕時就愛看童子巧劇，據說有一回見了洪福海九歲時的表演，為之傾倒，當下便發誓死後要這名童子陪葬。

東北土豪家財萬貫，迷戀當時年僅九歲的洪福海，但毫不知足，細細探問了整個天堂龍宮哪幾名童男童女要淘汰了，但又美得讓人捨不得的，他統統要！這就捲進了現下剛滿十四歲的海叮噹。

全天堂龍宮都知道，洪福海挺照顧海叮噹，海叮噹有沒有那心思是不曉得，那女孩子身上的時間彷彿已隨著母親的死亡而凝固，她說不了話，也從未正眼瞧過洪福海，在眾人眼中看來，洪福海完全是自作多情、一廂情願，但師父們心裡害怕，事情不怕一萬，只怕萬一，要哪天海叮噹從母親的死亡打擊裡甦醒過來，一眼見到洪福海隨侍在側，軟語溫存，再冰冷的心都會融化，到時候小倆口還不私奔呢？他們可擔不起這損失，於是陪葬契就賣了，在那個時候，被拐走的童男童女連死都有個價，落水失足的巧劇童死後被撐船人從海裡撈起，肉體還未浮腫朽爛，只是膚色凍得蒼白，脣色靛烏、肌膚濕潤，別有一番病態耽美的風韻，到了岸上便得漫天喊價，誰喊得高誰拿，拿去了哪裡幹了些什麼就不是天堂龍宮該管的事了。

洪福海求了半個時辰，說到「師父您也愛過天堂的女孩呀」那時，大師父便諾了。

「我是愛過，也讓她悄悄離開天堂，到外頭過日子去了。」

他大師父突然爆出來這麼一句，著實令洪福海震驚，忙問：「誰誰誰——還在小漁村裡麼？」

「不，她死了。」大師父淡淡地回：「她後來嫁給別人，生了個女兒，之後就死了……」大師父再也沒接話，洪福海只得告退。

從大師父住所回去時，他沿著細沙灘徐徐奔跑，從夕陽昏黃的光色下望見海面一艘小小的教學船，海叮噹正抱著母親的屍首練習一個三點跳躍的技巧，海叮噹作為童女照理不必練習舞步，但她雖不能說話，卻不是個傻瓜，深知自己十四歲，快要掉價了，而與洪福海不同，她的師父將她視為妖孽怪物，早忍不住要推她下水，海叮噹自己尋得的方法是練習童男善耍的巧劇舞步，增加自我價值。洪福海在一棵松樹邊靜悄悄地看望她，暗想無論如何都得讓她活下去，寂靜的黃昏海面，海叮噹與她的母親看來像一對交頸溫存的雙胞胎，海叮噹作為童女的身分竟還無法完全容納、推升她的美，不多時，她便要與許許多多洪福海所不在意的陪葬童子們一齊葬身大海了。

五月初五，洪福海居住的小漁村與過去的每一天相同，橘子紅的太陽高高地升起，夏季裡天亮得早，洪福海當時從準備排練的船屋裡伸懶腰打呵欠走出來，陽光寂靜地照耀著平靜的港灣，所有雕飾繁華的龍舟均已被金鎖套牢、穩當地等待將至的命運，並為此天真無知地閃閃發光著。洪福海不禁發現了一件事，即是他作為巧劇男童的這麼多年竟從沒有一次仔仔細細看過自己的舞臺——那些外觀美麗、精緻的龍舟，他從自己此刻的角度看去，感到不在碧波中起伏的龍舟其實未免過分俗麗，因而顯得粗製濫造、欠缺質感，然那些金的又真都是金的，銀的也真都是銀的，其中一只最大船，顯然是為僵死土豪量身訂做的棺槨，洪福海見那艘龍舟，心裡不禁打抖，那龍舟確實是一隻水龍形貌，可和其他龍舟昂首揚頸的形制完全不同，為棺的龍舟鱗皮一片蒼白，乍看像紙紮的，可紙紮的龍舟哪能在水上停靠如此之久？再看細部，白龍舟通體雪色，實是毫無血色，彷彿那龍舟本來真是神話傳說中遨遊四海的水龍，就為了那神祕的土豪之死，牠遂給捉來、宰殺、放血乃至於用上各種防腐處理，最終由工匠雕其屍，這才成了現下的龍舟模樣，那末，這的確就是世上最不可匹敵的龍舟，那死白龍舟，龍首低垂，龍眼血紅，不像一般龍舟特意被造舟師父勾畫出迫人的眼色，倘若張僧繇不敢點龍眼，只怕繪龍騰雲，白龍舟便是反過來的，牠的目光已再顯現不出生命，而正因牠如此死氣怖人，更使人相信這是一隻死去的真龍，就連做了十多年巧劇童子的洪福海，過去也沒見過這般慘無人道的造物。

「幸而不是麒麟，否則又有人棄書不寫，盡折騰人。」一只大手無聲按在洪福海肩上，他側過頭，見大師父正瞇眼向陽，說的話，也不知是不是對著洪福海說的，畢竟他這大師父讀過許多書，而洪福海只是個目不識丁的巧劇童子。

洪福海想問些什麼，或許追問師父的過往來歷，或許追問他那句話的象徵意義，或許更關於那艘船是不是真的？但最後的最後，洪福海想到的只有一個名字：「海叮噹？」

大師父笑了，點了點頭，他點頭的幅度是極小的，使得洪福海幾度以為是自己幻覺，然而他師父總是一諾千金，又也許，是對於這麼多年搶奪他人兒女所做的心理補償。洪福海相信大師父過去幾個夜晚裡告訴他的計畫，那計畫裡包含了他們該如何從這場死亡表演裡全身而退，上乘遁法是來個詐死遠走的謀，假如前面所有環節都正確無誤……洪福海不禁暗暗地想，想著與海叮噹同坐一艘小破船，自此在海上飄蕩的夢。

他願為了海叮噹踏上鬼氣逼人的白龍舟。洪福海意識到自己這份覺悟那當下，他初生的愛戀炸裂開來，正如代表巧劇表演向上噴射的一串煙火般，於晴空萬里的藍色中爆炸。

沒有人知道海叮噹在那個端午，五月初五時內心的想法，沒有人知道她喜不喜歡天堂裡的女師父們，就像沒有人知道她喜不喜歡頸子上與自己傷口相連的母親屍體，也沒人知道她是否對洪福海懷有愛情，海叮噹又不能講話，也不識字，她唯一的外在表現是動作和眼神，可惜的是，海叮噹作為一名表演童女，已將她的動作和眼神都交付給水上巧劇。

沒有人知道海叮噹打從被賣去練房，便深深愛上了與巧劇相關的一切表演舞蹈，更精確地說，她愛上了在海浪尖上舞動的快意。曾經，她的嗓子仍完好而青嫩，她一點也不厭煩地學習天堂女師父們所有能教給她的曲調，直到她的母親咬傷了她。海叮噹從來就不知道那女子是她的媽媽，從此身上多了個累贅，形同長得漂亮點的腫瘤。沒人知道海叮噹是否恨她奪走自己的聲音，是否恨舞蹈中總有礙手礙腳的另一具肢體。旁人不經意望見海叮噹時，那女孩子老自顧自練習她的舞，那專注神情超越了她身體上的殘廢；得協調自己以外的另一副四肢，那就協調吧！不能繼續歌唱，那就吹奏海螺吧！假如能夠，她說不定希望也不要有龍舟，她就想直接踏在浪花頂上，跳著、舞著、旋著、轉著，和著海潮波動的頻率，好像她可以跳上幾百年幾千年都不嫌多。

某時候，錯覺似的，鏡子裡的一個反迴能映照出海叮噹深恨的眼神，那眼神映照在一副死去的女體、她的媽媽身上，強烈的情感彷似令屍首活了過來，至少在旁的目光中，因海叮噹的恨意致使她的母親看來有一瞬間仍像有著生命。但除此之外，海叮噹就再也沒有展現過任何劇烈起伏的情緒了。她面對自己身上的那副美麗屍首，如同面對著專屬於她的表演配件，海叮噹天才般地獨自發明了專屬於連體雙胞胎才能完成的高難度水上動作——「並蒂蓮心」，後來海叮噹成了知名的海上豔妓，再也不需要耗費力氣表演這「並蒂蓮心」時，她家鄉的歌舞童女們卻被迫捉對兒綁在一起，只為了練習已成絕響的「海叮噹並蒂蓮」。

某種意義上來說，海叮噹是為做劇而生的精靈，對於巧劇藝術商業化的總總臺下動作、勾心鬥角，她全都不在乎，也無法在乎，她從小就聽見一種奇妙的叮噹聲迴盪在她耳渦裡，那聲音有時強，有時弱，強的時候能蓋過所有她不願聽的事情，弱的時候就像一個來自大海深處遙遠的記憶，時時刻刻提醒著她，那深幽的藍才是她永遠的家。海叮噹就那麼任意調整叮噹聲的強弱來使自己專心做好各種巧劇舞蹈。

她一直就知道自己的結局，是那叮噹聲告訴她的，和練房師父們的合謀無關，只關於她、那片海以及叮噹。於是海叮噹想在最合適自己的舞臺上跳最後一支舞。

海叮噹約莫十二罷，也就是她做最後一次巧劇的兩年多前，便意識到這事實。那是個再度徹夜練習「並蒂蓮心」的艱苦夜晚，海叮噹做足了最後一個飛躍，足尖落在練習船船頭，從中感受一星半點來自海流的脈動，她的體重說不上太輕，更與母親屍首相連，她卻能仿若鴻羽地在狹窄的練習船上自在飄移。此刻她站立於船首，目睹東方第一道曙光刺破黑夜，海洋的顏色於焉甦醒，藍得那樣純粹、不可思議，讓海叮噹向來平靜的心激起漣漪。

她愛著這片海啊……並且，她就是這海洋的女兒，她生來便為了以一名人類女子的樣貌取悅她藍色的大父，而巧劇所需的舞蹈與躍姿，全是為了將她少女肢體的美推展至頂點，她是從屬於這片海的小女巫、小祭司，也是小祭品、小牲畜，她如此謙虛卑微地敬愛海洋，海洋則在這時藉由曙光折射水面的閃閃光芒告訴她，只要她擁有奉獻青春乃至於生命於海上巧劇的決心，她將永遠獲允行走海面的權利。

海叮噹探出一隻細弱柔嫩的小腳觸及水面，黎明裡昏暗的光線致使她的腳瑩瑩發亮，她等了一會，到底還不敢確定自己是否真能行走海面，一下猶疑，她身後傳來一聲呼喚，倏地驚動了她纖細的背影。

「海叮噹。」出聲的是龍宮裡的一位大師父，我們現在可以說，那大師父與最疼愛洪福海的大師父全然是同一人，龍宮與天堂的男女師父向來不彼此干涉授徒事宜，可洪福海的大師父偏偏再也忍不住囚禁於內心最深沉的渴望，想看看這個不可思議的少女，以及連繫在她頸上的女人屍體，也是恰好，海叮噹勤練巧劇一整夜無人看見，她佇立船頭，船身竟能維持不偏不倚之中，那大師父看著，心裡早吃了一驚，再喊她的名字，弄得她也嚇慌了，差點落到水裡，那大師父……可惜我們只能如此稱呼他，畢竟在過去，他是海叮噹與洪福海嚴厲正經的師父，而在未來，他是海叮噹與洪福海極盡所能希冀忘卻的對象，他的名字，無論過去或未來，都因不可知而恆久失落，至於現在，大師父也打從心底希望自己的所作所為能不愧於此稱謂，他的名字，相較於那稱謂便不是那麼重要了。於是乎，大師父遂在海叮噹即將落水前伸出手，捉住了海叮噹死去母親的右手。對大師父來說，再度握住這隻手帶給他雷擊般的痛楚，但他定了定神，依然維持良好的平衡。這不過幾見方地的小小練習船，若非兩人都是水上巧劇的能手，恐怕早已紛紛泡成了落湯雞。海叮噹足尖橫過船身，急促踩幾下，她足蹬的那雙布舞鞋織的金線，便一勁地閃閃爍爍，樸素的練習船船身一下子綻出幾千朵小金花，那正是龍宮上品巧劇童子的招牌技「戲奔龍麟」，端的是求速度，在快步與向心力的作用下，體態輕捷的童子往往能短暫地背離地心引力，於龍舟外側奔跑，一般弄個不好，落到水裡捲進後面整列龍舟遊行，鐵定成水鬼，海叮噹那一下雖做得乾淨俐落，也不免令大師父膽顫，他正與海叮噹及其母親做三人舞似的擺動上肢，最後好不容易踏住練習船船尾，他這頭自然要比海叮噹那頭重，眼看船要翻了，海叮噹從船尾高高升起，充滿天真疑惑的瞳孔微微放大，大師父卻笑了，但別忘記他也是練房龍宮裡經驗豐富的巧劇師父，他的舞步，比起不足二八的童子來得更接近陸地，更堅實、沉重也土氣，土氣意指粗蠻，他想船要翻，索性就翻唄，他大腳踏入船心，震得海叮噹與她母親猛地飛了起，大師父這頭也借力躍向半空，前後不過半秒不到的時差，大師父硬是把海叮噹連同她母親一併抱個滿懷，他們落下時，就恰巧落在已然翻轉的船底上了，比起常人，他們都站得極好，海叮噹在大師父胸口顫抖，還以為她怕哭了，不料卻是在笑。

海叮噹第一次笑，不是讓洪福海逗的，也不是為了自己做出了更接近奇蹟的舞蹈特技，她笑是因為水裡蹺蹺板似的刺激，她一笑起來，看上去就更像她死去的母親了。大師父緩緩放開她，看看她母親，又摸摸海叮噹的頭。

不知怎地，那大師父說：「活著也很好。」

更不知怎地，這句話響在海叮噹耳裡，初次意外地沒有叮噹聲妨礙，她聽得確切清晰，如同一道宣告初颱的閃雷，如同那道閃雷恰恰落在曙光乍起時的東方海灣。

海叮噹想了想，心道：「是。」但她終究沒有任何表情動作，也要在將來很久很久以後，她回想起自己怎麼就緊緊記得了大師父這句話，她方想起：啊，那是一句告訴她生命重於舞蹈的箴言，儘管，她到了許多年以後才明白大師父當時話語中蘊含的道理。

回到那閃雷的當下，大師父心裡既心疼又欽佩這小女孩兒，她就和她母親一樣，天生就是海上的精靈，對於大海是這麼樣地虔誠，以至於大海也甘心將巧劇的才華全數奉獻給她，她是海之女，為了在浪尖舞蹈，她可以連命都不要。

卻是我，將那海上的精靈送去塵世裡，讓她過充滿泥土味兒的生活，讓她被凡夫俗子玷汙。無名的大師父想，悲傷地想也沉痛地想。她就是那個他愛過的天堂女子，也是為了救她一命，以自己的自由換取她的自由，殊不知她走向的只是另一座牢籠，那時大師父才意識到，大道如青天呢，卻沒有真正的自由，任何地方都是牢籠，甚至對於三魂七魄，肉身也是牢籠。

大師父後來只聽說她仍住在小漁村，並嫁給一個粗俗貧窮的捕魚人，生下一個女兒，她的漁人丈夫經常因此毆打她，到了後來，乾脆把女兒賣給了練房，為人母親的她簡直因此瘋狂，她已經成為一個平常的陸地婦女，只會為親骨肉擔心憂慮，被賣到練房等同於將孩子送死，她不計後果衝向那片自己曾熟悉的練房海灘，全心全意只想著她的女兒。

大師父待那女子咬住了海叮噹頸子以後，才得知所有事情的始末，而那時，海叮噹再也出不去了，至於他愛的天堂女子，也已經死了。

「在這兒，沒人是像你這樣的。」大師父回憶往事，靜了許久才好不容易吐出一句。他有那麼多話想對這女孩說，想談論她的母親，也想對海叮噹道歉，因他放任心愛女子的女兒被困在這裡，但最終，為了讓海叮噹與洪福海逃離的計畫，大師父只是沉沉地道：「我們龍宮裡有個阿福，他全心全意要保你。」

海叮噹看著他。

「我也要保你。」他自語：「還有他，你們都得活下去。」

說罷，他眼看是要離開，卻像想起什麼，低下頭，輕輕吻了一下海叮噹的前額，又從懷中拿出一條穿著粉紅色小海螺的項鍊，準備親手繫在海叮噹頸上，無奈她頸上始終掛著她母親的屍體，練房裡的人都嫌它邪氣，但大師父安安靜靜、仔細小心地穿過母親咬住的部位成功給海叮噹掛好項鍊，他又望了屍首幾會，眼中蘊含祕密與溫情，他說：「你母親……」緊接著再說不出口，他搖搖頭，是這樣，有些時候做了決定，事後才想彌補，但悲劇已然形成，多一句解釋，又能改變什麼呢？

「這是那阿福要給你的，俗話說少年的心，就是一個傻字，你們將來有機會說上話，過上點好日子，便知道了……」大師父正碎碎唸著什麼，海叮噹卻感到腦子裡暈呼呼的，什麼也沒聽明白。

過去，海叮噹是不解人的。懂事以來，人就和垂掛她胸前死去的女子軀體一樣，手是手、腿是腿，臉蛋是臉蛋，除了會跳會出聲，哪有其他不同？但大師父吻過海叮噹額頭那一刻，遠方的閃雷靜止了，那是一條燦亮輝煌的裂痕，讓海叮噹內向封閉的世界為之破碎，她從此記得一個有點兒年紀的男人，也是愛在浪尖上跳舞的，也是在某種意義上將半截生命奉獻給海的。他的臉飽經風霜，卻依然如浪花般白淨，漸漸在海叮噹的心裡留下印象，尤其是那對眼睛，溫柔而明亮……海叮噹這些無傷大雅的幻想，本只是出於對父執輩愛慕的少女夢，孰料在許久的後來，就是這對隱隱似同的眼睛，誘騙了海叮噹純真的心，也造就了海叮噹一代水上豔妓的傳奇，以及其後彈丸島上一連串的悲劇與喜劇。

沒有人知道海叮噹是否愛過任何人，在過去以及將來，海叮噹是否愛過她的母親、洪福海或者大師父，是否愛過要在許久以後才會出現的一名紅皮膚的結拜妹妹，甚至於，海叮噹除了對海上巧劇的愛以外竟還能有其他的愛？沒人知道，正如那命運的五月，初夏時節，所有練房裡的童男童女魚貫走上連鎖的長列龍舟，他們的裝束主色為白，材質為麻，走上連接陸岸與龍舟的長木板，他們輕快悠然的面孔全然沒有即將步入死亡的情狀，他們也不知道，自己走上的是一條送葬隊伍，並要以他們年輕的肉體陪殉。

這時還在海灣上的，只剩下一撮村民，他們沒錢學那些從外地來看熱鬧的公子哥，那些公子哥早早乘著自家龍舟到海上等著瞧好戲，龍舟也真都是金碧輝煌專門用以炫富的。小漁村村民此刻仍待在岸邊的唯一原因，就是眺望海上巨大龍舟上幾個小黑點點，憂傷地猜測哪個黑點點是自家小鬼。

參雜在這些焦急的親友當中，有一龍舟工匠，正痴痴望著龍舟群，只因水面上遭金鎖連繫的其中一艘龍舟便是出自他的手藝。小漁村的端午龍舟雖然造就諸多人倫悲劇，對於整個村子來說還是有利可圖，練房付給童男童女家人的賣身錢，以及節慶日近帶動的地方觀光經濟，多多少少加速了這些村民臉頰上淚水風乾的時間。

至於造龍舟的工匠，他哀淒地遙望海面他的那艘龍舟，木質紅檜、中龍六槳，龍頭至龍尾完全手工雕刻，船身接榫為傳統木釘，海嘯也打不散，再瞧那些金光閃動的鱗片，都澆過銅油，防水又防生霉，假如不必燒掉，擺著能放到天長地久，假如不必燒掉，多好……那工匠幽怨地想，他前天才得知自己費時多日打造的龍舟最終竟是要火葬沉海，那工匠因此發了頓脾氣，弄得活動負責人也不肯讓他給自己的作品剪綵並道別，他只能呆站在海邊看自己的船也成了眾多黑點點當中較大的一塊黑點點，他眼巴巴望著，更覺得像是他工匠生命裡的一塊汙跡，既然是汙跡，燒了也就燒了吧。

偏偏工匠嘛，對自己的作品都像對孩子似的，他唯一慶幸的便是自己的孩子比村民們的孩子大了不只一個黑點點，在綿長的距離下，他依然可以在連鎖中撿出自己的龍舟。

他們小漁村不僅近海，也靠山，工匠通常都從山林裡搬龍舟的材料，長此以往，山便被伐出了一片光禿禿的屁股，他手藝下的那艘紅檜也是這麼來的，它是山上最後的一棵百年紅檜。

燒了多可惜。那工匠想啊想，淚水幾度奪眶而出，對他們工匠來說，打造龍舟的技術不僅費時，也耗工，更在動作中有無數虔誠的儀式，從撿樹材開始，便要聽樹心、綁紅線，樹心說好，工匠才能牽著紅線回家，這條紅線七日不斷，工匠方能上山起木，還不能用機器起，所有的手工龍舟都得當真是純手工的，起木要工匠幾人不等，親自到山上用斧子砍，再合力搬回手藝鋪，接著燒香誦經，誦的經是龍舟工匠幾代流傳下來的魂魄轉化經文，將木轉水，樹魂轉龍魂，有些老工匠也說，好些龍老早就躲在樹裡了，只是他們要去找、去挖、去雕，整棵樹一體成型釋放水龍，「水龍躲山樹」也就成了小漁村內的一句熟話，意思是能力出眾的人總會躲在意想不到的地方。而某種意義上，龍舟工匠間盛傳水龍幼崽本就是寄孕於樹的，水龍妊娠則輕，化雲騰空，後產雨，雨蛋入神木，珠胎暗結；他們龍舟工匠的職責，就是給這些神木接生，將一條條水龍幼崽從木心內拉拔至這個世界。

那工匠心裡正給他們這些手藝人的文化一一巡禮，順道默哀，再抬頭，龍舟連鎖竟從他那艘紅檜開始炸裂，幾丈高的橘黃焰火直貫青天，緊接著，那些澆過銅油的龍舟送葬隊彼此傳染，水龍成了火龍，工匠這下真正地哭了，他毫無辦法，彼時就和所有的村民一樣，只能遠遠地看著，大黑點點、小黑點點，最終全被大火吞沒。

哭泣的工匠所不知道的是，這場火在洪福海與其大師父的計畫中也是意料之外，他們壓根沒準備好，大師父得來的消息說會在午時開船，並即刻點燃紅檜龍舟，此刻不過辰時，洪福海還沒在眾多表演船中找到海叮噹，而表演甚至尚未開始。

傾倒的船桅與龍舟雕飾在火海中捲曲焦黑，洪福海奔跑過一段又一段滾燙的金鎖，在龍舟與龍舟間尋找海叮噹的身影，也在鬼哭神號中呼喊海叮噹的名，他的大師父艱難無比地跟著洪福海的腳步，但終究不能趕上年輕少年矯健的動作，他們後來在白色龍舟上找到了海叮噹，令人難以置信的是，她竟然仍在跳舞，彷彿那些騷亂與哭泣都與她無關，她按照天堂師父們的教導，以及日復一日的排練進行不可中斷的表演，身披麻衣，在白色龍舟的龍首上，踩著危險的舞步，而她頸上死去娘親的屍體，像是比活人更加輕靈似的一圈一圈旋轉，那雙人的死亡之舞，除了那土豪亡靈與遼闊的大海以外，或許根本不該有任何活人得見。

「海叮噹！」洪福海也喚不出那聲喊，他瞅著愣著，看著海叮噹的舞，以及她舞蹈中傳達出的決絕信念，幾乎讓洪福海感到就這麼與海叮噹一同葬身海底，也不啻為他夢想裡的死法，畢竟過去從沒有巧劇童子能活超過十八歲，也沒有誰曾經逃離做劇的命運，這就好像……他們是一群名為巧劇童子的生物，生來就是為了在海上跳舞，十八歲即是他們遲暮之年，再大下去，便是凡夫俗子，又或者醜惡萬端的成年人了，洪福海在恍惚中想，並忽然地覺得自己已經很老很老，海叮噹也很老很老，原來她早就洞悉這一切了，原來他們一直就是那種由大人們創造出來的朝生暮死的生物。

洪福海一領悟海叮噹的想法，便也認同了她，這件事是多麼奇怪啊，洪老頭子站在洪福海時間的末端，阿福站在時間的初始，但他那時卻像是真正感到自己活過、愛過也死過，而在死亡之前，他又是那末地老，比他將來失去所愛以後所成為的凡夫——洪老頭子要更年老許多，似乎這一回在海叮噹舞蹈裡所看見並感應到的才是真正的老朽，也只有海叮噹才能帶給他這份行將就木的寧和。洪福海心一橫，兩步併一步跑向海叮噹，他要做劇，和海叮噹一起完成他們生命的意義。

洪福海奔跑時，他們的大師父正巧喊出了那聲「海叮噹」，也就是洪福海所無法喚出的那聲喊，海叮噹沒有料到會有活人叫她的名，她原來一心一意奉獻的覺悟在那熟悉的聲音裡漸漸潰散，是奔跑中的洪福海所無法想像的，那一刻，海叮噹想起了大師父對她說的那句話，而大師父誤以為洪福海的奔跑是為了搶救海叮噹，現下節省時間是當務之急，他立刻作勢要海叮噹從龍首上跳落，端午豔陽中海叮噹的舞霎時停住了，洪福海亦急急頓止，仰頭望著海叮噹伸展雙臂一躍而下。

如果不是一陣奇怪的、來自海心帶有嫉妒腥鹹的風，或許洪福海能夠接住海叮噹，大師父也能在他們即將共乘的祕密龍舟後頭安然無恙地輕推一把，將他們推離這悲傷而引人懷念的家鄉，但那陣風興起的巨浪是不可阻止的悲劇代表，它將洪福海震離舟體，令他一口氣落到了白色龍舟後方一艘尚未引火的表演船上，接下來發生的事不過幾分之一秒，海叮噹即將落到海裡，不知怎地，洪福海知道假如海叮噹碰觸到了海水，她便絕對不會掙扎，只願海水能溫柔地帶走她的芳魂，他希望能接住她，卻力有未逮，就在那時，大師父騰出半空，輕輕攬了海叮噹一下，讓她順勢被轉回了龍舟之上，那是一次極為簡潔、卻凝聚了幾十年巧劇技巧與功力的一轉，也是海叮噹從未見過最美的雙舞姿勢，就這樣，大師父落入大海，海叮噹重回龍舟。

據說所有超過十八歲的巧劇孩童，都將無法再在海中泅泳，他們的身體已經如鋼鐵般沉重，但從沒有人能證實，而且孩童們已經死於太多的陰謀詭計，從過去到那當下，落水而超過十八歲的巧劇表演者，恐怕就只有他們大師父一人。

奇怪的是，也真就像傳說所言，大師父怎樣也不能浮出水面，海底有些什麼召喚著他、拖著他，他便睜著眼，一點一點地沉入了黑暗之中。

一聲聲響亮的「喀」無盡傳來，高溫炙斷了金鎖，真龍雕屍的雪白龍舟在飄飛如雪的灰燼中徐徐出航。

那景色，簡直說不出的荒涼和恐怖，出海口的兩岸一半奏哀樂，一半敲鑼，送行的人一半歡欣鼓舞，一半捶胸傷慟。幸好海叮噹此時再聽不見任何聲音，哪怕是常駐她耳內的叮噹響，也在無聲的喧囂中沉寂了。她看見隔岸鞭炮炸烈的百簇金光，也看見愈發小黑點似的漁村，隔著燃燒斷裂的連鎖，她亦看見洪福海在愈來愈遠的另一艘船上，隔著濃煙呼喊她名字的樣子，但海叮噹腦海裡想著的卻是葬身水底大師父最後虎目怒睜的面孔。

「活著也很好。」

海叮噹輕唸大師父說的這句話，模仿嘴型而非自己早已遺忘的發音，她輕輕地唸，像一句能在將來保護自己不受傷害的咒語，海叮噹下意識抱緊身旁唯一陪伴著她的娘親屍首，就這麼與那悲傷的白屍龍舟一起，開始緩緩地遠航。

之後的事，從洪福海的角度來看是他萎靡人生化成的一撮粉，根本不值一提；他在一艘練習船上漂漂晃晃，行過四大海洋，大半時候他因脫水和營養不良產生幻覺，老以為海叮噹也在同艘船上，船上的海叮噹美得如夢似幻，經常餓著，她蹙眉的時候，洪福海便得到一點鼓舞讓他猛站起身，死命扳自個兒的手臂說要給海叮噹解饞，但他根本沒力氣自殘，船上也沒有刀具，洪福海半死不活地漂在海中央，一時間就想起老家小漁村一句罵人的話，最開始是對著煩人的小屁孩說：「鬧事！給我滾過去一點！」再來是對著髒兮兮要飯的：「噁心！給我死過去一點！」最後一句則是對仇人的說法：「操幹！給我浮過去一點！」這三段式的鄉野粗話，竟然統結了他生命的各個階段，他在舟船上滾過巧劇，十八歲的少年阿福則死在那次大火裡，與大師父作伴；直至現在，他真真正正要死了，將成一具浮屍，某日不知打哪兒來的遠洋漁船看見他就會啐出那句：「操幹！給我浮過去一點兒！」

卻不想，洪福海這廂已苟延殘喘，東海那廂竟有一夥海盜分子，靜靜地來，撈了他，用淡水與魚肉乾餵飽他，待他醒來，遂強令他做海寇，洪福海賸餘的那一撮人生渣便這麼開始，有大半時光是浸在酒水裡，而非海水，他隨海盜船擄掠的過程後段，偶然會聽見一則流傳於海盜間的香豔傳說，關於一艘雪白的龍舟，以及上頭交頸共舞的雙胞胎女伶，那舟船的名氣不是以響亮與否來計，而是如一縷海上女鬼吁出的氣，涼絲絲、搔癢癢，當海盜醉入半夢才有勇氣裝瘋賣傻脫口而出。據說，那舟船是所有海盜們夢寐以求的溫柔鄉，全世界最豔麗的女鬼都在那裡，等著陽剛的男氣滋潤她們哀婉的心。偌大海域真是可遇不可求啊！若有幸登船，做那絕世雙姝的一夜丈夫，變鬼都風流。醉醺醺的海盜們說：這不就是那巫山雲雨的最佳寫照嗎？

但同時，一些不那末迷信的漢子則給洪福海講，什麼女鬼船呢，不過就是此海域中最豪華的妓女戶，尤以其紅牌——一對雙胞胎最受歡迎，她們舞姿卓絕，容貌天香國色，姝麗不凡，總要讓第一眼見到的男人像被吸了魂。

洪福海很長一段時間都沒把那對雙胞胎、海上妓戶之事與海叮噹連繫在一塊，他老以為她已香消玉殞。是在許久以後，他此生第二次與海叮噹相遇，他已行到他人生渣渣的終末，成了個飽經世故的洪老頭子，他才從「海老婆子」口中聽到了一切故事。

海叮噹成了海老婆子，這原來是洪老頭無論如何也不敢想像的，海底龍宮自海中升起那時刻，洪老頭子心中被勾起了過往的回憶，那海底龍宮全然就是他家鄉小漁村練房的翻版，而貝殼裡身上滿是褶子的老女人，頸上掛著一枚粉紅色海螺項鍊，在五光十射的旋轉間幻變為美若天仙的女子，看在洪老頭眼裡只是遮掩她真實身分的小把戲，那海螺項鍊是他拜託大師父送給海叮噹的一份禮物，因他有次在海邊練劇時無意間撿到那枚海螺，並依稀從中聽見了海潮的聲音。洪老頭再看那年輕、毫無表情也毫無動作的女子，美得像從未甦醒、從未活過——海叮噹死去的母親，洪老頭從未如此確信，站在貝殼內另一側的海老婆子就是他久未謀面的海叮噹，他顫巍巍伸出手給她，說：「海叮噹……我是……福……ㄚ……你記得我嗎？」而海叮噹，她卻瞧也不瞧他一眼，冷若冰雪化成的珍珠。

洪老頭子又要作勢去拉，那曾經在耳中迴盪著清脆響聲的瘖啞女子，此時卻張開口從貝殼深處，竭力發出一連串粗嘎難聽的咒罵，不像女人的高昂尖喊，而是如同老翁的破鑼嗓子，一吐一個：「摸什麼摸！摸一次八百塊錢！」

彈丸島島民們見過不少老女人，但從沒見過班金創海底龍宮那麼大陣仗，也沒見過從海底乘坐貝殼漂浮出水的老女人，再說大貝殼內裡那些反射的鏡面，實在將海老婆子臉上的皺紋修補得太光滑了些，幾個膝蓋軟的立刻就跪下去，直呼「海娘娘」，其他島民一個挨一個，把洪老頭一把推開，排隊要摸貝殼裡的神仙娘娘，當然，摸一次得要八百塊錢。

眼看島民們接二連三摸摸「海娘娘」，洪老頭子卻在一旁嚇得發傻。海叮噹怎麼可能會說話呢？聲音還那末難聽！仔細一瞧，她身上也根本沒連著她母親的屍體，至於那美麗的女子更是個精雕細琢的人偶。洪老頭子氣一下子岔了，海叮噹沒死，卻已經變得這麼老、這麼難看，皮膚如同被曬傷般紅通脫皮，活像隻煮熟的蝦子，難看還不打緊，行為舉止如此粗魯、心地那樣貪婪歹毒，她早已不是自己所認識的海叮噹了，又或者，她根本不是海叮噹。

這時好巧不巧，海老婆子對洪老頭吼道：「阿福！還不給錢哪！」洪老頭的小名唸在她嘴裡就像幾百輩子有了，就像他們已過了幾百輩子的晚年，海叮噹一直是這麼呼喚他的，洪老頭心頭一酸，不忍了，含著眼角的淚默默將八百塊交給等在一旁的班金創，那賊小夥喜孜孜地數錢，洪老頭子便在那一刻，放下了海叮噹，或者說，他一方面接受不了年老的海叮噹，一方面又希望那是她，但就算是她，海老婆子後來也沒和洪老頭真正相認，他倆也沒能廝守一生，這是我們老早就知道的。當時海老婆子只管在彈丸島上鞏固權位，想她年輕時如何在彈丸島上掙扎求生，和海神祭裡一個獻祭童子勾搭上，又或者硬上了人家，生下一個也宛如皮膚曬傷的紅通通孩子，那是個女孩子，海老婆子趁著丈夫不在家時，把那孩子淹了，再後來，她又有了，生下一個紅皮膚的男孩，就這樣，海老婆子的紅皮膚一家漸漸壯大起來，前幾代貴男賤女，女孩子總活不過滿月，直到海燕的母親那一代，海老婆子在彈丸島的地位已經穩了，他們家才開始有了點女人氣。我們不知道海老婆子為何直到那般年老了才想起鞏固地位這件事，但她確實從那時開始成為彈丸島上最有權力的人。

洪老頭與海老婆子相遇後不斷尋思海叮噹怎麼能說話這事，但他想破頭也得不出個結果，海老婆子頸上甚至沒有一絲傷疤，洪老頭剛這麼想，就想到那條海螺項鍊好端端掛在她脖子上，取代他所有的質疑，到了最後，他只傷心於海老婆子不認他了，以及某種程度上，他不知該不該將海老婆子看作海叮噹，洪老頭轉念又想：她說話聲音那麼難聽，可能就是得回聲音的一點代價，這就有點意思了。該不是她漂流時，正巧遇上四海雲遊的荒海神醫，洪老頭是聽過他的傳聞的，和彈丸島上隨處可見的蒙古大夫可大不一樣，他還是海盜時，荒海神醫的名氣響徹雲霄，據說他從小在海盜船上長大，暈陸地暈得過分，為了尋找藥方，開始經年累月地海上旅行，他會給所有遇難的人醫治，無論他是匪類或商賈、仕紳或貧人，他說只要是在海上討生活的人便是他的手足。

海叮噹或許是得了醫治，才終於能開口講話吧。洪老頭最終想：無論如何，那粉紅色的海螺項鍊是不容他錯認的，那的確是偌大海岸邊萬中選一的美麗海螺，洪老頭子永遠不會忘記那色澤、形狀與大小，正如他可以在無數貝殼中挑選出那枚小海螺一樣，他也能在無數醜老婆子中辨認出他的海叮噹。

洪老頭那最後一撮人生渣滓末端，由於被所屬海盜船基於經常爛醉如泥的理由流放，他飄飄蕩蕩到了彈丸島，過起熟悉的漁村生活，在海上的日子教會他高明的漁獵技巧，他因而成為一名老熟的捕蟹人，假如海老婆子要找彈丸島上真正的老大哥，那無疑就是洪老頭，卻在海老婆子上岸那天，洪老頭居然啥也不說，還因為摸了她的裸身給了她八百塊錢，全彈丸島的人便都知道了，海老婆子確然是海上的神女，是海娘娘。

其後不久的海神祭上，洪老頭在絕望之中看見踏著碎花舞步的機關巧人，夏花，那純然是海叮噹長大後的容貌，儘管洪老頭根本沒見過海叮噹十八歲的樣子，在舞臺上款擺腰肢的巧人，卻無疑就是海叮噹在他心中成年後的模樣，多少次午夜夢迴、爛醉酒國的時刻，他都幻想過海叮噹熟美的臉龐，洪老頭只希望她能活到美麗完全綻放的時候。

過去那一刻，洪老頭是幸福的，他並不知道舞臺上的只是班金創手下的機關巧人，亦不知道將來他的舊傷還會再添新傷，他不知道自己將會把曾作為海盜時幹的那些齷齪事加諸在海老婆子家的女人身上，他不知道他將會在因緣際會下，得知海叮噹這麼多年來究竟遭受到怎樣可怕的命運。而一切真相將摧毀洪老頭內心僅存的一絲情感、一點良知。

後來，洪老頭總是盼著海神祭的表演，渴望在夏舞中看見那神似海叮噹的面容，舞臺提供的幻覺距離是美的，舞臺上海叮噹舞蹈的模樣也是美的，不僅美，也很虛幻。他沒有費心去尋找那長得像海叮噹的舞女真實身分，因為他再也不想去追求真實了。假如海老婆子是海叮噹此刻的真實，洪老頭後悔自己得知它。存在於洪老頭心中的景像到了最後，只剩不可揭穿的夢，舞臺上的美色，以及永遠不老不死的十八歲海叮噹。

或許我們可以說，洪老頭幻滅的時刻並不從他手刃了夏花那時開始，而早在他初次與蚌殼內的海老婆子相遇，他內心泛黃的海叮噹面容便一點一滴地消逝了。夏花之死，也只是又一次提醒他少女的海叮噹不復得見的事實。班金創離開洪老頭家以後，洪老頭子也隨之消失，但整座彈丸島沒人留心，緊接而來的海神祭將比過往更加盛大、更加熱鬧，為了籌備這麼一場夏日祭典，所有彈丸島的居民都忙得暈頭轉向，至於海家小妹妹海燕，也以今年獻祭童女的身分一天至少得四次彩排，現在海老婆子好不容易放人了，讓海燕獨自沿著彈丸島海岸氣悶地踢石子走路。

沒有人知道，夏日祭典同時也是海燕母親的忌日，在海家大院裡頭，女孩子死了並不值得一提，甚至依海老婆子的規矩，是屬於極骯髒、會汙了嘴的下等事，海燕的母親是投海自盡的。海老婆子說：既然是她自己的追求，咱們就甭管了罷！

海燕每到這時節就特別想她娘，彈丸島預備迎接初颱前緊繃的空氣，在炙熱的陽光照射下扭曲出幻影，石岸邊的樹梢蒸出了煙氣，延展在海燕面前的是一條她過去走了不下千百次，現下卻因過於強烈的光熱而光芒萬丈的路途……一條通往鐵臂師父班金創家的路。

海燕汗如雨下地走著，以前走這條路她都沒覺得，但這路可真長啊！她走啊走，路邊遇上幾個嘻皮笑臉的少年郎，一看見海燕就指著她笑。

海燕沒工夫理他們，但天氣悶得她連走路都慢，像陷在金色的融化糖蜜裡一樣，她花了好一段時間才和那群少年擦肩，其中一人故意撞了她一下，令她跌坐在地。

「這海燕是破網啊，哪個男人要她？」說著，一夥少年一哄而散，依稀飄來不堪入耳的淫辭幾句：燕兒尾巴岔，鐵棒硬硬插，破網補不滿，身紅叫聲浪。

鋪天蓋地的光與熱令這條長路顯得如此滾燙，海燕手貼著地，疼得哭了出來，眼淚沒滾出眼眶便散發了。在島西，破網指的是女孩子不檢點，海燕一個雙十年華女孩子成天往鐵臂師父屋門鑽，就讓一夥閒人逮了小尾巴，要拿這件事來說嘴。

海燕用手抹抹臉，慢慢站立起來，繼續艱難地走上那條金色的道路。路途末端，班金創的屋子早已等在那裡，門簾子上一處被海燕通紅手肘燒焦的痕跡隨海風撲撲亂飛，表現出十二萬分的迫不及待，海燕如以往那般半是厭煩地撥開那捲門廉，恰好給幾隻穿飛的燕子行方便，她一走進屋裡，被杳無人煙的空屋弄得不高興，班金創不在、小猴子不在，就是連傻子也不見人影，海燕又是恨，又是奇，恨的是剛才路上被人編歌兒罵，她心裡委屈，想找罪魁禍首傾訴，似乎也是痴心妄想；奇的是班金創屋裡難得什麼人都不在，連傻子也不在，這或許表示，他那兩桿巨人蹺已然使得稱手啦。海燕想到最初看見傻子的情景，不禁一陣安慰，她尋思過往回憶，在班金創屋裡游走，任性撿東西玩，無意間摸到一件異物，堅硬圓滾、觸手生涼，像是個握把，海燕手輕輕一轉，那物體底端傳來一聲微弱騷動，一暗門遂在她眼前呈扇狀打開，暗門下階長梯，已點燃的油燈因底下流動的空氣光影搖曳，算不上令人寸步難行，海燕到底年輕，這兒又是班金創的地盤，海燕和他鬥得久了，早已不害怕，她也在心裡和自己說，和班金創有關的東西，沒一件事她必須害怕。海燕這麼跟自己講，滿腔只剩對那討厭男人滔滔不絕的好奇，她想知道隱藏在這間破爛頹唐的小屋下方究竟是些什麼樣的祕密，那祕密和班金創院子裡那些機械花一樣美嗎？和他老酒喝高時唱的那些歌謠一樣動人嗎？海燕想來想去，不知怎地今天路上那夥少年講的難聽話，突然和過去班金創嘲諷她的話混在一塊，讓海燕既困惑又傷心，她愈想愈感到一種彷彿高熱帶來的眩暈，她下巴不自覺往前一點，從肩膀到雙手、腰與兩腿便不由自主跟著向前，踏著夢遊似的步伐，海燕慢慢下到地道裡去。

出於某些古怪的原因，我們只能看到這裡，看見海燕姑娘猶豫好奇的背影一點一丁被黑暗吞噬，她黑髮烏亮的後腦勺呈逆時針轉的髮旋，像海流將祕密捲到深深海溝。那是班金創四十九間地下室的哪一間，裡頭又擺放著何等奇怪的機關巧人，除了海燕，再也無人可以得知。

我們只能靜靜等在這裡，約莫五刻鐘，或者半個時辰，也可能更久，彷彿海燕再也不會從地道內出來的時候，聽見了一聲低泣，猶似幼鹿那類的動物叫喊，一會後，海燕的正面從地底浮起，她低垂著頭，使人看不清表情，良久才勉力抬眼，大睜著一雙茫然無神的眼睛四下張望，眼中沒有淚水，只有無盡的空洞。

看上去，海燕是想回家了，假若她這時這麼回去，海老婆子肯定要帶她去收驚，偏偏彈丸島上沒有替人收驚的道士，大抵海老婆子就要自己收了，反正她自詡為神，一點小丫頭驚嚇過度的毛病，她怎麼不能治？可偏偏海燕離開時班金創也回來了，他才剛到家，見海燕從屋子裡出來便忙不迭衝向門外的躺椅擺好姿勢，假裝已在那兒閒坐許久，待海燕出來，卻一聲不響，也不與他鬥嘴，班金創這才疑心，他想問不能問，畢竟，以前都是海燕先找他說話。當海燕緘口不語，班金創發現自己也沒什麼能說的，他們之間的關係原來是這樣脆弱不堪。班金創假裝睡著，暗底凝視海燕踏著已不再金黃的道路搖搖晃晃地回家，黃昏時刻的彈丸小島光色鮮紅，海平線上的雲朵是黑黝黝的，便在這詭譎的情景之下，班金創眼睜睜地看望海燕回家。

是到入了夜，小猴子與不知哪去的傻子都回來了，班金創跟著他們進屋關門，一團亂的打鐵鋪子在班金創超人的腦袋裡其實亂中有序，他很快發現了不對勁，他意識到通往其中一間地下室的暗門被打開了，被誰打開呢？對照起今天海燕失常的舉措，班金創終於明白。

小猴子見師父很絕望，卻不好說什麼，傻子在一旁靜靜玩他的小草，班金創看他那樣，心想還不如同他一般傻氣更快活呢！

但見小猴子一臉擔憂，只得安慰他：「好徒兒，你就別操心這事了。」

小猴子眼眶泛紅，像是哭過：「我怎麼能不操心？海燕姐姐差點就成我師娘了，您又喜歡她，幹嘛老這麼憋著？」

「你甭管。」班金創淡淡地道，抽了一會菸，又說：「她若真跟了我，底下四十九間工作室她每間都要看過，都要接受，這才不過第一間……小猴子，你真的甭管了。」

小猴子年紀不大，不過十二、三歲，聽師父一說就覺得心裡怪怪的，好像知道大概，又好像一點頭緒也沒有，但直覺地認為是大人的事，他便真的不再多話了。

鐵臂師父家屋，隨著日頭傾斜逐漸黯淡失色，留下三個大男人各做各的事，無比沉默的景象。將迎初颱的彈丸小島此刻說不出的岑寂悲涼，絲毫沒有海神祭典前夕的歡快情狀，海面上灰黑灰黑的雲朵襯著後方橘紅黃昏，一坨黑影於海面載浮載沉，那是一艘遠洋漁船、移動的石礁、幻影海島或是龍屍舟船呢？此刻於海邊荒涼祭壇前遠眺黑影的，只是海老婆子一雙凌厲的老眼。

海老婆子佝僂身軀，緩步走上祭壇，祭壇這會是空蕩蕩的，正式的海神祭前，海老婆子向來不允許任何人靠近，並有專人特別看守。會場上，八仙桌擺好，老舊神像打磨乾淨光亮，海老婆子檢查祭壇間物品，從祭臺下取出一張年代悠久的古琴，便坐下來，十指懸空待奏。開始前，她好似說了句什麼，又隱沒在海風中，令人聽不清楚，約莫是「祭如在，祭神如神在」，她講這話時，嘴上呵呵帶笑，眼神仍不放過海平線上的黑點點。

祭臺祭品種類繁多，有水煮雞一隻，火烤鴨一隻，金蟹三對，飛魚七條，豬羊各一，線香十柱，龍膽一斤，老酒十升，海貝百枚，絲綢一匹，鏡盒一副，胭脂一組，彩衣一件，髮梳一枝，銅盆一口，糖蜜一罐，針線一組，活海鳥一對。此外，更要島上孩子在祭壇百尺外紮紙龍舟一艘，預備說書完放海上燒。

海老婆子按弦聲猶未發，從島外特別請來的無名說書人則在場外開講第一段書，是海娘娘過往生平故事，想當然，全由海老婆子杜撰。彈丸島人樂起來了，到這兒，進入與普羅大眾有關的第一階段儀式，故事第一段都是晦澀的，說完第一段，便用晚餐，餐後說第二段，愈來愈接近當代口語，這第二段要說到子夜，中間夾雜巧人與祭童子舞蹈，早上天剛翻亮，說第三段，一整套書說下來，海老婆子都安然坐在後頭撫琴，常人以為那琴已舊，撫不出什麼名堂，事實卻是海老婆子一直用低微魔音催眠眾人，加諸長時間聽書聽下來，無論大人小孩面孔都已恍惚，彷彿強光下的昏眩，用藥後的迷離。

海老婆子手撫琴，令他們抬紙龍舟去海上燒，往昔每回皆如此，不由得使人犯疑猜，海老婆子是想以此紀念她的家鄉嗎？

我們姑且凝視這雙依舊緊盯海平線的老眼，可以看見由於上了年紀，以至眼眶內流出絲絲眼油，更在眼角處，有那末一點糊軟眼屎，曾經天藍純粹的眼白，如今也黃濁不堪，這樣一雙眼睛，倒映著遙遠的回憶。

這是仍完好的事物破滅之前夕，是溫柔尚未消亡。海平線上的黑點點飄飄蕩蕩，彷彿行駛於海中焰火……

海叮噹在龍舟上緩緩醒轉，一下子懵了，她在什麼地方啊？一望無際的大藍海洋之上，誰都不能給她解答，她獨自與一大龍舟飄蕩海洋，漫漫前途未卜，也不知怎麼回事，天空烏雲群聚，很快下起雨來，海叮噹只得環抱住死去母親的美麗屍首，緩緩繞過龍舟背脊上片片粗鱗，尋找入這龍舟的祕徑。

這號稱真龍雕屍的大船頂還真是精雕細琢得緊，即便溝鞘處有蠅蟲群聚也無損其精妙，龍首與龍頸交接處有暗道，底下一陣異香撲鼻，大抵是防腐油香掩著屍臭罷，卻也無人能知龍屍腐朽的味道，說不定這鬼奇異香，才真是龍身腐敗氣息。

龍舟飄忽大洋，海風和雨，寒冷腥鹹，海叮噹終於找著入口，順著暗道下龍舟，眼前一片黑糊，她抱緊了身上死去母親，方覺得一生都與死體脫離不了干係，對於下到龍舟底，這龍舟據說還是有錢富豪給自己做的巨大棺材，海叮噹起先是有些害怕，不怕富豪的棺材在龍舟底端，只怕自己隨意入了龍屍，會遭天打雷劈。但她抱緊了懷中母親，突然意識到這也是一具屍體，東西死了以後，與我們更加親近，思及此，海叮噹也覺得自己和龍舟更加親近，她再也不怕了，並且她還沒相信這真是條龍，說不準只是條巨大的海蛇，她也就不會被天打雷劈。

海叮噹赤腳踩進龍體，腳底冷透了心，據說每條龍的體內都各異其趣，可怎麼說，畢竟從沒人活生生被吞進去又拉出來，這暗黝黝地道，或可說是通往了乾燥風化的無聊停屍間，讓人興起一絲盜墓的興致，抑或是玄乎怪哉的迷幻叢林，龍以自個兒體內鋪陳出雲端家鄉的美景，又或許，你可在龍口外望見龍肚子裡有自己死去的家人，你便想聽從他們的呼喚，一直一直走下去⋯⋯

我們這麼說吧，海叮噹走的位置不是龍嘴，她不是從一個正統的路徑走進龍身體裡，這就不再是一件浪漫而充滿傳奇的事。事實上，還有點兒令人遺憾唏嘘，且說這是一條死去的龍，海叮噹從龍後頸上一個人工打開的關口進去，看見的只會是脊索動物門爬行綱真蛇下目巨蛇科生物普遍安於後頸處的方骨，專門控制這類生物的咬合，她一腳踏上透心涼的滋味也是那塊方骨帶給她的，她繼續走，經過外翼骨與上頜骨，此處被當時造龍舟的師父給開了一個小洞洞，海叮噹坐在那裡，可看見龍舟乘風破浪的勢頭。

但不須多時，眼前灰藍海面便讓海叮噹倏地憶起大師父死去的場景，她顫抖了，四顧而心茫然，為了抑制住觸景傷情的苦痛，海叮噹在龍口處與年幼的自己道別，她曾是不得活過十八歲的巧劇童女，熱愛海洋遠勝過一切，但現在她已不再是了，為了遺忘傷害，她轉身選擇恐懼，步入黑暗。

什麼都看不見起初是會不安，但若習慣了，黑暗便使人心安。很長一段時間，海叮噹什麼也感覺不到、無法看見，她漸漸丟失了自我，只憑本能行動，餓了，彎下腰刨風乾龍肉來吃。渴了，翻開龍鱗往外接雨水來喝，若恰好晴空萬里沒下雨，就忍著點唄。

海叮噹於是展開了在龍體裡的野人生活，啃著龍肉，想這滋味與過去練房師父們說的總不大相同，也是埋在地下任人割取的沒錯，卻不如師父們吹的那般肉質柔嫩，盈盈皎白，實話說，吃起來還挺乾粗，難以下嚥。也許這不是龍肉也說不定，這時，海叮噹就覺得可惜了，倘若她會講話，非得邊吃邊喊「龍」，看有沒有雷要來劈死她，或許就可以知道這條龍究竟是海蛇還是龍了。

海上不經常下雨，海叮噹只能忍受乾渴，窮極無聊就想找點好玩的，幸虧這龍舟內頗多機關陷阱，海叮噹憑巧劇技巧閒時踩來踩去，也算舞藝日見精進，龍舟機關難度由淺入深，海叮噹外頭的踩膩了，就往龍身深處走，試著走踩難度較高的陷阱。

龍舟本身長度相當可觀，你從龍首看不見龍尾，從龍尾也看不見龍頭，照理來講這是不可能的，因為一件東西做大做長了就會有破綻，一條龍舟愈長應愈容易彎曲，自然可以從此端看見彼端，只是這真龍雕屍的龍舟出自無名大師之手，他竟有辦法將龍舟造得筆直不歪，算得上神乎其技的神龍見首不見尾了，也因此，海叮噹初在龍舟外從頭部向後看去，著實是看不出什麼名堂，龍身全然隱藏在海霧裡，海叮噹既無從得知龍舟究竟有多長，也就不曉得自己一進入龍肚子會展開一場多麼遙遠的旅行，她只是想，最開始在岸上看著，可不覺得這龍舟有多大啊，海叮噹想得不錯，龍舟確實是遇水則長，一落入水，經過乾燥處理的龍鱗片片綻開，死去的肌肉亦寸寸卸脹，這艘真龍雕屍大龍舟，此刻恐怕比初入水時更多上了十倍的體積不只。

海叮噹傻呼呼地一直走，鋪天蓋地的黑暗將她籠罩，在本能的聲音驅使下，海叮噹堪堪可以靠無聲的自言自語和風乾龍肉過活，但日子久了，加上長期脫水已對她的身體造成傷害，她開始恐慌，那是迥異於悲傷和懼怕，來自於潛意識的不安。

她太久沒有接觸真正的活人，當她擁著母親冰冷的遺體，她漸漸忘記自己的體溫，想著也許她早就死了，她這麼想，突然之間就覺得長期迴盪在耳朵裡的叮噹聲吵得不行，讓她感到前所未有的孤獨，而她的嘴脣乾燥龜裂，舌頭更像砂紙般粗礪，一點也濕不起來，海叮噹累極了，她席地而眠，想像死亡的模樣。反正也是一直行走於黑暗，她不記得自己睡沒睡過，不確定怎樣算是睡了，只知道她想躺下，寄望於夢，能將她帶回以巧劇為生的童年。

海叮噹真正做了一個夢，在她的人生中，總共做過兩個和海有關的夢，這是第一個。

她夢見自己回到龍舟上，還未走進龍舟內部的時候。夢裡陽光燦爛、空氣溫暖，連海洋都像熔化的金子一般，海叮噹從龍舟上眺望遠方，看見一個死去的鬼魂，撐一枝篙，以自己的屍體作為船緩緩地划。儘管隔著遙遠的距離，海叮噹仍然篤定這水鬼正在對她笑，笑得一派溫柔，海叮噹心裡也不害怕，反倒被無數柔軟的溫情充滿，她看鬼魂划著自個兒橫越金色海洋，搖晃的浪說不準鬼魂是在遠離或接近，海叮噹只是覺得，她想一直留在這樣的溫暖裡，凝視這粼粼鬼影。然後，夢就醒了。

海叮噹醒時感覺有人正摸她的臉，那是一隻暖熱粗糙的大手，正拿著一皮袋水餵她喝，海叮噹模模糊糊地，覺得被撫摸得十分舒服，但當對方要摸到她的頸子，她一下子驚醒過來，慌亂地推開那人。

海叮噹不知道是怎麼一回事，黑暗的龍肚子裡，糊里糊塗遇上另一個人，突然間就不想讓對方知道自己是個與母親屍體生死相連的怪物，儘管從小到大，她也不缺這評價。海叮噹張開嘴，初次嘗試要發出一點聲音，卻只有呼呼的吹氣。

「你不用怕，你太渴了。」那人說話的語調淡冷，聽上去約莫三十多歲的男性，他讓海叮噹好好吞嚥，再接著餵下一口水。

「你是龍舟上原本要陪葬的童女？」

海叮噹抓著那人的手緩緩來到她頸子上與屍體相距最遠的一道疤，那男人頓時懂了，反捉住海叮噹的手將她一把拉起來。

幾刻鐘內，海叮噹好像知道這個男人心裡正打什麼主意，她面前的人不是一個好人，且正試圖穿透黑暗打量海叮噹，最後他放棄了，轉過身準備兀自離去。

海叮噹還來不及多想，就是覺得太孤單罷，她幾步上前捉住男人衣服，要將他留下，兩人彼此掙扎一會，無意間觸及龍舟機關，一道暗門在兩人腳下開啟，令他們要雙雙落下去，海叮噹移步空轉，在迅速朝兩邊退開的門板上劈岔雙腿，門板即將隱入機關時借力騰跳，連帶著陌生男人也摔向一旁，他們急喘著氣，在黑暗中瞪大了眼。

良久，那男人說：「我叫夏鯨，你呢？」

海叮噹伸出手指，在男人手心寫下自己唯一會寫的字——她的名字。

這夏鯨沒告訴海叮噹自己從哪裡來，或者他什麼身分，只說是來龍舟上尋東西的，海叮噹也不傻，她出身的小村莊年年有端午節，年年有要燒要流的龍舟，聽說村子裡有些土匪，就趁儀式還沒開始前溜到船上，尋找陪葬富豪的錢財，這群人後來也發展出一種組織與模式，有一套偷起龍舟的技術，但更多的還是來不及回到岸上的人，他們會跟著龍舟與龍舟上的巧劇孩童一起死亡。

海叮噹不傻，她只是不在乎，浩浩湯湯大藍海洋上，有個活人能陪你說話走路，即便處於一片黑暗，也是值得慶賀之事。

卻不知為何，海叮噹心裡產生了別種聲音，那個聲音一直告訴海叮噹：你還是把他殺了吧。

不，我不要。海叮噹想：幹嘛這樣，他救了我，給我水喝，與我說話，我需要他。

——你還是殺了他吧。

我從來沒有殺過人，我也不會殺他。

——有一天他會傷害你的，男人都是這樣的。

你怎麼知道？

那聲音不說話了，海叮噹後來也再沒聽見過，只是，海叮噹老覺得，如果她可以發聲，那個聲音聽起來大概就是她自己的。

海叮噹邊想著，身旁傳來夏鯨陷入沉睡、輕緩的呼吸。

海叮噹覺得有些可恥，因她需要這個男人，並不因為他救了她，給她水喝，與她說話，而是因為這個男人是她家鄉的男人，還是接近已死大師父的年紀，海叮噹很想念大師父，有點把這個陌生男人當成大師父的替代品，更別提她方甦醒時，總覺得那黑暗裡照料她的雙手、聲音，對未曾有過信仰的海叮噹來說如同神靈。

海叮噹靜靜陪伴夏鯨休息夠了，開始聽這男人要尋覓東西的事情，原來夏鯨有個計畫，要踩過這愈發困難、致人於死的機關陷阱，抵達龍舟隱藏寶藏的核心，或許也能藉著這段漫漫長路，了解龍舟內部構造，從而操縱龍舟航線，回到陸地。

這是個好玩的計畫，再說，海叮噹也真的想看看富豪的屍體，夏鯨說：「這些機關陷阱我一個人不行。」海叮噹明白，她伸出手抓住夏鯨手臂，活人炙熱鮮明的體溫與氣息令她如錨落定，他們踏上了旅途。

這段發生於黑暗的冒險，誠實地說，實在是沒有什麼好說，因為海叮噹就是那個善於巧劇的海叮噹，她會幫助夏鯨通過一個又一個艱險刁鑽的機關，會有羽箭亂飛、刀刃亂彈，奇怪的旋轉門把他倆分隔二處，要各自去走安置於龍肺裡的迷宮，他們會在膽囊重逢，那兒的龍肉特別好吃，他們就地啃上很久很久，才又繼續往前走。外頭下雨的時候他們最高興，海叮噹兀自在黑暗裡跳起舞來，夏鯨也跳，兩人跳得又喘又笑，而雨滲進龍舟內板涓滴降下，抬臉就能喝到。

不知不覺，海叮噹或許會發現，她已離不開夏鯨，而夏鯨，他如此神祕寡言，雖然不多說什麼，卻也喜歡這陪伴自己的少女，他們是註定要與彼此同行。從龍喉嚨走到龍胸、龍肚子，經過一堆堆灰撲撲的心臟、肺葉、肝、胃，他們在黑暗中走啊走，牽著對方的手，初次看見前方，有了磷光鬼火。

此刻他們已行到龍身最複雜的迷宮道，也就是那層層堆疊的龍腸子，簡直每一步都要人命，到了這裡，如是有名的盜墓高手都得拿手拍腦袋，苦笑說聲栽了。而那點點鬼火，其實是龍腸子內的屁給燒起來的，動物的屁嘛，裡頭多多少少有些甲烷、硫化氫之類物質，海叮噹此刻行走其中，看見的是無比美麗的景象，一團團小鬼火這裡綻放、那裡跳躍的，很是吸引人，雖然味道上不太好聞，卻還沒有致死的危險，這是當時製作龍舟的人功夫高，控制空氣流通到達一個完美的境界，便在較淤滯的地方有屁火點點，較空曠處則可供人行走。

海叮噹下意識地明白了危險，努力避開鬼火讓自己隱藏於黑暗中，她不想讓夏鯨看見自己怪異的身體，而夏鯨反倒走近鬼火，沐浴在幽藍的火光中，仔仔細細地望著他的手腳、身體。

夏鯨說，在黑暗裡待久了，會忘記自己還有這些東西。

海叮噹沒說話，她隱藏於陰影，早已經忘記了她有幾條腿幾條手臂，她也不能說話，讚嘆她面前的男人那麼完美、好看，如果沒有黑暗，她與夏鯨的關係只是單向的，她凝視著他，再也無法觸及。

海叮噹面前的男人是這樣的：有一雙如大師父那般溫柔的眼睛，留長的鬍鬚幾乎蓋住胸膛，他的衣服假如早先曾有，如今也要磨損殆盡，露出他赤裸的胸膛和手臂，他高大強壯，黑髮野蠻，此刻正盯著海叮噹消失的地方，像覺得十分有趣。

「海叮噹，你過來，我想看看你。」

她逃走了，聽見身後夏鯨追逐的腳步聲，她一口氣踩過數十道致命陷阱，龍腸子開始噴起火來、大鐮刀咻咻擺盪兼毒氣瀰漫，忽聞夏鯨慘叫，海叮噹連忙停下來，還沒回過身就被按住，緊緊地壓在龍腸道上的絨毛裡，海叮噹覺得，那些絨毛真是舒服極了，她慢慢陷下去，像躺在柔軟的羊毛毯上，如此，也很方便讓那些長長的絨毛隱住母親的屍體，她只需稍稍改變身體的角度，那個正在她身上肆虐的男人就不會碰到母親了。

夏鯨開始吻她。海叮噹驚喘起來，極力反抗，逼得夏鯨只能用雙手抓住海叮噹手臂，好讓自己的所作所為能繼續進行，然後漸漸地，海叮噹就不反抗了，但只要夏鯨的手約莫要摸到不應該的地方，海叮噹又會佯裝掙扎，讓夏鯨死死摁住她的手。

那一天，海叮噹恰好滿十八歲，只因為在龍舟內的日子暗無天光，海叮噹不記得經過幾多日落，她甚至其實也不太清楚自己的生日，但確實是在這一天，她滿十八歲了，而她對男人充滿著迷。他們是在黑暗中做著這件事，同時周遭還搖曳著龍腸子上的絨毛，像一隻隻小手戲弄著他們，弄得夏鯨就算摸到海叮噹身上的屍體手臂，也不會知道那是一具屍體，海叮噹胸口起伏，幾乎要喘不過氣來，但她很快樂，他們在黑暗裡翻滾，夏鯨的手，他的聲音和呼吸，對海叮噹來說再度意味著神靈，她被這股強大的力量撫弄，覺得無比安全、甜蜜。

「我想看看你。」許久，夏鯨又說。

海叮噹搖搖頭。

像是理解海叮噹的恐懼，夏鯨道：「我知道你很美的，能上這艘龍舟的童女，據說都是萬中選一的美貌。」

真是這樣嗎？海叮噹遲疑了，僅這一刻，她被拉著來到鬼火飄蕩之處，她死死將自己藏在絨毛中，夏鯨就著微光看她的臉，他們第一次真正看見了對方，

夏鯨撫摸她的五官，在上頭印下親吻。那短短時間裡，海叮噹心醉神迷，幾乎無法站穩，夏鯨捉住她的腰穩住她，可這下子夏鯨就碰到了她的母親。

夏鯨抬起頭，明顯倒抽一口涼氣。

海叮噹悲傷得無法可想，她只能再度逃亡，可夏鯨又拉住了她，給她指向絨毛中的異樣。

海叮噹登時一愣。

那是積藏在龍腸子絨毛內的無數死人殭屍，海叮噹這下算是明白了，龍腸子正蠕動著，

彷彿要消化一般，海叮噹愈發往絨毛內陷溺，就和這些死人一樣。

夏鯨焦急地呼喚著她，海叮噹卻已呼吸不到空氣，她拚命揮動手腳，最後昏迷，幾乎是在下一刻，海叮噹瞬即清醒過來，用力地吸氣。

她在黑暗中躺了不知多久，只覺得頭重腳輕，這兒也有鬼火零星，海叮噹想，大抵還在龍腸子裡，只不過這兒比較接近外頭，她很確定，鼻端傳來富有海腥的空氣。

她勉勉強強站立起身，撫著凹突不平的牆面想回到與夏鯨分開的地方，自己怎麼就中了那陷阱呢，海叮噹迷迷糊糊地想，這都究因於夏鯨，當那個男人吻她，她就立即失去了思考能力，像是一種咒詛。

海叮噹慢慢走了一段路，發現這裡什麼也沒有，一蕊鬼火來到她面前，海叮噹恍恍惚惚盯著牆看，暗想怎麼鬼火照耀的牆面好似一面面人臉啊？再仔細看，她大吃一驚。

是了，在龍舟千迴百轉的腸子道裡竟充滿無數個死去的殭屍人，這些人是怎麼入了龍肚子，又或者只是拿來給富豪陪葬的，海叮噹一點也不明白，但卻有一點，她知道得很清楚：這些人跟自己一樣，都是從異鄉來的。

還在練房裡的時候，偶爾會聽那些飽經風霜的師父們講外頭的閒話，便是一盞薄燈一口慢茶細細講起，鄉野奇談的古怪傳說，海叮噹聽多了在海邊不懂的深山故事，那無窮無盡的山啊山啊，她是怎麼也想像不到哪有人會沒見過海呢？一位師父念了首詩，聽起來很白話，很好入耳，就是在說兒子問父親山之外是什麼，父親回答：山之外還是山。兒子又問那邊的那邊呢？就還是山。父親給他說。海叮噹頓時感到很好奇，這不就像海一樣嗎？在遙遠的陸地中心，是否真有那樣走不完的大山，她能在山巔上翩翩起舞就像在浪尖上舞蹈一樣嗎？舞蹈的感覺和她在龍舟上的感覺一樣嗎？海叮噹看著這些風化的殭屍人不禁想著那首詩的結尾，兒子想自己還會有兒子，兒子的兒子的兒子也許可以看到海吧，可惜他父親的父親的父親沒這樣想過，不然看到海的當是他呢。

海叮噹頗喜歡這首詩，卻只記得情節，不記得完整的字句，她想這些殭屍人就是詩裡兒子的兒子的兒子，他們繼承了祖先遺志，一直一直往海的方向走，像是從山谷陰影中愈發走向光明那樣，實際上，他們卻是永遠地離開了家鄉，被遺棄的千迴百褶的山道愁苦地在他們身後捲曲成一團毛線球，軟軟的，蔫蔫的，這些殭屍人最後到了海邊，魚貫等在張大嘴的水龍前，被牠蜿蜒崎嶇宛如山道的臟腑引誘，便一直一直地走下去，走到最後，成了龍便便，他們心裡想著要回家。

關於殭屍人，海叮噹以前認識幾個師父，說過在內陸地區有用趕的法子，趕屍匠可趕屍把屍體趕回去，據說趕屍匠的職業本就是這麼來的，要讓客死異鄉的人，用自己的雙腿走回家。

海叮噹突然就來了興致，要趕趕屍，她或許沒那能耐也不懂技術，但心念好，她想讓這些僵滯不動的異鄉人重新動起來，用他們的腳，親自踏上歸鄉之路。

海叮噹什麼不會，唯巧劇海上舞是她一生絕學，更是她存在的意義，於是就在這鬼火亂飛的龍腸子裡，海叮噹在無數殭屍人面前跳起了舞。

遂並蒂蓮做龍中飛，轉磷氣流動燦然，海叮噹一個踢韃、一個拍手，均使電火爆竄，更讓她黑暗的舞魅惑非常，也不知為何，當她旋轉身軀舞動八肢，她母親的屍首突然之間比海叮噹更為真實，那甚至已不是海叮噹了，而是一死氣沉沉的女子，以一幅古怪的仰頭姿態半飛半騰跳地舞著。

海叮噹的舞不需要音樂，她的耳朵內有永恆的叮噹聲給她伴奏，隨著每次叮噹聲的頻率不同，她的舞步也大不相同，譬如這次，頻率是緩的，像一隻放乾了血的動物心跳，愈趨輕緩，海叮噹或許意識到自己在跳的同時發明了屬於她的新舞步，如蠱如夢，龍舟外深沉夜海亦低聲唱和，其後，也不知是龍舟機關如此，抑或海叮噹屍舞生效，龍腸內一具具殭屍人竟抽搐著扭曲怪異的手腳，跟隨海叮噹跳起舞來。

正跳舞的海叮噹從未多想，雙眼迷離正無暇他顧，只是順著迢迢龍腸蜿蜒曲折之路，一步一步慢慢跳著，慢慢走遠，而這些僵死異鄉的屍體，與其說是跟著海叮噹，不如說是跟著海叮噹母親飄蕩的軀體，一步一步彳亍前行，很快，他們就會到達龍舟的末端：此真龍的幽門屁眼。

關於這艘真龍雕屍大龍舟，海叮噹所知不多，而在龍宮天堂裡的所有人物裡頭，海叮噹恐怕也是所知最少的，龍舟前身究竟是不是龍，抑或一條大海蛇，此刻已經無人可以給予答案，我們只能從龍舟獨特的建造功夫評價師匠。由於龍舟本身的材料無疑是某種生物死後放血，經過種種塗藥、風乾、防水的手續才鍛造完成，而生物死去以後，這位師匠又神來一筆賦予龍舟內部自我調節的能力，當龍舟航行海上，海風灌入龍口，進入穢氣增生的體內器官，清新海風洗去內部骯髒，層層穿越腸道直達幽門，放出惡氣，卻也藉著這股源源不絕的流動氣旋，龍舟以極快的速度乘風破浪。

海叮噹尚未發覺，這艘船似乎本身就不是為了被燒滅而造，或許鍛造的師匠深愛這龍舟，畢竟是真龍雕屍而成，再也不會有比它更完美的作品了，這位師匠當時只希望，這艘龍舟能仿生地成為一座海上的永動機，即便人類滅亡了，也能永遠在海洋中心航行下去。

海叮噹不會發覺，也滿不在意，現在她跳著令人膽寒的舞，帶領一列殭屍人徐徐地往龍屁眼處走，在她重新望見外頭太陽的那刻，她的舞會被眼前刺眼的強光所打斷，有個人影背著光，在龍脊處奔走，那人像是夏鯨，正近乎膽寒地狂奔不已。

那當下，海叮噹直覺地想追上他，是以踏斷舊舞，扔下身後無數殭屍人，使出「戲奔龍鱗」的長段變體「踏崚出雲」開走，即是在龍舟外側長段奔跑的技巧，腳丫子必須恰恰在每一次落足時嵌合進龍鱗溝鞘中，收腿切忌拖泥帶水，否則一個頓挫便要成海中水鬼。

海叮噹瞇眼追逐著愈來愈遠的夏鯨身影，全然忘了自己已脫身黑暗，母親的屍體正在身上擺動，而前方是不見龍首的漫長龍身，燦爛陽光照耀在龍舟鱗片上，散發出熠熠輝芒，海叮噹赤腳快跑，終於在龍背處，海叮噹手握富有韌性的龍鬚往下一躍，盪過舟身，來到夏鯨身邊，海叮噹喘息著，面上綻放著可愛的笑容，她差點以為龍舟機關將兩人分開了，他們必定要很久才會重逢了，她看夏鯨，卻發現他臉上顯現一股恐怖的神情，海叮噹終於意識到，自己正在陽光底下，與她的母親一起。

海叮噹張開嘴，發出呼呼的氣音，夏鯨越過她，用高大的身子把海叮噹擋得嚴嚴實實，海叮噹沒有轉身，她以為自己被拋棄了，她以為夏鯨正繼續往前走，要走到龍頭，那她就這樣一直走到龍尾好了，那末，他們回頭都將是一陣海霧，神龍見首不見尾。

如果可以不回頭，海叮噹最好真的一直走下去，興許用跑的會更好些，因她要是轉頭，勢必得面對那最殘忍的命運。

海上的黑點點意味著什麼，恐怕只有在遠處的人才能明白，從這頭看到那頭，從那頭說到這頭，像是海老婆子拄著楞杖，凝視海面的樣子，當海老婆子拄著楞杖走向彈丸島海神祭祭壇，她內心想的就是這些故事。此刻她手懸在名為燕子龍的古琴上方，有些猶疑不決，是否要繼續思索下去，海叮噹不轉頭，真的就可以逃脫命運，改變未來嗎？如果可以，海老婆子真希望海叮噹不要回頭，偏偏海叮噹是那個海叮噹，她連大師父沉落海中都要與他圓瞠虎目相望到最後一刻，她是不會逃走的，或許，就算海叮噹早知道會有什麼遭遇在等待自己，她一樣會回頭，她不能不去看夏鯨最後一眼。

海叮噹回頭了。

到了現在，我們終於可以很清楚地說，海老婆子不是海叮噹，儘管當她遙望海平面的黑點點時想起了海叮噹的過往，也不一定只是她的想像而已。海老婆子想像海叮噹在遇見自己時獨自於龍舟上生活的故事，我們絲毫不能說這是錯的，因為，海老婆子是那樣全心全意地相信，當時又沒有人陪伴在孤零零的海叮噹身邊，所以，海老婆子的版本應就是最接近真實的版本了。

海老婆子此時看完了海，預備要撫琴而奏了，她一點也不知道那幾個黑點點將帶來多大的悲劇，又或者她知道，卻下意識地忽略了危險的預感，這是她內心裡的缺口，她一直感覺，自己有一天要迎來那必不可少的永劫回歸。

看看海老婆子隨時間而深沉的紅膚色，樹皮般圈圈疊疊的皺紋，像一張網，將這曾經美麗的女子囚困，她下垂的脖子肉上看不見任何疤痕，粉紅貝殼項鍊在胸膛上跳躍，她預備彈琴的手粗糙長繭，是多年練習才有的痕跡，就好比她將琴當作了自己的性命，可這樣說來就怪了，因古琴並非海叮噹的生命，海叮噹的生命，是在龍舟海上舞蹈做劇。

海老婆子不是海叮噹，可她正想著海叮噹的事情，她邊想邊猶豫，令樂曲懸而未決，時間如燕子在她身邊穿梭，很快便消失不見了。

海神祭前，海平線上有黑點點，天色黯淡陰森，颱風要來了，海老婆子屏著氣，遠遠地看見海燕在海邊空地練習扮演祭祀少女的舞蹈，她跳得就像自己教的那樣，就像海叮噹教的那樣，海老婆子笑了一笑，突然間，整座彈丸小島抖了一抖，路上人同時騰空了一秒鐘，海老婆子落地後膝蓋撐不住，整個人跪到地上，驟然間發現，太陽還沒完全下山呢，彈丸島怎麼突然變得這麼黑啦。海老婆子抬頭看，看見一艘好大的船，船帆大得如黑夜一般，投降下深沉的陰影，然後，就有好多個黑衣人從船上跳下來，開始見人就殺。

海神祭這天的悲劇性，幾乎就和海叮噹轉頭的那一刻一樣，無法逆轉，只能一直走下去，但至少，我們可以暫且放慢速度，掠過跳舞的海燕臉上半驚半笑的神情，掠過班金創奪門而出褲子還沒拉好的急切樣，掠過番紅花眼睛裡燃燒的復仇之火，掠過小猴子吃晚飯一根螃蟹腳彈入半空的景象，我們姑且，也掠過洪老頭子站在黑色大船旁，同黑衣人老大竊竊私語的冷酷表情。

我們來看看海燕的家。海燕總是在前往班金創打鐵鋪子的路上，或者班金創的打鐵鋪子裡，鮮少回過家，海燕的家過去總是住滿了人，男人女人、哥哥姐姐弟弟妹妹，女孩子的數量是最少的，也最珍貴，為了乘載那麼多人，原本坐北朝南的海砂屋便得加蓋許多邊房，這幾間邊房中，有一間用作海老婆子的儲物室，裡頭有一口精美的木盒，木盒內藏有一份口記。

這份口記是一名二流的說書人所著，此人某天被幾個海盜俘虜了，海盜頭子對這說書人講，你跟著我們遊歷天下，就能得到很多故事可寫，海盜頭子實際上是個傻瓜，卻想留名後世，帶著個暈船的說書人四處亂跑，希望對方未來可滿天說自己的人生，並因此強迫說書人看了很多血腥的畫面，帶他經歷了很多以前不曾經歷的事情，久而久之，這二流的說書人居然變成個三流的海盜了，他跟著海盜頭子去飄蕩海上的妓女戶尋芳，據說那地方是一艘巨大無比的龍舟，這無名的二流說書人，由於在那艘龍舟上遭遇了最難以言說的奇怪事情，順道還談了一場戀愛，決定將所見所聞寫下來。口記本身，即是客觀記錄場景與賓客說話內容的一份手稿，是說書人這行當必定要有的基本技能。

海老婆子擁有的這份口記，簡單地記錄了渾名荒海神醫的江湖人士拜會一名海上豔妓的過程，它的內容是這樣的：

五二年，五月五日，千頃碧波真龍船，海中花設舟宴召請四海三百豪傑，列席龍舟肝膽，按入席順序排座次，三百人互爭先來主位，遂拔劍相向。余執桌以避，見人稱荒海神醫者鬼祟離席，與海中花密會於室。

室內一少女代海中花以言說，其貌甚美，而膚色紅。

少女撫海中花之頸曰：「姐姐望與彼此分開，如是與死體相偕一生，並蒂蓮心，亦無用矣。」

神醫令少女牽線以問脈，須臾道：「雖欲使並蒂蓮分，卻已病入膏肓，藥石罔效。」

聞言，海中花一時墜淚不止。

神醫又問：「與死體相偕一生，何妨？」

少女答：「姐姐自幼與母屍連身，後遊蕩於風乾龍體，行走百褶龍腸，身邊盡是死者，漸不知生死。」

神醫笑說：「甚好。」

「非也，如此，不知己身是死是活，只知是魔怪邪物。」

「非也，吾識一和尚如鑒真東渡長行，醫術佳，身懷二書，其一《佛國記．師子國記遊》深得我心，且偷去，徜徉僧迦藍國風土形貌，內文有云：『其國本無人民，正有鬼族與龍居之』。鄙人初來乍到，迷眩此間紙醉金迷，龍鬼交雜而人魂未分，一如故事中地，為我心佛國。」

海中花破涕而笑，拈扇舞起，紅膚少女為神醫斟酒，作古琴伴奏。事畢，神醫道：「無以為報，雖不能將並蒂蓮分，但能使海中花唱。」

神醫乃手執利刃，破海中花頸，使發聲不輟。其後，海中花能以傷處為口，謳歌無礙。

口記到此戛然而止，在收藏口記的木盒之外，海砂屋之外，整海家之外，那些出生自彈丸島的居民們在火中奔跑。

海老婆子勉勉強強從地上爬起來，開始連滾帶跑衝向海燕練舞之處，燕子龍琴更摔落在地，弦斷軫碎，可海老婆子沒有回頭，她一面跑，一面想起那天……

海叮噹回頭了。

她看見一群陌生男人朝她微笑，一個個快步走來，擒住寒冷發抖的夏鯨，海叮噹則被捏著皮肉四下估量一番，給扔到一旁。

海叮噹十分困惑。那群男人難道是家鄉岸邊盜起龍舟的集團？可他們這次怎麼跟到海上來了呢？又，這些人真是海叮噹家鄉的土匪嗎？他們看上去很像海叮噹幼時見過的叔叔伯伯，或者練房龍宮裡的男師父們，簡而言之，這些男人就像海叮噹過去曾見過的普通人一樣，但細細看去，又是從未見過的。

這些男人一概穿著黑衣。

他們問夏鯨：「這裡真是神仙鄉的入口嗎？」

夏鯨答：「不是。」

一個男人給了夏鯨一巴掌：「你怎麼知道？」

「我見過的。」夏鯨說：「把那堆龍腸子都走遍了，遇上好多個你們的人，在腸子裡，都死得硬梆梆的。」

「你是要說我們拿到的《哨譜》是假的？」

「不，也不是假的，只是可能譯錯了。」

一個矮胖黑衣人這時上前來，與貌似首領的男人竊竊私語，道：「對，『嗶嗶——嗶咻』，指的是『海上發光的孤島』，而不是『龍的腸子裡』，『龍的腸子裡』應該做『嗶嗶——咻嗶』。」

為首的男人看上去很痛苦。

「好吧，只是我們航行了很長一段時日，已經彈盡糧絕。」

「這龍舟裡有肉可吃。」夏鯨立刻說。

男人便笑：「敢情好，把之前捉到的寶貝都帶上來，我們樂一樂吧。」

海叮噹這時發現，龍舟邊如被陰影籠罩那樣，有一艘巨大的黑船，放下木板走道，黑衣人將捉來的年輕少女一一排列組隊從黑船來到龍舟，女孩中有長髮漆黑如水草的、眼睛剔透如水銀的、皮膚粉嫩鮮紅的、藍眼黃髮的……海叮噹轉眼間被混進了一群擄掠來的少女之中，像她只是一塊肉，沒有什麼特別，興許可當作兩塊肉吧，也依然沒有什麼特別。不多時，一名男人將海叮噹押到隱密處，以一張破布蓋住她死去母親的臉，就那麼凌辱了海叮噹。

海老婆子跑得趺跪在地上，眼睜睜地看著另一群黑衣男人，從黑船上下來，到她神聖的島嶼凌辱另一名少女，海老婆子看著那少女，想起的不是海叮噹受虐的畫面，雖然她確實也看過海叮噹那時的樣子，她們是眼睛對著眼睛熬過那一切的。

海老婆子看著海燕被折磨，她心裡想起的是自己。

海老婆子原來不叫海老婆子，這是當然的，但她也不叫海叮噹，她真正的名字是燕巧巧。

燕巧巧何許人也，她本來也算得上是海叮噹同鄉，只不過還是嬰兒時便被擄至海上，如牲畜般赤身裸體運來載去，十歲以後，一名商賈發現她十指敏銳非常，可以奏古琴，便以此訓練她。

燕巧巧擁有的第一張琴琴身約四尺長，魚尾燕足，十弦而碗凹處以桐木打造，模樣精細優美，琴面因圖繪紅漆顯得油亮光滑，她經常被要求彈奏簡單、淫穢的樂曲，以為床笫之事伴奏。有一天，這把滑膩的琴沒有原因地毀壞了，燕巧巧向主人要求一把更加古老希罕的琴——它從唐妃陵墓中被挖掘出來，其誕生的原因本就是為了陪葬而非彈奏，以至於此琴古舊粗糙，無法引出滑音與顫音，燕巧巧奏起則有浪濤捲石的響聲，氣勢危峻，無以為床事助興，其主子以為燕巧巧年紀小，貪圖年歲悠久的古琴而不識奏樂方便，不降罪於她，只打發她到廚房奏個叫人吃飯的琴聲。燕巧巧就在那裡彈琴，這把琴不纖不美，反倒腹重軫闊，燕巧巧如願意，能使它奏得野蠻如敲鑼打鼓，不多時便吵醒整船人立馬齊聚用膳。只在夜深人靜，她輕輕撫摸琴身，引〈幽蘭〉或〈忘機〉曲自娛。後她將這張琴稱為燕子龍，因燕是她的姓，而燕與晏同音，是取《山海經》：「帝俊生晏龍，晏龍為琴瑟」之意。

不幸幾多日落，燕巧巧所待的商船被海盜所劫，又輾轉上了黑衣人的船，最終被弄上龍舟，她懷裡的燕子龍，也就成了龍屍上另一隻小小的、死去而啞聲的幼龍。

燕巧巧上龍舟那年十六歲，比海叮噹小兩歲，兩人卻有了同樣的遭遇，海叮噹被帶到東邊的角落強暴，燕巧巧被帶到西邊的角落強暴，她們中間沒有其他障礙，男人在她們身上行事，她們就窮極無聊地盯著對方的眼睛，久了，發現對方誰都沒眨眼皮，內心不甘，就雙雙都不眨眼，好像在比賽。

後來，第一下眼皮還是燕巧巧眨的，她太疼了，疼得哭出來，她卻不想被發現落下眼淚，索性閉上眼把眼淚眨回去。

她再度與海叮噹對視，海叮噹也流淚，她們開始眨眼，從眨眼的頻率裡居然能夠讀懂一些意思。畢竟，她們都是受過韻律訓練的箇中高手，就這樣，兩個被強暴的女子為了打發時間，以眨眼互相聊天。

這是一樁悲劇，無庸置疑，只是為什麼她們不能一邊承受悲劇，一邊幽默一回呢？假如她們所能做的，也就是嘲弄悲劇本身，那並不說明她們汙辱了自己。反正，就這樣，燕巧巧與海叮噹在龍舟背脊一處角落，各分東西，失了自身。

男人們高興以後，老舊黑船遂沉船換地，一群人來到龍舟，聽為首的黑衣人與手下說起，方知道他們擄來這許多少女，原是要賣到煙花水巷，後來竟因在海上飄忽流浪太久，少女都長成了大姑娘，這般掉價，再不能賣了，索性就在這龍舟開起海上妓女戶，專事服務海上倭寇，也未嘗不可。

我們可以說，海叮噹與燕巧巧相望眨眼的緣分，持續了往後整整七年。

七年間，「海中花」之海上青樓的旗幟被升起，真龍雕屍大龍舟被五彩燈火照得詭譎，那雙死去生物僵死、覆滿白翳的眼睛遙望遠方，龍首隨時光荏苒愈見低垂，龍舟內的種種機關，均在黑衣人們的逼迫下由海叮噹與夏鯨一一破解撤除，隔成妓女與客人辦事的廂房，龍脊上造起富麗堂皇的觀景樓，龍體本身則被壓得陷入海中。這七年，「海中花青樓」養出了許多規矩，全是為了那些尋芳到訪的恩客所訂。譬如「龍脊」觀景樓是賞舞聽樂的文化場所，不得行苟且之事，若想與「海妓」有肌膚之親，得下到暗無天日的龍腹中去，這便形成了客人們之間的暗語：上龍背或下龍肚，前者可見不可觸，後者可觸不可見。這些規矩，說穿了只為取悅客人，因沒有限制的放縱是無趣的。所有規矩由龍舟第一豔妓所訂，這第一豔妓，是七年後的海叮噹。

海叮噹那時的樣子，已與她死去的母親毫無二致，我們大可想像她高挑美好的身形，提著一紙燈籠、踏舞鞋，輕巧地推開通往龍腹的後頸門，步步下階梯。長大後的海叮噹，身子柔韌而俊美，比尋常女子更多了一分英挺氣勢，行走間，已不再需要時時刻刻抱扶母親的屍體，事實上，她幾乎像完全感覺不到母親遺體那樣，自顧自地行走如常，屍體本身此刻倒真像一具娃娃，鬆鬆地掛在她身上，死者面孔上半部以絲綢遮掩，其餘讓海叮噹一頭黑髮擋住，加上海叮噹豔麗精緻的表演服褶皺繁多，輕易便將屍體重點處巧妙隱藏，海叮噹從階梯上走來，光彩照人，令人目不可視。

打從龍腹下沉，腹內積了水，下龍腹都得划小船、踩圓木屐，海叮噹於最後一階處停步，草草換上高底木屐嘩嘩地劃水而過。高底木屐約有三尺之長，海叮噹踏上去就像個女鬼走在空中一樣。龍腹內此刻寂靜無聲，只偶爾傳來海妓與賓客溫言軟語的調笑，行事的廂房分列水道兩側，都架高建築，今晚生意算不上太好，沒什麼海妓是同海叮噹一樣踩木屐接客的，水道也就空曠不少，間或有老鴇划小船接客人來去，較老的會和海叮噹打招呼，較年輕的一概不敢抬頭，海叮噹自顧自跨走水道，找著倒數第二間廂房，海叮噹踏著木屐湊近架高廂房的東窗，那窗給糊了薄紙，從中透出燈火的溫暖，海叮噹伸手戳出一小洞，身上傳來輕輕的呼喊。

——巧巧！

海叮噹似在說話，聽上去如孩童悄聲低語，細看之下，原來海叮噹雪白的頸子上被開了鮮紅小口，那聲呼喊是這小嘴在說。

——巧巧！

海叮噹又呼喚了一次。

這回，廂房薄窗推開，一纖細粉紅的臂膀倒出一盆水來。

「真討厭！連這裡也進水啦！」不多時，燕巧巧將頭探向外處，對海叮噹方向說：「姐姐，你來得也未免太早了。」

「不早，他們不知道我已曉得，這龍舟要沉了。」

海叮噹嘶啞的說話內容令燕巧巧一瞬間失手，將水盆落到外頭。燕巧巧不理裡頭賓客咒罵，佯裝窗外風景甚好，硬是要停一會欣賞欣賞。

「沉了？為什麼？」

「這些日子以來，眾人隨意挖取龍肉來吃，都把底部挖空了，船當然要沉。可以說，他們已把這頭龍完全利用殆盡。」

「真的嗎？姐姐，多可惜啊，我甚喜歡薑爆龍肌腱、蓮藕釀龍心、龍肝煨豬血……」

「全都是同樣的肉乾做出菜色，騙騙客人還可以，沒想到連你也中計啊！」海叮噹嘶嘶地笑話她，沒人可以聽見她語氣裡的憂傷。

「姐姐別笑我了，如果龍舟要沉，我們怎麼辦才好？」

海叮噹又要說，但以傷口說話，長時間下來十分折磨，海叮噹蹙眉忍痛，頸上傷口流下一線鮮血，滑過戴在她頸上的一枚粉紅小海螺。

燕巧巧伸手替她拭血，順道按住那口，幽幽道：「忘了我可以指感觸姐姐要說什麼啦？真是……快別說了。」

海叮噹於是震動起喉嚨，燕巧巧憑纖指感知意義，瞬即綻放微笑。

「事成之後，會把這海螺送給我吧？」

「你從以前就喜歡這小東西。」海叮噹休息妥當，復又開口：「當然可以，也不曉得未來若起騷亂，你我二人天各一方，興許再不相見，這海螺自然給你，見此海螺如見我，你說可好？」

「好，當然好！」燕巧巧拍手歡呼，惹得廂房內又傳賓客惡罵，要燕巧巧立刻回去好生侍奉，燕巧巧隨意應付著，藉口窗外底下有貓在打架，值得一看，與海叮噹說：「他們何時要開新的黑船來，把龍舟沉掉？」

「三天後。」

「那我們準備著，時候到了趕緊溜走，我不想與姐姐分開，若可以，寧願不要海螺，只想和姐姐一同亡命天涯。」

海叮噹笑起來，恰時燕巧巧的賓客提褲子來看她到底搞什麼名堂，海叮噹揮揮手，邁步跨向水道另一端。

今年端午海叮噹以龍舟主人之名宴請海上豪傑，絕大多數都是過去恩客，曾管理龍舟的黑衣人首領一年前就不過問龍舟事務，要去找那個什麼《哨譜》，什麼神仙鄉，他們曾以為海叮噹會伺機逃走，但見她愛名為燕巧巧的妹妹，便放了心，囑咐夏鯨留舟注意，其後，這夥黑衣人便像最初來時一樣突然地走了。

黑衣人們走了，船上剩下海叮噹與夏鯨為最有權力者，他們卻再也不能像過去，在龍腸子裡翻滾玩樂。

海叮噹踩高木屐跨到最後一間廂房，坐在露臺上脫木屐，脫畢把木屐綁在露臺邊上，這就詔告此間廂房有人了。隨即赤腳走進廂房，那會，夏鯨已等在那裡。

海叮噹以她方做完表演，衣著華麗的模樣私會夏鯨，乍看之下由於太過莊重了，反倒顯得虛假，夏鯨其人也不過著件汗衫短褲，坐在彩床上抽菸。海叮噹默默靠過去，頭輕輕枕在夏鯨肩上。

「他們三天後就要開黑船來了，到時候我們換個地方，又要把以前的慘事再走一遍。」海叮噹頸上的小口這麼說。

「也不至於吧……」

「是，你了解他們。」

「我曾經也是他們的一分子，身著黑衣，貌不能辨。」

「後來呢？」

「後來，有一天，我突然想要一個名字。」夏鯨捻熄了菸，說：「我身上的黑衣於是褪去，五官也立體起來，我自選了一把兵器，是根魚叉，帶著它，我離開到很遠的地方。」

「後來呢？」

「後來，那實在太苦了，我想念沒有名字的以前，所以我又找到他們，我說我想回去，他們卻說，我已經不能回去了，我有了自己的故事，不再是他們了。他們之中，有些人以忌妒的眼光看我，我不知怎地感到很慚愧，我就說，你們又有什麼任務，交給我吧，我會遠遠地去辦好了，你們開心就好，我也不見得要回來……後來，就變成現在這樣了。」

海叮噹一面聽著，一面看見夏鯨褲檔上鼓了起來，便自行躺倒床上，慢慢把衣裳脫下。

「你怕嗎？」良久，赤身裸體的海叮噹說。

「我……怕什麼？」

「怕我。」

「不，我不怕。」

「那你為什麼不過來？」

「我只是……那具屍體，總是有點奇怪。」

「你來吧，你來不來？」

「海叮噹……」

「你來吧。」

「好。」

海叮噹吹熄燈火，沉浸黑暗，這是她之所以喜歡龍肚子的原因，也是她訂下龍腹廂房必得幽闇乏光的原因，她知道由她所訂下的規矩，最終會回報到自己身上。

幾多時辰後，舟上翻起午牌，海叮噹與夏鯨匆匆離開廂房，衣衫不整，彼此都穿上高底木屐預備涉水而過，他們突然間對彼此這般荒唐的模樣大感可笑，也就笑了出來。燕巧巧在隔壁廂房晾衣服，始終看著這一切。

．

實為燕巧巧的海老婆子如今顛躓跑向祭臺，深知海燕在上頭，已被黑衣人們圍成一圈，形成一堵人牆，燕巧巧不斷聽見海燕淒厲的哀號，但她什麼也看不見，這堵人牆圍得太牢太實，幾乎像一道真正的牆了。牆是黑色的，任憑燕巧巧如何拍打都不洩漏一絲破綻，此時這牆比起一道牆，又更像一個牢不可破的象徵。

班金創這時趕到了，他望著這堵牆的神情像望著可怖的物事，小猴子跟在他身後，手裡拖著各種各樣武器機具待命，正抽噎顫抖。

「海燕呢？」班金創冷問。

「在這牆裡，他們在強暴她呀！」燕巧巧痛徹心扉地道。

「您別瞎急，這是堵圓牆，我有別的法子進去。」班金創說著，卻還是無端呆愣了幾秒，那堵牆這般深重嚴實，令人望而生畏，間或又傳來海燕尖叫，更使此景如人間煉獄。班金創終於低頭令哭哭啼啼的小猴子撐竿跳，從遠方五尺處開始助跑，竿子撐起小身板，再跳進黑牆內，久不見消息。這才想到，小猴子是進去了，但沒有足夠的空間讓他再跳回來。

班金創想自己能造數萬機關巧人的腦袋怎麼這時也不管用，他與燕巧巧呆站牆外，不知所措，有那麼一瞬間想將今日後果全怪到彼此身上，但見彈丸島四周火海環繞，這堵黑牆漸趨靜默，方知後悔已然無用。

班金創拾起地上散落的武器工具，如開鑿山洞般開鑿黑色人牆，指望闢出一條肉路，溫熱鮮血流過他臉面，仍在開鑿，彷彿無止無盡，許久他停下來，咬痛一雙痠軟顫抖的手。

他突然有種感覺，自己無論如何也不能抵達海燕與小猴子被擒的所在。

他做錯了什麼呢？不過就是傷害了洪老頭子、與燕巧巧聯手造神、對海燕圖謀不軌但未曾出手，說到底，他還是個好人啊，起碼，他救了番紅花。

這時燕巧巧悲憤的哀號重重加重，班金創在牆裡回了頭，看見颱風降臨詭譎灰濛的天色底下火光掩映，一高大細長的人影施施而來，該人影橫空出世，高聳入雲，猶如天神，待長人跨過班金創，他才意會此人是那紅皮膚的傻瓜。

番紅花踩著巨人蹺跨過黑牆，先從裡頭撈出昏迷不醒的小猴子，再小心翼翼抱出衣不蔽體的海燕姑娘，此時那堵黑牆更加靜默，番紅花說出了長久以來的第一句話：「我要走了。」

「什麼？」班金創將外衣脫了給海燕遮掩，抬眉疑問。

番紅花沒回答，他環視周遭風聲鶴唳，黑衣人殘殺彈丸島島民，番紅花騰空而起，卻原來是以巨人蹺拍地飛躍，旋身戳、刺、格、挑、轉等殺招蹺死數名黑衣人，全在轉瞬之間。

班金創回頭對燕巧巧說到他打鐵鋪子地下室避難，燕巧巧像大夢初醒，對班金創報以咒罵，只讓他好好照料海燕，她要獨自去尋洪老頭子。

燕巧巧同時也是海老婆子再度顛躓地奔跑起來。

在過去的某時某刻，燕巧巧曾聽過洪福海這個名字，他們初次相見時，她卻忘了，她頸上跳躍的粉紅海螺項鍊將洪福海引向一個錯誤的猜想，而燕巧巧並未戳破他，反倒重現了洪老頭子所有的舊夢。

龍舟即將沉船前一天，燕巧巧、海叮噹與夏鯨在龍腹廂房內商議逃亡計畫，他們點燃蠟燭，將一塊皮紙鋪開，由海叮噹畫出龍舟內部詳細構造，夏鯨擬定逃亡路線，那末，燕巧巧就得到轉移眾人注意力的工作。他們時間不足，空有對龍舟無人可比的了解，成功機率仍近乎為零，為此，夏鯨帶兩女前往龍舟樓座頂的神廳祭壇敬拜神明，祈求好運。

「這神明怎麼是個女的？」燕巧巧年紀最小，快言快語，她一向被買賣慣了，認為女子身分低賤，卻見祭壇上有女神，不禁探問。

夏鯨搖頭：「我也不知道這是什麼神，只曉得神像是從前一名海盜給的，其後有人在舟上休息超過一週，要再出航，總會來拜拜她。」

「是嗎？拜什麼都可以嗎？」燕巧巧問海叮噹，見姐姐點頭，便笑了：「我燕巧巧一生能與二位哥哥姐姐相逢，真是三生有幸，過了明天卻不知是否還能相逢。巧巧想就此海娘娘的面與哥姐結拜，不知可好？」

夏鯨與海叮噹對望一眼，面有難色，海叮噹卻頸口發聲：「巧巧，我和夏鯨與你分別結拜。」

燕巧巧很是著急：「是了是了，哥姐分別與我結拜，你們也可直接拜堂，這樣最好啦。」說罷見海叮噹一向慘白的臉色紅潤起來，夏鯨仰頭大笑。三人於是分拿線香跪地做禮，海叮噹與燕巧巧完成儀式，從頸上取下粉紅海螺項鍊，懸掛燕巧巧頸上。

「姐姐做啥？」

「你想要這個好久了，就給你罷，如我說過的，見此海螺如見我，縱然天各一方，亦不相忘……」

「相忘什麼？」夏鯨問。

海叮噹沉默一會，輕聲說：「相忘於江湖。」

燕巧巧自然移向一旁，給新人空間，海叮噹掀起及地表演服，蓋於面上，夏鯨要掀蓋頭，她不讓掀，只說：「就這樣吧。」

就這樣了，燕巧巧知道，他們三人的關係已在此抵達高潮，抵達完美的圓，再走下去，就會破碎。

他們要度過最後一個平靜的夜晚，燕巧巧上龍背海妓房休息，夏鯨與海叮噹依舊躲龍腹最後一間廂房相擁而眠。那個晚上，海叮噹做了一個夢。

她夢見自己在海面上飛馳，遼闊無邊的藍海底下有龐然巨物游動，那生物緩緩抬起頭來，是一條銀鱗斑斕的巨龍，海叮噹莫名其妙覺得，這整幅畫面與自己是有關係的，尤其那條巨龍，不僅僅與她有關係，也與她童年時遇見的許多人有關。

是以海叮噹十分仔細地看。她看龍身每塊鱗片，也看龍體游動時流暢優美的線條。很久很久，海叮噹都找不到自己。

海叮噹下意識地覺得應該再看一次，或者有什麼聲音對她說：「你再看一次。」海叮噹便仔仔細細又看了一次。

她看見巨龍騰躍時身上激起雪白浪花，一朵又一朵，燦爛美麗，浪花沫散了，在龍身淌下一滴滴晶瑩海水，海水滴不像浪花，它已又沉又重，急切落入海中，回歸海洋懷抱。

海叮噹終於明白了那就是自己。

原來在成為巧劇童子以前，他們也只不過就是浪花而已，他們的生命是新鮮的浪花直到凝結為海水的短暫過程。

原來是這樣。意識到這點，海叮噹便醒了過來。

那會龍首剛敲過子時，黑衣人們彷彿從陰影中直接生長出來，他們闖進廂房，分開夏鯨與海叮噹交纏的身體，將兩人押上龍頸，等了一會，燕巧巧也睡眼惺忪滿嘴埋怨地被帶來，黑衣人頭子站在他們面前。黑衣人頭子，姑且就喊他老黑，鑒於他還有許多出場機會，我們可給他一個名字。老黑說：「夏鯨你可好，稍早有人告密，說你們密謀逃跑。」

夏鯨答：「這是絕計沒有。」

老黑轉向海叮噹：「你怎麼說？所有人裡面，我最信任你，你是我最愛的丫頭。」

海叮噹不說話，她說話會痛，對老黑能免則免。

「那你呢？」老黑問燕巧巧。

只見燕巧巧「哇」一聲哭出來，喊著：「沒有沒有，我們沒有要逃哇。」

「也是，這浩浩湯湯一片大海，你們怎麼逃？」

老黑打下手勢，兩旁有人抓夏鯨過龍首，直達龍吻，就要逼夏鯨走到盡頭。

此時我們可以看見海叮噹全身顫抖，卻始終一言不發，良久，一抹微笑綻放在她唇角。

當海叮噹看見那群黑衣人要將夏鯨放逐的情景，她想起了自己做過關於海洋的第一個夢，同樣是陽光燦爛、溫暖平靜的金色海洋，海叮噹明知道這個男人即將真正地死在海上，她卻笑了。因為她此生只做過兩個和海有關的夢，第一個夢預言了此刻的風景，使她明白，她稍早所做的第二個夢也將實現。

「海叮噹，說點什麼吧。」老黑道。

海叮噹閉著嘴，閉著眼，頸上的小口歌唱般邊流血邊說：「這世上曾有一條活生生的龍，但人們殺了牠，用牠的身體造龍舟，更設計成富翁的棺材，讓裡頭布滿機關陷阱，後來，他們又在龍舟上開海中花，任意挖取龍屍肉乾來吃，把龍舟底都挖空了，這條龍這下終於要死去，徹徹底底地消失，我多麼希望，再也不要有人折磨這可憐的生靈了。」

她說完，夏鯨就跳了下去。

燕巧巧痛哭哀號，海叮噹在她旁邊，保持沉默，她的嘴不說話，她頸上的小口也不說話，這時只剩下她海螺般精巧的耳朵，從小到大至始至終播放著奇妙的叮噹聲，可惜海叮噹年幼時還聽得見這叮噹，長大以後，卻由於已然習慣而漸漸無從聽聞，她也再聽不見小時候她的耳朵保留的洪福海湊近說出的那聲「我是阿福」，就好比她早已忘卻了曾有過一個愛慕自己的男孩。結果，海叮噹在最後一刻全心全意地沉默著，只剩下她早已遺忘的耳朵，在那邊叮噹叮噹地響，間或流露一聲「我是……福……丫」，好巧不巧，這聲聲洪福海的自我介紹反倒被燕巧巧聽見，她啜泣著，不能反抗也不能說話，有些無聊，就把這句話聽進去了。

海叮噹終於說出一聲：「妹妹，等等你就趁亂跑。」她說完，燕巧巧來不及反應，海叮噹已伸手推開身上與自己血肉相連的母親屍體。

在過去乃至於未來，都有無數女兒如海叮噹一樣，用這種方式推開母親，那推開的力道是強勁的，像不可違逆的海風；推開的角度是劇烈的，彷彿充滿憎恨。女兒們做出這個無法彌補的行為以後，將頭也不回長大成人。或許，年幼的女兒也就死在了這一刻。

海叮噹推開母親，頸子上母親咬住的血肉連帶牽出一道血注，海叮噹往北方倒去，她死去的母親往南方倒去，她們之間再也毫無關係。

長久以來，海叮噹一直想這麼做，她不知道原來如此容易，身上少了許多重量，她變得更加輕盈，海叮噹摀著脖子，突然覺得自己現在大概真輕靈得可以在海浪上跳舞了。老黑抓住她的另一隻手，很快又放開，他知道海叮噹即將死去，沒有任何人可以阻止。

海叮噹的眼中只是一直看著燕巧巧的背影，他們商量好的，燕巧巧的工作是轉移人們注意力，因此她在龍舟內安置了許多機關，啟動後可讓龍舟沉水，老黑還不知道，揮手讓其他人去捉燕巧巧便是，但燕巧巧跑得好快，她跑得好快——她已到觀景樓頂端，約莫會是最後下沉的區域，那兒正是祭壇，燕巧巧跪下去不斷地乞求，拜託讓她前往一個可以由自己作主的地方。她講完了，從神明桌上抱下神像，小心縮在神桌下與虎爺待在一起。

燕巧巧受到極大的驚嚇，還在徐徐抽氣，淚眼迷濛，她轉頭看見虎爺，不自覺說了一聲：「您長得真可愛啊。」虎爺沒回答，人人都知道，虎爺最討厭別人說祂可愛。燕巧巧似乎聽見野獸低吼，便嚇得安靜下來，緊緊閉上眼，等待龍舟最終的沉沒。

真龍雕屍大龍舟沉船那天是個萬里無雲的好天氣，穹蒼湛藍，微風徐徐，龍背景觀樓頂的神明廳香灰瀰漫，金色灰塵飄蕩於室，供品水果因機關發作隨舟體擺動於地板上滾來滾去，這番搖動之下，燕巧巧彷彿墮入一個午後金黃的夢中，寧和地睡了。

無人可以得知燕巧巧是在睡夢中漂流海上，抑或她有意識選擇滑動四肢抵達彈丸島，只知道她睡夢中頻繁出現海叮噹耳朵裡的叮噹聲，以及洪福海的小名。而最終，燕巧巧會在彈丸島全身赤裸地被發現，身邊僅有一尊神像。

如果世上失去海叮噹稱她為燕巧巧，那末燕巧巧這個名字也就失去了存在的意義。

海老婆子遠遠地看見了洪老頭子，想起過去逃亡的往事，也突然想起了阿福這個名字，只是出於猜想，海老婆子幾步上前，摘下粗厚老頸上的粉紅海螺，隨隨便便掛在了洪老頭子身上。

海老婆子掛得不好，鍊繩與洪老頭子銀髮糾纏，尷尬地垂在太陽穴上，洪老頭子大罵：「你怎麼樣？」

「我怎麼樣……我告訴你，海叮噹從來不記得你，她把你跟她滿耳朵的叮噹聲都忘得一乾二淨啦！」

聞言洪老頭子大吃一驚，他身旁的黑衣人饒有興味聆聽，順口與海老婆子招呼道：「燕巧巧，好久不見了，我是老黑啊。」

「老黑，你看起來還是這副模樣，不見老啊。」

「嘴還是這麼甜，無怪當年能唬過兩位哥姐。」

燕巧巧嘴一癟：「這話就別說了。」

「怎麼不能說，要不是你那時託賓客送信，我們也不知道夏鯨與海叮噹準備逃跑。」

洪老頭子全神貫注聽二人說話，海叮噹的名字間或交雜，所以，海叮噹真死了？而眼前這名假海老婆子背叛了真正的海叮噹？

海老婆子張嘴開吵，洪老頭子握緊的拳頭因此時緊時鬆，他想，他什麼也想不通透，關於海中花青樓的事情，他什麼也不知道，只能聽海老婆子繼續與老黑爭執。

「已經過那末久了，你又何必提起？」

「燕巧巧啊，我只是很感到懷疑，在所有人當中我就沒料中你，背叛夏鯨也就算了，你倆畢竟關係尚淺，可你怎麼會背叛海叮噹？」

「我沒有背叛姐姐。」海老婆子說：「我做的一切，都是姐姐要我做的，她生為浪花，死為海水一滴，但她怕寂寞，想與夏鯨一起。」

「真是這樣？」

「是，又或者，姐姐與我廂房比鄰，我每天與貌不相同的恩客共枕，而她日日與夏鯨作伴，我總想，為什麼我無人愛，久而久之，我心中升起忌妒心。」

「這也是很有可能。」

「是，又或者，像夏鯨這樣的男人，男人都是一樣的，滿口謊言，他總與海叮噹苟合後來找我，與我求歡，說盡甜言蜜語，要在龍舟沉後與我私奔，卻沒想到，神廳結拜那時他仍認我做妹妹，我心不甘，便要他死。」

「這也是很有可能。」

「是，又或者，我與海叮噹朝夕相處，聽見她耳朵裡被遺忘的叮噹聲與『我是……福……丫』的聲聲呼喚，我竟愛上了這個聲音的主人，那個福丫到底是誰，他怎能如此溫柔地呼喊，海叮噹怎麼又那末幸運，如此全心全意被愛，我恨海叮噹擁有那聲『福丫』，我就想她死了，我就再也無須被這可笑虛幻的戀情折騰。」

「這也是很有可能。」

「是。」海老婆子說完最後一段，直視洪老頭子，她笑了笑：「事實如何，你永遠不會知道。」

他們彼此相望許久，好一陣子不置一詞，火焰與慘叫在他們四周環繞，然後，突然地，老黑向海老婆子遞出一掛黑布，接著又向洪老頭子送上黑布。

他們誰也沒說話，兩名老人撫摸手上的黑料子，洪老頭子終於說：「是了，作為一個有名有姓的角色，真是苦不堪言。」

海老婆子搖搖頭，眼中含著兩泡淚水，她笑出聲來，將黑布罩上頭，掩去面貌，老黑便一手扶一個，將兩老年人扶上了黑船。在那之後，誰也不曉得這艘船前來的理由，亦不知道這夥黑衣人為何毀滅了這座不存在於歷史的小島，更不清楚他們入侵以後，是否找到了想要的寶藏，沒有人知道，只覺得奇怪，這艘船殲滅一切，只載走兩個耄耋老人，留下破敗的彈丸島，再也沒有回來……

其時番紅花仍翻滾如輪，兩臂上巨人蹺一一刺死朝他尖聲怪叫的黑衣人，他的動作行雲流水、殺意迭起，使他幾乎無法停止下來，番紅花只是不斷翻動身軀，烈火焚燒的氣味使他想起在那深深海礁洞，他與夜宵師父為伴的短暫時日，哈爾轟如何迫使他命懸一線，而夜宵終歸殞命，只餘一丸丹藥和《哨譜》。番紅花沉浸回憶，動作漸緩，更因颱風帶來的氣旋被吹倒在地，暴雨和激浪熄滅彈丸島上的餘燼，打濕番紅花氣喘吁吁的臉面，他這才意識到，黑色大船已然遠去，九死一生的彈丸島民大多躲藏不出，剩下的只是破垣殘壁、滿地屍體。

再後來，是班金創重回災難地，將番紅花背回打鐵鋪子，那兒有海燕躺著，彷彿還要躺上很久才能醒來。而小猴子披著一塊毛毯，縮得比任何時候都小，他看見暴雨中被帶回來的番紅花，一言不發拿身上的毛毯為番紅花擦乾頭髮，就像以前那樣，小猴子替番紅花收拾乾淨，將濕答答的毛毯繼續披身上，到角落去窩著睡了。

打鐵鋪子內只剩下班金創與番紅花兩個醒的，他們看著對方，班金創先說：「你啊原來也是會講話的。」

番紅花點點頭：「是。」

「你之前怎麼不講？」

「我不知道。」

班金創取了點螃蟹絲將菸桿塞緊實了，點燃抽起來：「你那時在海礁裡做什麼？」

番紅花給他說了，說得鉅細靡遺，毫無疏漏，就連他從馬丁沉船內拾獲的寶盒內容都講得清清楚楚，最終，番紅花告訴班金創，他覺得自己是金毛鬼子的後代，但又不確定，他唯一知道的，是要去尋找自己的身世之謎，而寶盒內的《哨譜》祕笈隱藏了一些祕密，這些祕密又跟夜宵有關，能夠指引他替師父報仇，現在也算是為彈丸島無辜死去的島民們報仇，他有一天會滅了普天下所有的黑鴨子。

「真是這樣麼？」

鋪子內升起爐火，一片暖融融，襯著外頭雨落的聲響，顯得疏離而孤寂，班金創抽一口菸，呼出長長的煙氣，尾巴斷斷續續，如一隻隻鬼祟躡行的小螃蟹，番紅花古怪地看他一眼：「有什麼不對麼？」

「你的身世之謎沒那末難解，事實是，你就是出生於彈丸島上一介番人後代，在所有的可能當中，你留下來，捕魚補網，將彈丸島從傷害中拯救出來，幾乎像是你唯一的路途一般，可是你卻不這麼做，因為你見到了島外之人，手上有了與你身世之謎一點屁關係都沒有的玩意，你就忍不住要去尋找了，傻子你曉得嗎？你骨子裡有股恨意，是對著那夥黑衣人的，你準備要去追逐他們正在追逐的東西，你想先一步搶到手，然後，你才能安息。」

班金創嘆了口氣，續道：「傻子，當然，你要見世面定不能待在這兒，這裡只是一介彈丸之地，將來會在傳說故事裡哄哄夜驚的小崽，但絕不會出現在正史。你覺得你是金毛鬼子的小孩，那就到外頭去看看金毛鬼子，你覺得這座島小到令你憋得慌，那就離開這座時差之島吧，外面有更大的世界，一個真實的世界。」

「我師父說過差不多的話。」番紅花說：「時差之島……還有江湖。」

班金創聽了嗤笑一聲：「江湖、江湖，沒滋沒味，老子嘴裡都淡出鳥來了，還不如彈丸島鹹津津的海風夠勁，不過話說回來，你和我不一樣，你天生要把那池水攪黃的，你就像一顆泡過鹽的老鼠屎！」

番紅花可弄不懂班金創那些鬼譬喻，當班金創說完，他就懵懵懂懂睡去，再醒來時，班金創在昏迷的海燕身邊打瞌睡，菸桿靠著肩膀，燒掉了他一些頭髮，還不見醒，小猴子在惡夢中掙扎，喃喃囈語，此時番紅花發現，外頭已天亮了。

外頭已天亮了，一切都嶄新，空氣中飄蕩樹皮與水草的氣味，番紅花走到海邊，看沙子淹沒足踝，他望向黑船離去的海平線。

番紅花不知不覺運起氣，回想夜宵曾對他說：島的外面還有更大的島，你到那裡看看吧。

「我送你。」一個聲音從番紅花身後傳來，番紅花沒回頭，他不是不想回頭，只是他怕一旦回頭了，就會再也無法離開。

於是一雙手抱著紙紮龍舟，輕輕放在拍打沙灘的浪花裡。

「聽說點起火，龍就放屁，會跑很快很快的。」

那手又一推，起火的紙龍舟徐徐出航，確實很快，番紅花執巨人蹺點上龍舟，龍舟竟也只是下沉了半毫釐，他深深吸入氣，感到心如刀割，是誰送他最後一程？不會就是彈丸島自個兒吧？這時候，番紅花又想回頭了，但紙紮的龍舟點起火真的跑好快，他已經遠離自己出生的地方。剎那間，番紅花眼前如跑馬燈般浮現年幼時環遊彈丸島，那些同海鳥學飛的孩子、在水裡打鏢的孩子，竟一個一個都是他自己，番紅花抹去眼中刺痛的淚水，想他們空中的步伐與水裡的步伐，然後漸漸地，番紅花飛了。

番紅花飄離紙龍舟餘燼，在黑水溝上健步如飛、踏水如踩花，他內力洶湧，輕似飛魚，一口氣便從彈丸島奔向更大的島，大紅太陽在番紅花面前起落兩次，終於在第三次，番紅花跨越了黑水溝，來到島外之島的祕密地。

那塊祕密地，很久以後被稱呼為臺灣。

哨童

殘篇之二

年代：西元一六三二年左右

自李鵬溪澗奇遇，他老感覺良心不安，那夥黑衣漢子是誰？老頭又是誰？他砍了黑衣男的手，會遭報復罷！然轉念一想，四名壯士圍剿老頭一個，又算啥英雄好漢？看他們穿著，肯定是鵝鑾山外的三教九流……那可真不好！鵝鑾山雖然通天高聳，但一山的血和命都在那細細的溪上，順著鵝鑾溪便能找進山裡，這可是老祖宗們萬萬不樂意的——李鵬轉側過身，一顆心突突懸著。東方欲明，他得到溪邊去，但他從未如此不甘願去！而他要不去，近了中午娘們和小屁孩也會去的，他得趕在山民們前頭。於是李鵬蹬了他的小毛驢，又風風火火趕往溪邊。

今日挺好，沒什麼人，有的只是曾回來找過他的小哥，他很友好地給李鵬亮晃一把糖葫蘆，唬得他眼前是殘影片片，以至於壓根沒看見有個嬌弱身影就坐在小哥後頭。李鵬搶過糖葫蘆便是一陣亂啃，什麼老頭子黑衣人全給拋諸腦後。幾刻鐘過去，他嘴全給黏實，才依依不捨放下殘亂的糖葫蘆，黏黏紅紅的糖液間，李鵬倒將那女孩兒看入了心。只見他咕嘟一聲吞下嘴裡的漬梨子，呆愣半晌，眼睜奇大，竟想也不想便圈起手指往嘴邊送，嘯呼一聲，驚得那小不點肩膀微顫。要了人家的明麗眸光，哨音立時往下墜個幾十階，沉得低柔婉轉，纏綿數尺，欲斷還黏，到了不能更低處，又轉折輕巧，哨音變得更露骨了些。

糖葫蘆小哥當下一愣，臉一紅，身子一擋，把女孩兒擋實了。李鵬失望至極，哨聲往下拋去，又深又遠，姑妄聽之，倒能聽出些悲慘味，然再聽下去，不得了！竟夾著點意猶未盡的意思！他虎視眈眈的執拗勁，反把小哥給逗笑了，見哥哥笑了，女孩兒也笑起來，李鵬收了哨音，痴痴地聽，那笑聲，可真如銀鈴一般爽耳！

小哥往石頭邊給李鵬挪了位，摸著女孩兒的頭介紹道：這是我山下的乾妹妹……哎，小傢伙今年初剛沒了爹娘，我代為照顧，有次和她提起李弟，之後便老吵要來，你也知道，外人本不許上山，但我總不能將她留在外頭吧？

咻！李鵬吹了一口。

她叫桃裡靈，裡靈，這是李鵬哥哥。說罷，小哥將成把殘缺不全的糖葫蘆重新交到李鵬手上，這會他卻不吃了，瞇起眼，細挑一根好的，遞到女孩兒面前，又是一聲口哨。

女孩兒小口小口舔糖葫蘆，向上一望，那眉眼，令李鵬腹肚一陣抖顫。

怪的是女孩兒來了，老頭便消失無影，彷彿從不曾存在，李鵬也不再見過黑衣人，那日的遭遇，如夢一場。小哥準備在山上待個把月，他忙事業，李鵬便幫著照顧女孩兒。帶她去溪邊玩水、給她吹小曲，她算是過了能以哨催尿的年紀，但對李鵬的嘴上功夫好生佩服，老纏著要他吹什麼〈難忘桃花江〉。

從來，李鵬沒能記得送他糖葫蘆的小哥是什麼名字，倒是桃裡靈他記得真真切切……好罷，後兩個字也許同樣記不大得，李鵬照樣把三個字刻在心上：小桃子，小——桃——子——

小桃子正處荳蔻年華，鬼靈得緊，又委實不喜李鵬省略她名字，乾脆也呼他作「大李子」，兩人一唱一和，山風將愈發飄搖的喊聲收進了回音裡，一直往更深處捲呀捲，有朝一日成了小小一球，滾入行將就木的李鵬手中。

小桃子在山上待了半年，李鵬便有半年遺忘那怪老頭子。她一走，李鵬獨自坐在鵝鸞溪旁的大石頭上，連幾天只知胡思亂想，有時小桃子鮮嫩的小臉方浮現，他便憶起娘親。小桃子以前李鵬的娘親只是沒有微笑、沒有眉眼也沒有鼻尖上小小汗毛的皮影，他二十歲時，那皮影更失掉了不曾失掉的哨音，李鵬忘不了亦不能忘，每逢佳節，他仍會羨慕鵝鸞山上小屁孩們手中娘親做的糕點。

這時節，鵝鸞溪水正騰沸，流速之快，簡直近了驚濤駭浪的樣貌，入了李鵬耳裡，倒成一陣陣雪吼溪岸、水與水互爭喧豗的奇景，這景，尋常人瞧不得，因為用的不是眼，而是兩只耳朵。李鵬斜躺於大石，賞整整一日的水聲，即便給人催尿，眼皮也懶得抬。他或許是將自己當作世間唯一能享受此樂的奇人，然這亦不能說明老頭已與他臉對臉三個時辰，而李鵬仍能閉目養神、滿不在乎的原因。

老頭暗自竊笑，畸肢夾起一只腐爛斷手，調準了位置，對李鵬使勁一吹。噗咻——只見他急滾到一旁，見是老頭，又雙腿發抖，他顯然不明白老頭是找自己玩兒來著，見李鵬反應無趣，老頭乾脆也公事公辦，脫了褲，撈起皺巴巴的陰莖開始撒尿，斷手與嘴脣的連繫處不時傳出絲絲不甚高明的哨音，隨那哨音老頭也間歇性地出尿，使勁大了，沒一會便滿頭汗粒。李鵬這時可起了職業病，或了悟到老頭的需要自己能夠滿足，這次吹的哨可比前次更加悠揚，老頭胯間的尿水再次洩洪，他尿得歡了，將陰莖甩來甩去。李鵬被老頭甩尿玩的花招弄得莞爾，這時水裡暗影浮動，漫天的水花剛衝上來李鵬還看不清什麼，老頭便拉著他跑了，李鵬只覺自己雙腿甚至沒著落，也禁不得回眼，模糊的水道中見幾個黑衣人追著他們，李鵬嚇出身冷汗，一拐彎，老頭放開李鵬四肢並用爬入一山壁裡的細縫，李鵬也跟著鑽進去，最初甬道還算軒敞，愈往深處卻愈窄小，他幾度猶豫回頭，又擔心黑衣人埋伏洞外，只能硬著頭皮往泥裡鑽，也不知是本來有道呢，還是他自個兒給鑽出來的。李鵬終於吸到一口新鮮氣，已是在另一個壁間細縫，他踢蹬著往前擠，白花花的太陽下一時愣忡，等回過神，竟發現到了從未深入的壑澗。他站穩腳，細細打量，只見兩壁嵬嶷，競相擎天，崖面上寸草不生，蒙一層雪似的崖鹽。崖根處則緊銜一方翠然樂土，平平實實。除此之外鶺鴒溪仍是鶺鴒溪，少許不同，也就是在此處流得稍緩。鶺鴒溪旁有一堡砦，不過成人般高，老頭就坐在上頭，朝李鵬嘿嘿傻笑。

李鵬感到對這地有點印象，還是小屁孩時，娘曾帶他行經，然而當時還沒有堡砦，也沒有老頭……無奈更遠一些的記憶，李鵬便想不起來了。老頭瞧著他，巨耳抖動，一陣山風——咻咻——李鵬頭皮發麻，又是那哨聲——這下他明白了，那是娘親的調兒！李鵬一下跳起來，急起直追，追那山風夾帶的娘親的調。岬道甚長，李鵬瞎跑數丈，末了，鶺鴒溪已成浩浩湯湯一片大水，地勢更險、崖壁更窄，山風過了，李鵬伸手抓去——咻呼——只得一把他給老頭吹過的〈黃梅調〉。

李鵬瞅自己掌心裡逐漸化滅的哨音，良久，竟簌簌落下兩行熱淚，他想娘親的哨音再不會來了，遠隔鵝鑾溪淼淼水勢，憑他那點水性，是拚不過的。正這麼想，一隻紅眼豆娘從李鵬肩上飛越，不一會便上了急流央一塊圓石頭，那石頭想必原是無比奇詭，卻給溪流經年累月的磨，參差的巨岩最終給磨成了這般滾潤滾潤的樣子。紅眼豆娘停在圓石上，薄翅文風不動，李鵬正巴望著，但願自己也有對翅膀，紅眼豆娘突然唰一下，入了半身浸在飛流裡的大蟾蜍口中，大蟾蜍背駝疙瘩，徐徐嚼食紅眼豆娘，前腳夾緊圓石，後腿在水中有力划動。李鵬正要讚大蟾蜍的黏功夫，一道黑影風馳電掣從猛烈的溪面彈射而起，順勢吞入蟾蜍，三角頭先落定圓石，一條碧森森的山蛇便從陰影下蠕動出肥碩的軀體，盤成幾圈在石上歇息。今天的太陽極溫暖，李鵬看著山蛇鼓腹飽脹的鱗片在日光裡閃閃發亮，好一陣子，他相信這是最終的勝者了，於是伸伸懶腰，打算回去，然而圓石被雲影所籠罩，山蛇仍做著春秋大夢，李鵬疑心抬頭，只見天上哪有什麼浮雲，而是隻展翼俯衝的龐然大物！李鵬從未見過如人般大的鷹隼，背著陽光落下來，亮晃晃地李鵬只看見兩爪鋼刀，鋼刀撕碎山蛇，沒幾下便入了巨鷹的肚子，李鵬真正嘆為觀止，這絕絕對對是這山澗唯一的霸王！他手腳不住顫抖，幾乎是恐懼地往後退卻，就在此時，夾水的岩壁上竟又飛下糊糊白影，白影在兩壁翻躍，一下精準地撞入巨鷹背後，李鵬還看不見什麼，只聞喀喀兩聲，巨鷹翅骨已斷，他眨眨眼，不知所以，記憶裡僅一畫面——漫天飛舞的赤栗色鷹羽，輕飄飄覆滿了鵝鑾溪。

老頭將巨鷹除毛去骨，不時把滿喉嚨的痰水咳進溪裡，李鵬與他坐在石砦外的火坑前，神色陰鬱地望著白影真身，腦中流過千萬思緒，好一會才澀澀問道：你怎麼能在山間那樣行走？

老頭但笑不答，咀嚼鷹肉的嘴油膩膩地朝腐爛人手一吹——那哨聲還平調子得很。

李鵬不耐地又問：你聽不聽得懂啊？這樣罷，你若教我攀岩走壁的功夫，我也會多教你一些吹口哨的法子。說畢就死盯著老頭。老頭亦愣愣望他，李鵬琢磨幾會，才想老頭不說話，怕也是無話可說，臨即地吹一曲哨聲，關於他娘親、鵝鑾溪，以及最後殺死巨鷹的白影。李鵬尚未吹完，老頭便用那把腐爛人手狠吹一氣音，李鵬聽不出什麼東西，可感著像是同意。

就這樣，李鵬不再給鵝鑾山的小屁孩吹哨了，他鎮日和老頭一塊，學他踩山壁的步子。只是老頭性情古怪，有時李鵬艱難地爬上山壁，被老頭一腳給踹回溪底。有時被逼著在溪底數時辰，想作弊，一摸耳後才曉得老頭早將蘆葦管收走，有時分明李鵬從來也沒蹲過馬步，老頭硬是讓他蹲一整天，往後又像忘了這回事，再不蹲了，更有一回老頭弄了一鍋鵝卵石，讓李鵬豎直了手掌一遍遍猛插，插得他連好幾天直流眼膿，老頭便兩手狂拍，大笑著飄忽到山壁上，李鵬踩不到那般高，只得在下邊罵罵咧咧。老頭石砦後還有一畦菜園子，種了數百種草藥，老頭將草藥搗碎成汁，煮七天六夜而成一種褐黃色藥水，跌打損傷，一抹見效，卻偏偏騙李鵬用喝的，他每天灌草汁，往往灌到不省人事。時間一久，李鵬幾次覺得老頭拿他尋開心，壯起膽子說不教他吹哨，老頭竟也一副知錯的慚愧樣，拉拉李鵬的褲帶，低頭咬嘴脣。李鵬見了心軟，便不再為難他老人家。

老頭學吹哨倒真是個好徒兒，他老用人家的手，李鵬也不確知到底還是當時那幾個黑衣人的，或者不是？那些手日漸腐爛，爛到不行時，老頭才去找新的手來，對此李鵬萬萬不敢過問，只盡心教口哨，老頭學了基本音階，能吹些兒歌，過了一陣子，就能吹鶺鴒山的民曲。更令李鵬詫異的是，有一回他剛到，遠遠地老頭吹了一聲哨，李鵬想也不想，下意識回一聲，老頭又來一聲，李鵬心想那可是「山豬」的意思？他湊上前看，石砦外的火坑裡真有隻香噴噴的豬崽，李鵬出於快意吹了口哨，老頭且回吹回來，幾番往返，李鵬便感哨聲的妙處，他向來當老頭是啞子，現下他們能以哨音溝通，是再好不過。

李鵬在這年冬至過了那泓大水。其實，他本沒那意思，老頭亂七八糟的教法也讓他沒什麼自信，可那哨音就來了，在冷悽悽的冬夜裡，和著山風，沿鶺鴒溪悄悄爬到。李鵬睡在老頭的石砦邊，頭枕草葉，夢中他抖晃腿間的小東西，小臉苦皺，娘親在他後面給輕輕吹——咻咻，李鵬想回頭看娘，卻聽一把柔和的女聲道：鵬兒、鵬兒，你本不是個山裡人，時候到了，總也要……李鵬初醒時，想不起最後娘親是說「總也要離開的」，還是「總也要飛走的」，總覺得那後一句便道明了他名字的來由，可他飛不走。飛不走，叫娘親魂魄似的哨音給困在這兒。哨音——哨音就來了！李鵬跳起身，抓耙著夜色，一路癲而狂呼，四下奔躍，當日若少那麼點運氣，沒準就死了。隔日天濛濛亮，老頭在山澗更深處找到李鵬，他傷痕遍布的腿下斜淌一線細細的鶺鴒溪，順之極目以望，長流不知遠處。待老頭給連灌下幾盅湯藥，噱嗆著醒轉後，李鵬在此造了間和老頭所差無幾的小石砦，他沒信心回原處去，短時間內，也沒必要回鵝鸞山上，老頭卻顯得惴惴不安，他隨李鵬循特小的鵝鸞溪找下游，走了幾時辰，最後見那水斷在一處懸崖，李鵬傾身去看，老頭死抓住他，黃濁眼球射出絲絲冰寒的冷光。李鵬不禁皺了眉：這……可是警告的意思？

李鵬在崖下看見了滿壑的黑衣死屍，距離太遠不清楚，但他確知屍體肯定各個少手掌。屍體外，紅色的鵝鸞溪仍不懈地流向遙端，在山間的霧氣裡愈來愈淡。可李鵬也知道，溪谷就這一條路，娘親的哨音還要去更遠的地方。老頭見他對屍體沒強烈反應，平靜下來，趴在李鵬旁邊吹一種邪氣不正的怪調子。李鵬瞅老頭，一時間想不到自己打算在終焉處找到什麼，娘親死了，山間只保留下聲音，難道他還能盼望完好的娘回來麼？咻咻——那哨音，歷久不衰的回聲已小到了他無法觸及的所在。

李鵬要下懸崖，急需老頭教予些新招式，可老頭用哨音說不成，這般高的崖，得等春末夏初，他身子暖和又不致太燥熱，他才有心情下這崖。李鵬還以為老頭說笑，只見他口銜斷掌，瞇細了眼，很是不羈地昂起頭，雙手插腰，李鵬遂知招惹不得，便先住在了造的石砦裡，每日勤練回去的步子。這期間老頭少找他，讓李鵬有些閒暇思索崖下成堆的黑衣人，何以有這麼多黑衣人？老頭專找他們，難道因為他們是壞人麼？但李鵬也不確定老頭就是好人，他想用哨音問，老頭卻老裝不懂，多數時候是他想表達李鵬必得聽，而李鵬問些什麼他是過耳不入的。

李鵬最終回到鵝鸞山，已是元旦，他對自己的本事依舊渾然不覺，只當是習慣，他踏習慣的步子一個回身、一個翻轉，輕輕巧巧落在圓石上，又一個連踩崖壁的方法，穩穩掉在老頭的石砦頂，勁道之大，砦頂都給震出了粉來。老頭從石縫中伸出拳頭胡亂揮舞，李鵬便哈哈大笑，吹出一連串爽快的短笛聲，老頭且回以清脆的竹管鳴，不多時，兩人已在火坑前坐好，燒烤幾條李鵬捉到的溪魚。

老頭，我可要回去啦。李鵬吹道，聽來就是滿腔的思鄉情切。

老頭默不作聲，遞予李鵬一條香極的熟魚。

第一個字

年代：西元一八五六年

當你發現這份筆記，你要知道這當中記錄的只是一件枝微末節的小事，只是一件古怪之事，同時這也是我第一次嘗試為自己的冒險寫下什麼，或許未來我會寫得更多也不一定……無論如何，一個故事總要有主角，這次的故事主角不是我，但我是一名旁觀者、記錄者，你可以稱呼我為威廉。

西元一八五六年時我十六歲，已經開始替東印度公司跑船。我去過中國和印度，但靠岸的時間很短，大部分時候都在海上度過。我跟同齡的幾個「半甲板」夥計們經常要豎起耳朵仔細聽著大副的命令：「收起船帆」、「打開船帆」，吃的是醃牛肉以及一些不太新鮮的乾糧，日子過得比船長室的老鼠還差，牙齦還老是流血，說來奇怪，我對此甘之如飴。

偶爾我會想：是什麼使我成為這樣的人？是什麼讓我如今站在這裡？

畢竟，幾年前我還是英格蘭諾丁漢的一個無知孩子，不曾想過有一天會成為水手，替大不列顛東印度公司工作，幸而我所遇到的人都仁慈且友好。航程中海象千變萬化，我所前往的地方也千奇百怪，與我談話的人們無一不描述著精采刺激的親身經歷或傳聞，遙遠未知的異域、神妙的國度，儘管我在成為三副之前並不曾遭遇真正的冒險，但有那麼一件事，發生至今一直令我百思不得其解。

從我開始出海工作的兩年間，我們的商船在福爾摩沙海峽與一艘通體漆黑的三桅船頻繁交易，交易內容通常是糧食與飲水等日用品。幾個水手私底下都稱它為黑船，黑船上為首的男人叫做老黑，看上去是個中國人，說出的話卻多有東方各島國的方言，因此我不能確定，就連他的年紀也是模模糊糊、難以判斷，他講述故事時眉飛色舞好似年僅二十，沉默不語時臉上的每一根線條又帶著冰冷與疏離，顯得蒼老。

這般的老黑又似乎很喜歡我，經常對我談起他在海上的經歷，他說憑我的巧舌或許能將他的故事傳到更遠的地方。

我見多了船上愛吹噓的人，他們有些並未真正去過什麼地方，只是喜歡吹牛皮罷了，但老黑不同，他從不對我以外的人講述故事……被他稱作「故事」而非「經歷」使我每次都對他即將描述的事物充滿好奇。

某一天老黑又對我說起一個故事，一個關於《哨譜》的故事，他說他曾經擁有過這份珍貴的典籍，是他在西元一六三二年左右，明朝末年，尚未有大清之時，好不容易從中國某處的山間奪來的，雖然這份典籍內容全是空白，連最初還點綴幾句「嗶——嗶嗶——嗶嗶嗶嗶——」的哨音密碼都隨時間逐漸消失，他仍不願意放棄令《哨譜》祕密真相大白，時刻將典籍貼身攜帶，只可惜這《哨譜》竟然像有其心智一般，不時嘲弄他的小心翼翼，更經常想從他手中亡命脫逃，這一切自然是老黑心中所想，或許並非事實，但當他說起這事，他雙手在空中茫然揮舞的模樣，仍使我得以想像那冊《哨譜》如海鳥般老從他手裡拍翅而起的景象。

老黑說，《哨譜》渴望離開，實際上卻有一個妥當的理由，那或許便是《哨譜》本身為記載故事的書冊，但它卻還未經歷任何可供記錄的「故事」，因此，《哨譜》一旦逮到機會，就要讓他老黑知道：使《哨譜》重現文字的方法，只有放手。

我張開嘴想說話，卻被老黑伸手阻止，他說：「威廉，這就是我如今還在這海上晃蕩的原因啦，那一日，我親手將《哨譜》送給了命運之人，我必須這麼做，才能讓整個故事進行下去，只是，我的同伴們並不欣賞我的所作所為。」

他承擔不起丟失《哨譜》的後果，那會使他隸屬的組織再也無法容下他，因此他至今都在四處尋覓《哨譜》的蹤跡。

此時我終於逮到機會問這《哨譜》有啥稀奇？老黑回答：《哨譜》總共分為兩部——生部與師部，其中師部記載著自清代以來最厲害的輕功，生部則是一幅地圖，記錄了神仙鄉的位置。

我問他神仙鄉是什麼？老黑道：「威廉啊，神仙鄉是可望不可及，是一生的追求。」

「聽起來像天堂。」

老黑呵呵笑：「不在天上，神仙鄉在海上，在山裡，總是個雲霧縹緲的地方。」

「那樣的地方怎麼會是一生的追求呢？」

老黑沒理我，只是將目光投向遙遠的海平線。

這故事時間、地點不明，只知道始於老黑曾在倫敦參加的一場宴會，宴會本身難以形容地有樂趣，以至於他那晚喝得爛醉。宴會中有來自各地的冒險者：在南洋食人族的追逐下僅剩一條腿而逃脫的軍官、滿臉通紅靠買賣異國貨物致富的富商、滿口胡謅的吟遊者、傳教士、政府官員、以不合身西裝與骯髒鞋子洩漏他真實身分的碼頭工人、講得一口流利英語的亞馬遜土著、美貌的高級妓女、尋找真命天子且家道中落的貴族之女、已經過招安的海盜……不一而足，但最有趣的，莫過於那已是倫敦交際圈知名人物的騙子薩瑪納札，以及他的跟班約翰生醫師。

薩瑪納札真實姓名不明，國籍也不明，有人說他可能是法國人，卻長得一副阿拉伯面孔，趁著海上冒險興盛的年代他翩然出現，沒人知道他什麼時候、以及如何忽然地便來到倫敦，憑藉著極佳的口才說服許多人他是個致力研究福爾摩沙，並曾前往島上進行民俗研究的學者。他也因為出版了《福爾摩沙的地理與歷史》而聲名大噪，殊不知內容都是他的信口胡謅。（我對此人向來十分厭惡，但老黑對我講到他的時候，我心裡產生了第一個疑惑，為了讓老黑能心無旁騖地把故事說完，我暫時沒有問出口。）

當薩瑪納札提到福爾摩沙國的陽光怎樣與眾不同，能夠從煙囪直射進屋子裡，老黑從他抽著菸煙氣瀰漫的角落裡嗤笑出聲。

「但願這位紳士有其他的高見。」薩瑪納札也不爭辯，只是笑吟吟地停住話頭，不再繼續說下去，這樣一來，原先興致勃勃圍繞在一旁的人們都對老黑投去了憤恨的眼神。

「嘿！你要是沒去過福爾摩沙，就別這樣哼哼唧唧的。」首先發難的是向來景仰薩瑪納札的約翰生醫師，他已經受夠了最近愈來愈多人對薩瑪納札無禮，不尊重一個真正冒險者、研究者的言論，顯得這些人極盡無知可鄙。

也有人力持冷靜要求：「有什麼學術性的意見，倒是可以提出來大夥討論討論。」

「沒錯，我們都讀過薩瑪納札先生的《福爾摩沙的地理與歷史》，有足夠的智識與您交談。」

老黑愣了一愣，他沒料到自己會獲得人們的注意，同時他也不習慣這種注目，他的臉微微紅了。

「看您的模樣也是東方來的。」薩瑪納札從容不迫地道，他的英語腔調優雅，頗具說服力。

「我……我……」老黑結結巴巴了好幾次，好不容易擠出一句：「你口中的福爾摩沙是假的。」

「哦？您到過福爾摩沙國嗎？」

「到過，那兒並非是個『國』，也全然超乎你的想像，不是你隨便將什麼歐洲文化變化扭曲，再加入點異國風情就能比喻的。」

「很抱歉，您的英語口音太重，我聽不清楚。」薩瑪納札故作友善地湊近老黑：「您的意思是，福爾摩沙並非國家，沒有屬於他們的信仰，也沒有屬於他們的文化，甚至連語言和文字都不存在嗎？」

老黑防備地看了他一眼，點了點頭。儘管他覺得也不是如此，只是那兒不存在薩瑪納札所期待的宗教文化。但他不想多做解釋，鑒於剛才薩瑪納札批評了他的口音。

「哦，多麼傲慢的歐洲中心主義啊，先生，我相信您與我一樣到過福爾摩沙，但您肯定基於某種傲慢的理由，沒有深入當地考察吧？以至於我們所見不同，希望您不介意我給您一點小建議，當我們抵達一處不熟悉的土地時，務必要以最謙卑的態度凝視展現於眼前的景象啊！即便對方只是島國土著，他們當然也能擁有諸如信仰日月星辰的宗教信仰呀。」薩瑪納札以適切的語調和恰到好處的手勢將這席話說得慷慨激昂，一旁的約翰生醫師也頻頻點頭，待薩瑪納札說完立馬邀約他宴會後和自己回住所一敘，討論下次冒險的資金募款事宜。

此時已沒有人再留意老黑，他就像最初自己所希望的那樣，隱形般地不受任何關注，這瞬間帶來的痛苦細微得難以察覺，卻也使老黑震驚地愣住了，他艱難地張合雙唇，卻說不出一個字。過了一會，只得悻悻然地回到自己陰暗的角落裡。

老黑與我提到，自己因失了面子，心情不佳地一口氣喝了好幾升威士忌，他在一張圓木桌上喝到賓客盡散，仍無法理解早先遭遇的羞辱，是故他不斷以沾水的食指指尖在桌面一遍又一遍地寫下自己的疑問。直到三三兩兩的人們各自離開，一名丹麥船醫湊近他，趁著沒有人聽見時他輕聲道：「我相信你。」

老黑描述的時候，隨著他的語調與聲音我彷彿身歷其境，我看見老黑明顯喝醉了，醉得一塌糊塗，這名自稱為荷蘭東印度公司工作的船醫溫和地扶住老黑搖晃的肩膀，領他到扶手椅坐下，船醫的目光友善，說自己叫做馬丁。

而老黑還在絮絮叨叨地說著：「我當然知道福爾摩沙是怎樣的地方，那可不是他說的

Gad-Avia，華麗之島，不是日本屬地，也沒有國王跟奇怪的信仰，不是那樣的，那鬼地方雜草叢生，蚊蚋惱人，屬瘴癘之地，唯一有價值的不過就是《哨譜》記載的神仙鄉。」

「神仙鄉？」船醫動作一頓，好奇地問：「我聽聞那兒有黃金，我認識的水手把那地方稱為黃金鄉。」

「黃金鄉，神仙鄉，都是一樣的。」

「你有黃金鄉的地圖？」

老黑迷濛中睨了他一眼，道：「不是地圖，是一個故事。」

「故事、故事……」馬丁搓著手，一下子笑了：「能夠說來聽聽嗎？」

老黑形容，那一瞬間他感覺到全身戰慄，像是風暴前船帆鼓起的形狀，海水的氣味，一種冒險將至的前兆。

然而如他這樣的人是不能有真正的冒險的，他不能成為任何故事的主角，他充其量只能是一個旁觀者，假如有朝一日他成了故事主角，他的下場將會十分悽慘。

於是老黑避而不談，他對馬丁說：「我不能主動給你一個故事，你知道嗎？我連一個開頭都無法給你，除非你能先給我一個字。」

一個字。老黑說，這是故事的基礎，是故事不再僅僅通過口耳相傳——終於有人將其記錄下來——擁有形體的開始。老黑也說，過去他向許多人詢問過這樣一個字，他本性或許貪婪，但只要一個字，這並不為過吧？

船醫馬丁一時間不了解老黑的意思，見他猶豫，老黑舉例自己其實多年前就和薩瑪納札打過交道，當時他才剛踏上英國土地，也才剛打響自己的名聲，那會他還稱自己是福爾摩沙山胞，只是長得實在太過平易近人，不比他的語言和文字有說服力。

老黑第一次見到薩瑪納札的時候，也曾向他求取一個字，他寫了一個單字，但並非英文，Anso，他說這是福爾摩沙文。老黑說，自己從這個字裡看見了山巒和洞穴，蛇和果實，他認為薩瑪納札的一生與一座島嶼將永無法脫離。

聽了老黑所言，馬丁向前傾身，低聲問：「我明白了，那麼您剛才在木桌桌面上所寫的字，又是什麼意思呢？我知道那是一個漢字。」

老黑有點不好意思，他只是將自己被羞辱的困惑寫成一個「何」字，他搔搔下巴，將這個字重新寫在馬丁遞來的羊皮紙上。

馬丁看了看，他說自己是基督徒，因此在老黑的字上畫了兩個十字，就變成：荷。

看見那個字的時候，老黑嚇得差點從椅子上掉下來，因為他確實看見了一個故事的開頭，甚至是第一次，他看見了一個完整故事的高潮與結局段落。

老黑意識到，此時此刻就是故事的開端，《哨譜》某種程度上是一本預言之書，但更是一本旅程之書，當下老黑手中的《哨譜》還未真正完成，它必須去流轉，它的所到之處將充滿希望與絕望、鮮血與淚水、爭奪與愛恨！而這過程所編織出的故事才能使《哨譜》成為《哨譜》，使當中的祕密有朝一日徹底展現出來。

老黑於是哭了，他怎麼就這麼倒楣呢？普天之下多少人尋找這本古籍，而他是唯一一個真正從哨童手中奪走它的人，卻不想，《哨譜》本身竟是一如此邪乎的東西。此時，《哨譜》

的書頁在他胸口啪啪震動，直到老黑勉為其難將它從懷中取出，它才平靜下來。隨之，在馬丁不可置信的目光下，老黑一言不發將《哨譜》塞進他手裡，接著便走進黑暗之中。

沒有人知道，原先全然空白的《哨譜》內頁，已然出現了第一個字。

我忍不住問：「為什麼？」

老黑回答：「是命運的緣故，他註定要拿著那本書，去尋找黃金。看見那個草字頭嗎？我再次寫下『何』字的時候，其實也是問他『何？』你為什麼要去？他無形中回答了我：是為了荷蘭東印度公司，但草從這個疑問上方滋長了，就像新墳上漸長的草，那是象徵墳頭的字。他註定會死在那個地方，那座陽光會直直射進屋裡的島嶼。」

老黑為我解釋了長草的字，那是漢字裡代表荷蘭的其中一個字。關於荷蘭，我倒是想起一個在海員中流傳的故事，永遠無法回家，持續處於飛行狀態的幽靈船：「飛翔的荷蘭人」，不知怎地，我覺得這個故事非常適合老黑與他的黑船，儘管他當然並不是一名荷蘭人。

老黑說完這些，我們船長與他們的交易也完成了，老黑回到自己的船上，準備再次展開尋找《哨譜》的旅程。

而此刻我才想起自己聽故事時按捺著沒有問出的問題，只因我害怕老黑時而明亮，時而虛幻的眼神，我感到老黑就像「飛翔的荷蘭人」幽靈船一般，他或許並不真的存在……或者根本是另一種存在。

畢竟，老黑說他曾與薩瑪納札相遇，而薩瑪納札大約在西元一七〇五年活躍於英格蘭，距今超過一百五十年。

也就是說，假如老黑當時正值中年，還得以存活至今，現在應該要超過兩百歲了。

第二部

幻想徒弟

年代：西元一九六〇年左右

幻想徒弟的誕生，大多數人並不介意，這個角色的存在太過虛無縹緲，甚至沒有一個真正的名字，故事的最初它便曾出現，然而它的時間與其他人如此不同，對我們來說的故事初始，對它卻已有數百年之久，因此我們可以說，它的出生是從這裡開始。

從這裡開始。

在臺灣恆春一處臨海小廟，阿豬公正手執竹扇搧著熱風，一面碎碎唸：「好毒的太陽！」肥嘟嘟的身軀汗流如河，一雙眼睛眯得像豆子般小，他看似昏昏欲睡，卻在偶有香客到訪時倏地起身，翻起白眼手舞足蹈曰：「魔神、魔神仔來啦！你心無虔誠，神鬼都要入你夢懲罰你，還不多投點錢！」

初來乍到的香客往往遭他一嚇，真的就嘩嘩地多投幾個錢，甚至連多的供品也上交阿豬公，讓他樂得呵呵笑。只是這時間得算好，以免真的老廟公回來發現，他可就完蛋了。

阿豬公看太陽大，熱得口乾舌燥，索性中午先回家歇歇，他將一條汙黃毛巾甩上肩膀，將投香油錢的木箱子取走，放上原本真正的箱子，這才呼喝起躲在榕樹下的一名小女娃：「香油錢！」

小女娃看上去不過七、八歲，頭上兩條沖天炮以紅線綁著，還串了幾枚銅幣，搖起來叮拎叮拎響，阿豬公管她叫香油錢，是因為她沒父沒母，一日被阿豬公撿到，收作義女，實際上並不是看她可憐，而是阿豬公老是變著法子要訛人家的錢財，他原本是臺南橫行霸道的騙子，幾多年來聲名狼藉，不得已被仇家追到恆春，他想在這兒避避風頭，又萬不能像之前那樣遭人嫌惡，遇見香油錢時起心動念，何不與小女娃扮作貧苦的父女倆，許多人見香油錢年幼可愛，對阿豬公偶爾小偷小摸也就睜隻眼閉隻眼，只當是兩人為求生活不得不如此。

香油錢這名字初也是為了招財，但阿豬公很感到奇怪，香油錢叫著叫著越覺得親切甜美，像是真會招財一樣，阿豬公有時讓香油錢自己到村子行乞，也能得到比預料中更多的銅錢與飯菜。

阿豬公與香油錢原先就偷偷住在海邊那破廟裡，破廟還沒整修前沒什麼人過去，他們且安住著，直到某天晚上聽見一個女人的打噴嚏聲。黑暗中只有幾蕊燭火幽幽地亮，阿豬公震天的鼾聲戛然而止，狐疑地張開小眼睛，推了推身旁的香油錢讓她過去看看。香油錢人小膽大，揉著眼睛打著呵欠就去了，一去卻是半個時辰沒回來，阿豬公睡了又醒暗吃一驚：這小妮子搞什麼東西。他喘著氣半坐起身，卻聽見女人的聲音又「哈啾！哈啾！」地打了兩個大噴嚏，隨後可憐兮兮地嗚咽起來，彷彿正在說話，說的卻不知是哪裡的方言，奇怪的是阿豬公還能聽得懂幾分。

他們是趁著晚上老廟公回家才過來借宿，早上也是等老廟公來之前先走，這間廟過去有很多傳說，廟格屬陰廟，按理這時間不應該有別人會來，阿豬公側耳聽了聽，那女聲所言大意是自己來了這麼久，都沒有一個可以坐的地方，實在辛苦，現在人又不舒服，更是痛苦。阿豬公咋了咋舌，暗想不會是個神經病吧？他倒不怕是鬼，因為這間廟為萬應公祠，本是當地張姓人家挖咕咾石無意間挖出的一具屍骨，裝入甕中供奉於祠內，其後又傳出有紅毛鬼公主作祟，弄得需請道士作法送鬼公主坐紙船回家，最後日本人建議大家集資蓋好點的祠堂，但鬼怪之說仍然不消停，直到現在，都還有魔神仔或鬼神牽人入山導致失蹤的傳聞……總而言之，阿豬公想鬼公主老早就坐船回去了，所以那女聲本人斷不會是那個女鬼的。

萬應公祠後來又整修了幾次，但不管如何整修，廟本身都不是能讓人過夜的地方，阿豬公與香油錢也是尋個乾淨處安身罷了，他自認沒礙到別人，聽那女聲幽幽地說話，擾人清夢，香油錢又不知去哪了，他氣不打一處去，扯著脖子大喊：「幹你娘㐫雞巴香油錢你給俺滾回來！」說也奇怪那女人聲音便立即閉了嘴，一會後黑暗中傳來銅錢相碰的叮拎聲，香油錢安靜地走回來，窩在阿豬公身邊睡了，阿豬公也是極累，懶得罵小丫頭，自顧自地昏睡過去。

誰知隔日老廟公一大早就到萬應公祠，一腳將阿豬公踹醒問：「你昨晚有看見什麼怪事嗎？」

「啥？啥怪事？」阿豬公揉揉被踢的腰側，小眼睛裡充滿憤慨：「俺又沒礙到人，你憑什麼亂踢？」

「鬼公主回來啦。」老廟公只說：「昨晚上好幾個張家人都做夢了，說是送她回家的紙船因海流關係離不開本島，紙船又漂回來了，那荷蘭公主說既然不能離開臺灣，就要分這兒的香火護佑大夥呢！」

「你、你說什麼？」阿豬公這下子可害怕了，昨天晚上那幽怨的女聲不會就是鬼公主瑪格麗特吧？他還用髒話招呼了對方。老廟公走後阿豬公抓來香油錢問：「你昨晚去那麼久是在幹嘛？」

香油錢回答：「公公，有個紅色頭髮的女人，長得很漂亮，就坐在榕樹下，但一直打著噴嚏，我還問她是不是病了。」這會阿豬公可真是寒毛豎立，秉持寧可信其有，不可信其無的精神，暗想以後可不能在這地方住下去了。阿豬公拎起香油錢就往地上拜了一拜，大聲說：「瑪格麗特公主奶奶請大發慈悲！別與俺凡人阿豬公一番見識！之後這塊地咱們不會再來了，權給您當休息處吧！」

之後倒沒發生什麼別的，阿豬公就是一直奇怪，鬼怎麼也會打噴嚏呢？

回說阿豬公嫌天氣熱要回家休息，只是從那之後假父女倆得找新的落腳之處，後來便尋得一處廢棄豬舍，雖然屋子四處是洞，倒也堪能遮風避雨，阿豬公四下打聽得知豬舍的主人早已老死，又無後代，周邊人不會過來，他們要住進去也無不可。便說阿豬公帶香油錢回豬舍，兩人吃著香油錢乞來的飯菜，阿豬公心裡還盤算著其他計策。

這些日子以來，阿豬公好容易做起來的營生便是裝神弄鬼，他發現這地方有過太多傳說，太多鬼故事，頗適合他以魔神仔作祟好好訛人一筆，要幹這事阿豬公首先先沽了酒去找萬應公祠的老廟公，老廟公確實什麼不愛，就愛飲酒，阿豬公且說自己尚有釀酒的法門，只是時間還不到，酒不陳不香，待下次再弄來孝敬老廟公，他這就樂了，忙不迭答應，也不忘問問阿豬公是否有事求他，阿豬公並不客氣，就說只是要他不在時能讓自己充當下廟公，訛訛香油錢便罷，老廟公年紀也大，見阿豬公還有個那麼小的女兒，心中其實也盤算之後這廟公的位置就交給阿豬公，便同意了。

從此阿豬公唬人唬得風生水起，只要是經過廟的，看上去像外地人，就叫嚷著讓人進來聽他說當地的傳說故事，說得對方害怕發抖，阿豬公再說，他看上去也是冒犯到當地的鬼神了，哦，更別提還有個紅毛鬼公主，沒準就是冒犯到了她。若要全身而退可以，交點香油錢出來，他做做法事、收收驚能保諸事平安。

便是這樣，阿豬公騙得了外地人，不少當地人居然也被唬得一愣一愣的，像今天阿豬公剛一回豬舍，一個村子裡的婦人陳寧就驚慌失措地跑來，哀聲求問阿豬公可否幫忙上山找自己被魔神仔牽走的婆婆。

「你說啥？」阿豬公嚇了一跳，他只會裝模作樣地作作法，哪能真的上山找人啊？過去也不是沒有被牽上山的當地人，大多是老人或小孩，阿豬公憑著幾次運氣找到人，其實也是香油錢的幫忙，香油錢似乎天生就愛走山路，也特別能感應山中不尋常的聲響氣味，沒有香油錢，阿豬公不可能找到失蹤的人。

偏巧過去失蹤的人都是阿豬公與香油錢意外找著的，他們本來就沒答應要幫忙，恰好在找草藥、尋鹿角的時候發現，這還是第一次有人直接在親人失蹤後找上門來，阿豬公想起不久前黑暗裡的模糊女聲，隱隱發抖，陳寧卻跪在地上不肯起來：「阿豬公求您了！您是我們這兒最高明的道士，求您一定不能見死不救啊！」

阿豬公疲憊地眨眨那雙小眼睛，沉聲道：「你先起來，跟俺說說你婆婆怎樣走丟的？」

陳寧擦擦眼淚，好幾次哽咽得說不出話，還是香油錢上前握著她的手，這才斷斷續續講來。

陳寧他們住在村子一三合院落內，家境算是不錯，陳寧的婆婆陳劉阿罔有時會上山尋竹筍或牛樟菇，前天凌晨婆婆又提起趁天未明要到山上去，否則當陽光照到竹筍，竹筍就苦了，陳寧那時還張羅著全家早點，問婆婆要不要帶個饅頭上去，婆婆擺手拒絕。通常上山採筍趁著還未中午就要趕回家，天氣剛燥起來的時候下山恰好能避掉酷熱，青筍趕巧能在中午下鍋，滋味特別鮮美，只是那天陳寧等半天婆婆都沒回來，讓丈夫下午幫忙去找，她丈夫偏偏一出門就扭了腳，也不可能走山路，傍晚陳寧路上看見幾個抓四腳蛇玩的孩子，一問之下他們竟然見過陳寧的婆婆，因這四腳蛇是從山上抓來的，他們說可沒見到陳寧婆婆在挖筍子，反倒是一個人對著空氣在說話，愈走愈往深山裡去。

「這不是魔神仔是什麼嘛！」陳寧說罷又嗚嗚地哭，哭聲令阿豬公太陽穴突突地跳，忽大喝一聲：「香油錢，操傢伙來！」

香油錢眨巴著黑白分明的大眼睛，一開始還有些疑惑，不久才恍然大悟似的認真點了點頭，從櫃子裡取出帶血鏽的七星劍、狼牙棒等物品，滿滿擺了一地，阿豬公眼看就要起乩，一面高舉月斧一面喃喃唸誦：「是你身帶不潔，害了你婆婆陳劉阿罔，現在還不悔過？」

陳寧哪見過這種陣仗，哭得更加悽慘：「我命苦啊！不知哪路神明可否先緩緩附身？我分明是要求阿豬公上山找人，怎麼淪落到如此下場？我命苦喔！」

阿豬公聞言翻著的白眼慢慢恢復，只說：「好，神明暫緩附身，你還有什麼話說？你做人媳婦，不好好看著婆婆，讓她獨自上山，本來就該罰，神明已經同俺講好，這處理的費用……」他搖頭晃腦，比出五根手指。

「天！要五百嗎？」陳寧哭叫。

阿豬公搔搔下巴，他其實是想說五十，現在看來反而是他人太好，香油錢此時卻叮拎叮拎地又跑向陳寧，說：「我阿爸的意思是五十啦。」

陳寧還愣著，阿豬公卻氣壞了，伸手要抓香油錢，誰知道她跟魚一樣滑溜，一下子溜出門外，香油錢望著外頭，已是下午了，聽說魔神仔最愛在黃昏現身，這個時間上山，是最危險也最容易找到人的時候，阿豬公順著香油錢的視線看向外面，知曉再不走天色將晚，一來也是不想再與陳寧多講什麼，以免多說多錯，遂趕緊跟著香油錢離開豬舍，這假父女倆雙雙走入金黃的午後陽光之中。

據陳寧所言，她的婆婆上山前會經過一片大草原，過草原入山林，因少有人煙，樹蔭漸濃，分明還是白日，林中景象已昏暗難辨。為了給自己壯膽，阿豬公一路上都在哼唱小調，拿一把鐮刀在前面亂砍長草，香油錢則沿路採集可食用的菇類與野菜，他們此行也不曉得是否真能找到人，但頗有默契地誰也沒開口說起魔神仔或要找人的事情，兩人僅僅扮演上山採集的父女倆。

愈往深處走去溫度愈低，阿豬公白天穿得少，進了林中就開始發抖，香油錢從地上拾了一根木棍遞給體力不佳的阿豬公。

「阿爸，你說那個……到底是什麼模樣？」冷不防，香油錢問道：「如果知道長什麼樣，我們遇到也好避開呀。」

香油錢沒說清楚，實際上暗指的就是魔神仔了，阿豬公擦了擦脖子上的冷汗，小聲道：「這個地方很特別，有那個什麼荷蘭公主，還有身上無毛的猴子模樣，總之是各種都有，這種東西向來沒有一定的長相，有可能看起來就跟一個孩子差不多哩！」

香油錢嘻笑道：「會不會跟我長得一樣？」

「怎會？你那模樣連鬼都害怕。」阿豬公只是跟香油錢開開玩笑，誰知她臉頓時垮了下來，一副要哭的樣子，同時阿豬公也因自己無意間說出的「鬼」字，又感到身體發寒。

就在這時，香油錢癟嘴問：「阿爸你說還有無毛猴子的模樣？」

阿豬公點點頭，香油錢伸手一指，見前方不遠處有一躺倒的動物，粗略一看還有四肢，像人也像猴子，這兒偶有獵人經過，若真是猴子中了獵陷也不讓人意外，只是他倆走得近些時又感到十分奇怪，那動物全身暗紅，沒有皮毛，像是被人活生生剝了皮，那暗紅四肢卻又不時掙動，更顯怪異恐怖。

阿豬公失手扔了木棍，驚慌失措地轉身就跑，哪怕香油錢在身後喊著「阿爸！等等！」也不肯停，殊不知山路崎嶇，他竟在長草中一腳踏空，連滾帶翻跌落山崖。香油錢身高矮腳步短，晚一些才追上阿豬公，只看見他原本還好好地站立林中，突然人就不見了。此時已近黃昏，山林很是吵鬧，雖沒有人煙，也有昆蟲鳥鳴喧騰，香油錢一時間沒聽見阿豬公摔落的驚呼，一轉眼周遭又只剩自己一人，再堅強的男人都會心慌，更何況是香油錢這樣的小女孩兒。

她回頭撿起給阿豬公的木棍，以棍探路繼續向前，希望能尋得阿豬公的蹤跡，她回去時那紅色的動物已消失，也許真是剝了皮的動物，那也不足為懼，香油錢心細膽大，她走山路時沖天炮上的銅錢是響都不響的，小身板就跟山羌一樣靈巧安靜。香油錢被阿豬公撿到以前是山民帶大的，而所謂山民就是平地上的漢人犯了事被追捕逃往深山躲藏，久而久之形成聚落，香油錢本是棄嬰，一群打獵中的山民將她撿回家，用豬奶餵活了，從此她就跟著一群粗人在山上生活。香油錢的記憶中，那可是一群溫柔的粗人，儘管他們一生中只會唱一首歌，他們每一次歌唱，卻總是與上一次的唱法不同，香油錢因此也學會了他們的歌，並決定未來一生都只唱同樣的這首歌。

香油錢最後是在警察策畫已久的逮捕行動中與山民們分散，分散之後飢寒交迫下遇上阿豬公，阿豬公看她可憐兮兮的樣子，再三保證沒打算賣掉她或對她不軌，她仍不相信，阿豬公只得告訴她一個祕密……他說他只愛男子，說完羞紅了臉，香油錢卻噗哧笑出來，二人這才決定結伴前往恆春。

所以當下香油錢施展曾與山民學會的追蹤獵物的本領，也就不足為奇，她首先觀察阿豬公最後站立的地方，發現有一雙腳印，底下草叢有撕扯斷裂的凌亂部分，立即判斷阿豬公不是消失，而是摔下山去，但這也麻煩，順著山崖下山救人要命地困難，香油錢這時又看見附近的泥地裡有新的山豬足跡，足跡看上去十分匆忙，估計是給人追的，香油錢便往後倒退幾步，想像捕捉者當時站立的位置，沒想到一後退她硬生生撞上一堵堅實的肉牆，抬頭一看，是個她從未見過、全身膚色暗紅的男人。

香油錢沒作聲，比起剝了皮的動物，或者剝皮死去的人，活生生的男人無疑都更具有威脅性，但不知怎地，這男人並不使香油錢害怕，她轉過身仔細瞧著對方，發現男人雙腳似乎有些不便，雖腳掌著地，卻始終像是隨時要跳起來似的彎曲著，香油錢因此篤定，他可能是一名殘疾人士。

是的，這人不是別人，正是彈丸小島上運力漂行黑水溝，最終來到臺灣的番紅花。

且說番紅花那日展現哨童後人的騰躍功夫，一口氣走水前往更大的島，諒他再有資質，也有力竭時候，浪捲來他起先還快手攀登，如攀一座寒涼雪山，久了班金創給他做的高蹺都被浪打壞，番紅花掙扎不已，最終也只能臣服於海的殘酷。

番紅花被人發現時，昏厥於浪花款擺的海邊，使他有種錯覺，彷彿他從未離開過彈丸島。

那會還有幾個小孩，蹲在旁邊用樹枝戳他，又怕又叫地稱他是：「紅紅人。」他索性躺在地上，用僵硬的雙手檢查行囊是否安然，他攜帶從沉船中取得的《哨譜》和金髮少女畫作、夜宵師父化為的丹藥一丸以龍血紙包裹，意外地放在寶盒內沒被海水潑壞，這些東西是番紅花唯一尋找身世之謎的線索。此時他的巨人蹺幾乎因海水腐爛，番紅花呆望天空，想著自己曾中的毒，腳掌落地便會毒發身亡，該如何是好？他嘗試說話，說的話卻沙啞難辨，幾個小孩也呀呀地試圖和他溝通，卻怎樣也是雞同鴨講，他們語言不同，小孩子堅持讓他站起身，番紅花慌亂中左腳竟真的踏上了這片新地，他驚恐大吼，以為劇毒要發，誰知許多時間過去，他仍只是粗喘著氣瞪著左腳，於是便將右腳也緩緩放上，太陽曬熱的土地刺痛腳掌，番紅花終於內心鬆懈，雙目流下兩行淚。

所謂劇毒如今回想起來像笑話一樣，不過也確實如此，這樣的毒本就不該存在，或者只是哈爾轟惡劣的騙局，他卻傻傻遭騙，無怪班金創要喚他傻子。

那之後番紅花如何開始他在臺灣尋找身世之謎的旅程，又是如何學會當地語言，實有一段複雜曲折的故事可娓娓道來，暫且按下不表，就說他循著畫中女子的傳說來到恆春，聽聞荷蘭鬼公主經常在此地山林中飄蕩，他想就算是鬼也要向她問個清楚，番紅花目前已掌握到一些線索，他的父親攜《哨譜》在彈丸小島觸礁，《哨譜》連同一些私人物品都隨沉船入海，直到番紅花重新找著它們，那張有著金髮少女的畫作，金髮少女似乎和他父親有很深的關聯，他的父親為尋找《哨譜》中暗藏的神仙鄉才前往臺灣，於彈丸島落難時又與番紅花母親相遇，於是有了番紅花，番紅花現在最想知道的就是父親的真實身分，以及他得到《哨譜》的詳細經過，如若可以，也希望能查到些許跟黑鴨子有關的消息。

番紅花覺得這其中必定有真相等待被揭開，來到臺灣以後，他老是覺得不太對勁，他似乎搞錯了什麼事，而且是很嚴重的錯誤，他不斷想起班金創稱彈丸島為「時差之島」，還有這兒的人跟彈丸島的人不太一樣，雖然本來就不會一樣，但那是一種嶄新的感覺，彷彿這裡的人都是嶄新的人。

番紅花好不容易能夠說上幾句臺灣話以後，因緣際會下認識了經常南北往來的邱姓商人，他無意間看過番紅花身上的東西，認為《哨譜》與丹藥最沒價值，那幅金髮少女的畫作倒還有點意思，他身邊恰好有幾個外國傳教士，便請他們出來看看那幅畫，幾個傳教士當中有人從荷蘭來，告訴番紅花這幅畫是荷蘭畫家林布蘭的〈夜巡〉，雖不是真跡，但仿得不錯，加上也有些年代了，算是一幅價格看俏的古董仿畫。畫中的金髮少女是荷蘭小公主瑪格麗特，邱姓商人想到什麼而覺得有趣地笑道：荷蘭公主，莫不是恆春的荷蘭鬼公主吧？

番紅花追問之下，方得知恆春有荷蘭鬼公主傳聞，傳說荷蘭公主瑪格麗特的情人是一名船醫，為了尋找黃金前往臺灣，卻莫名失蹤，瑪格麗特於是乘船來臺灣尋覓情郎，不料船隻在恆春觸礁，船上水手發射的求救煙火更吸引當地的山胞前來，瑪格麗特公主就這樣死於非命。

失蹤的船醫令番紅花聽得入迷，聽上去很像自己父親的經歷，他沒再多問，更沒聽見商人與傳教士對談的結尾：「不過，那也是一、兩百年前的事囉！」

彼時番紅花沒其他線索，他曾試著前往臺灣人所謂的都市，發現有奔跑的鐵怪獸、有高樓和大橋，是他怎樣也想像不到的，這個世界跟彈丸小島的世界相差太遠，令他無法適應，更不解為何每個人看見他都稱他「番仔」，直至商人帶給他的線索讓他往恆春去，沿路的風景使他心情平靜，他彷彿又回到彈丸小島的純樸與恬靜。最後當他終於踏上恆春土地，他毫不猶豫走入山裡。

番紅花就這麼在山林中尋覓荷蘭鬼公主，渴了飲山泉，餓了摘樹果，偶爾打打獵，累了便席地而眠。香油錢與阿豬公初看見像是遭剝皮的動物其實就是番紅花。

現如今香油錢盯著番紅花，番紅花低頭看小不隆咚的香油錢，突然香油錢伸手抓住他的手臂，緊張地道：「叔叔快！」便拉著番紅花的手到阿豬公摔下去的山崖，番紅花一看阿豬公掙扎著落下的痕跡就知道人在山下，二話不說深吸口氣，騰空躍起，鼓脹的胸口如充氣的豬肚一般，接著他緩緩吐氣，脣間發出響亮而悠長的哨音，身子徐徐下降，在香油錢目瞪口呆之時，番紅花已經安全抵達下方，同時傳來阿豬公殺豬般的痛呼，香油錢從驚愕中清醒過來，趕緊沿著山壁上的雜草，一抓一把地慢慢爬下去。

說來也是湊巧，他們在底下看見阿豬公身旁躺著失蹤的陳劉阿罔，陳劉阿罔看上去失了魂魄，似乎是見阿豬公躺著哀號，於是也模仿著躺下來，陳劉阿罔沒說一句話，嘴角流涎，目光呆滯。

後來是番紅花背著摔斷腿的阿豬公返回豬舍，香油錢牽著陳劉阿罔一步一步慢慢下山，香油錢頭上的銅錢髮飾叮拎叮拎地響，陳劉阿罔就聽著這聲音緩緩地跟，香油錢同時拿開山刀在前方揮砍長草，遠遠地見陳寧還等在豬舍門口，見他們去時兩個人，回來四個人，陳劉阿罔面白如紙地來到她面前，陳寧原本喜極而泣，見婆婆這副德性又忍不住絕望地嗚咽，香油錢將採集到的一籃野菜遞給她，勸慰道：「先帶婆婆回家吧，許是受了驚嚇，到萬應公祠給廟公收驚便會好了。」

陳寧吸著鼻子想也是，牽陳劉阿罔離去前與番紅花擦身而過，頗為好奇地盯著他看，暗想：好紅的番仔，難得一見哩！

三人一進到豬舍內，阿豬公便止不住地罵罵咧咧，一會兒責怪番紅花裝神弄鬼心術不正，一會兒又要番紅花替他找醫生看斷腿，當然醫藥費也是番紅花自個兒要全數負擔，在阿豬公傷病期間一切飲食日常費用全部由他處理，阿豬公一面說一面偷看番紅花面無表情的側臉，視線移到他魁梧的身軀時，阿豬公忍不住吞嚥了一下，可以說，阿豬公是有點好男色，一番威脅逼迫也都可以看成阿豬公隱晦的撒嬌，他很有自知之明，番紅花看上去與自己就不是一路人，要是能在這段時間多撈撈油水、占占便宜也就值了。

番紅花沒說話，當夜就在豬舍過夜，心中盤旋著外人無從猜測的想法，夜裡阿豬公發起高燒，香油錢起來照顧，番紅花告訴她：「這樣不是辦法。」

香油錢「嗯」了一聲，從地上一抔新土下挖出一個陶罐，裡頭有些錢財首飾，全都交給番紅花讓他去請醫生。

香油錢讓番紅花找的醫生有點意思，叫做荒山神醫，番紅花初聽到這個名字時，不由得將之與荒海神醫做了聯想，不過這個荒山神醫，實際上只是當地的一個普通醫生，之所以叫做荒山神醫，其實是他有日本人血統，過去祖父姓荒山，也從醫，全名荒山神，被他醫過的人都覺得這名字樂趣，索性就叫他荒山神醫，直到他的後代也一直都在當地行醫，便繼承了荒山神醫的名號。

且說荒山神醫到了這一代，變得空有名氣而沒太大本事，新一代荒山神醫年輕時喜好聽書，恰好聽到了荒海神醫系列故事，忍不住就把自己也帶入了，他曾經幻想成為荒海神醫，兀自去跑船，沒想到暈船嚴重，離港沒多遠就尋了最近的土地上岸，也就是恆春這塊地方，他一面吐一面爬到陸地上，附近的人看了居然以為他就是荒海神醫本人，就是因為在陸地上才這麼暈，一群人洶湧地把他留下來，這對其他明眼人來說，是個一等一好笑的故事，也就沒有戳破，當地人從此把他養在一個盛滿海水的水盆裡，盆下裝有四個輪子，走到哪都要一個小廝用繩子拖著，他好到處去行醫。

當時本有許多人稱他為荒海神醫，他倒誠實，只說自己是荒山神醫，這兒離他原本居住的村子有段距離，也沒人知道荒山神醫，只是聽他說自己是荒山神醫，但他分明就是從海上來的荒海神醫呀，居民們想想，靈光乍現，荒海神醫既然離了海到山邊，當然得叫做荒山神醫。就這樣，把他們當成了同一個人，但有不同的名字，當地居民也不好意思戳破，只道是反正神醫就神醫，哪有山海的區別？

這荒山神醫覺得自己頗有些倒楣，番紅花出門找他時正是半夜，荒山神醫還在自己位於山下的小茅屋裡就著微弱的燈火擦腳，為了不讓人識破，他每天都要泡在海水裡出門給人治病，腳皮都泡皺了，常常這樣泡，還有點兒泡爛了，他只能每天晚上邊哭邊在腳上擦藥，與此同時他又十分沉迷於扮演荒海神醫的角色，那感覺就好像，他真的成為荒海神醫，並且有了屬於他自己的故事。儘管荒山神醫醫術並不高明，最多就是草藥的辨識、開開藥方還算可以，不過他目前居住的地方人們普遍身強體壯，他偶爾醫治感冒成功，就能讓人將他傳為神醫了。

荒山神醫還在擦藥的時候，窗外傳來一聲如煙縹緲的問話：「是神醫嗎？」

神醫應了一聲，也沒抬頭看，忽然他的小茅屋便門窗洞開，吹來一陣強風將他整個人捲上了天，誠然這並不是一陣風，荒山神醫也沒飛天，只是番紅花為求效率使了《哨譜》輕功將神醫輕輕拎走，荒山神醫慌張不已，他還以為是荷蘭鬼公主來也，在空中便尿了一褲子。

香油錢坐在豬舍門前等啊等，聽著阿豬公痛苦的呻吟，胸口湧起了她不熟悉的絕望感，直到番紅花帶著荒山神醫來到，香油錢立刻迎上前去安撫嚇個半死的神醫，同時神醫一看見香油錢無害的模樣也就安下了心，取而代之的是強烈憤慨，他接過番紅花要給他的診金，一面罵一面檢查阿豬公的斷腿，罵得更大聲了，內容全是番紅花如何無禮，這樣綁人來看診害得他連看病的工具也沒帶到，荒山神醫隨口唸出他需要的藥草，香油錢連聲應答，拉著番紅花的手趕往山上。

這大概就是番紅花與香油錢未來好長一段時間的相處方式了，番紅花看著面前這個叮拎的小女孩，覺得十分好奇，她似乎很早熟，懂得很多東西，到了山上她頭上的銅錢就不響了，還會指點番紅花哪裡有荒山神醫需要的藥草，有時草長在險惡的山壁上，番紅花就運氣以輕功飛去採取，香油錢看見番紅花耍功夫，第一次露出小女孩的天真好奇，她興致勃勃地問：「要怎樣才能跟你一樣呢？」番紅花也是好玩，就說：「你認我做師父就教你。」他是無心一說，沒想到香油錢當真了，甜甜地喊了一聲：「師父。」

不知怎麼搞的，聽見這聲喊番紅花心中湧起了古怪的情緒，他想是不是夜宵師父聽自己這樣喊他時，他心裡也會湧起類似的情緒？當他這麼想的時候，竟彷彿從他胸口內袋裡的丹藥中傳出夜宵的聲音：從長計議。從長計議？那是什麼意思？他怎麼會聽見夜宵的聲音？那是真實的嗎？番紅花差點跪倒在地，最後一刻才穩住心神，意識到這是現實，丹藥不可能發出夜宵的聲音。番紅花低頭看看香油錢無邪的黑眼睛，那種古怪的情緒再度席捲上來，就好似原本孤獨的自己再也不是獨身一人，然而，此時陪伴他番紅花的只是一名小女娃。

香油錢從那時就管番紅花叫「師父」，而番紅花從山崖上縱身躍下，將滿懷的草藥捧給香油錢，點了點頭說：「丫頭。」

那一晚上結束以後，番紅花開始過起如此生活：一面照料阿豬公與香油錢二人，一面和香油錢上山採藥草。他幹起活來彷彿他從事這行已有許多年，本來阿豬公還要他代替自己行騙人的勾當，可是番紅花不肯，而是上山找一些野菜或菇類讓香油錢帶到熱鬧處販售，偶爾也幫忙找被牽走的人，幾日過去，賺得的錢扣除阿豬公的診金還能有剩。

香油錢對番紅花十分依賴，卻也從番紅花經常深鎖的眉頭中看見了他的與世隔絕，香油錢老是有種感覺，似乎番紅花不是這個世界的人。

好比說，有一回番紅花問香油錢：「現在是什麼時候？」

香油錢說了大概的時間，番紅花說不對，再問：「現在是幾年？」

香油錢想了很久，自覺回答不了，就趁阿豬公午睡時獨自跑到熱鬧的地方撿了一疊舊報紙，將報紙上的年分給番紅花指去：民國五十年。

實際上在當時也就是西元一九六一年。番紅花的父親離開彈丸島，大約不出二十五年，但番紅花來到臺灣時已經先到處尋訪過了，有荷蘭人尋金的時候是在一六四〇年左右。是以，番紅花再看見香油錢拿來的報紙日期已不奇怪，有的只是無盡的悲傷。

「我想也是。」番紅花道：「是我錯了，班師父說得對，彈丸島是一座時差之島。竟不曉得離開後已過百年，這更大的島上，是找不著我過去的父親了。」

既然如此，他還能做些什麼呢？

番紅花決定還是繼續尋找商人曾跟他提到的荷蘭鬼公主，因這公主有可能便是馬丁遺留的畫作中的金髮少女，那末，有可能荷蘭鬼公主認識番紅花的父親馬丁。這一切我們若放到後來來看，真是番紅花沒想仔細，或者，他想多了。番紅花曾問商人與傳教士畫這幅畫的畫家林布蘭是什麼名堂，他們只道是有名的荷蘭畫家，因此〈夜巡〉的真跡斷不會是他手上的這幅，可是假如馬丁真與荷蘭公主有所牽扯，這幅畫且是荷蘭公主親自贈予，那又怎麼會是一幅仿作？番紅花不知道，這幅〈夜巡〉確實與他的父親沒多大關係，應該說，番紅花的父親確實是那個署名馬丁的男人，只是這幅畫，當初不過就是馬丁乘的那艘船船長，基於審美的意味才掛在船艙裡，船體觸礁沉沒後，畫作又意外被人收著與馬丁的其他物品擺放一起，以至於造成番紅花的誤會，因此可以想見，並不是所有出現在故事中的東西都有意義，有時並沒有意義，不過是幾些巧合，而當番紅花依據這微弱的線索來到恆春尋找真相，他已註定永遠也無法明白真實。

無論如何，此時此刻的番紅花還不明瞭這些。番紅花向阿豬公和香油錢說了自己要尋找荷蘭鬼公主的事，阿豬公瞠目結舌，而香油錢點了點頭說：「師父做什麼我都要跟。」阿豬公則破口大罵：「你要找的根本不是個人！找個屁找！」番紅花沒說話，走出豬舍騰空而去。

這件事算得上番紅花與阿豬公吵了一架，番紅花也就不再到豬舍生活，他回返山間，像香油錢第一次遇見他時那樣，以天空為屋頂，大地為毯，番紅花在草原上盤腿而坐，以夜宵所教的方法運氣凝神，此舉除了可將功底加深，還能讓思緒更清晰，只不過番紅花思索從最初到最後，他迂迴曲折的經歷，到了末了一口氣提不上來，差點怨恨攻心，就要昏厥過去，他大喝一聲，深吸口氣翻身入林，那口氣隨之成為悠遠的哨音，迴盪於山林中竟如同山鬼般地滲人，番紅花足點樹稍，於樹和樹之間飛竄，哨音也愈發刺耳尖銳，突然間，他彷彿再度聽見了夜宵師父的聲音：好徒兒，是時候了。

這聲音來由奇怪，竟是如從那顆丹藥中傳出的一般，番紅花憶起自己曾打算等安定時埋葬此顆丹藥，權當埋葬師父，此時從丹藥中傳出的聲音又使他猶豫。番紅花想自己難道瘋了嗎？

他怎麼會有種感覺，夜宵師父希望自己服下這顆丹藥呢？

番紅花氣喘如雷，陡然停止下來，從懷中取出那顆鮮紅丹藥，月光下，丹藥泛著深沉的紅光，如血一般。確實在夜宵給他的紙葉故事裡，服丹藥而「得其師」，番紅花一直以為這只是一種暗喻。

將這丸丹藥吞服下去，就能真正承襲哨童後人的身分。番紅花只感覺，自己因錯到的年代而愈發近乎瘋癲，這一切也八成只是他的想像而已。若是如此，這想像也不願放過他，夜宵師父的幻語更加響亮且清晰，他說：好徒兒，是時候了。

番紅花雙目含淚，神智不清地吞下丹藥。

什麼也沒發生，番紅花失魂落魄地在山林草地上準備歇息，再次順著夜宵過去曾交代的方式調息氣息，番紅花漸漸入了神，望那滿天的星星，看見的是滿天化為丹藥的師父們，番紅花忽然就在那空中悚然地醒了。

在他面前是一方長桌，桌上按師承輩分等等關係排座次，番紅花坐在最末位，右手邊是夜宵，這是番紅花在師父過身後第一次於入神的境界裡看見他的元神，很奇怪的是，在這境界中番紅花思緒明朗，竟是無悲無狂無怒無恨，只在這境界之中，他能脫離清醒時對生命的絕望，就連此刻看見久違的夜宵師父，他也並不感慨悲傷，只是十分高興夜宵看上去仍如生前紅光滿面，談笑生輝。

夜宵一手按住番紅花的肩膀給他定神，同時也指示他別東張西望，但番紅花哪管得了這許多，一定了神就忍不住要東張西望，差別只是靜靜地冷著臉東張西望……夜宵便一個耳刮子下去，暗罵：你怎麼做人徒弟毛毛躁躁，做人師父就要端架子？

番紅花原想反駁，仔細一想才記起自己真的玩笑似的有了個小徒弟，香油錢恐怕也需要得到這些師輩的承認。只得摸摸鼻子，一下子心靜如止水，放眼過去，這滿桌子的都是長老級人物，是師父的師父的師父的師父延展至無限，最遠處的師輩都成了小黑點點。有些人坐得遠，面貌隱藏在陰影裡，有些人坐得挺近，但番紅花不敢貿然直視，只盯著桌面附近。從衣著來看，倒真有幾位師輩令番紅花特別感興趣。

譬如有一位沉身於日式木椅當中，穿著一襲日本和服，五官模糊不能見，和其右手邊的師輩喃喃細語，番紅花耳朵利，聞見一串日語奔流，敢情這師承是個日本人？番紅花信心劇增，連日本人都能承襲這身分，沒道理香油錢就不行。

此外是夜宵右手邊的男人，也是日本師承左手邊的學生，他坐在夜宵右邊，名義上來說就是夜宵的師父，且是番紅花的師祖，這個男人戴著一頂破爛頹唐的晴雨帽，遮著眼睛看不清視線，但番紅花感覺得出來他正在聽自己與夜宵的對話，這個男人衣衫襤褸，不住噗嚇噗嚇抽著一桿旱菸，儼然就是經常往山林野地奔波的模樣。他聽夜宵碎碎叨叨了幾刻鐘，忽然將那桿大菸往桌上一扣，夜宵便震了一下，惶恐地看過去，大概也知道自己吵，低聲跟師父道了幾句歉，便再也不和番紅花解釋其他了。

番紅花看著好玩，想找師祖說話，表面上還是得沉住氣，擺出大將之風，讓這些師父的師父的師父們認同自己是未來的棟梁，他們的希望都寄託在他身上，他又見那日本師輩細聲對夜宵的師父說了些什麼，他師祖竟然露出了微微的笑，陡然間望向番紅花，他的眼睛與夜宵同樣明亮，終於從帽簷下溜出來和番紅花對上，其中有審視、有好奇，但更多的是不鹹不淡的招呼，番紅花傾下頭以徒輩之禮回應，師祖便咬了口旱菸，回身繼續與日本師輩交談。

番紅花想問夜宵關於師祖和曾師祖——也就是那日本人——想問他們的名字，但夜宵剛被瞪了一下就不敢作聲，面對番紅花眼中的探詢只是無奈嘆氣，伸手抓住番紅花的手肘低道：等著，等等就開始了。

這會番紅花才了解自己曾聽見的從長計議意指為何，原來真是要和所有的師輩們在幻境中面對面討論，番紅花一時汗顏，他以為那只是幻覺，卻沒想到自己真得面對面地向上至數代的師輩們交代。

只是等了好一會，似乎還未到開始時刻，番紅花轉身朝向夜宵，好奇地問那日本師輩是誰？夜宵逕取一紙寫：那是我師祖，也是你曾師祖，需敬稱增田桑。

番紅花又問那你師父是誰？

夜宵受不了番紅花老這麼給他漏氣，連問個問題也沒大沒小，但他師父又不准他吵，夜宵只好留待之後發作，再寫：許茂生是吾師，我等不可直乎其名。

番紅花又說他不是問名字，夜宵便氣得手抖而寫：他曾在臺灣山林中尋神仙鄉，其時以《哨譜》所記之飛竄山林的功夫行走峭壁，當時師父收我，我折服的是他的內功深不可測，他在山中闢道，多次掌擊大理石，使之應聲崩裂，無需炸藥。儘管吾師也愛使炸藥，當時見過師父拿旱菸點燃引信，把整座山炸得轟轟哀鳴。

番紅花直言這不是什麼能夠炫耀的事情，夜宵就要繼續給他耳刮子，但許師祖在這時敲了敲菸桿，夜宵只得作罷。

「各個故事都還有缺失，時間線也仍不完整。」突然，許師祖嗓音粗啞地道。

番紅花沒有放過這個機會，輕巧地問：「請問您的意思是？」

「我們都很高興你收了個小徒兒，只是，這將是悲劇的開始。」許師祖自顧自地說著：「至於《哨譜》，它本來就不全是給你練功用的，這裡頭藏有一份地圖，或說一組口哨祕訣，可以讓你找到傳說中的鄉，作為哨童的後人，本該尋找鵝鑾山上千迴百褶的鄉，從那裡，可以重新發揚哨童一脈，那兒有黃金鋪地，無盡財寶，因此也稱黃金鄉。那兒沒有時間流逝，因所有故事都在同時間發生，你能見到你所有死去的親人，還可以長生不老，因此也稱神仙鄉。它是漁人誤闖的桃花源，它是秦始皇欲尋的蓬萊仙島，它在任何地方，也經常哪裡都不在，我們只知它在島外之島，永遠都在島外之島，職是之故，臺灣還不是你最終的目的地，你到更大的島去吧！」

就和來時一樣突然，番紅花醒了，醒時聽見一串叮拎叮拎的脆響，抬起頭看見香油錢從草原的另一頭跑過來，她嬌弱娉婷的身影在夜色中顯得疏離，那是幅奇異的景緻，因為番紅花認為自己胸口理當要浮現熟悉的溫暖感情，在這樣微寒的夏夜，周遭如此寂靜，只有海風呼嘯吹過，香油錢艱難地跑過長長的野草，番紅花卻感到一片空洞，直到香油錢一頭栽進他懷裡，番紅花仍在喃喃地說：「什麼也沒有……」

過了很久以後，香油錢顫抖的聲音才傳進番紅花耳裡，她說：陳劉阿罔瘋了。

荒山神醫這段時間除了醫治阿豬公，也因經常在附近走動，被叫去診治當地居民跌打損傷相關的毛病，一日他剛看完阿豬公，就被陳寧叫了去，她說她的婆婆從山上回來以後就像失了神，雖有帶去給萬應祠的老廟公收驚，卻不見好，這才想興許是病也不一定。

荒山神醫這陣子醫怪病也醫出了興趣，立刻答應看看陳劉阿罔，便隨陳寧到他們三合院，三合院中間一塊空地，陳劉阿罔正坐在一堆曬著的穀米邊，還以為老人家幹著活，實際上她只是對著鋪天蓋地的陽光發呆。荒山神醫不客氣地走上前去替她把脈，此外也翻看陳劉阿罔的眼皮，拉她的舌頭看舌苔，說也奇怪，陳劉阿罔中暑了，但除了中暑以外，身體沒有其他問題。

荒山神醫開了清熱解毒的藥方讓陳寧去抓藥，正要離去，竟聽見陳劉阿罔細聲說：「我好想家。」

荒山神醫道：「你的家不就在這裡嗎？」

「不、不，這裡不是我的鄉……」陳劉阿罔面色潮紅，雙目迷離遙望著遠方：「我的家鄉在很遠的地方，我好苦啊，這鄉愁……我的心這麼痛。」

荒山神醫思忖道：「對你來說，鄉愁是什麼？」

「有家歸不得。」陳劉阿罔聲音驟然改變：「不是遙望著彼岸的輝煌，也不是不斷地流亡，是我在這裡，這裡已經是我的鄉，可是我不確定，因為我不是這片土地的主人，我始終無法確定，也沒有權利決定，有人來想奪走時隨時可以奪走，這個鄉不是我的鄉，這隨時會失去它的悲痛，我的思鄉病。」

陳劉阿罔的語言與聲音，都轉變成另一種模樣，以陳劉阿罔的年紀是不會說出如此字句，這是太現代化的漢語，據陳寧說，陳劉阿罔過去慣常使用的語言是閩南話，就連一般普通的漢語都說得不太流利。

「神醫，照您看我婆婆這是……」陳寧等荒山神醫步出三合院才擔憂地問。

「她提到一個詞很有意思，思鄉病，這個詞彙是西方的，紅．西克尼斯，在我們這，應該說是鄉愁，就像楚漢戰爭，項羽的軍隊因漢軍唱楚歌被引發思鄉之情。」

「這不是真的病吧？」

「說不是病，也曾有致死的例子，戰爭中的軍人經常因此而死。」荒山神醫的思緒已經飛到九天之外，他想的是自己年輕時嗜聽的說書，那些說書人不知怎樣想到千奇百怪的劇情，思鄉病這個詞彙，他就是從一名西洋說書人口中聽到的，那說書人說書還頗有特色，喜歡邊說邊唱，並要使某種弦樂器伴奏，在當年也是風靡一時。

到此，以荒山神醫的理解與智識頂多只能想到這裡，除此之外他不明白陳劉阿罔怎樣可以講出她所未知的詞彙，並在荒山神醫離開後，陳劉阿罔於黃昏時刻發起狂來，又哭又笑，又跳又鬧，滿口的洋話，發作得厲害時還想往海邊衝去，陳寧沒辦法，只得差丈夫趕緊到豬舍請阿豬公，香油錢趁阿豬公與陳寧丈夫周旋，自己便趕緊奔到山上找番紅花。

「紅．西克尼斯……」番紅花唸著香油錢從陳寧丈夫口中聽來的致病原因，拗口的洋話讓他舌頭打結。

「師父知道是怎麼回事嗎？」香油錢問。

番紅花搖搖頭，只說：「回去看看。」

結果不查還好，一查之下發現先前所有被番紅花與香油錢找回來的失蹤居民，全都患上了跟陳劉阿罔一樣的病。

患病病人的家屬對番紅花等人很不諒解，認定是將被牽走的人帶回來以前少了什麼步驟，才讓肉身回來魂魄卻依然迷失在山上。番紅花暗想這還是挺有想像力的指控，香油錢則氣壞了，阿豬公更全然忘記自己本來就是詐騙為生的人，只是一口一個地罵那些人不知感恩。

「說實話，這些人的症狀與疾病已相去甚遠，我力有未逮。」荒山神醫也被找得煩了，這些自稱患了思鄉病的人全都不應該得知這個詞彙，甚至也不應該患上這種病，因為他們的家鄉就在恆春，可能從祖父那代就不曾離開。於是病患的家人又去萬應祠找老廟公驅邪收驚，在這個年代，病與中邪難以分割，有時也像同一件事，待番紅花來到陳寧家的三合院，老廟公已經開始作法起乩了。

老廟公的動作很內斂，不像阿豬公動不動就要大喊大叫地嚇人，只消一會，老廟公的行為舉止轉變得有些陰柔，聲音語調也如女性一般。老廟公開口說話，說的是洋話，周遭看熱鬧的有個在臺北讀書的大學生，恰好回家探親，聽出那語言是英文。

「英文？那不是荷蘭公主嗎？」

「誰說荷蘭人就不能說英文？」

「英文跟荷蘭話聽起來也差不多啦！」

旁邊幾個婆婆媽媽討論熱切，番紅花卻沉不住氣了，上前一步對老廟公說：「你就是荷蘭鬼公主？」

老廟公上前一步：「唉．西爾．莫．紅．西克．厄斯．惹．戴斯．溝．拜。」

大學生上前一步：「她的意思是：隨時間過去，我愈來愈想家。」

番紅花問：「你認識一個荷蘭船醫嗎？他的名字叫馬丁。」

大學生十分專業，立即用英文替番紅花詢問老廟公。

老廟公搖搖頭：「唉．欽面．阿美莉肯．納特．大去。」

大學生說：「她說她是美國人，不是荷蘭人。」

這時其他圍觀居民推開番紅花，吵吵嚷嚷地問：「你到底為什麼要害人？人都是你牽上山的嗎？現在他們生這是什麼怪病？」

古怪的是，老廟公僅僅嘆了一口氣，便不再回答，整個人癱軟下來。

香油錢適時倒了杯涼水餵老廟公喝下，待老廟公悠悠醒轉，他無奈道：「看來是我們的鬼公主作祟沒錯，只是沒料到，原來她根本不是荷蘭公主哩。」

「那她到底是誰？又怎麼會說英文呢？」陳寧在一旁小聲問。

老廟公搖搖頭：「我也弄不明白，她的真身已經回到山上，除非找到她的真身，否則事情無法解決。」

至於如何找到神祕女鬼的真身，老廟公擲筊取得萬應公與土地公的指示，需要有四個人一同上山作法，方能引來女鬼。這四人中一個是純陰之人，一個是純陽之人，一個是治鬼之人，一個是治人之人，也不曉得老廟公怎麼確定的，硬說純陰之人就是香油錢，純陽之人是番紅花，治鬼之人是他自己，而治人之人是荒山神醫。番紅花不明就裡卻見香油錢堅定地要上山，只得跟著一塊去。臨行前香油錢一隻小手鑽進番紅花粗糙的大掌間，番紅花緊緊牽住香油錢，在同樣不甘願的荒山神醫前面，老廟公的後面，他們旁若無人地行走。

彼時番紅花腦海浮現稍早香油錢與阿豬公的暫別，一如每一次與番紅花上山採藥，香油錢都會坐在阿豬公榻邊，拉著他的手講一會話，講完香油錢叮拎叮拎地從豬舍裡跑來，邊跑邊喊：「師父！」

番紅花一聽見香油錢那銅錢鈴鐺的脆響，便笑著轉過頭，輕輕喚了聲：「ㄚ頭。」

香油錢跳上他的背緊緊勒著，為番紅花的縱容暗自竊喜，阿豬公在裡頭看見，心中別有一番滋味。阿豬公高聲叫番紅花進屋內，他有要事交代，最初先問些不著邊際的問題，好奇那鬼公主真是他父親的舊情人啊？就這麼亂說了一通，最後阿豬公終於啜了口椰子水，慢聲向番紅花說：「番仔啊，俺也是一腳踏進棺材裡啦，香油錢真不知道怎麼辦……是說俺家閨女啊！俺想你要是喜歡，五百黃金！（說著阿豬公還伸出五根肥碩的指頭）五百！若沒有就十頭牛，要鼻正眼直、犁起田來四肢不抖……」

番紅花靜靜聽阿豬公說了半個時辰，過程中完全一語不發，嚇得阿豬公以為自己得罪了，想想也是，這兒哪來的十頭牛，就算真給阿豬公十頭牛，他也不會犁田，恐怕就是和牛相看兩瞪眼，番紅花此時心裡就是這麼估摸，他有些不屑，但想到自己也臨近旅途的終末，是該為上面的眾多師輩定下來，把香油錢調教成好徒兒。這天和阿豬公談完以後，約定是五頭牛，臨走前香油錢又跑來要他背背，番紅花也照背不誤，香油錢那小身板汗涔涔濕潤潤地貼在他背上，令他胸口透著涼，氣阿豬公就這麼把女兒給賣了，也氣自己就這麼買了。

番紅花抓著香油錢的手，悶著頭往山上走，走沒幾步就受不了，一下子吐哨起飛，帶香油錢在山林中騰躍呼嘯，玩得不亦樂乎，老廟公看得呆了，荒山神醫則尋思著陳劉阿罔的話，覺得沒道理，即便陳劉阿罔是遭患了思鄉病的鬼公主作祟，才導致說出那些話，那話也不是鬼公主的愁苦。

鬼公主的愁是客死異鄉的愁，不是陳劉阿罔的愁，陳劉阿罔說那些話時，眼睛濕潤閃亮，荒山神醫直覺地認為，那是陳劉阿罔真實的想法。正在此時，老廟公好不容易回過神，招手讓神醫幫忙布置案桌祭品、紙錢線香，還有一副真人等高紙娃娃，杳無人煙的山林裡，這景象說不出的怪異。另一頭的番紅花則在莫名的煩躁與痛楚中愈跳愈高，直直飛上了當地最高的神木樹頂，只不過最高處氧氣稀薄，番紅花一時不察，猛地陷入失神昏眩，在那雲靄翻騰處，有個紅髮、高大的西方女子睜大眼看著他，當她開口說話，語調如歌，雖是異國語言，卻因其中的情緒使番紅花堪能意會。

「你就是那個問我荷蘭船醫的人。」紅髮女子說：「但很遺憾，我不是你們以為的荷蘭公主，我在很久以前搭乘一艘名為羅發號的船來到這裡，我是那艘船船長的妻子，當時船觸礁，我被這邊的土著殺死，靈魂就一直留在此地，我也不知道為什麼這些人要說我是荷蘭公主，可能因為他們找到幾件我的遺物，其中有我收藏的荷蘭木鞋吧……我一直很想回到我的故鄉，原本他們替我製作紙船，但這邊的洋流讓船無法離開，我只好留下來，我一直很孤單寂寞，時間久了，我就生病，我想回家，好想好想，也不知道怎麼搞的，我是幽靈，卻像是感冒一樣，我從未想過鬼也會生病，我在山裡飄飄蕩蕩，狂打噴嚏，真是難受。」

番紅花想伸手碰觸如迷霧般的女鬼身影，女鬼卻吸了吸鼻子，「嘶」地一聲消失無蹤。

番紅花從缺氧的昏厥中清醒過來時，香油錢似乎也因缺氧窒息，昏迷不醒，起先番紅花還有些昏眩，他輕觸香油錢蒼白的小臉，發現她沒了氣息，驚慌地搖晃起她的肩膀，又哄又勸，希望能將香油錢弄醒，只是無論他怎麼做香油錢都毫無反應，他的大吼大叫引來老廟公與荒山神醫，神醫二話不說立刻對香油錢做起人工呼吸，番紅花認定對方在輕薄香油錢，正要一把推開他，可是香油錢卻因神醫的行為而醒轉了，她重新活過來，小小的臉蛋從蒼白轉為紅潤，她咳嗽幾聲，說自己看見鬼公主了。

「你看見鬼公主？那她怎麼說？」老廟公緊張地問。

「她說她不是公主，只是一艘船的船長夫人……她說她病了。」

「病了？」老廟公搔首托腮，望天興嘆，良久才道：「真倒楣，竟是鬼患病。」

「鬼患病？」荒山神醫第一次聽見這詞彙。老廟公點點頭說：「這鬼生病，得治，但不能像活人的治法。」

「哈啾！」恰在此時，香油錢打了個大噴嚏，番紅花連忙脫下外衣披在她肩上，將她裹得嚴嚴實實。老廟公和荒山神醫還在暢談著，香油錢可憐兮兮地拉了拉番紅花衣角，說：「師父，我想回家。」

番紅花便也不等老廟公還有話交代，直接抱著香油錢下山，一路上連跑帶飛，香油錢小小的身軀發燙，讓番紅花心焦，回到豬舍時阿豬公都還未睡下，狐疑地望著番紅花將香油錢抱上了榻，香油錢還在喃喃地唸：「我想回家……」

「丫頭，你到家了。」番紅花耐心地說。

只見香油錢搖了搖頭：「這裡不是我的家。」

番紅花心中悚動不已，卻還是把香油錢哄睡了，並未與阿豬公打招呼，他又離開豬舍，回去找老廟公與荒山神醫。

這段時間，老廟公對荒山神醫講述的治病方法是這樣的：行這儀式需要一名真正的醫者，醫者因治鬼病，明目不能視，須以布遮眼，在被傳染鬼病的生人家裡除穢，時間必須是正中午，屋內須完全不透光，此時這鬼身上的病根會幻化成形，醫者此時用計將病根引出門外，門一開照見陽光，病根即死。

荒山神醫從沒聽過這種治鬼病的方法，但他老早就被最近發生的一連串怪事攫獲心神，使他感覺自己正在撰寫屬於他荒山神醫的傳奇，於是義不容辭答應老廟公成為治鬼病所需的醫者，他們先來到陳劉阿罔家的三合院，向陳寧說明來意後決議明日正午之時前來作法，老廟公並令陳寧用鐵罐穿線製作成兒童戲耍時用的傳聲筒，荒山神醫聽得津津有味，老廟公也察覺這神醫不像自己過去以為的那樣，淨是些臭屁的老傢伙，荒山神醫年紀輕輕且對超自然力量不全然視為迷信，將來肯定是個可造之材。比起荒山神醫，那番紅花就是個神經病，他送香油錢回去休息，自己又忙不迭地追到陳寧家，問老廟公：「香油錢也病了，怎麼辦才好？」

說來說去都是番紅花帶香油錢在山上亂跑的錯，否則也不會遇見鬼公主本人，也不會因此傳染了鬼病。老廟公只能指示番紅花回去照顧好香油錢，明日正午時分他們要先處理陳劉阿罔家的病根，後天再到豬舍醫治香油錢，這段時間香油錢若與其他患者一樣，成天想往外跑，那是千萬不能讓她出去，以免像幾戶人家家裡人，出去了就沒再回來了。

三人有所結論，番紅花逕自回豬舍守著香油錢，老廟公與荒山神醫也先各自歸家，一夜無話。

大約天剛濛濛亮時，番紅花就意識到不對勁，香油錢在單薄的被褥中渾身汗濕，口中低吟一首旋律簡單的歌謠，唱著唱著她坐起身來就要走出屋外，阿豬公喊她的名字沒用，是番紅花衝上前抱住她，將她擒在懷中，香油錢還掙扎不休，低唱的歌從哀婉愁悵，漸漸地拔高了音，像發狂般尖叫。

「我要回家！我要回家！」香油錢哭了起來：「叔叔！叔叔！你為什麼要把我丟下！」

香油錢的哭聲令番紅花心痛如絞，只是不解香油錢話中含意，便詢問地望向阿豬公。

阿豬公這陣子腳傷狀況不好，頻頻因感染發燒，傷口也不斷流膿，連說話的聲調都小了一些，他勉強跟番紅花解釋，香油錢小時由山民們帶大，那是一群在山下犯了法的亡命之徒。「反正，當時有好多人都躲到山上去，那些人其實都挺聰明，有的還讀過書呢，但就是被逼上山了，香油錢的母親八成也是那些人之一，只是生下香油錢就死了，香油錢給那些人照顧，把他們當家人，不過有一天警察找上了山，那些人又被捉去，剩下香油錢一個，至於俺嘛，俺犯的罪還小，就是騙騙人、訛點錢財，警察不屑抓俺，俺在路邊遇上香油錢，她看起來快餓死了，俺看她可憐，就把她收作義女。」

「她說的叔叔是誰？」

「她的叔叔有好幾個，都是在山上照顧過她的人，就連你，她也曾喊你叔叔不是？」

番紅花沉默，他抓住扭動掙扎的香油錢，整個晚上就把她抱在懷裡，一動也不動，而阿豬公的傷口似乎開始潰爛，他也跟著香油錢的哭聲在疼痛裡呻吟著。香油錢直到太陽高高掛起，溫度燠熱不堪時才昏睡過去，當番紅花問阿豬公是否要幫他找荒山神醫，那以詐騙為生的中年男子聲音極度平靜：「不用了。」

正午時分，番紅花抱著香油錢堪堪入睡的時候，老廟公與荒山神醫的作法開始了，首先讓陳寧把三合院每個房間的門窗都關閉鎖死，不露一點陽光，隨後老廟公在荒山神醫眼部蒙上畫有符咒的黑布，將孩子玩的鐵罐傳聲筒一端交給荒山神醫，接著便將神醫推進陳劉阿罔在的屋內，眾人撤去，獨留神醫一人面對恐怖。

荒山神醫一手摸索家具穩住腳步，一手執傳聲筒與老廟公對話：「我應該去找什麼？」

「別急，此時此刻全無陽光的房間已經是另一個空間了，你可以想像這是陳劉阿罔的一整個人生所組成的家屋。」

「我不懂，不是要去找病根嗎？」

「這病不是身體上的病，你也知道，這是心病啊！」

心病。荒山神醫心念一動，摸索著一張木椅坐下，耳聽八方，失去視覺後其他感官變得更加敏銳，但也使人失去安全感，這不，荒山神醫聽見不遠處有物品移動的聲響，他安靜諦聽，是陳劉阿罔走動的聲響。

「切記，絕對不能掀開蒙眼布，否則你的眼睛魂魄會永遠留在陰間。」

陳劉阿罔如同另一個世界的遊魂，對於荒山神醫的存在不聞不問，荒山神醫嘗試碰觸周遭物品，發現自己恰好坐在一張化妝檯前，化妝檯有抽屜，他將抽屜打開，裡面有一些胭脂口紅等女性用品，除此之外沒有異樣，荒山神醫終於明白老廟公的意思，當他失去視覺，物品上的情緒幾乎觸手可察，他現在已非常清楚，化妝檯這兒沒有他要找的病根。

「我要去別的房間了。」荒山神醫對著傳聲筒說道。

他大著膽子跟隨陳劉阿罔的腳步聲走向她的房間，一走入便感覺到一股沉重的壓力棲息於肩膀，陳劉阿罔正坐在床上摺衣服，一面摺一面喃喃自語，荒山神醫伸出手，感覺到不同其他的氣息，一種深深的悲傷，他越過陳劉阿罔來到床的另一頭，幾下撫摸發現有一只粗糙的木箱，他悄悄打開，碰觸裡頭的物品當中濃厚的絕望感，其中有一疊厚紙，荒山神醫急欲知曉那到底是什麼，卻苦於看不見，他想偷偷掀開布條看一眼應該無傷大雅，於是用手指輕輕捏起布條……一片黑暗中，他看見一張黑白照片，照片上有個身穿軍服的男人。

就在這時，荒山神醫聽見一聲孩子的嘻笑，他猛地垂下眼，佯裝並未偷看的模樣，緊接著冷汗直流，因他已看見蒙眼布底下一雙屬於小孩子蒼白瘦削的小腳。

陳寧與丈夫未有子嗣，荒山神醫進房前也沒聽說除了陳劉阿罔之外還有小孩，這麼說來這孩子就是病根現形。也許從他一進屋來就好奇地觀察著他。荒山神醫悄悄在傳聲筒上輕道：「我看見了……」不聞老廟公的回答，只有一陣孩童笑聲。荒山神醫一時心慌，全身寒毛豎立，伸手一撈，連接傳聲筒的鐵線早已斷裂。現在，他是孤身一人在這鬼異空間。

愈到可怕之處，荒山神醫反而深吸口氣穩下心神，他又摸索著座位坐下，用力地拍打自己的膝蓋，佯裝腿很疼痛的樣子。

「找那麼久也沒找到病根，我看那廟公是在騙人，若病根真能化形，總不會現在還不出現吧？」荒山神醫甫說完，就聽見一陣壓抑的輕笑。神醫想起老廟公說病根化鬼形都仍年幼，玩心很重，其實不難處置，這下更確定了。

「我想啊，病根化形是不可能的，怎麼可能女鬼生病，還能將鬼氣傳染生出小鬼呢？病就是病，是不可能變成鬼的，要我說，就是沒那本事。」荒山神醫話還未說完，就被飛來的一根掃把打中腦門，他嚇得跪地亂拜：「好兄弟，我亂說的，你本事大得很，是我不曉得。」

終於消停，荒山神醫席地而坐，忽然說：「鬼兄，假如你有本事，能否給我端杯茶水來喝？這進來都多久了，我口渴，也不是我存心要使喚鬼兄，只是鬼兄法力無邊，又斷然不會像是外邊性格粗劣的孤魂野鬼，肯定懂得禮儀，來者是客，總不會連一杯涼水也不給吧？」

荒山神醫等了一會，一個茶杯輕輕碰上他的手指，他伸手一拿，真是一杯涼水。

荒山神醫一面喝，一面話多了起來，像是與「鬼兄」無話不談似的。

「你一直就在這幢屋子裡嗎？」他滔滔不絕道：「有出去過嗎？還是你不能出去？或者你白天不能出去，只能晚上出去？也是，晚上出去才好，這裡的夜晚空氣清新，蟲鳴蛙聲不絕於耳，再過一會兒就是午夜了，鬼兄何不與我到外頭散散步？」此時外頭還湊巧地傳來一陣模仿得維妙維肖的蛙鳴。

卻仍無人應答，荒山神醫擦了擦脖子上的汗，他也不確定能不能騙過那小鬼，但這也是老廟公讓陳寧把屋子整個遮黑的原因，小鬼搞不清楚時間，就能欺騙它走出屋子，進入那足以消滅它的陽光之中。

「有時候，我會覺得不甘心，憑什麼有些人能夠自由地行走在外頭，而我們這樣的人就只能聚集到陰影裡，甚至還會因為被發現成群結黨，而遭受處罰，這不是我們自願的，我們只是想要自由，自由地行走在我們的鄉。」荒山神醫說到這兒，陳劉阿罔從房間內走出來的腳步聲輕輕響起，他聽見孩子撒嬌般的低語。

「阿罔，這人說，外頭好玩。」

「阿罔，你不跟我去嗎？」

「跟我去吧，我到哪裡，你也到哪裡。」

「你不是一直想對你的丈夫，一起回家去看看？」

突然劇烈的「啪啦」一聲，屋子的門倏地敞開，陳劉阿罔目光沉沉地看著屋外陽光，那是屬於南方土地上最燦爛耀眼的陽光。荒山神醫摘下蒙眼布，恰好看見一個長相稚嫩的小男孩，正帶著一臉的盼望看向陳劉阿罔，只一剎那，它微笑的小臉就被日光吞噬無蹤。

老廟公蹲在外頭，手拿斷了線的傳聲筒，正尷尬地看著面無表情的陳劉阿罔。

荒山神醫想了想打破沉默：「我看見一張照片，裡面有個穿軍服的男人。」

「伊是阮尪，人很早就死了。」陳劉阿罔平靜地說。

「伊是按怎死的？」

「破病，久長病人厭厭就……」陳劉阿罔的聲音愈來愈細，彷彿沉浸在回憶裡：「伊外省人，阮本省人，本來也不受祝福，……伊後來講，要帶我回家鄉看望阿母。一個人的鄉，變成另一個人的鄉，只是這樣，誰知他先走一步，我等也等不到了。」

老廟公喚來陳寧，讓她陪陳劉阿罔再說會話，至於荒山神醫，他行醫多年，第一次感到如此疲憊，老廟公拍了拍他的肩膀，稱讚他幹得好，神醫只是苦笑，兩人又各自回家休息，隔天還要去幫香油錢除病根。

此時在豬舍，香油錢哭得傷心，已經掙扎了將近兩天，番紅花為了限制香油錢的行動，只能抓住她手腳，鬧到後來他們都餓了，番紅花在阿豬公的指示下找到一串麻繩，小心翼翼綁住香油錢，接著離屋尋找食物。

阿豬公聽著香油錢的哭泣聲，忍不住道：「你叫啥叫，俺對你不好嗎？你原本的家已毀，人總是要望前看。」

忽然香油錢直起身，面露凶光瞪著阿豬公，一字一句恨恨地說：「別以為我不知道，我怎麼遇見你的？不就是你在山上差點餓死，我的叔叔們給你吃食，而你怎麼報答他們？把他們出賣給警察……」

「這話不能亂說，俺跟他們沒半毛錢的關係，也從沒見過。」

「你收留我也只是看我年幼可欺，又是女的，賺錢容易！其實呢，你很討厭女人。」說罷，香油錢扭動著小身體，竟然就這樣鑽出麻繩，她雖語中有恨，卻沒分神看阿豬公，反而急切地奔向門口，滿心只想逃離。

「香油錢！你這臭ㄚ頭！」阿豬公忍著腿傷，艱難地從床榻上爬下來，香油錢前腳剛踏出門，他一手握住香油錢一條腿，大聲吼道：「俺是你阿爸！」

香油錢黑白分明的眼睛裡眼淚大顆大顆地落：「你不是！你不配當我阿爸！」

阿豬公因使勁之故滿頭大汗，斷腿腿傷流出惡臭黑血，他仍不願放開，彷彿知道若鬆開手，香油錢就再也不會回頭……事實上，香油錢真是阿豬公的女兒，阿豬公也知道，他本來是臺北小有家產的公子哥，奉父母之命結婚，娶不愛的女人，卻無法忍受女體黏膩，他寧願逃走也不願再裝下去，他就是喜好男人，誰知這女人跟著他到臺南，苦口婆心勸他回去，他一氣之下誣告她協助派發光明報，那個女人，居然就跟一群罪犯逃到山上，也是很久以後阿豬公才曉得，原來她早懷孕了，便在深山裡生下香油錢，他的孩子依舊是個女的，可不知怎地，阿豬公看見香油錢時滿腦子無法控制的溫情，究竟是不是他對警察打小報告，才致使香油錢離開山民，又回來做他的女兒，我們不得而知，甚至香油錢真是阿豬公這個性好男色者的女兒嗎？我們無從分辨，唯一確定的是，即便每次睡在一起，阿豬公都要用食指小心地厭惡地把香油錢往旁邊推一咪咪，他依然不曾離棄過香油錢。

然而，香油錢這時望著阿豬公的目光，只有純粹的痛恨。

她往屋內退了一步，抬腳猛踩阿豬公的斷腿，令他崩潰嘶吼，那雙緊握的手隨之鬆懈，香油錢立馬拔腿而逃，臉上露出一絲幸福與企盼並存的笑容，她開心地奔跑。直到後腦杓遭人一撞，她眼前一黑，暈了過去。

那一夜，番紅花用棉被與麻繩將香油錢層層綑綁，荒山神醫被請來處理阿豬公惡化的傷口，聽見番紅花與香油錢的對話：

「師父，你放了我吧。」

「不行。」

「我哪裡也不去，我發誓的。」

「你對你阿爸都那個樣子了，還指望我會信你？」

「會的會的，因為你愛我。」

「愛你？」

「還寵我，師父對我最好了，不像那個假阿爸，是他讓我變成這樣，我想回家，他都不讓我回去。」

「你的家在這裡啊。」

「不，不是這個豬舍，我討厭這裡，我……」

「我是說這裡。」

荒山神醫轉頭一看，見番紅花把香油錢連著綑緊如蠶繭的棉被一起抱在懷中，起先香油錢還哼哼著扭動，一會後，番紅花開始唱歌，那歌是香油錢經常唱的曲子，也是山民們哼給她聽的唯一一首小調，香油錢聽著聽著就不動了，搖頭晃腦，舒舒服服像貓一樣閉上了眼睛。

那時候，很不可思議的，香油錢身上尚未化形的病根彷彿被蒸發了一般，形成一縷黑煙溢散在空氣裡，荒山神醫暗想：明天可以去別戶人家替他們處理病根，這香油錢，莫名其妙地好了。

直到很久很久以後，恆春鬼公主患起思鄉病，病還傳染給當地居民的傳說始終不曾消失，有人傳言後來那些生病的活人都好了，是因為荒山神醫的緣故，老廟公在活人病癒後，獨自到山上持續多年舉行神祕儀式，讓鬼公主的思鄉病日漸輕微，也不再有人於夜晚的萬應公祠聽見女子打噴嚏的聲音，說起來，老廟公才是真正醫了鬼病的人，只不過，老廟公治好鬼公主後就與世長辭了，關於他的事蹟，沒有流傳下來太多。

至於鬼公主的身分，有後人考證西元一八六七年確實有一艘名為羅發號的船在恆春大灣觸礁，船長姓杭特，他的妻子杭特太太被當地山胞殺死，與許才是鬼公主的真相。荒山神醫如何醫鬼病，無人知曉，我們只知道荒山神醫就這樣為當地人醫病，這件事在未來被後人津津樂道，因這荒山神醫真是超越了荒海神醫的傳奇，一個連鬼病都能醫治的神醫，八成就是更加了不起的鬼醫了吧！

回說香油錢病好隔日，阿豬公的傷腿徹底壞了，荒山神醫替他截肢，香油錢守在一旁緊握阿豬公的手，他們沒有針對那天兩人的衝突做出回答，他們誰都沒提起，就像過去一樣，他們過著與舊昔無異的生活，他們還是倆假父女，阿豬公還是經常對香油錢呼來喝去，香油錢也經常違逆阿豬公的意思，但會在某時，厭惡女體的阿豬公願意讓香油錢握住自己的手，而他在刀來鋸去的拉扯間殺豬般瘋叫。

一切歸於平靜，生病的人好了，失蹤的人回來了，只有番紅花像著了魔，鎮日呆坐在海邊，回想香油錢因自己的過失差點死去，瘦小的身軀在地上冷冰冰的，沒有一絲氣息。

他忽然徹底認清，他永遠也無法解開自己的身世之謎，時至今日，那似乎也沒有什麼重要的了。

現在只要看見香油錢鮮活地四處亂跳，叮拎叮拎地撒嬌要給自己背，他的心情就會慢慢好起來。他開始覺得跟香油錢、阿豬公一起緩緩的生活很好，此外若能讓香油錢成為《哨譜》傳人，他唯一的徒兒，也將能達成他人生最後的使命。

如此這般，番紅花調穩氣息，以氣練哨，再次出神離世，來到與師父相約的黑暗中。這次沒有無垠的桌案與椅子，只有一方木桌，一盞昏燈，還有面色陰沉的夜宵一人。案上有酒，兩人遂無聲在黑暗中對飲，良久，夜宵悲傷地問：「你對香油錢……真是師徒之情嗎？」

「師父何出此言？」番紅花驚問。

「《哨譜》有兩部，一為生，二為師，師部以哨音記載哨童一脈相傳的絕世輕功，而生部卻是一幅地圖。」夜宵低聲道：「承襲師部者，原為生，得其師之丹藥，無法遠行，結局均不得好死。承襲生部者，有朝一日也將承襲師部，在最初便必須與其師分離，按地圖尋找神仙鄉，永世不得相見，你現已有那些字紙，便是師部，卻還有生部飄蕩於外。你的路走得太快，你太軟弱，早早選香油錢為徒，你願與她永遠分離？」

番紅花一時無言以對。

「我能不能再找其他傳人？」許久，番紅花問。

夜宵揚手一揮，那日的長長桌面與無數椅子再次出現，綿延至無盡的師徒傳承，如銀河浩瀚，永無止境，奇異的是，原先在番紅花左側的一片虛空，此時竟出現一張像是給孩子坐的桃紅木椅，虛位以待，番紅花從未感到如此恐慌。

「已經來不及了，好徒兒，你情愫暗生時，宿命亦決定了。」夜宵道：「若不是香油錢，就該是你，你們之中得有一個離開對方，到更大的島去，這是《哨譜》傳人的命定。」語落，夜宵起身離座，留下無盡的幽暗與悵然。

番紅花靜靜獨酌，皺著的眉頭像在思索，一個夜宵不能提到的可能解法，也許他該帶香油錢回彈丸島，也許他該留下來，忘掉自己的責任，與香油錢過平凡的生活，也許……然而當他這麼想，他所吞食的那顆丹藥便在他體內作祟，像是無數師與徒掙扎牽扯，他們也都曾有夢想，有人生的追求，只是因為《哨譜》，因他們成了哨童傳人，從此以後，他們被寫在故事之中，無能脫身。丹藥產生的作用，讓番紅花不能思考逃避的辦法，倘若他有二心，便感全身如那日海礁底火燒入骨，無數前人的手抓著他、撕扯他，要將他拖入萬劫不復的深淵……這是不足為外人道，屬於哨童後人、《哨譜》傳人的咒詛。

於是番紅花離了那境界，在社頂的草原上凝望海洋，他開始往海潮洶湧處走去，好似他幼時在彈丸島冒險，海浪的聲音自始至終都能令他心安，他一直走一直走，不知幾個日落，在沙灘上看見一隻死去的河豚，鼓脹發臭，雙眼瞪血，番紅花頓時覺得，自己走不動了，出生於架空的時差之島，浮沉幻覺迷霧，接著好不容易來到更大的島，這兒有異國鬼神與詭祕山林，接著，他又被迫著要到更大更大的島。

他真的太累太累了，一回神才發現連頭髮也斑白，臉上也有了皺紋，他聽見香油錢喊他吃飯的聲音，想她更是亭亭玉立了，還有，他愛那個傻呼呼的香油錢，愛喊她「丫頭」，她便叮拎叮拎地跑過來，他覺得這裡就是他的終點，再走多些就沒意思了，或許真如夜宵所說，他是無能的徒兒，這份《哨譜》，有多少人爭奪，甚至為其而死，它隱藏一個巨大的祕密，一個傳說中的神仙鄉，但番紅花從始至終都只想著自己的身世之謎，身世之謎無法解開，他就想著要過普通美好的生活，他甚至認為，這塊有香油錢的土地，就是他私有的神仙鄉。是了，他那麼自私，那麼怠惰，完全不像是說書人口中哨童的傳人，他不像一個故事裡的主要角色。

番紅花這會兒才終於理解夜宵的意思，因為他走不動了，又捨不得讓香油錢走，他想與丫頭長相廝守，在這片魔幻的土地上。那就不可能命香油錢繼承尋覓神仙鄉的理想。

番紅花苦啊，愈想愈瘋狂，在情義之間擺盪，無法決斷，後來嘛，他真的陷入了瘋狂，他所繼承的丹藥在內將他蠶食殆盡，他走火入魔了，整個身軀鎮日如火燒灼，他與香油錢在一起，但同時，他每天都前往鵝鑾鼻海邊，對著灰撲撲的海洋，或者一個他想像出來的人物，對這樣一個他的幻想徒弟說：島之外還有更大的島，你到那裡去看看吧！

哨童

殘篇之三

年代：西元一六三二年左右

李鵬上了鵝鸞山，見小毛驢已長成大毛驢，但好歹仍是他的毛驢，山民們也不問李鵬去了哪裡，只忙活過年的事兒，這事兒過去他嫌吵，現在卻歡喜得不得了，因為小桃子又回來了！

小桃子回來，在山上找李鵬已有些時日，終於見了他，卻是又怒又喜，一口氣憋悶在胸口竟悶出病來，於是李鵬見她那天就是給探病去的。他剛扣了門，糖葫蘆小哥沉著臉來應，推推搡搡將李鵬弄到了女兒家閨房，也不避諱，只給了件長袍蔽他總不蔽的身，而後就站在外邊噗嚇噗嚇抽一鍋旱菸。李鵬把凳子拿了近在小桃子床前，殷切地噓寒問暖，頗有一番賠罪的意思。可久不見回應，小桃子氣鼓著嫩粉粉的臉蛋倒真如顆蜜桃一般，鑲嵌上頭兩枚向晚餘光裡的龍銀眼兒，更顯得璀璨逼人。李鵬自言自語了半時辰，終於忍不住站起身要走，這時他身後一緊，長久不著衣的習慣令他嚇了一大跳，忙轉身，看見小桃子纖細柔荑正緊緊落下，不堪太長時間攥他衣襬，而她蒼白的嘴唇微微抿起，顫抖地，卻又不置一詞。只這樣望著，李鵬便又坐下來，傾身附在她耳畔道：病好了來大石頭找我，切記子夜時分。小桃子眨眨眼，李鵬便當她明白。

李鵬離開小桃子家，沒向糖葫蘆小哥解釋自己這些日子以來的去向，小哥也不問，握實那根菸桿的模樣彷彿時時準備好打破李鵬的頭。李鵬多少算是落荒而逃，回走在鵝鑾山的居屋之間，李鵬突覺和記憶裡沒一處相似，不僅茅草屋不見了，更沒有排隊等著到鵝鑾溪放尿的小屁孩。而除了他那隻四處亂跑的毛驢以及鵝鑾溪邊的大石頭，李鵬更發覺自己什麼也沒有，整個鵝鑾山的劇變完全將李鵬屏除在外，他成了被遺忘的人。這項事實，使得李鵬抱頭狂奔起來，他奔下山，將身子安置在亙古不變的大石頭上，然後漸漸地，他睡下了。

某種意義上而言，小桃子也是李鵬亙古不變的擁有，那日他去了人家家裡，道聲歉，小桃子即刻便好，隔天晚上到李鵬那兒找他，見他也是亙古不變地躺在那大石頭上，一顆年輕的芳心瑟瑟繂顫，這幅畫面，在她心中深植了一種永恆的錯覺，因為人人都在追求一些永恆的東西，於是當永恆真正出現時，連小桃子這樣的小女孩兒也能意識得到。襯著湍急的溪水聲、兩壁崖上流過的絢麗星河，一個男人永恆地等在一顆永恆的大石頭上，小桃子壓抑著嗚咽，深怕打破美夢般輕手輕腳地爬上大石頭。

我感覺自己挺喜歡你……小桃子一坐下，李鵬便閉著眼開口：喜歡，你懂麼？

小桃子一聽，臉紅出了抹哨音所不能形容的豔麗。她才十四歲，即便眼前身材壯碩又總衣不蔽體的大哥哥最初確實使她有點兒恐懼，那也不能掩蓋他多才多藝的事實。她又想起「大李子」……這個男人是大李子，大李子會給她吹〈難忘桃花江〉，那可好聽啦！小桃子左思右想，眼波流轉，長長的睫毛搧忽著，支吾許久才問：你為什麼喜歡我呀？

李鵬擠眉苦思，沉吟道：你像我娘親。

這，小桃子就不懂了，相反地，還火著哩！她重重哼了一聲，不能原諒李鵬將她方才的種種幻想付之一炬，想到方才的幻想，她又對自己的輕浮感到極度的恥愧。惱羞成怒之餘，她忿忿爬下石頭，小嘴裡還好兇地直罵：你娘呢！本姑娘可沒這般顯老！

這句話把李鵬驚醒了，他一股腦直起身，傻愣愣地望小桃子，她卻轉身背對他，肩膀用勁地顫抖，原來李鵬還以為小桃子氣極了，那火氣兇惡到令他很想就此逃掉。可是過了一會，李鵬的耳朵便捕捉到一絲細微的啜泣，且是過了好久他才從鵝鑾山上收拾起注意力，幡然領悟哭聲是小桃子傳來的，可她為什麼哭？李鵬雙手按住小桃子圓巧的肩頭，讓她轉回身來。見她哭得那樣梨花帶淚的，又忙不迭要給她擦眼淚，李鵬身上除一條包屁股的布條外什麼也沒有，只好拿手指給擦，偏偏他剛爬完山壁，雙手全是泥，擦過小桃子的臉劃下一道道髒汙，他愈是擦，小桃子的臉愈是髒，最終眼淚沒有了，和泥糊成一團，小桃子成了小黑臉，李鵬本不想將她弄髒，又道歉起來，她對隨身小鏡一看，呵呵發笑，見李鵬不知所措的模樣，更笑得直不起腰。等平靜了，小桃子認認真真凝視李鵬，眼睛紅通通地說了句：明年不許再鬧失蹤了。

李鵬答是。

後來，他消失整整七年。

七年間，那聲「是」頑固地棲息在小桃子右肩，最終使她得了奇怪的耳鳴，那聲「是」，在她耳裡拖成綿長不盡的「是——咿——因因因因——」，又由於耳鳴，小桃子聽她乾哥哥的在鵝鑾山上住定。

要照料個大男人，她往返溪邊打水的次數不少，多半也是想瞧瞧李鵬在不在，可他始終不回來，在第三年時小桃子還相信曾有這麼一個大哥哥，會吹哨、愛吃糖，然到了第六年，她便漸感覺李鵬只是自己過去揑造的幻想朋友。第七年時，她乾哥哥向她求婚，小桃子的耳疾一下好了，她壓住想往山下看的衝動，也不明白何以有那衝動，她答好。

成婚那日，是個詭譎的陰雷天，一滴雨也沒有，但就像悶著，漸漸悶出些火氣，閃電劈哩啪啦落下來，窮凶惡極地打焦鵝鑾山腰泰半樹木，整座山滾燙到無法赤腳踩地。小桃子在前年剛蓋好的小教堂昏厥了七次，第七次醒轉，不知為何以大紅布置的教堂裡坐滿了黑衣漢子，他們在深深燭影中如雕像般止靜，她隱隱心悸，這一屋子鬼影幢幢，可令她頓以為誤闖什麼邪門聚會了，霎時間燈打得巨亮，哪有什麼黑衣人？就是七彩斑斕的一群賓客，小桃子按了按胸，自聖壇前背過身去——

李鵬第二次回來，還是沒人感到奇怪，倒是他的大毛驢成了老毛驢，還給人占去磨麵粉。李鵬回來，見山上大夥張燈結綵，委實摸不清頭緒，今兒個是悶熱天，和過年沒什麼關係，但這又是鞭炮、又是彩帶的。李鵬尋紅掛布一直走，走到一大大的洋房，推門進去，滿滿的賓客坐在長椅上，中央巨大的木頭十字架，掛個死人像，前有一方臺，金毛的怪人站在那兒唸李鵬不懂的詞句，天花板嘩嘩飄下無數彩紙，而站在方臺前頭的，可不正是小桃子麼？她白嫩嫩的臉蛋兒透過紅蓋頭仍依稀可辨，一襲剪裁合度的紅嫁衣，猶如鵝鑾山盡頭般對他深具吸引，他顫巍巍望前一步，一步給人超了過，那送過他好幾次糖葫蘆的小哥，身穿新郎衫，健步如飛地超了過，超——李鵬將話嚥進肚裡，不敢相信眼前畫面……

此時有山民發現李鵬，他說：來來來！有請咱們哨童，今天可是特別的大日子！得讓這對新人也來點兒新潮玩意！那人慫恿李鵬吹一首叫〈婚禮進行曲〉的怪調子。李鵬一次也沒吹過，偏要照音階一節節吹，馬虎不得，他便吹得是嗑嗑巴巴，毫不連貫，肺活量又嬰兒一樣，喉嚨哽泛著疼，更叫哨音猛打顫。

是夜，李鵬躺在鵝鑾溪邊的大石頭上，全神貫注地瞪星星。小桃子一身紅嫁衣，瘦稜稜的一條白臂膀伸出來，鉤住只小藤籃，另手則提著小紅燈籠。她起先還遠遠地站著，等李鵬叫她，等了幾會，耐不住，便娉婷娉婷跳步兒過去，近了李鵬，又頷首、又抬眸，那身姿……李鵬不露痕跡睇看，悄悄嘆口氣，這小妮子已不復當年了。思及此，心頭更直淌酸。那口氣出於習慣轉成一絲綿延不盡的哨音，小桃子權當這是妥協，喜孜孜地跳上了大石頭。

兩人望了會星星，小桃子默不作聲從藤籃裡取出一只圓肚小壺、兩只陶杯，擺置在剛起的紅蓋頭上，李鵬還是不動作，等小桃子雙手奉上一陶杯，語意婉約道：哥哥，你嚐嚐。

李鵬噴了口氣，反問：那什麼？

桃花酒。

不喝酒的我。

不喝也得喝。

小桃子硬是推杯過去，李鵬抬起手，將杯子打落溪底。突又站起來，把圓肚小壺同踢翻了。小桃子愣愣呆看，也不生氣，指碎了一溪底的陶片笑道：瞧這酒，不也流了？不是流了，是與水合一。李鵬話罷，再無言語。小桃子傾靠上身，左一句大李子、右一句大李子，笑得身子顫巍巍地，叫了差不多幾十來句了，李鵬才直起身，兩眼直盯女孩兒。

小桃子將紅蓋頭以指拈起，一片火赤落在那鬆亂的髮髻上，垂下了白嫩小臉，在燈籠光下水銀丸似的眸子時掩時映。好一陣子，兩人只相望不說話，突然小桃子啟了朱脣，細細唱起李鵬曾給她丈夫唱過的山歌。

高山上蓋廟……

小桃子唱呀，一滴淚流走一串胭脂色。哽咽了，嘴一抿再重來。

高山上蓋廟
還嫌那個低
面對面坐下
還想那個你

小燈籠把小桃子臉照得紅豔豔，紅豔豔更襯得她眸畔淚漣漣。李鵬瞬也不瞬地看著，突然感到濩落一生，不過就是為了這曲兒，而這曲兒，要到李鵬花甲之年，在一顆滾潤滾潤的石頭上，他以華髮垂釣，那時有陣風過，夾著依稀縹緲的歌聲，他才再次聽到了那曲兒。

七年。李鵬想對小桃子說：這七年，無時無刻不惦念你。可他追逐娘親的哨音……思及娘親，小桃子的臉便在鵝鸞溪水中模糊不清……

第三部

許帽子

年代：西元一九五八年

吊橋下流水潺潺，一間小廟奇異地安座於瀑布之間，其中有一光頭和尚正合掌對裡頭的不動明王喃喃自語，謠傳這是日治時期日本人為求開採金礦順利而運來的神明，本不屬於此地。

光頭和尚拜好了，順手盤轉一根齊眉棍，便充當登山杖使用，小心翼翼地走起山路，不遠處，一間由竹子搭建的棚舍正希罕地賣著豆腐，老闆本是想上山開墾，跟著測量隊過來，但因入山者死傷太多，他想不如就在這山上做點小生意，也讓測量隊閒時有別的東西可嚐。

這就便宜了和尚，他對這竹棚用山泉水做的豆腐上癮，每天都得吃上兩、三塊，賣豆腐的老闆當是供養佛門子弟，不與他收錢，時間久了，和尚反而不好意思，他跟老闆說，可喊他做泥鰍和尚，他從入了空門以後就沒名沒姓，只得泥鰍二字，是他出家前吃的最後一樣葷食。泥鰍和尚說，對方知道自己如何稱呼，就能算是朋友了，朋友不計較豆腐錢才算穩當，老闆聽了無奈笑道：哪有這麼胡來的和尚。

這天泥鰍和尚又一口氣吃了三塊豆腐，胖呼呼的肚皮鼓脹起來，他一面摸著圓肚一面道：「這地方好，好山，好水，好豆腐。」

「老泥鰍又來吃豆腐啦？」此時一把粗糙低沉的聲音取笑著：「我差你唸經時就沒見你跑得那麼勤。」

「許帽子，你回答我，人若死了，哪還聽得了佛經？」

「若聽不了，我要你何用？」

泥鰍和尚連忙擺手：「臭帽子！是我錯了，我……」接著一挺圓肚：「我多吃點好的，唸起經來才能聲若洪鐘、金槍不倒啊！」

「你要金槍不倒幹嘛呢！」

泥鰍和尚發現自己說錯了話，趕緊作勢自打巴掌：「我又錯了！我是說，得多吃點豆腐，才能多唸幾個時辰的經嘛！」

「我看你倒真會鬼話連篇。」許茂生語氣涼涼。

「你不知道麼？唯大慈悲者鬼話連篇呀！」泥鰍和尚道。

「此話怎講？」

「古往今來人多禁言鬼怪，追求佛陀菩薩正法解脫，但唯佛陀菩薩者，無量光照孤魂野鬼，言說此類之人，是最接近佛陀，最慈悲者啊！」

許茂生沉吟半晌，微笑點頭：「也就你這三寸不爛之舌，連死的都能說活。」

泥鰍和尚呵呵地打迷糊仗，許茂生不與他計較，跟老闆買幾塊豆腐後便要趕回工寮。

許茂生又叫許帽子，至少認識他的人都這麼稱呼，其原因在於他老是戴著一頂破破爛爛的晴雨帽，底下的人曾購買一頂新的白通帽給他替換著戴，但他不要，只說這頂帽子有特殊意義，他工作時戴著，吃飯戴著，睡覺也戴著，從未有人見他拿下來過。

許茂生回測量隊搭建的簡陋工寮，發現幾個隊員精神萎靡坐在地上，也不見稍早安排的工作進行，他臉色一沉，問：「怎麼了？」

「又有人落崖了。」一個叫老嚴的湖南漢子道：「有些器具還被外力破壞，我們在想，莫不是山鬼作祟？」

「不要胡說八道，一天到晚傳鬼神之說，是要大夥都不用幹了嗎？」

「許隊長，話不是這樣講，只是從上山以來怪事頻傳，若沒有個心內的依靠，再勇猛的男人也會不安啊！」

許茂生笑了：「你也好意思說勇猛的男人？」老嚴的臉立刻垮了下去，許茂生嘆口氣，其實他知道老嚴說的對：「我們不是有老泥鰍坐鎮？雖然他油滑了點，還是個出家師父。」

這時另一個年紀稍輕的隊員皺著眉開口：「我們覺得他不可靠。」

「就是！他那個樣子，怎能鎮住這裡的山精鬼魅？」

「隊長，我們覺得若有神像能運上來就好了。」老嚴沉吟著說。

「神明？瀑布下的不動明王不行？」

「那是日本人的神……」一個目光猶疑，人稱黃金鼠的矮小傢伙說：「日本人的神哪會保佑我們呢？」

許茂生聞言，下意識撫摸脖子上掛著的觀世音像。

「不然你說，要請哪路神明上山才好？」

眾人講了一陣子，恰好泥鰍和尚回來，好奇地看他們在說什麼，許茂生卻不講了，推開眾人走出工寮。

「有事啊？」泥鰍和尚還是一副樂天知命的笑臉，看著那張臉，許茂生的表情和緩了一些。

「有人落崖。」許茂生眼神陰暗：「不過，也有新人來幫忙，我們還能繼續往山裡去。」

「新人？」

所謂的新人其實是從平地上來的一群罪犯，約莫下午時分，人便隨挑糧的上來了，他們基地所在處還不到深山，距離入口尚算接近，出入都方便。許茂生原本期待有四、五個頂替落崖的人手，只是他伸長脖子看去，除了挑夫以外竟然只有一個光頭少年，約莫十六、七歲，一雙鷹目桀驁不馴，看似全然放棄地顛晃著走。

「怎麼只有你，其他人呢？」

少年哼了一聲，將頭轉向他處，運糧的弟兄急得滿臉冷汗，連聲道歉，說是本有九人上來，只是中途斷崖險峻，竟有八個人串通逃跑，最後留下少年一人，這少年陰鬱寡言，與其他八人素不相識，八人逃跑時，少年還大聲喊著：「跑啊！趕緊跑！老子等你們摔死的慘叫呢。」

「好你個惡毒的。」許茂生站在少年面前，目光探究著問：「你叫什麼名字？」

少年聳聳肩，不作聲。

許茂生抬手握住少年的肩膀，強迫他與自己視線相對：「我不管你在其他地方是怎樣，我也不管你為什麼上來，但只要你一天在我手下做事，我就得知道你的名字。」

少年咬著嘴唇，那如鷹的目光硬是不願和許茂生對上，使人不免疑惑擁有這樣一雙眼睛的孩子，怎會如此閃躲。

「我沒名字。」許久以後少年才說：「做事的時候，大哥給我起了渾名叫夜宵。」

「夜宵。」許茂生唸道。

「是螢火蟲的意思，夜晚的夜，宵夜的宵。」

「我以為你的名字就是宵夜的意思。」

「不是。」夜宵噘起嘴。

「那我今後就喊你阿宵。」許茂生理解到他並不識字，這個名字也並非由他所想，因此才鬧了笑話，但無妨，許茂生願意以他喜歡的名字稱呼他。除此之外，許茂生也不需要知道更多了，他挺起身準備下一次探勘，這一次又要深入少人前去的險境，要爬天梯、涉溪谷，逐步記錄這兒的地形態勢，當他沉思行走的時候，腳步撲朔迷離，一轉眼就回到草棚搭建的工寮，跟在他身後的夜宵只能瞪大了眼，想著自己八成是看錯了。

「你沒看錯，許帽子有功夫在身，這山路險惡，他也走得跟平地似的，無怪上面的要派他來。」泥鰍和尚不知何時出現在夜宵身旁，大而化之地挖著鼻孔。

「你一個和尚怎會在這裡？」夜宵不客氣地問。

「山上鬧鬼，為了穩定人心，副主委才派我上來的，我天天要唸經，也不比測量地形輕鬆哩。」

夜宵不以為然，但他初來乍到，還不了解泥鰍和尚的底細，一時也沒多說什麼，只是趕緊跟著許茂生回工寮，聽他講餘下時間的工作安排。

不多時，許茂生決定帶幾名測工出發，原高越路線土石鬆軟，難以成路，公路局又以軍用地圖尋別的路線，並分南北兩路，許茂生如今就是進行北線探勘，這條路是合歡越道路。因器具眾多，許茂生命夜宵拿箱尺，還加一位山胞協助開路引導，眾人隨即上路。

拿開山刀引路的山胞漢語說得很流利，見夜宵與其他人無話可說，好心地向他搭話，說自己名叫達海。

「你年紀輕輕，怎麼會來這裡？」

「我殺了人。」夜宵語調很輕，幾乎像自言自語，達海看他一眼，嘟噥道：「我不信。」

夜宵看著他，沒有回答，其他人都越過夜宵繼續往前走，隨達海步入隱晦的獵徑，夜宵卻因為方才不留神的話語暗自後悔，在山下，他說了什麼從來就不算數，上了山，倒是第一次有人不信他殺過人，這樣，他反而感到心慌。

同樣殿後行走的還有許茂生，此時他正從懷中取出一根旱菸菸管，噗嗦噗嗦地抽起來，目光遙望遠方的山谷。忽然聽見遠處一陣氣喘吁吁的喊叫，許茂生回頭一看，竟是那胖嘟嘟的泥鰍和尚滿頭大汗地追上來，齊眉棍甩得生風：「你們……你們怎麼不等等我？」

「這次的路線憑你的身手，根本到不了。」許茂生眉頭皺起：「你趕緊回草棚唸經。」

「唸經唸經！每天都要我唸兩百遍的經，對著光禿禿被你們炸平的山，無聊！真是無聊！還不如跟你們一起去找看看山裡有什麼新的鬼魅呢！」

「你是要趕鬼，不是去找鬼。」許茂生提醒道。

「不不，我是讓鬼能往生西方極樂世界，不是驅趕它們。」

夜宵聽得正起勁，突然腳下絆了一下，整個人往前摔倒，後領子遭人一提，他又穩穩當當地站直了。

「你步伐完全不對，等會要是到了斷崖處，你這樣一摔，人是會摔沒的。」許茂生在後頭說，像是炫耀也像是教導，他往前走了幾步，步履同時輕盈與沉著，須臾間他已經遠離數十公尺。

夜宵完全不明白許茂生如何才能辦到這種走法，他那渴望得知的衝動蓋過了一切，促使他想追上去詢問許茂生這到底是怎樣一種技巧……但就他所見，這已經不單單是技巧而已，而是一種近乎超現實的力量。

夜宵剛踏出一步，後領又被泥鰍和尚扯了一下，只見他壓低聲音說：「你別莽莽撞撞亂問。」

「你知道我要問什麼？」夜宵挑挑眉毛。

「怎不知道？每個剛見過許帽子這身功夫的人都想問，但我得先警告你，許帽子以前確實是有師父的，那師父讓他學會這些飄來忽去的功夫，無奈他師父已在幾年前亡故，那是許帽子不可提起的過去啊！」

聽泥鰍和尚這麼一說，夜宵也就打消了與許茂生親近的念頭，只是夜宵年紀畢竟還輕，在之後的移動中，他雖不與許茂生攀談，卻一直小心翼翼地跟在他身後，逮到機會就模仿起許茂生的動作，還要注意別被對方發現了，玩得不亦樂乎，幾個測員在一旁看見忍不住暗自嘲笑這新來的小夥子。

如此直到傍晚，他們在一處較為平整的黃土地上紮營過夜，由於糧食運送不易，他們吃的只是些白稀飯加鹽巴，泥鰍和尚輕聲說著鬼故事，有人聽有人在一整天的忙碌之下早已疲憊不堪，打著呵欠想睡覺，夜宵四下看看，發現沒人注意自己，便悄悄後退幾步，整個人融入了夜色，他開始緩步走向無人的林地當中，這麼多日子，他終於有了堪堪能稱作自由的時光，他想呼吸一下這座山的空氣，雖然他知道有很多人在這兒死去，他初上山時，從山下燠熱的天氣慢慢蜿蜒著朝山體深處進發，他預感到空氣寒涼，也不知道是高度或山谷陰影之故，夜宵也並不害怕，他覺得自己現在已擁有接近真實的自由，他要趁著眾人歇息的時候取得一點兒屬於他的空間。

愈走道路愈沒經過整理，顯得危險而陡峭，為了安全他趴下身摸黑爬過布滿石礫的地面，來到一處生長有火炭樹的懸崖，他仰躺著大口喘氣，心中止不住地高興，想起今天許茂生和達海一同開路，並協助手腳不俐落的同伴前行的模樣，許茂生在山道間幾乎是跳躍般地行走，身影如鬼魅般輕盈熟練，不知不覺，夜宵早先對許茂生的警覺已悄悄被景仰所取代，夜宵從小生長在貧困的農家，那種本來再怎樣努力也不會賺得多少錢的地方，自然也沒有使他尊敬的人物，夜宵父親好吃懶做，還喜歡賭博飲酒，母親替人洗衣做工，同時要償還父親的債務，生活非常辛苦，夜宵一直覺得自己會走上邪路其原因與父親脫不了關係，一個這樣的父親，兒子自然也不會多有出息。

如果是許茂生的兒子，肯定不同凡響吧，聽泥鰍和尚說，上來做測量一年到頭回不了幾天的家，上下山都太費時費力，不值得。許茂生倒確實在臺北有妻子孩子，逢年過節也不曾歸家，好不容易捱到測量工作告一段落，終於回家去，還曾因為外貌太過破爛邋遢，讓妻小受到驚嚇。

夜宵仰望乾淨的夜空中點點繁星，胸口湧起陌生的情緒，他小心地站起身，開始模仿許茂生今天攀爬岩壁、行走山徑的動作，他的腿如何抬高，腳如何落地，腰部怎樣柔韌地彎曲，肩膀前傾的角度，手掌試探藤枝的動作……仔細想想，許茂生就如同山林中的一隻野獸，如此自然地行走，他不只使用自己的雙腿，也全面運用他的手掌乃至於全身肌肉。

夜宵忘情在崖上騰躍、翻滾，腦海仍重現著許茂生的姿態時，一個不察竟如早上差點跌倒時一樣向前摔落，夜宵來不及發出吶喊，只記得當時許茂生早已告訴自己，要是在高崖上這樣一跌……人可是會摔沒的。

夜宵連連翻滾，無法控制速度，心裡苦叫著這次肯定會沒命的，卻在這時，一道黑影從上方飛躍而下，黑影沒有試圖抓住夜宵，不過手掌輕輕一撥，借力使力，夜宵從失控地向下翻滾，稍稍轉向朝崖壁上一棵乾枯巨木滾去，人也剛好最後摔進樹洞裡，夜宵四仰八叉地連連喘氣，巨木枯枝富有彈性地上下搖晃，晃得他快吐了，趕緊手腳並用往前爬，離開掛在半空中的巨木，夜宵發現眼前是個陷入石壁中的天然洞穴，而他模仿的對象許茂生正靜靜地從天而降。

至少在夜宵眼裡確實是從天而降，許茂生從容不迫、平穩地踩踏在地面，看著夜宵的眼神卻無比冰冷。

「為何擅自離營？」許茂生低聲問：「你不知道夜晚的山更加危險嗎？」

「我……」

許茂生走向方才遏止夜宵跌勢的巨木，仔細查看樹木中央一口深幽的樹洞，那樹洞的模樣怪異地像極了一個人形，復又抬頭望了望他們掉落的懸崖，如今距離有數十公尺高，山壁上且無可供著力攀爬的地方。

「這種高度我也上不去，只能等人來了。」許茂生說著兀自走向彷彿漆黑無底的洞穴，夜宵摸了摸鼻子，他的手臂跟小腿還有擦傷，正汩汩地流出鮮血，太魯閣的夜晚異常寒冷，他不禁發起抖來，三步併作兩步隨許茂生走入洞穴。

洞穴內因為少了風吹，稍微沒那麼冷，許茂生已在一處角落聚集枯枝開始生火，他動作靈巧迅速，又隨身帶著打火石點菸，輕易就讓洞穴變得愈發溫暖，他用菸桿敲敲地面，把舊的菸灰倒出來，塞進新的菸草，接著便噗哧噗哧地抽了起來。

「很抱歉，我只是很久沒有一個人出來，覺得心情有點煩悶……想一個人靜一靜，我沒有逃跑的意圖。」夜宵戰戰兢兢地說。

「我知道。」說也奇怪，火光映照下許茂生嘴角似乎隱隱帶笑：「如果你真想逃跑，就不會在那邊做詭異的動作了。」

「我是想學習許隊長行走山路的技巧。」夜宵訥訥地說。

「怎麼不直接問我？」

「泥鰍和尚說……說不能問。」

許茂生這回是真的笑了，笑容卻有些悲涼：「他多管閒事，你剛來做這工作，山上不比平地，本就該多問多學。」

「是。」夜宵安靜了會，按捺不住好奇心地問：「許隊長跟泥鰍和尚是舊識？」

「是舊識也是孽緣，老泥鰍是我從小在同個村莊長大的玩伴。」

「你們都是臺北人？」

「我成家以後才住臺北，我的家鄉在彰化埔心，以前日本人叫坡心庄。」

「這樣啊……」夜宵簡單地應著，兩人其實都不多話，一下子就沉寂下來。

許茂生用樹枝撥弄篝火，發出劈啪聲，夜宵考慮著自己是否也該說明自己的家世，然而他的家庭貧困，實在沒什麼好說的，許茂生也不像對此感興趣的樣子，反問他肚子餓不餓。

「今年剛建成功堡、廚房、浴室、宿舍等等，但還不堪用，食物也不足，為了之後一周的伙食，晚上就只能吃白粥，你那麼年輕，應該吃不飽吧？」

夜宵確實還餓著，眼見許茂生從衣兜裡取出一塊乾巴巴的饅頭，也不知道他藏了多久，就這樣扳了半塊遞給夜宵，他接過去大口大口吃起來。

「慢點吃，當心噎著。」

正狼吞虎嚥的夜宵應了聲，慢下來時恰好看著外頭樹影飄搖，彷彿妖物手爪，心裡一陣發慌，想到今晚就要在這詭異的洞穴過夜，也不知道其他人說的山鬼是否真實存在……許茂生突然道：「若是害怕，就唸觀世音菩薩。」

夜宵笑了：「想不到許隊長也相信神佛。」

「都是老泥鰍害的。」許茂生道：「你別見他油嘴滑舌，他開竅得早，十歲就開始讀佛經，我也不懂他讀的是什麼經典，但他似乎天生與佛有緣。」

「我倒覺得他像混過。」

許茂生哈哈大笑。

兩人不時給火堆添些枯枝，醞釀著睡意，各自找了合適的位置，再以落葉鋪床，很快就安頓好了，夜宵忽然想，不知道現在家裡怎麼樣了？伊威在室，蠨蛸在戶。町畽鹿場，熠燿宵行。不可畏也，伊可懷也。……他輕輕唸著。

「你在唸什麼？」

「只是以前聽村裡老先生說的詩，好像大意是一個士兵在戰爭後回到故鄉，看見原本的家潮濕生蟲，還有蜘蛛結網，田裡有鹿跡斑斑，螢火蟲在黑夜中流竄……然而如此荒涼的景象並不可怕，它愈荒涼愈讓我牽掛。」

「想不到你也會唸詩啊。」

夜宵其實並不喜歡讀書，也不識字，只不過以前村莊榕樹底下經常有個老先生教孩子們讀書寫字，據說以前他教過書，夜宵本來不感興趣，某天經過聽老先生唸了一段詩，那音調與情感征服了他，使他一連好幾天回返榕樹下，只為了詢問老先生完整的詩句，他皺著眉頭咬牙切齒地一口氣背下來。

「我只會這一段，甚至還記不完整。」夜宵自嘲地道：「我畢竟只是一介粗人。」

許茂生頓了頓，說：「但你還是產生了情感，這表示你並非不懂啊。那首詩，說的是鄉愁吧？」

「我也不清楚。」

「阿宵，你覺得臺灣人是什麼呢？」

夜宵抬起頭，又搖搖頭：「我不太明白你的意思。」

「或者我這樣問好了，你覺得所謂的家鄉是什麼呢？」

家鄉，這個詞彙勾起夜宵兒時的回憶，他在一無所有的農田裡和弟妹捉野螢，他們逗弄野狗，摘別人園子裡的酸果子吃，從白天玩到夜晚，就只是不想回家，他著迷於燃燒過的稻草味道，他討厭母親熬的肉湯芬芳，因為那肉湯最終都不是給他們幾個孩子吃的，而是要給他那酒氣薰天的父親下酒。

「許隊長，你問這些是什麼意思？」

「我在想，是否所有人都有一個共同的鄉……」許茂生的目光變得迷離：「阿宵，我跟你說個故事，一個關於神仙鄉的故事，如果你真想學我走山路的步伐，那你就得知道這個故事，因為這功夫全是源自於這段故事。」

夜宵往後一直在想，怎麼偏偏是他，是他這樣一個殺人犯、年輕的傢伙得到這樣的機會呢？那怕是他有朝一日真的前往神仙鄉，學得哨童真傳，知曉自己必須再次離開，去完整故事的開頭與終焉，從而見到了折磨自己餘下一生的哈爾轟……還有番紅花，他們在時差之島相逢，這所有的一切，都是一個宏大的巧合，就連此時此刻他們受困於崖壁山洞，許茂生選擇對他講述這個故事，也是巧合的一部分。

這使他們作為一個人，顯得如此渺小。

無論如何，許茂生開始說了，就著逐漸稀微的火光，火光邊緣扭曲的空氣與光景，許茂生的語調悠遠恆久。

「どじ——やう——」

許茂生在玩伴屋子外大聲喊，他七歲就認識住隔壁那又瘦又黑的小鬼了，那傢伙是個小怪胎，他的父母私宰家畜販賣，只有他每天都在唸佛經，唸到最後，許茂生印象最深刻的就是他有一天走出屋子，看見母親正在水溝旁殺鵝，他伸出一根細細黑黑的食指，指著母親說：「嘿嘿，妳會下地獄哦。」他母親不知從哪抽出一根藤條，沿路追著他打，一面打還一面罵：「不肖子敢咒你娘！看我不打死你！」

這件事也很奇怪，臭泥鰍會這樣八成是有慈悲心吧，偏偏他又喜好葷食，尤其是泥鰍，他經常找許茂生到田裡、到溪邊去捉泥鰍，捉完就用各種方法把泥鰍烤、煮、燉、蒸、炒……樣樣都來，只要是新鮮吃法，就許茂生的記憶從未重複過，他因此戲稱玩伴是臭泥鰍。

臭泥鰍讀了很多書，大多是日文佛經，那是他比較能找到的閱讀材料，他還喜歡讀公案，村里一個老人身有殘疾，收藏很多這類的書，臭泥鰍便常常去借，還會在烤泥鰍的空檔唸那些公案給許茂生聽。

「《水滸傳》的作者施耐庵在書中寫了諸多偷盜殺生之事，引人熱血翻騰，據說死時吐血三升，子孫三代皆啞。」臭泥鰍興致勃勃地說：「還有《西廂記》作者王實甫，因書裡太多男女情愛描述，煽動許多人貞潔不保，是淫邪之書，最後嚼舌而死呢！」

「你對這些故事很感興趣啊。」許茂生淡淡地說：「漢字都讀得懂嗎？」

「能啊！我想我長大了要出家當和尚去，你呢？你的夢想是什麼？」

許茂生忍俊不禁，要是讓臭泥鰍的父母得知自己的孩子長大夢想竟然是做和尚，恐怕要氣瘋了吧！

「我不曉得啊！」

「你會唸書，倒不必擔心。」臭泥鰍點點頭，一口將手上的烤泥鰍咬斷了頭。許茂生只是微笑，他確實在公學校成績良好，家境也普通，他的父親是個日文通，經常替人翻譯或寫信，薪水雖不多，但家裡也就他一個兒子，生活上不虞匱乏，他的母親希望許茂生可以多讀點書，不要只有小學畢業。

彼時他們的學校正在放假，因為家長幾乎都是農人，田地收成需要人手。許茂生和臭泥鰍的家庭偏偏不務農，兩人整日遊手好閒，直到家裡人來叫他們回去。那天晚上，許茂生突然產生一些古怪的想法，關於未來，他該何去何從？他確實喜歡讀書，但讀書之後呢？他想成為像父親那樣的人嗎？許茂生好奇，自己還有什麼其他的可能性，他認識的大人除了父母，就是這村莊裡的其他人了，大多務農、種植甘蔗……還有什麼？許茂生想不到了。

隔日他刻意沒找臭泥鰍，獨自離開村子在附近的淺山亂走一通，總覺得心裡有股惡氣不出不行，卻也不是誰招惹的，他只是心情鬱悶。

許茂生愈走愈遠，愈走愈快，沒發現已走入山區，周遭景色優美，樹木蓊鬱，他沿路踢著小石子，刻意走人少的地方，回過神才發現被一片竹林包圍，不見盡頭的深綠，風吹過時竹葉發出的輕微摩擦聲，直到撥開面前的竹枝，他來到一處高地，能向下望見村莊。

許茂生發現他不是一個人，有一個瘦巴巴的高大人影，戴著晴雨帽，坐在大石頭上用筆在寬大的筆記本上塗塗畫畫，他太過專注，以至於整個人幾乎折成兩半，只為了畫出他腦海的景象。

許茂生不怕生，悄悄往前偷看，這樣，反倒讓對方嚇了一大跳。

那人說：「囝仔桑。」許茂生聽不懂，想了一會才明白對方是想叫他囝仔，只是又在尾端加入了「さん」，顯得有些不倫不類。

那人似乎並未察覺，他笑容溫暖友善，聲音明朗地問道：「囝仔桑，你叫什麼名字？」

「大山……大山茂生。」大山是許姓改為日文姓氏後的日本姓，許茂生在外自我介紹時都自稱大山茂生。

「大山君，你好，我是增田雄。」那人朝許茂生伸出手，兩人握了手，許茂生產生無論如何也不能退縮的想法，但這可是他在學校以外第一次見到內地人。

許茂生對內地人的印象，是恐懼，彼時臺灣正值日治時期末，日本大正十四年，內地人擁有一切權力，教導的權力、語言的權力、經濟的權力、統治的權力……所有的，即便學校裡的先生對他們很客氣，許茂生卻總感覺內地人眼神冰冷、充滿距離，他的父母也還曾繪聲繪影地說要是不聽話，警察會來抓走小孩的故事，村莊也謠傳著臺灣人小偷會被警察砍斷雙臂。過去一年來彰化發生的二林事件，使彰化蔗農被壓榨的事實逐漸浮上檯面，許茂生年紀雖小也聽了不少，這讓他對內地人又多了個作威作福欺壓百姓的統治者印象。

許茂生抽回手，沒有回答增田雄的招呼，只是縮起雙腿，將下巴放在膝蓋上，暗想這內地人何時會要求自己離開，許茂生過去曾有幾次來到這塊高地，每到黃昏時分，夕陽非常美麗，他可不想在看見夕陽前被驅趕。

奇妙的是，增田雄並未驅趕他，只是繼續在筆記本上塗鴉，甚至連話也沒再多說幾句，結果，這反而勾起許茂生的興趣。

「唔……增田先生。」許茂生稱呼增田為「先生（せんせい）」，因為他接觸的內地人只有學校的教師，下意識地便使用這個尊稱。

「是的？」

「你在畫什麼呢？」

「這個啊，是這座山啊。」

「可是你就坐在這座山上啊，你面對的是山下的風景，這樣要怎麼畫山？」

面對許茂生童稚的提問，增田雄笑了出來：「嗯，對呢，我原本是從山下看著山畫的，但總覺得，不是很能理解山的視線。」

「山的視線？」許茂生愈發覺得這內地人很古怪，山是無機物，不如人，怎麼會有所謂的視線存在呢？

「應該是說，當我在山下的時候，只能看見山的雄偉，我不禁想像假如身在山裡，又能看見什麼東西？譬如說山內樹木的種類、生物的足跡等等，遠看時山的顏色很複雜，也很單調，深綠的是什麼？枯黃的是什麼？淺綠的又是什麼？啊啊，果然只能親自走一趟才能知道。」

「增田先生是畫家嗎？」聽了增田雄一番回答，許茂生忍不住問。

「我不是畫家啦，我還是大學生，就讀臺灣總督府高等學校。大山君的話，應該還在讀小學校吧。」似乎是將畫作完成了，增田雄站了起來，拍拍褲子上的灰塵，突然間，他把剛畫好的圖從筆記本上撕下來，遞給許茂生。

「欸？」

「送你吧，這是我多畫的，是從上往下俯瞰的你的村莊呦。」

增田雄眼看就要離開，許茂生暗想，這樣他就能獨占黃昏美景了，可是，想到他最近的煩惱，不禁又感覺到一絲孤寂。

「不稍微留下來嗎？等一下有很美的夕陽。」許茂生小聲說。

增田雄抬眼看了看面前的孩子，再凝視逐漸西沉的太陽，微微一笑：「好吧，不過我要在天黑前下山。」

「這裡的路我很熟，可以帶你下山到住的地方。」

兩人就這樣看了夕陽。許茂生覺得其實有點普通，大概那天的雲層厚，無法看見完整的太陽，不過增田雄幽默和藹，對許茂生說了很多話，他說自己喜歡冒險，尤其喜歡臺灣的熱帶環境，會來臺灣讀書，是因為在日本時的學長帶他拜訪曾到臺灣採集蝴蝶標本的前輩，那些在透明盒內的蝴蝶標本顏色、形狀各異，是他從未見過的，臺灣是擁有豐富物種的地方，他開始產生嚮往。

那天下山時，許茂生握著增田雄的手，小心翼翼地一步步往下走，這條路他已走過上百次，閉著眼睛都能下山，但對外地人來說坡度大又有石礫，下山比上山更不好走，幾次許茂生發現增田雄的喘氣聲變得粗重，他就會稍微放慢腳步。許茂生覺得，增田先生的手粗糙而溫暖，不若他以為的寒冷。

「大山君，謝謝你。」

許茂生將增田雄送到借住的地方之後，增田雄向他道謝，並說自己還會在當地停留一個月，為的是記錄這邊的地形山勢，不曉得許茂生願不願意充當自己的助手。

「可是我要上學……」許茂生不自在地說。學校有時候會放假，但時間都不長，他不確定增田雄真的需要自己。

「一周裡總有幾日休息吧？」

「土曜日下午，跟日曜日全天。」

「那就這麼說定了，土曜日吃過午飯後，就在上山的路口碰面。」

增田雄走進那戶陌生的內地人家裡，大概是認識的人，門內傳來殷勤的招呼，許茂生抓了抓鼻子，兀自走路回家。

還沒到家門口，臭泥鰍的叫喊立即響亮在無人的街上：「啊！你終於回來了，跑哪去了？一整天都沒看見你！」

臭泥鰍那屬於同伴的直接與親暱，使許茂生嘴角揚起：「我到山上去。」

「一個人？」

「本來是一個人。」許茂生把自己跟增田雄的相遇說給臭泥鰍聽，他聽了點點頭，彷彿早有預見般地說：「這是緣分啊。」

許茂生敲他的頭：「裝腔作勢。」

兩人簡單地聊了幾句後各自回家，許茂生看見父親正伏案工作，突然想告訴父親自己今天的奇遇，卻不知道怎麼開口，因此他只是試探地說：「阿爸，我今天跟一個內地人說了話。」

「哦？學校的先生嗎？」父親戴著一副眼鏡，肩上披著外套，內裡只有一件汗衫，他關切地轉過頭看向許茂生。

「不是，是一個來做調查的大學生。」

「這樣啊，還是不要太叨擾人家比較好。」

「他好像在放假，會在這裡待一個月，他想我幫他一些忙。」

「人家若要幫忙就幫，但是不好跟他太過親近。」

「我知道。」

許茂生知道不能跟內地人太過親近，卻沒有多問為什麼，似乎原因已在他的生活中不言自明。

那張增田雄所贈予給他的畫作描繪了從山頂往下看的村莊，許茂生既愛且恨，因這幅畫帶給他的溫暖，又蘊含增田雄屬於內地人那慣於由上而下的視角。

後來，許茂生就經常趁著課餘時間與增田雄上山，增田雄聲稱自己需要助手看山路、採集臺灣獨特的動植物標本，不過，許茂生很少真的做這些事，大多時候增田雄收集自己所需的資料，許茂生在一旁陪他說話。除非增田雄山路不熟，才由許茂生協助引導。

相處久了，許茂生發現增田雄確實與一般內地人不同，他很喜歡說臺語，還會講山地話（雖然他不曉得是哪一族的族語），他著迷於臺灣土地的一切，還跟許茂生說自己的夢想就是爬遍臺灣少人前往的高峰。

「為什麼呢？假如沒有人去過，不是很危險嗎？」許茂生問。

「到底是危險，還是別的什麼呢，我其實並不清楚，只是想到那裡看看，沒有其他原因。」增田雄頓了頓，汗水從晴雨帽下方流淌：「其實是有別的原因，我剛到臺灣的時候，曾經遭遇一件怪事。」

增田雄告訴許茂生，自己一到臺灣就行李一挑，趕著到花蓮奇萊山峰探險，結果由於對臺灣山林的不熟悉，加上功課沒做足，他在錯誤的天氣帶著錯誤的裝備上山，因暴雨失足摔落山谷，他奇蹟似的沒受傷，卻失去所有的裝備跟飲水、糧食，由於飢餓之故，他昏迷了好一段時間，醒後他勉強站起來，也不知道該往何處去，只是認為自己不能夠停下來，走著走著，竟走到一條綿延無盡的小溪，他在那兒取得水源止渴，溪裡有魚蝦可供食用，就這麼待了一晚，隔天他想循原路回去，卻無論如何也走不出去，彷彿不管怎麼走都會回到這條溪流，他順著溪水向下游行走，未久，他遇到一個老人在溪邊打坐，吹著口哨，起先增田雄試著與他交談，發現老人似乎不太會說話，他口中吹出的哨音卻抑揚頓挫、音調豐富，增田雄也是無聊，況且也暫且走不出這山谷，便在和老人交流的過程中於筆記裡記錄哨音的長短音調。

老人待他很好，提供他山裡所能找到最好的飲食，老人似乎很久沒看見生人，一直拉著增田雄掉眼淚，他不說話，只是不斷吹哨，時間久了，增田雄檢視筆記上的哨音特徵，搭配老人的神情動作，居然也就能漸漸領悟出老人的想法。再過一段時間，幾乎是增田雄已經放棄回到平地的時候，老人用哨音對他「說」了一段故事。

增田雄也跟許茂生說，這是一段他有生以來聽過最不可思議的故事。

老人所說的故事，就增田雄所記錄的內容來看，發生於百年以前，老人故事說得很快，也很慢，增田雄則花了很長一段時間，將哨音對照老人表情、眼神、嘴部的微弱線條，才慢慢架構出完整的劇情，因此，這個故事增田雄花了好幾個月聽完。

那大意是講在一座深山裡，有一群以哨音傳訊的人，某天其中一個少年遇上了被仇家追殺的殘廢老頭，老頭功夫很好，會一種近於飛翔的輕功，少年與老頭學習，將哨音搭配功夫，練就了絕世輕功，後來少年視老頭為師，並在那座神奇的山上追尋著少年母親的哨音，直到最後仇家找上了山，老頭離世前將一本記錄有他輕功祕訣的《哨譜》交給少年，無奈《哨譜》被仇家奪走。

老人說，他就是那名少年。

好長一段時間，少年沉迷於騰飛山間，繼續尋找母親的哨音，甚至是他愛戀之人的聲音，但再也無從尋覓，有一天，聲音不見了，他以前的故鄉，他的親人也都不見了，他與殘疾老頭縱走山林追尋母親哨音時，曾以哨聲作為暗號畫下一幅回家的地圖，老頭最終似乎將地圖也藏於《哨譜》，這樣，《哨譜》就不單單只是一冊記錄輕功祕訣的祕笈。

聽到這裡，增田雄感到十分驚奇，他從來沒有聽說過有一群人是以哨音作為溝通的方法，甚至還能配合出一種能讓自己身輕如燕的功夫，只是老人對增田雄說，他師父交給他的《哨譜》已經被奪，到了他這邊，恐怕之後就要失傳了，增田雄想了想，經過幾次嘗試，他用木頭雕出木笛的模樣，他用木笛吹出聲音，模仿老人的頻率，努力向老人表達自己會寫作，能夠用文字將他所記得的《哨譜》內容記錄下來。

老人很快樂，吹哨說他沒有讀過《哨譜》，倒是他這功夫與《哨譜》是有關係的，不如就將如何練出這功夫的法門記錄下來吧。

於是增田雄又花了幾周的時間把老人的哨音與哨意寫在逐漸不敷使用的筆記本上，最後雖完整記錄了下來，增田雄自己卻看不太懂，直到某日老人帶他走了長遠的路，直直走出了那有溪水流經的山谷，他終於要離開徘徊多日的祕境，老人指著一處山壁上的裂縫，告訴他：將身子擠出這裂縫，就能回到原來的地方了。增田雄向老人道謝，老人一笑，吹出兩短七長的哨音，增田雄很驚喜，那意思是說：現在你也是我的徒弟了。

增田雄回頭時，老人的身影只餘崖壁上竄動跳躍的一點墨色。

說也奇怪，那裂縫又小又窄，增田雄花了好長時間才擠出去，一出去就發現自己在馬路旁邊，周遭人來人往，並不荒僻，他想重新檢查那裂縫，卻怎樣也找不到。

山谷、老人與溪流，就像不存在似的，唯一能證明增田雄曾到過那兒的，只有他人生中平白遺失的半年，還有筆記本上密密麻麻的長短記號。增田雄出了山谷，重新鑽研筆記中的記號，慢慢將其翻譯成日文，只是隨時間過去，他對哨音的掌握愈來愈不精準，迴盪於山谷中的哨聲就好似霧氣般漸漸飄散，最後他也看不懂了，譯出的日文如夢似幻，像芥川龍之介的短篇小說，即便增田雄努力學習，得到的內容頂多只能讓他走起山路輕鬆些。

「儘管如此也很不得了了。」增田雄告訴許茂生：「從那之後我就知道，我想再回到那個地方去。」

「為什麼？」許茂生聽得津津有味，還希望增田雄可以繼續往下說。

「我從翻譯的日文筆記裡，發現老人頻繁提到自己的『鄉』，為了行文方便，我把它翻譯成『黃金鄉』，因為我是在臺灣發現那座奇怪的山谷，百年前，有許多人相信臺灣有黃金，乘船來此冒險尋金，那地方若稱為黃金鄉，是再貼切不過。」

增田雄說完，見天色也不早了，便催許茂生回家，路上兩人還談笑著，直到近了村莊，增田雄突然彎下身與許茂生目光平視，他輕輕地說：「大山君，這幾次真是謝謝你，我也差不多該回去了。」

「什麼時候回去？」

「隔天一早，你不用來送了。」

被你的朋友看到不好，是不是？許茂生想，但沒有問出口，他年紀小，難掩憂傷，低下頭握住拳頭，肩膀顫抖。一陣沙沙聲，許茂生頭頂一熱，他抬頭，看見增田雄笑吟吟的面容，他的頭髮原來有些稀疏，晴雨帽下的臉被太陽曬得紅通通的。

增田雄將自己頭上的帽子摘下來，戴在許茂生頭上。

「這頂帽子陪我很多年了，就當作紀念送給你吧。」增田雄還向他保證，自己會寫信給他。

許茂生在回家的路上忘情地唱歌。

從此以後，他無時無刻不戴著那頂晴雨帽，他上課的時候戴、吃飯的時候戴、睡覺的時候戴、撒尿的時候也戴，戴到學校的先生告訴他：「大山同學，奉安殿裡有御真影，請將帽子拿下來。」

御真影指的就是天皇的肖像照，許茂生不以為然：「天皇在奉安殿裡，根本就看不見我啊。」

他為此挨了一頓打，仍堅持不肯脫帽，他的固執有些不同尋常，從此再沒有人叫他把帽子脫下來了。

臭泥鰍是唯一理解這整件事的人，當許茂生對他描述增田雄其人其事，他認為許茂生的舉動有複雜的意義：「觀世音的老師是阿彌陀佛，為了紀念祂的老師，觀世音將阿彌陀佛像放在自己頭上，象徵著無限的崇敬，這是某種特別的因緣吧，多麼不可思議的巧合，這也正是我在尋找的呢，許帽子，你就是觀世音，而那內地人是阿彌陀佛。」臭泥鰍依然是瘋瘋癲癲的，但許茂生始終很高興有他這個朋友，後來的後來，臭泥鰍失蹤了，許茂生很多年以後得知，臭泥鰍在山上尋了間寺廟出家。

當時年幼的許茂生尚不知曉，年長的增田雄也沒有意識到，但當增田雄將那頂晴雨帽蓋在孩子頭頂，有些事情便在冥冥中註定了。

那日結束，增田雄真的離開了，但他並沒有忘記與許茂生的約定，他開始給這個囝仔桑寫信。

大山君：

我正在我上次曾跟你說過，十分喜愛其風姿的奇萊山，這裡有秀麗壯闊的景色，以及獨特的山地民族文化，不過，我仍尚未尋找到當時黃金鄉的入口，黃金鄉真的存在嗎？或者只是我的幻覺？

由於長時間缺課的關係，我差點無法從學校畢業，幸好校長欣賞我在學術研究上的貢獻，特別允許我合格，從明天起，我就不再是學生，而是社會人士了。

我的朋友們都是風趣的人，難免笑話我生活散漫，但他們是為了我好，我知道。大山君，長大以後可千萬不要成為像我這樣的大人啊。

奇萊山主峰就算是在夏季，頂端也覆蓋著一層薄雪，遠看相當地美麗，山的存在如此巨大，令人難以忽視，「因為它就在那裡。」著名的登山家喬治・馬洛里曾這麼說。我稍稍能夠理解，看得見卻無法抵達，是作為人類多大的不幸。

黃金鄉是存在也好，不存在也罷，那次的回憶對我來說並非最重要的，僅僅是一段有趣的經歷，或者說在某種意義上，我認為假若那次的經驗屬於真實，那麼我已將老人的意念帶出山谷，我還有其他的冒險與追尋，因此，我將這本筆記送給你，有我轉譯的日文版本，還有原本的哨音記號版本，你閒時可以讀著玩，這邊可以先跟你分享一件我在閱讀時發現的有趣之處：老人相信，黃金鄉的入口是流動的。也就是說，我無法在奇萊山找到當初的入口是很有可能的，因為入口已經漂流到別的地方，儘管我不理解為何會這樣，但或許有一天，你也能夠在其他地方找到黃金鄉的入口也說不定。

話說回來大山君要升上三年級了吧，時間過得真快。請你務必回信給我，讓我能夠知道你的漢字學習沒有問題……開玩笑的，課餘時間就算沒有我，也要好好在山野間奔跑啊。

增田雄

許茂生的父母對於他和內地人通信起先擔憂，但許茂生父親查閱過後認為沒有太大的問題，也就默許了兒子回信。

增田雄在一次來信中甚至將他在迷失的山谷中撰寫的筆記贈予許茂生，讓許茂生感到震動，他以為這是對增田雄來說很重要的筆記，但增田雄卻將筆記送給了他……

筆記如增田雄所說，分為兩冊，一冊是寬大的正方形筆記，外面有皮革書衣包裹，只是已然破爛不堪，內頁更是又髒又舊，許茂生想像增田雄在無家可歸的情況下，僅有一枝筆，他邊寫邊塗，手指沾到的草液、汗水與淚水，讓筆記紙頁變得汙穢。而這份筆記內容也相當奇特，裡頭只有長短直線記號，加上增田雄描繪的老人臉孔，他的神情與手勢。

如此，對照另一本筆記上清晰的日文，許茂生大致能猜懂七分。這兩份筆記從最開始就在訴說故事，一個關於山中之鄉，追尋與哨音的故事，故事中夾雜如何修練輕身之法的解釋，他一面研究筆記內容，一面忍不住對此躍躍欲試。

他回到鄰近村莊的山上，開始照著筆記練習，同時想像增田雄是否也曾與自己一樣，偷偷在無人處練習筆記上的身法。

許茂生也寫信給增田雄，儘管他認得的漢字確實還沒有很多，他用平假名寫信，一開始許茂生還不習慣，每一封信都很短，字又很大，他慢慢練習寫字，還跟父親要了幾張信紙，將字一個個安進小小的格線裡。因增田雄行蹤飄忽，他收到信的時間通常很晚，回信的時間自然更晚，他們對彼此講述的事物似乎擁有一種微妙的時差感，但他們從未中斷通信，從許茂生小學到中學，他們一封又一封地寫，直到許茂生能夠寫出一封禮貌、溫和且文情並茂的信，他已逐漸成長。

有朝一日，許茂生回頭思索這段情誼，他想自己很幸運見識到了另一種大人，自由自在且富冒險精神，永遠精力旺盛的增田先生，或許在不知不覺間，悄悄推了許茂生一把。

許茂生在臺灣寄給增田雄的最後一封信是這樣的：

增田先生：

我想告訴您一個好消息，我結婚了，而且準備前往內地求學，就讀工專，我的妻子很溫柔、善解人意，她說她會等我，等我回臺灣來，到時候，我們也許會有一個孩子。增田先生，讀工專約莫需要三年，但我等不了那麼久，預計以兩年畢業，不知道您覺得如何？有什麼樣的建議嗎？

我是在三日前結婚的，原本有寫信通知您，但一直未收到回信，婚禮當天您也沒來，我想您可能又是在哪座山或哪座森林進行探險，因此假若您回家收到信，千萬別怪我沒告訴您我要結婚的事情啊。

增田先生，我寫這封信並不是因為生您沒有來婚禮的氣，事實上，我是想跟您致謝的。

若不是您，我不會想到內地讀書，也不會覺得自己的未來還有其他可能，我想到日本讀書，一方面也是想看看您出生長大的土地。

當您讀到這封信，我恐怕已不在臺灣了，若您需要回信，等我到了內地，確定住處的地址後再告知您。

大山茂生敬

大山君：

你真是的！我請幾個朋友幫忙探聽才得知你目前暫住的地址，不然你給我寫的這一堆信，我該怎麼回呢？

不過太好了，你結婚是最好的消息，祝賀你！祝賀你新婚愉快，雖然剛結婚就要離開妻子，還真是有點殘忍呢。你的妻子實在是個賢淑的人，願意等待你學成歸來，希望有機會我也能見到你的夫人。

我前陣子在次高山進行地形研究，很遺憾沒有收到你的信，一回家看見你寄給我近十封信，感到很不好意思，不過，當我讀到你要結婚的信時，我又高興地在街上歡呼，周遭的鄰居說不定以為我是個怪人。

再過一陣子，我會到總督府任職，說也奇怪，我並沒有回到內地的欲望，但你說是因為我的關係才想前往日本求學，使我非常感動，我們的位置似乎互換了，你前往我的故鄉，而我留在你的故鄉。

儘管我還不想回家，但我全心全意愛著日本，我是東京人，小時候讀了《今昔物語》知道佐渡島上有金礦，有人將佐渡稱作黃金鄉，有一陣子我懷揣著尋金的夢想，直到稍大一點，第一次聽聞臺灣，我居然把兩者弄混，誤以為佐渡島就是臺灣島，很好笑吧？幸好弄混的時間並不長……對我來說，日本就是一切冒險的起點，由此發散朝向世界的各地行進，前往各種不可思議的地方，見到各種不可思議的人，這是我的夢想，大山君，我所有夢想的開始就是我的故鄉，這是我對鄉的理解，當你前往內地，對我來說就好似你代替我回到了家。

你知道內地的櫻花會在春天盛開嗎？非常地美麗，我出生時的日本，正面臨封建社會轉型的時刻，路上還看得到武士訓練營，你如今到那兒去，變化應該很大吧，不過神社還是哪裡都有，你可以去看看，內地神社跟臺灣的神社還是有許多不同。

明白了嗎？這就是我的故鄉，是你所前往的地方，某種程度上，我嫉妒你，能夠比我更早回到我的家鄉。

至於提早畢業，我認為以大山君你的資質是非常有可能的，日本工專的三年修業時間，其實還包含了學生休息、沉澱的時間，中間是有一些餘裕，大山君只要善加利用，一定可以提早畢業。倒是不要因為自己是外地人，就勉強自己一定要融入當地的文化，或者聽其他老師、同學說以他們的規矩而言，一定要讀三年才能畢業，你就順從了，沒有這回事的，想想我吧，無論是在高校或大學，我經常不去學校上課也依然可以畢業。

不對，我這似乎並不是很好的例子，請千萬不要學習我，大山君。雖然，我寫作的論文最近在日本很受到推崇，我想我的故事對你還是有些幫助的，只要你在其他人面前提到我增田雄的名字，開玩笑的，大概啦。

話說回來，我還欠你一件新婚賀禮，請盡快告訴我你在日本確定居住的地址，我有一件有趣的火山岩標本要寄給你看看。

增田雄

許茂生後來真的以兩年的時間便從工專畢業，回臺之後，他與增田雄碰面用餐，飯桌上，增田雄邀請許茂生到自己任職的總督府工作。

那段時光對許茂生來說幸福而快樂，他的妻子懷孕生下兒子，每天都能在總督府見到增田雄，增田雄對他來說亦師亦友，跟許茂生一家關係極好，每逢假日，增田雄便邀請許茂生一家到附近的森林郊遊，大多時候許茂生的妻子會藉口孩子愛睏，無法走那麼長的距離，讓許茂生與增田雄兩人自行去玩就好。那麼增田雄便會臨時取消簡單的出遊，轉而帶許茂生爬山。

增田雄經常取笑許茂生始終戴著那頂晴雨帽，也只有在他們千辛萬苦走上山頂時，增田雄故意鬧他，許茂生才會笑笑地將帽子摘下來一會兒。

西元一九四一年年底，太平洋戰爭爆發，增田雄的研究工作被迫中止，許茂生一家對空氣中凝重的氛圍感到恐懼，許茂生依然在總督府工作，西元一九四二年，日本進犯美國屬地菲律賓，增田雄臨時被調派到印尼婆羅洲研究民族學與當地戰略。

他們即將再度分別，這一次，已然長大成人的許茂生重重擁抱了不習慣擁抱的增田雄，很難想像，這名樂天開朗的內地人原來真的保有內地人的個性：不擅長肢體接觸。許茂生看著增田雄尷尬的大紅臉，轉而拍拍他的肩膀。

「快點回來吧，小玉還想做滷肉給你吃呢。」

「哈哈，一定！除非……婆羅洲也有一個通往黃金鄉的入口，大山君，假如我晚回來了，你就當作我又不小心前往黃金鄉，不出半年，我是一定會回來的。」

增田雄說著便笑著揮揮手，坐上離開的公家車。

不知為何，許茂生對增田雄的離去有種不安的預感。當晚，許茂生就做了一個夢，夢見增田雄抵達婆羅洲，他洋溢興味的背影毫不猶豫走進灼熱的雨林，天上下著黏膩的雨，而有戰爭在遠方開展。

許茂生倏地驚醒，全身濕汗，他彷彿聽見炮火與槍響，可是，夜晚實際上異常寧靜。

其後，事實證明許茂生的擔心是多餘的，增田雄只在婆羅洲待了一個月便回到臺灣，彼時只在短暫的餐敘後，他告訴許茂生自己準備回日本。

「他們任命我為『南方開發派遣要員』，要到菲律賓做研究，我得先回內地等待出發。」

從婆羅洲回來的增田雄面容瘦削嚴肅，不苟言笑，與他過去的模樣判若兩人，他望著許茂生隱忍的目光，吁出一口長氣：「這次，我們可能要很久以後才能見面了。」

於是又像那日在彰化的淺山之旅結束後，兩人的離別，許茂生按捺著心中的憂愁，他對既像師長又像至交友人的增田雄那滿懷的不捨，均在增田雄面前無所遁形，豈料還是增田雄露出如過去那般和煦的笑靨，對許茂生說：「戰爭結束後，你可要來找我啊！」

這是兩人生命中最後一次分別，增田雄回到日本後，先到廣島等待乘坐輪船，期間還應邀到大學演講，他雖嘗試寫信給許茂生，幾度下筆卻無法成行，即便勉強寫完，信件也無法寄出。許茂生也是一樣，他們都知道這是一段特別的情誼，然而當時世界局勢瞬息萬變，他們害怕寫信，這樣一件簡單的事情，會不會在未來的某一天，對彼此造成傷害。

於是許茂生將增田雄最後所說的話語當作約定，默默等待終戰那一天。與此同時，他在總督府的工作差不多告一個段落，新的人事命令調派他到宜蘭，還未正式啟程前，許茂生帶著一家妻小回彰化拜訪父母，日文通的父親如今開始處理戰報相關的工作，母親則擔心著許茂生的兒子是否吃飽穿暖，父母看起來除了蒼老些，與過去並無不同。

吃過晚飯，許茂生的父親熱了酒與兒子對酌，不知有意還是無意，他詢問許茂生是否還與那位內地先生有連繫。

「不，我們沒有繼續聯絡，他已經回到日本去了。」許茂生簡單地說。

只見父親點點頭：「這樣也好。」

許茂生隔日告別父母，與妻兒一同返回臺北時，回望過去自己出生長大的村莊，原來竟是這麼地小。

就連曾與增田雄一同探險的山，原來也只是山坡而已。這樣一個小地方，實際上增田雄根本不可能來，他往後前往的山都是臺灣高海拔山峰，或許是增田雄在失敗的奇萊山探險後需要休息，所以才到臺灣各地探訪民俗文化，兩人也才因此相遇。

不論如何，能夠相遇真是太好了。許茂生不禁這樣想。

在他回到臺北接獲調令，著手安排搬遷事宜，並準備前往宜蘭擔任水利局組長時，增田雄在廣島乘上大洋丸遠洋班輪船到菲律賓進行民族學調查，一艘來自美軍的軍艦悄悄跟尋，最終，一枚冰冷的魚雷沉入同樣冰冷的海水裡，穿透大洋丸的腹腔，船在無聲中下潛，而增田雄在水中漂流，近乎一個月，沒有人知道增田雄漂去了哪裡，他或許兀自在海中尋找著曾與大山君提及的黃金鄉，他漂向彈丸小島，小心謹慎地窺視一會，見打鐵師父與女童的笑鬧，他不禁莞爾，亦發現那不是他的鄉；他漂向蓬萊，震驚詫異地注視神仙飛舞的叢山，但那依然不是他的鄉；他漂向雲海底端的鵝鑾山間，哨童攔邊崖壁追尋母親的哨音與桃花源，那也不是他魂牽夢縈的鄉，他如此飄盪了一個月，終於在將近最後抵達終焉之地，所有仙鄉的源起，他們口中的黃金鄉，增田雄有趣地發現，那兒根本沒有黃金，而是一塊與自己年輕時所居處並無二致的土地，在那兒，所有增田雄生命中曾遭遇的人都在那裡，甚至連未來死於中央山脈的許茂生也在，還有他的妻子、孩子、所有他愛過的人。

「囝仔桑，你也在這裡啊！」增田雄好玩地跟許茂生說：「這裡就是黃金鄉嗎？」

「不。」許茂生微笑道：「這裡是……」

增田雄聽不明白許茂生語末的詞句，那句話聽起來像一個許諾、一個美夢，增田雄回身繼續在海浪中漂流，因為就算是所有仙鄉的最初之地，也不是他曾對許茂生解釋過，屬於自己的鄉。

大洋丸沉沒一個月後，增田雄的屍首在日本被發現，他僅存的身體真正找到了屬於他的鄉，又或者，是增田雄以自己的屍體作為船，乘著它，於漫長的航行後終於歸家。

許茂生在幾天後聽聞增田雄的死訊，說大洋丸被美軍戰艦擊沉，他死了，屍體不知所蹤，後來又聽說，增田雄的身體自己漂流到日本，許茂生想起曾和增田雄討論黃金鄉的傳說，還有那本記錄著長短哨音的筆記。

西元一九四五年八月十五日，日本宣布投降，十月二十五日於臺北公會堂舉行受降典禮，接著全數在臺日本人遭遣返。大山茂生正式改姓為許茂生，他還掙扎著語言文字的轉換，卻聽聞國共內戰愈發激烈，而這新政府在各方面並不真的更珍惜臺灣，他們榨取這片土地的資源用於戰爭。

沒有人憐愛我的故鄉。這是許茂生心底的想法。這是我的家鄉，可是我無法自由，無法作主。

西元一九四九年，國民政府遷臺，許茂生前往臺中政府建設課任工程技師，他的工作趨於平穩，許茂生認為，這全賴他的妻子為他求來的一枚玉製觀世音護身符，這似乎使他與日本人的信仰完全區別開來，他的同事或下屬都和他關係良好，還有他經常戴著那頂破爛晴雨帽，更使周遭的人們認為他沒有什麼距離感。

他三十七歲轉任公路局第二工程處，成為中橫公路開鑿前的測量隊先鋒，由於他從不脫下那頂晴雨帽，弟兄們都喊他許帽子。

從未上山的測員們有人害怕高山，私下還傳說山上有山鬼，他便與退輔會副主委提及或許能讓哪位道士或師父上山。

重回山上那天下著雨，許茂生等待自願和測量隊上山的和尚前來，他忽然想，趁著上山的機會，有沒有可能找到通往增田雄口中黃金鄉的路途呢？遠遠地，臭泥鰍的聲音熟悉且陌生地傳來：「好久不見啦！許帽子。」

這一別就是二十多年。許茂生笑了笑，分離、重逢，一次次無法預料的緣分，或許有一天，他真的找到黃金鄉的入口，他也能與增田先生重遇。此時晴雨帽扣在他頭上，輕輕的、軟軟的，遮去來自天公的雨打，他不再猶豫，轉身入山。

◆

「所以，你再也沒見過增田雄嗎？你確定他真的死了？」夜宵看著熄滅的篝火，悄聲問道。

「他的屍體在海上漂流一個月，最終漂回了日本，他在臺灣的友人協助聯絡將他的骨灰運到臺灣安葬。」

不知不覺，他們竟已度過整晚，晨曦薄霧自外頭飄入，隨著隱約的光線，可以看見淡藍色的天空。

夜宵觀察著許茂生的表情，思索他對自己訴說這些的意義。

「增田……增田先生，他所說的黃金鄉是真實存在的嗎？」

「你也想尋寶是嗎？」許茂生看著他，露出意味深遠的笑容。

夜宵腦中靈光一閃：「難道說你上山的原因……」

「噓。」

正是天光更熾之時，洞穴外傳來似乎很遙遠的呼喚聲，聲音聽起來像達海，夜宵停了一下，旋即衝出洞穴外，瞇著眼朝上方的懸崖處喊道：「這裡啊！呦——」

「哎？是阿宵嗎？」另一個前來搜索的人是老嚴。

「是的！許隊長也在這邊。」夜宵大聲說。

「許隊長？我們就想他肯定是去找你了，但遇到困難，所以昨晚才沒有回來。」

夜宵想說話，喉嚨卻哽了一下。達海和老嚴說要找更多人過來幫忙，不一會就聽見許多男人嘿喲嘿喲的工作聲，他們將繩索固定在上方，垂降下足以容納一名成人的竹簍，雖不安全，卻是唯一能讓他們回去的方法。

許茂生讓夜宵先乘竹簍上升，夜宵事前雖與上頭的弟兄開玩笑說：「老子才不害怕！」一坐上竹簍卻整個人縮成一團，待他回到懸崖邊，其他人紛紛拍他的肩膀半嘲笑半親暱地給予安慰，就這樣，夜宵順順利利與這夥人打成一片了。隨後上來的許茂生見他們忙著與夜宵說話，忘了拉他上來，竟一手抓著繩索，整個人站立於竹簍上，一點一點自個兒把自己拉上去。

上山時間不長的測員還震驚著，許茂生的幾個老夥伴已經見怪不怪地上前幫忙。

「怎麼？愣著幹嘛？該做什麼還用我說嗎？」許茂生拍拍身上的灰塵，對隊員們笑道。

其他人有當過兵的，立正敬禮直說：「馬上開工！」便像昨晚因兩人失蹤引起的恐慌都不存在似的。

夜宵心裡感激許茂生，他用這種方法讓自己不被怪罪，雖然他確實脫隊，但其他人念他剛上山，年紀又輕，並沒有太過責備他。

新的測量工作又如火如荼地開始了，許茂生表示要在中午前搞完，中午吃過飯就好回基地去，他也能夠把新拿到的資料送到山下。

為了增加行進的方便，夜宵被老嚴找去和一夥人一起加強流籠的設置，眾人正在忙時，夜宵發現有個男人不斷斜眼看他，詢問過達海，他說那男人跟誰都不熟，也不是從大陸過來，但因有土木背景，才被找上山。夜宵想，大概跟許茂生一樣是經歷過日治時期的長輩，他沒多想，兀自工作，豈料這人不時干擾他，嫌他動作慢，不然就趁他轉身時吐口水，夜宵忍著沒發作，一次經過時那人嘴角微揚，小聲說了一句：「肖仔。」

夜宵立刻轉過身：「你說啥？」

「別鬧！他殺過人咧。」老嚴大嗓門地試圖用粗糙的玩笑轉移那人的注意力，卻讓對方笑得更誇張。

「他這樣的瘦排骨也能殺人？我看殺的是女人。」男人扭曲五官，吐舌皺眉：「肖仔，你說你殺的是不是你阿母？」

夜宵眼前一片赤紅，回過神來已與對方扭打在一塊，旁人見勸不住，也不知怎麼想的，居然派黃金鼠去找泥鰍和尚。

「來來來！別擋路！讓我過去……」泥鰍和尚晃著肚皮抖動著跑過，眾人都讓出路來，此時夜宵和那男人已各自被老嚴與達海擒住，夜宵一臉不甘地望著泥鰍和尚，沒一會又垂下了頭。

泥鰍和尚擦著汗無奈地笑著對那男人說：「阿古啊，人家說有打鬥我就猜是你，你搞什麼東西？拖垮工作進度，不怕許帽子生氣？」

「這種殺人犯許隊長幹嘛讓他上山，還對他挺好的咧。」

「你個傻瓜。」

「你……你憑什麼罵人？」

「你這沒讀書的庸貨，智商低、人弱智，長這麼大沒社會歷練，你不懂看人，你不懂人心。」泥鰍和尚劈哩趴啦就是一串罵。

名為阿古的男人本想好自己被罵的一套說詞，卻只知道若罵他與夜宵打架，他要趁機貶低夜宵，卻不想泥鰍和尚一罵就罵他弱智。

「夜宵才十七歲，十七歲就犯事上來，你想他是流氓啊？若是流氓，怎麼會被捉住，那些當地頭蛇的殺了四、五人都還在外頭逍遙呢，這個少年若沒有故事，我頭給你，你阿古一不探聽人家身世，二沒有想像力，看見菜鳥就想欺負，還自以為正義呢，別以為我不知道你又為何上來，你聽說上山來會幫你找山地姑娘當老婆，就把身子給賣了，你又算什麼東西，沒懶趴，哼。」

泥鰍和尚一說完，拽過夜宵就往營地走，阿古癱坐地上，嘴巴微張，其他人不由自主都拍起手來。

泥鰍和尚在營地裡的簡易辦公室對許茂生簡單報告了事故，許茂生沒生氣，只是問夜宵有沒有受傷，受傷了找醫療人員治療。夜宵搖搖頭，一語不發，想自己剛來兩天，就又是失蹤又是和人打架的，許隊長或許心裡已不想要他。

這樣一耽擱，遲至下午大夥才姍姍地要回基地，路上氣氛凝重，阿古故意與他人交頭接耳，像是在背後議論夜宵，夜宵紅著眼直視前方，努力讓自己不至於留下屈辱的淚水。

他們回到基地後，聽廚子說飯還在做，其他人便偷閒休息，許茂生刻意叫夜宵來，旁邊還有泥鰍和尚，許茂生說：「晚飯還要點時間，走，帶你去吃點心。」

泥鰍和尚不由自主咂起嘴，許茂生瞪他一眼，夜宵這才感到好笑地表情放鬆了些。

在山上吃點心，其實也就只有那攤賣豆腐的竹棚小店，他們到了坐下，泥鰍和尚跟老闆寒暄，說這山上愈來愈熱鬧了，之後說不定還會有湘菜館、包子店、麵攤子等等，會成一個怪異的小集市，把老闆逗得大笑。

許茂生沒理會泥鰍和尚，而是正色凝視夜宵，一字一句問：「到底是怎麼回事？」

「那人說不相信我殺人，說我就算殺人，殺的也是女人。」

「這樣你就生氣？」

「許帽子，你語氣可以好點？臭阿古說他殺的是女人，還是他阿母咧。」泥鰍和尚與老闆聊完，過來替夜宵出頭。

「我媽一直有被我爸打，他說我殺我媽，我氣不過……」夜宵一雙鷹目灼灼發光：「老子殺的是男人，也只殺男人。」

人。」

「你只殺過一個男人，就不必說只殺男人。」許茂生淡淡地道：「你未來也不會再去殺

夜宵憤怒未平，一下又被激起，他猛然站起，對著許茂生沉聲道：「你看不起我？」

「坐下。」兩個字鏗鏘有力，許茂生語氣不重，比起命令更像勸慰，因此夜宵也回過神，按捺著怒火坐下。一旁的泥鰍和尚一臉無奈，招手跟老闆叫了三塊豆腐，三杯熱茶。

「他氣成這樣，你叫熱茶？」許茂生睨他一眼。

「熱茶才好，燙得人要慢慢喝，喝完會輕鬆一些。」泥鰍和尚笑呵呵地說，待豆腐與茶上桌，許茂生和泥鰍和尚都催夜宵多吃，他小心翼翼一點一點吞嚥熱茶，等一杯茶見底，他發現自己確實沒那麼氣了。

「年輕人的火氣都是來來去去的。」泥鰍和尚又呵呵地笑著，夜宵這時發現，自己真的喜歡上這個乍看之下在山上毫無用處的和尚，他老是在逗別人笑，夜宵卻從沒自他人口中聽聞關於泥鰍和尚的故事，就連許茂生，他也只說泥鰍和尚跟自己是兒時玩伴，可有整整二十多年，兩人似乎沒有見過面。

夜宵的火氣確實不見了，取而代之的是好奇，忍不住就問許茂生說：「你之前說你們小時候就認識了，但你說起與增田雄的故事時，沒有提過泥鰍和尚。」

泥鰍和尚止住了笑，與許茂生對看一眼：「這沒辦法。」

「沒辦法？什麼意思？」

「這老泥鰍，十幾歲就出家了，到一座山裡的寺廟想脫離紅塵，結果才幾天，就熬不過

想吃泥鰍的勁頭，他逃出寺廟，後來怎樣？老泥鰍你跟我說，你做了樵夫，做了騙子，做了乞丐，還有什麼？阿宵，這些話還都是我們後來碰面，他才跟我說的，他不跟我聯絡，是因為羞恥。」

「那後來怎樣又當回和尚？」夜宵問。

「就把袈裟重新穿上了唄。」泥鰍和尚輕鬆地說：「不過我現在當真不吃葷了，不吃泥鰍吃豆腐。」他輕輕帶過，並不給人不真誠的感受，相反地夜宵認為，背底可能有些故事是他暫且還不能得知的。

三人聊著聊著，夜宵心情好了些，許茂生便讓大家回去吃飯。許隊長照顧新人，隊員們是知道的，趁著隊長將人帶走，已經有些老鳥對阿古軟硬兼施，逼得他不得不舉雙手發誓不再欺負夜宵，老嚴還命人拿紙筆印泥畫押，阿古不識字，以為其他人讓他簽下的是更要命的契約，老嚴將計就計，騙他這是一張賣身契，許隊長在後頭撐腰，要是再有欺負新人的事情，賣身契簽下就在山上開道至死。

晚上廚子弄了酸菜白肉鍋，是跟路過的山胞獵人買下的野獸肉，山上何時有白肉可吃？以獸肉當白肉也是尋個開心而已，確實每個人都樂呵，連阿古也被人灌酒，酒是豆腐棚子老闆所釀，容易醉人，阿古那份陰狠消失無蹤。

「多吃多喝，到時候上山可沒這些好吃。」黃金鼠對夜宵說。

他們的基地位於入山前，交通運輸方便一些的平坦空地，雖也屬山區一部分，但不如能高、大北投那樣遙遠。

夜宵與達海、黃金鼠推杯換盞，不時交換對泥鰍和尚、許隊長的讚賞，黃金鼠人小臉圓，說起話來有種喜感，他說泥鰍和尚與許隊長就是天生拍檔，泥鰍和尚管鬼神信仰，安撫隊員的心理層面，許隊長則有領導氣質，他對地形測量的知識與技巧運用無人能敵，還會教導未曾走過山路的隊員如何爬山，管的是隊員的生理層面。

達海話不多，嘴角露著淺淺的微笑，他聽夜宵和黃金鼠聊天，最後突然說起早先有人落崖的事情，才皺起了眉。

「老嚴說有山鬼，山鬼是什麼？」夜宵好奇地問。

「這樣一座山，過去沒很多人上來，本來就有山神，不僅僅是山，一顆石頭，一株草木都有靈魂，山鬼就是山裡的精怪。」達海平和地解釋道。

「山胞大多是泛靈論，以我們漢人的說法呀，就是山上的魑魅魍魎在作祟。」黃金鼠吱吱地嚥下一口熱湯解酒。

晚飯過後，眾人醉的醉睡的睡，夜宵沒喝多少，許茂生招他到辦公室談話，而泥鰍和尚飄忽地往外頭走說要解尿，便沒有跟著，許茂生在辦公室對夜宵說他們現在新組了測量隊，特別測勘南線，南線還要分東段和西段兩隊，他想了想，覺得必須詳細地教導夜宵自己那套行走山路的功夫。

夜宵聞言暗自高興，許茂生待他很好，出乎他的意料，想到過去的家人也不曾對他這樣好，夜宵不禁紅了眼眶。

夜宵見時候不早，正要離開辦公室，許茂生又說：「黃金鄉確實是我接下這份工作的原因之一。」

夜宵面露驚訝：「你認為這座山上藏著通往黃金鄉的祕徑？」

「我不確定，我只是分析增田先生留給我的筆記裡，在最後一段是與前面大部分哨音記號無關的類似符號，似乎是增田先生學會了哨音記號，以記號留下密語給我，對照他留下的日文譯本內並沒有多出的這一段，但藉由原始版跟日文版的比對，我可以得出後面那一小段增田先生留下的記號意思為何。」

「太好了！是在說什麼呢？」

「『黃金鄉的入口是會走動的，移動的規律與時間有關，因此，有時入口在海上，有時在天空，有時在島嶼，有時在深山，有時同時打開各個地方的許多入口，有時僅僅只有一個入口，但不管怎樣，至少一定會有一個入口，如今我為了追逐這個入口，已經三度登上臺灣次高山，我現在很清楚，黃金鄉就隱藏在タロコ的肚子下方』……這是日文轉譯後的文字內容。」

夜宵聽聞許茂生所說的話十分開心，同時也感到戰慄，他憂心忡忡地問：「那麼，你要去尋找這個入口嗎？」

「我想等測量工作結束再說。」許茂生道：「畢竟這也不是非常重要的事情，可能只是我的一位故人留給我的遺物，至少我知道如他所說的仙鄉、黃金鄉在現實中不可能存在，所以我也才不介意當作一個故事跟你分享。」說著，許茂生笑了笑擺擺手：「好了，你趕緊去睡吧。」

夜宵於是走了出去，依許茂生的叮囑準備早睡，內心卻滿是冒險將至的興奮，他深呼吸了幾口氣，思及隔天還有工作要做，測量工具與還未裝上的流籠都擺在外頭待命，夜宵趕緊尋了一頂帳篷，見老嚴、達海等自己較熟稔的弟兄都在裡頭，並招呼他進去，夜宵本來就沒有特別被安排在哪處落腳，便跟他們湊和一晚上。

他思索自己這些日子以來的境遇，有不堪也有美好，如今一下子認識了這麼一大夥人，對比他犯下的罪行，實在不像是一種懲罰，想著想著，夜宵昏昏沉沉地睡了。

半夢半醒間，他見到了臉上有瘀傷的母親，在大太陽底下的破爛屋子前無言而笑，屋子只有母親一人，夜宵不知為何知曉，母親手掌平放在頭頂，彷彿無聲地問他長得多高了？夜宵哽咽不已，就這麼醒轉過來，帳篷內還一片黑暗，傳來此起彼落的打呼聲，突然間，外頭有微弱的光亮，透過帳篷，一細長人影彷彿舞蹈般在帳篷外扭曲跳躍，夜宵差點驚叫出聲，忙摀住自己的嘴，不料黃金鼠卻突然在睡夢中狂叫起來，隨著他的叫喊，其他人也被感染似的瘋狂大叫，他們一個帳篷叫嚷不休，連帶著外面幾個帳篷也瘋叫不止，一瞬間外頭強光照來，跳躍的人影不見了，許隊長帶著一盞探照燈面容嚴肅地走進帳篷。

「叫喊什麼？外頭的測量工具都不見了，可有人拿走？」許茂生一進來就講這句話，篷內幾人愣忡。

還睡意未清的老嚴目光朦朧，整個人卻在發抖：「有山鬼來鬧營。」

許茂生向來不喜鬼神之說，一聽這話就冷下臉，黃金鼠鼓起勇氣幫腔：「是真的，迷迷糊糊看見有人在帳篷外跳舞，那模樣邪門得很，我忍不住才叫起來的。」

「所以是你先叫的？」許茂生問。

「但我也有看見跳舞的人影。」夜宵小聲說，他初來乍到，不敢太出頭。

許茂生的視線移向夜宵，幾不可察點了點頭，說：「先睡吧，離天亮不遠，早上再說。」

許茂生提著探照燈走出帳篷，顯然也到其他帳篷巡視了，篷內的人都知道要趕緊休息，卻忍不住竊竊私語。

「那人影不曉得是什麼鬼東西。」

「噓！別再說……那個字。」

「你怕啊？膽小！」

「我們人那麼多，還怕一個鬧事的……那個嗎？」

「罷了罷了，快天亮了，抓緊時間睡覺。」

於是一會兒後，鼾聲又陣陣響起。夜宵倒睡不著，他想那人影，總覺得十分奇怪。

帳篷外光亮絲絲流瀉，夜宵小心翼翼穿衣穿鞋，走出帳篷呼吸清冷的空氣，山間晚上溫度極寒，胸腔一起一伏內裡如遭刀割，夜宵走了幾步，生生愣住了，看見滿地重要的儀器工具全遭破壞，零件散落一地，流籠整個還落到了懸崖底。

「山鬼作祟！」有些跟著出來看的人大喊，一下子一夥人一聲高過一聲恐懼地尖叫：「是山鬼！山鬼來啦！」

許茂生並未阻止他們尖聲吼叫，只是蹲下身檢查損壞的器具，夜宵上前協助，聽見許茂生的嘆息。

「流籠跟其他器具是少一樣不行的，我們從山下運工具上來，假如順利起碼要一周，倘若工具有缺需再打造，一個月跑不掉。」許茂生從剛走出辦公室的達海手中接過山勢圖，指點那一條容得人們出入山間的路，看起來又細又小。

達海一面聽一面觀察懸崖邊散亂的泥土痕跡，倏地沉下臉。他小心走近懸崖邊緣，用極輕的聲音呼喚許茂生：「隊長，有人落崖。」

這話不僅許茂生，夜宵也聽見了，但他們誰都沒有太大的反應，只是壓抑著，謹慎地往崖邊靠去，以免令周遭已經趨於瘋狂的測工們情緒更加激烈。

他們看見，阿古穿著昨晚喝湯飲酒時所穿的迷彩服，脖子上還有一條被人強行繫上去的粉紅亮片絲巾，四肢彎曲地倒臥在將近十層樓高的山谷底端。

由於他們三人的表情太過凝重，已陸陸續續有人上前觀看，只在這時，許茂生拍了拍達海的肩膀，暗示他處理後續的事宜，他示意夜宵跟自己進辦公室。

外頭傳來更加尖利的尖叫與咆哮時，許茂生和夜宵已經入了辦公室，泥鰍和尚早已等在那裡。

「器具還要運送，加上人心惶惶，新的測量計畫怕是無法進行下去了。」許茂生說。

「給他們一點時間，多加休息，畢竟要等運送器具上來，我也利用這段休息的日子好好跟他們講經。」泥鰍和尚提議。

「泥鰍和尚，您怎麼看？」夜宵突然感到好奇，泥鰍和尚是為了平復人心才被請上山，但當真正發生這樣的事件時，他又站在哪一邊呢？

只見泥鰍和尚靜雅地佇立在旁，目光平淡，他合掌道：「看是山鬼沒錯了。」

「山鬼？你也信這一套？」許茂生的面孔初次散發顯而易見的怒氣，一拍掌，小小的木桌子立即坍倒，泥鰍和尚笑一笑：「我若不信，誰站在這些測工那邊？」說罷就握著齊眉棍走了出去。

許茂生氣得瞪大了眼睛，怒火卻無處可發，他見夜宵呆站一旁，一股火硬生生冷了下去，他手輕撫脖子上掛著的觀世音像吊墜，說：「老泥鰍有事要做，你去幫他吧。」

夜宵得令，趕緊走出辦公室追上泥鰍和尚的步伐。

「泥鰍和尚，山鬼到底是什麼？」夜宵輕輕地問。

「有人說山鬼是山間的魑魅，是山精樹靈，有人說是山本身的神形，但既然是鬼，有時我便想，興許是死於這座山裡的人幻化而成，我們這份工作，從最開始就死了不少人，為了探測這條路，也不知犧牲了幾條人命？山鬼，也像是一種業。」

「業？」

「報應吧，我們在這世上所做的任何事情，均牽一髮而動全身，做了好事就有好報，做壞事則有相應的壞事會降臨到你身上，大抵如此。」

夜宵聽得一愣一愣，他想著阿古出言嘲弄他，那張令人深惡痛絕的臉，如今已成為無生命的屍體，夜宵當然不喜歡阿古，但也沒有憎恨到希望他死去，難道這就是業嗎？可是相較於死亡，阿古對他的傷害是那樣地輕微，應該罪不致死才是。

「阿宵，你跟我到崖邊給阿古誦經。」泥鰍和尚一說，夜宵應了一聲，兩人撥過一片恐慌與哀嘆的人群，夜宵這才意識到，死的是阿古，前一天恰好與他有爭執的阿古，其他人看他的眼神十分冰冷。夜宵沒有多想，他覺得自己為死者唸幾句也是應當，於是泥鰍和尚唸誦的時候，他就跟著盤腿坐在一旁。奇怪的是，泥鰍和尚唸來唸去都是同樣的句子，他只是不斷地唸誦「阿彌陀佛」四字，或許是為了讓不懂經文的夜宵也能跟著唸誦之故，原先在周遭圍觀的人群也逐一盤坐加入唸誦。

如此進行了一整天，期間陸續有人起身吃點乾糧、喝些水，但很快又會加入唸誦的行列，而泥鰍和尚彷彿悠然入定，竟是一次也沒有起身休息。

夜宵閉上眼睛，雙腿儘管發麻疼痛，喉嚨也乾渴無比，他仍不願停止，身旁傳來旁人坐下的聲響，那人也跟著唸誦，是許茂生的聲音。

這樣的一日，為夜宵未來在山上的生活一錘定音，沉重、危險，孤寂而莊嚴，他內心充斥不知從何而來的愧疚懊悔，對阿古也對自己，他想假如晚上自己醒來，到外頭走走，說不定恰好能阻止阿古墮崖的慘劇，他想假如自己不與阿古爭吵，或許阿古不至於喝那麼多酒……興許因此失足，但更多的是夜宵對自己的懊悔，他暴躁容易動怒、不得體，早先還差點拍桌揍許茂生一拳，他這人一向如此，也因衝動殺人上山，但願從今以後，他能更加沉穩。

夜宵一面念誦，一面在心中祈求。

兩個月匆匆過去，早在第一個月時器具便已運上山，他們測量的路線也從北線到南線，之後再由南線分東西兩段，南線主要由一位胡女士負責，西段委由二工處執行，從塔羅灣溪南岸到能高越鞍部，約四十多日完成，東段由銅門入，走能高越道路至能高越鞍部，之後輾轉回到木瓜溪進行探測。許茂生一隊接受上頭的命令，為正式開鑿做準備……這是對外的說法，實際上只有許茂生知道，副主委要他調查山鬼作祟的真相，畢竟只是測量的工作，入山人員不多，本不該死這麼多人，況且每次死人都伴隨山鬼作祟，副主委認為：這也恁巧了。得趕在正式開工前抓到內鬼，以免日後不平。

許茂生想，至少上頭的人沒有誰相信山鬼真實存在。只是轉念一想，若山鬼不存在，真的就是人為，這會弄得隊員們互相猜忌，比鬼怪的人心惶惶更加糟糕。

這段時日由於人都晾在山上，糧食偶有稀缺的情況下，不少人都跟達海學起如何製作陷阱、如何打獵，許茂生告訴隊員們，路準備要鑿了，因事前測量路線仍眾多，他想讓老嚴領隊，達海開路，並由夜宵協助老嚴探查某一路線。

他們位於山腳的基地愈發熱鬧起來，泥鰍和尚不知從何處領來一隊身著黑衣的唸經隊伍，以一對一的方式教導隊員唸經與佛學，更讓他們從對山鬼的恐懼中解脫。

期間許茂生與泥鰍和尚關係變得古怪，他們不再互開玩笑或者一道吃飯，泥鰍和尚大多時候與黑衣人作息相同，夜宵從來沒見他這樣認真工作過。許茂生則趁著空閒時間與夜宵在林中空地練習更深入山林的技巧。

夜宵曾經讀過一些古典小說，《虬髯客傳》、《聶隱娘》、《七俠五義》等等，許茂生這套功夫，讓他想到輕功一類，他以前偷偷問過泥鰍和尚，當時泥鰍和尚只是以達摩「一葦渡江」解釋，認為差可比擬。

實際與許茂生學習，才發現許多訓練都是為了讓他更加靈敏，對於身體的運用更加熟練，他學不到許茂生當初來洞穴救他時那種從天而降，倒是行走山道時輕鬆自如許多，也就足夠。

又經過數日，老嚴的隊伍定下了出發的時間，夜宵在前一天到許茂生的帳篷找他說話，見許茂生正研究著一罐黑色粉末。

「這是什麼？」夜宵問。

「炸藥。」許茂生簡單地說：「如果之後確認開鑿的路線，這些東西就要趕緊運上山，還有更多弟兄也得上來。」

「那是不是會更加危險？」

「危險是一定的，這一次是最後一次探勘，你跟老嚴、達海一塊會很安全，我跟泥鰍和尚等其他人走下路，我們在結尾碰面。」

我們在結尾碰面。不知為何，夜宵覺得這話具有別樣的意義。

隔日眾人在山上清點人頭與行囊，這些天尚算平穩，山鬼沒作祟，人人吃飽喝足、精神良好，黃金鼠點著人頭，無端多出二十多人，報給許茂生，許茂生說是泥鰍和尚帶上來的那些穿黑衣的唸經師父，黃金鼠很為難：「那些師父人好歸好，卻沒經過訓練，能一起上山嗎？」

泥鰍和尚一旁笑著盤轉齊眉棍，伸展著即將入山的手腳：「我都可以了，他們當然也可以。」

「泥鰍師父說的是。」黃金鼠訕訕地道，向許茂生打了招呼便離開。

帳篷中剩下許茂生和泥鰍和尚，泥鰍和尚還笑吟吟地做著伸展，許茂生看著他，許久許久，泥鰍和尚說：「該走了吧？」

許茂生點頭：「是該走了。」

臨行前分為兩隊，各自走過，夜宵與彼方黑衣人打了個照面，發現他們明明沒有蒙面，一張張面孔卻平凡得模模糊糊，看時記不住，看過了更加記不住，這使夜宵感到詭奇。

他們這一隊，泥鰍和尚本也分派了黑衣人加入，卻被老嚴斷然拒絕，明面上是他的主意，實際上夜宵知道，許茂生私下已經交辦了老嚴，他們這隊伍著重輕裝少人，行進速度快，卻不是要走其他路線進行探勘，而是暗中跟隨許茂生的隊伍，觀察是否有異狀。許茂生帶領的那隊人主要運送物資、器材，其中還含炸藥，得慢慢往山裡走。

經過許茂生一段時間的訓練，夜宵已經十分習慣山上的生活，尤其行走山路如平地，連老嚴他們都感到詫異，短短兩個月夜宵改變竟這般大，他能跟達海一同開路，還能在老嚴關節炎發作時拉他一把，除了山中的螞蝗、跳蚤等蚊蟲之外，幾乎沒有什麼能夠讓夜宵停下步伐。

他與達海隱藏於林中，戒慎地凝視底下許茂生漫長的隊伍，他們都希望此行不要發生意外。夜宵想：這是最後一次勘查，無論哪兒的神佛都請多加保佑。

不久，山頂飄蕩的雲層逐漸下降，形成濃霧，匯集成雨。

許茂生引領的測員在前，接續的是泥鰍和尚與黑衣人們，但漸漸地，雙方隊伍慢慢合在一塊，泥鰍和尚走到許茂生身邊，微笑著說：「許帽子，其實你上山做這份工作還有其他原因吧？不然這又走又爬的，真是累得可以。」

許茂生沒作聲。

「你是為尋找黃金鄉的入口而來吧？黃金鄉，聽起來倒與西方極樂世界有些神似。」泥鰍和尚喃喃地道，伸出的手接住從天而降的雨滴。

「你怎麼知道黃金鄉的？」許茂生冷道。

「是你跟我說的啊。」泥鰍和尚慢悠悠地道：「你還跟我說，你的老師曾經給你一本記載了神祕記號的筆記。」

「我不曾對你說過。」

「你說過。」泥鰍和尚十分堅定。

他們此次步行能高越道路，須至合歡山、霧社，許茂生知道，將來還會有新線的探勘，這並非最後一次，他們收集的數據還要經過水利、交通、軍事工程等專家檢驗。

不知怎地，許茂生發覺隨行的黑衣人人數似乎愈來愈多，這幾乎是不可能的，他們上山的隊伍須經過崎嶇難走的獵徑，這些看似平凡的黑衣人能跟得上已經是奇蹟，人數增多更是不可能，只是如今參雜於隊伍內的黑衣人數量竟綿延數里，光算這座山頭的就有百人之多。

許茂生腳下步履翻騰而起，愈走愈快，愈走愈急，泥鰍和尚閒適地以齊眉棍當手杖，居然在形色從容間就能跟上。

泥鰍和尚忽然道：「許帽子，你與日本人的故事開始時，我已不存在，你只道我失蹤後去做了和尚，不成，又做了乞丐、騙子、伐木工……」

「老泥鰍。」許茂生打斷他，面露苦笑：「你莫害我。」

「我哪會害你，我只是想同你說我的遭遇。」泥鰍和尚笑笑：「你以前是我至交好友，你的人生走了上坡，我卻是無盡的下坡，你走後，不曉得我發生什麼事情，我不怪你，現如今我要叫你明白我所見的，那美妙真理。」

泥鰍和尚開始說了，他說自己人生中的第一個記憶，是一場夢境。

那夢極盡邪惡墮落，超乎他一個孩子所知，他夢見血池肉林，男人女人老人幼童直插在鐵棍上以烈火焚燒，人們爭相尖叫呻吟，面貌猙獰的惡鬼隨意摘採人四肢吃食，隨意強姦赤裸女子、男子、孩子、老人。

他經常做怪夢，母親有一次招來他，給他一本從寺廟取得的佛經，他才知曉自己所見可能是地獄。

他的怪夢得用唸誦佛經來壓抑，從廟內取得的善書還記述了許多公案，那是泥鰍和尚第一次讀到故事，還有幾本主要寫護生故事，他一讀之下驚懼不已，書中殺鵝吃魚的男人女人與他的父母如此相像，泥鰍和尚這才知道自己頻繁做怪夢的原因：母親與父親的果報報應在自己身上，他夢見地獄，那一整個等待著他父母的地獄，冥冥中有人想告訴他，將這地獄圖景傳達給父母，好讓他們放下屠刀。

年幼的泥鰍和尚於是大哭，他嘗試告訴父母，卻落得不孝的名頭，那冥冥中的力量似乎也責備他辦事不力，泥鰍和尚的夢境徹底爆發。他夢見菩薩生吃人肉，他看見自己認識的朋友全在地獄遭業火焚燒，他見佛割肉餵鷹只為了好玩，往生極樂世界之所有男身盡情做愛，他夢見一切異相均表示世間善理的扭曲，已是天人五衰的末法時期，沒有真佛，真佛已死。

夢見這些讓泥鰍和尚羞愧自責，卻又揮之不去，他想是天命註定使他看見人世間的真相，他逃入空門，在村莊附近的一所寺廟剃度出家，這時更可怕的惡欲折磨找上了他，他瘋狂地想吃泥鰍，抑制不住對吃泥鰍的渴望，他在第一天用完齋飯後便趁夜而逃，狂奔到溪邊捉住一條泥鰍，正要生生當頭咬下，竟聽見泥鰍以溫柔的聲音說：「別那麼著急，與我說說話吧。」

「說話，要說什麼呢？」泥鰍和尚又哭又笑：「你怎麼會說話呢？」

「你不知道，我已被你吃過好多次了，這是屬於我的地獄，以償還前世的罪孽，我必得在你吃過以後立刻再投胎成為泥鰍，等待你克制不住欲望再來食我。」泥鰍一張一合的前吻好似在說話：「老泥鰍，你吃了我那麼多次，下輩子估計換你成為泥鰍被人吃了，我只希望你知道，我是甘願被你吃的，到了未來，也希望你甘願被人所吃。」

泥鰍和尚意識到，他心中有魔性，他根本不應該入佛門，當晚即回到家，卻見母親趁夜正在宰殺一隻豬，那豬嘶叫吐血的樣子令泥鰍和尚不知所措。他所做過的每一個夢都在同一時刻發生，那每一個夢境都曾經、將要成真，泥鰍和尚心中有個聲音，那是被自己咬斷頭顱的泥鰍之聲，牠說：你永遠也無法逃離這罪惡。

待泥鰍和尚回過神來，他已用殺豬刀將母親的身體砍得殘破不堪，那倒臥在門檻上，明顯剛走進門便被割斷喉管的父親，則睜大眼怒視他，他於是提刀夜奔入山，發願此生不再步入人世，只是那滿心的焦灼，那握著刀便想揮砍的欲望怎樣也揮之不去，他在山頂尋得久無人居的樵夫木屋，看見鋒利斧頭，決心不再殺生，只殺樹。有一天他上山時看著一株樹木，發著光，泥鰍憑著多年經驗，認知到那是極為希罕的「佛仔料」，他將樹木砍下山，拿去店家雕成了佛像，泥鰍正想見佛真身，而雕刻出的佛卻僵硬灰敗，那竟是已死去的佛，泥鰍為之駭然。

當下他跪地懺悔痛哭，大澈大悟活在世上便是無奈，沒有可能乾淨一生，完全不弄髒雙手，殺人與殺樹其實等同。隨即披上袈裟，成為泥鰍和尚。

「這就是你上山的原因？」許茂生顫聲問。

「我上山的原因有很多，但主要是為了你。」泥鰍和尚道：「我上山暗中干擾測量隊工作，不是為了阻止你們開鑿公路，而是要讓人看見自己內心真正的佛性。」

「那些落崖的人……」

「我不是故意要害人落崖死去，我只是塑造了那樣的可能性，人啊，只有在面對死亡時才最接近佛。」

「你如今到底想要什麼？」許茂生停下腳步，方才他行走的方式已是用盡畢生功力，步行如飛了，泥鰍和尚卻還能跟上，並且與他說話氣息不喘。

「許帽子，你走之後我墮落為修羅，我心中的那條泥鰍不斷地說，指引我找到一夥頗為奇怪的人，他們著黑衣，本也有他們自己的故事，卻寧願捨棄有名有姓的身分成為黑鴨子一群，在我功成之後，也將脫下袈裟，著黑衣，自此從世間隱去……許帽子，我希望能從你手中得到那份日本人的筆記。」

「我確實不曾對你說過這份筆記的事。」突然地，許茂生真正地笑了。泥鰍和尚一愣，也笑：「是，你不曾。」

驟然間塵世間一切的聲音均消弭，山體崩塌，巨石流淌，許茂生眼見天崩地裂他卻耳聾不清，他抱住頭部隨著震動的土地滾向深處，最後只來得及大喊一聲：「阿宵！」他也不曉得自己到底喊沒喊，因為他連他自個兒的聲音都聽不見，只能感覺到喉嚨的震動。一道黑影由上而下飛躍而來，那竟是夜宵，他在極短的時間內掌握到許茂生所有教授的技巧，能踏著半空中的落石走向許茂生，夜宵想像許茂生一樣借力使力，將他帶出險境，卻聽見泥鰍和尚的笑語：「也好，就讓你們師徒倆作伴吧。」

齊眉棍在空中輕輕攪拌，就像泥鰍和尚過往攪拌豆腐棚內賣的濃茶，夜宵與許茂生失散開來，而碎石漫天墜灑。

夜宵親眼看見視線被落石遮蔽，他喊許隊長，身上密密覆蓋的石礫旁側，聽見許茂生的聲音傳來，清晰可聞，恰似就在石堆隔壁之處。

同樣地，泥鰍和尚的聲音亦十分清楚：「許帽子，告訴我你的那份筆記放在何處？你若是隨身攜帶，也仔細交代便是。」

「我隨身攜帶還跟你說，你不是等我餓死了再將我屍身挖出搜尋？」許茂生咬牙切齒道。

泥鰍和尚呵呵一笑：「你我相交多年，我哪會因此就要你死？」

「你精神狀況不太正常，我不信你。」

「那你就等著阿宵先一步死去。」

許茂生頓了一頓，聲音裡有火焰：「你想先動他？」

「我不救他，見死不救也是我的決定啊。」

「你要的就是那份筆記？」

「是。」

「好，我將筆記分為兩份，一份隨身攜帶，是原本有哨音記號的版本，一份是日文譯本，我藏在外邊某處，你若將阿宵與我挖出脫身，我便將身上的筆記交付予你，並告訴你日文譯本的筆記放在何處。」

「這倒聰明。」泥鰍和尚說：「但得先救你，你身上的筆記給我，我才救阿宵。」

許茂生只能同意，他所在的那處好似還有大些的空間，能讓他在裡頭挪動手腳，夜宵聽聞他們的對話，卻是一聲不敢出。

倏地，許茂生突說他看見泥鰍和尚的樹了。

「什麼意思？」

「就在我當初與阿宵受困的洞穴外，懸崖處有一枯木，雖枯朽卻是一棵百年老雞油木，我開始看見這樹，便有股說不出的意味，那雞油木中心為空，被人挖去了做佛仔料，至少，我是這樣想的。」

外頭陡然寂靜無聲，來自遙遠遙遠之處，泥鰍和尚正對著其他黑衣人大聲嚷嚷著意味不明的話語。夜宵聽見打火石擦響的聲音。腦海勾勒出許茂生以打火石點燃菸草，就著菸桿抽起來的樣貌，他說：「阿宵，我這兒有點火藥，能炸出一洞，你便尋洞口逃出去罷。」

「怎麼可以……」夜宵顫抖地說，因恐懼驚惶而流出眼淚：「我……我怕死，許隊長，如果您不在，我一定會更加害怕……」

「沒事的，你還能隱約見到光，還能呼吸到地面的空氣不是嗎？表示你沒有被埋得很深，阿宵，我落下來時腰撞進一根尖石裡，出血很多，就是出去也活不了，你若出去……」許茂生忽然壓低了聲音，那聲音細弱蚊鳴，彷彿自另一座山頭隔著霧氣，隔著一條溪流才堪堪地抵達耳際，那是許茂生藏匿另一份筆記的祕密地。「這般……你記清楚了嗎？」

夜宵只能說：「記清楚了。」

良久，泥鰍和尚回來說道：「許帽子，我晚些再去看看那樹，倒是你，你想好了嗎？」

「嗯，你在我這挖出一洞口，讓我出去吧。」

「不成，我們剛才重新商量好，只能先挖一個小洞，你伸手從洞中遞出筆記，我這邊確認過後，再幫你把洞挖大。」

是以許茂生等待著，上頭挖掘聲響不絕於耳，一蕊光推出一線明亮，小小圓洞中，泥鰍和尚掛著佛珠的手伸入：「帽子，把筆記給我。」

許茂生嘿然一笑，他噗哧噗哧地抽著旱菸，發紅菸斗抵上他懷中隱藏的某物，轟然一瞬，石礫四射，泥鰍和尚一隻手臂飛落山谷，外邊有誰在叫喊著，泥鰍和尚用僅存的那手擦汗，微笑地道：「別喊，別喊了……」想起許茂生提到的樹，那棵老雞油，泥鰍和尚斷臂處流淌鮮血，渾渾噩噩奔向林中，尋覓那棵曾接住夜宵的巨木，那巨木枯而不死，中央有個空洞，竟彷如人形，他蹣跚地安身而入，嚴絲合縫地將肉身嵌進，居然絲毫不差，他微微一笑，唸道：「我既挖了你一塊做佛仔料，如今我來就你，我是做不成佛，做一塊佛仔料，倒很合適。」

於是當著眾黑鴨子面坐化於這株百年雞油木之中。一黑衣人，旁人只喊他老黑，見狀低低抱怨了一聲：「唉，結果這和尚還是一個人物呢！」

之後，再無後話。

可能會有人問，許茂生以菸斗點燃火藥自殺，那夜宵呢？誰會知道，那炸藥將夜宵炸進了一條從未被任何人找到的甬道，那兒不曾被發現。增田雄追尋過，許茂生猜想過，但他們最終誰都沒有找著，只有夜宵，年僅十七歲，因緣際會就落入了那祕徑。

祕徑通往神仙鄉，或者說是黃金鄉，這是毫無疑問的，但黃金鄉自始至終都是一個傳奇，夜宵確實曾經抵達黃金鄉，並在黃金鄉中得到哨童或其一脈的傳承，他吞下了一粒鮮紅丹藥，他不曉得，那是許茂生的屍身所化成。夜宵再度出來時，他已在彈丸小島海礁上，並且硬生多了四十年的歲數，他遇上哈爾轟，一個不甘願成為黑鴨子，卻因已失去名字，導致只能重新亂取一個名字的怪物，在其他黑衣人跟著泥鰍和尚離開時，他獨自在炸裂的石礫中亂挖，最終挖到了另一條道，跟著夜宵輾轉來到彈丸小島，哈爾轟追逐夜宵要做他的徒弟，以傳承哨童一脈，夜宵被關押在海礁底，等待著，那膚色暗紅的嬰孩咿呀爬來。

太魯閣山間，仍有山鬼軼聞流傳，原先一個鬼倒變成兩個，對話嘻笑聲迴盪在山谷中。

「許帽子，你我從此便困於此山，相看兩不厭，彼此作伴，多好。」

「若非你害我，我會困在這兒嗎？」

「別氣別氣，早在上山之初，你其實也就料想到了這樣的結局，山鬼本就不是鬼，而是人，即便不是活人，也是死人，我就是想跟你說這些，臭帽子，我還有好多好多想跟你說的，你記得我以前常常讀的一些公案、報應故事嗎？《水滸傳》的作者施耐庵子孫三代皆啞，《會真記》作者元稹死後屍體還慘遭雷劈……帽子啊，這些故事從以前就十分地吸引我，我真不知道是怎麼回事，我忽然又想到一個故事，好像是《閱微草堂筆記》裡的，講一個書生被狐精纏著，後來請道士收服狐精，狐精卻說，自己前生是名女子，而這書生上輩子是個和尚，見女子貌美，竟擄來囚禁姦淫，狐精對書生的報復，得等到書生償還罪孽才休……」

「哼，如聊齋鬼怪之事我可不聽，無聊加晦氣！」

「許帽子，你忘了我說唯慈悲者鬼話連篇吧？咱們要在這山間作伴好長一段時間，幾乎是永遠，你還容不得我鬼話連篇嗎？」

「老泥鰍，你八成以為我死了也只能在這荒山飄蕩，但我不比你，我還有別處可去，你的鬼話就留給墳頭去聽吧。」

「等等！等等！臭帽子，你就不能給我點面子嗎？真是！也罷，這山間孤魂野鬼此後聽我說書，予我一渾名，就叫『最慈悲者』，我自然要將鬼話說到底，故事說到滿，若說完了，我好歹再說一個，才不負我是『最慈悲者』哩！」

哨童

殘篇之四

年代：西元一六三二年左右

李鵬和老頭趴在懸崖邊，底下的屍體已成黑糊一團，他從身後拉出一捆粗麻繩，一端綁著塊實岩，一端綁住腰桿，老頭拿著新鮮的斷掌先吹聲哨——李鵬很是困惑地望著老頭的新斷掌，這些日子以來，老頭用的斷掌不知為何愈來愈新，過去爛得不像樣還不捨換，最近稍有破損便遭他隨處亂扔。李鵬猛想到：一回和老頭真撞上了另一夥黑衣人，他們卻很知禮似的，在僅容一人通過的狹道上讓了老頭，老頭毫不客氣，等李鵬也過了道便挨個將他們推下山谷，他那麼幹以前，還記得砍了人家的手先……李鵬嚇了下，不敢再想。老頭此時已深吸口氣，胸腔呼呼撐大，便往下跳，輕飄飄地，形同個吹鼓的牛皮口袋，甚至還能從突出的胸腔裡隔著肋骨看見他兩大坨烏魚子似的肺葉微微蠕動。老頭一跳李鵬也跟著跳，可他是順麻繩緩緩垂降，到了一半又學老頭吸氣，卻不見效果。李鵬甫踩上黏爛的腐屍，旋即豎起耳朵，隨變黑的鵝鑾溪水一路向北，心無旁騖追獵娘親正逢過境的哨音。

鵝鑾溪水奔流到一插滿石柱的岩洞間便臥下了不肯起來，躺成極寬極廣極深的潭，並且在濃影之下黑魆魆的。想當初李鵬難過的大水都不如這般狡詐——乍見下是挺靜，溪水卻在無數石柱間暗濤洶湧，老頭咬斷一把硬髮，灑下去，連絲風阻也沒，落到水上浮都不浮，直直往底裡沉，李鵬安站在石柱上，下方漆黑的溪水彷彿正衝他笑，石柱上的粉塵漫灑著，引發一陣又一陣漣漪。

這地兒可真大！李鵬從容地想。娘親的哨音還在石柱間九彎十八拐，也不曉得何時才是止境，他見老頭一根一根試石柱子，踩上某根，緩緩傾斜，又或者倒了，幽沉的溪水也照吞不誤，當真連頭都沒浮出水！待老頭踩過幾十根石柱後仍完好，李鵬便跟隨他的步子往前，實話說，他頂喜歡這地兒，靜謐、沁涼，最要緊的是娘親哨音在這可停留長些，他功夫再好點，沒準就能往返於石柱根處，和娘親的哨音玩捉迷藏！他們在這密陰處行進了數把個日子，李鵬方知娘親的哨音過去都給耽擱在此地。話說回來，又是怎麼回的呢？他急急地想：這鵜鸞溪谷，到底是怎樣構造？

不多時，他便能得到解答，因為出了洞，鵜鸞溪且開始向上流著，為此老頭又教予他些新把戲，能把身子放輕，攀過一層又一層崖壁——起初老頭雙腿撲朔，垂直上了崖面，只逮到指甲大的地兒便奮力地蹬，完全不停……是完全不能停！老頭動作快起來，又像團白忽忽的影子，上了山，姿勢擺得俊，李鵬請老人家慢動作重來，他便頗不甘願地慢……手腳並用，猥猥瑣瑣掛在崖上，到了頂處，竟起不來。李鵬沒辦法，只能花費數時辰攀那崖，手觸及地，抓不著一把莖葉，勉強撐高過去，一片屺無草木的濯濯童山躍入眼簾，老頭大字型仰躺，窮極無聊吸吮斷掌上的屍水，李鵬雖習慣了，猛一入眼仍大感不快，他搖搖晃晃站直，放眼底下白茫茫的雲海，風呼呼吹、溪嘩嘩流，雲海從中被陽光剖了半，露出的餡兒是螺旋狀的山重水複——崇崖層層疊疊、峰巒嶙峋參差，其中小小一白點可是老頭的石砦？更遠些的屋房是山村？李鵬都認不出這是他打小長大的地方。他看著看著，被徹底嚇住，須臾間的震懾很快又令他因自身的渺小而畏懼，畏懼導致滿心絕望，他終為一切徒勞蹲下身嗚嗚地哭。想漫漫長路，也許盡其一生都走不完，他追逐哨音，可哨音本身或許也正追逐著什麼——多麼可怕！起初追求某物時，多半盲目已極，路走得遠了，竟發現不識得追逐之物，這已成為未知的目標，他卻還想給它一個有意義的名字！

李鵬就這麼哀哭著，直到老頭將他整個身子懸出崖外時——才瞬即清醒，此時哨音重來，老頭畸形的手紋絲不動，掐緊李鵬的喉嚨，他視線一黑，又變得不清醒了，腳尖兒在邊緣上磨來又刮，頭往後仰著。眼看太陽從容不迫地走過頭頂，又從另一邊上來，又走過、又上來、又走過，走了成千日落。李鵬就和老頭一塊，兩條飛魂與迴圈往復的哨音同游，在那境界，彷如漩渦的鵜鸞山谷便是李鵬，李鵬在李鵬中飄蕩，無所謂時間，他亦是不生不死不老不滅。然後他們到了，象徵最終本身的便是最終，山壁間裂開一道深沉、闃黑的暗影，教人僅站在外邊便直打抖。老頭的哨聲粗嘎緊迫：追下去，未知的路途不知有多兇險，這影子，進去了就再出不來，你又願意麼？

李鵬這才曉得，原來老頭也未曾深入到此般境地，無論身或心。那幽遠的黑洞吸去了娘親的哨音，他日又吐出來，全憑運氣，也不知最終通往哪裡，也許是無，一片荒荒大漠，也許是另一處桃花源，模樣兒如同鵜鸞山上一般，也許是小桃子成新嫁娘，候在洞外等他共拜天地，也或許是娘親，有眉角有毫毛的娘親……

末了，李鵬沒有進去，他在使人戰慄的影子外長日等待，等娘親的哨音回來。有時他聆見自己曾吹過的曲兒、幾綹山歌、不知名的笑聲，大多時候糊成一團，難以辨認。李鵬終沒聽得娘親，卻在一次暗影無意的吐吶，見證回聲按發生時序悄然潰堤。

整條回聲之長河總始於一次爆裂，轟然間，歷史呱呱墜地，夾帶新血，大地靈秀經此餵養生生不息。新芽初萌，岫雲驟聚，山豬挖食植物的根莖、禽鳥翅膀呼呼拍動、昆蟲鳴叫，森羅萬象歡騰鳴響，而要過了許久，才有一人類低低的嚎歌，又要過了更久，才出現隱晦的言語，再久一些，久到中間的種種聲響瞬成線性，李鵬才從那些聲響裡揀娘親的哨音為起頭，續以他幼時的哭叫、笑鬧、他撒尿的嘩嘩洩洪，那時，有個男人的粗嗓門老在娘親附近蹓轉，說——說要帶她回家！可她的家就在這兒啊，娘親說：鵬兒、鵬兒，你本不是個山上人，總也要……山裡危險！男人吼道：外邊成了怎樣你們都不知道！清兵來了，你們隨便！金毛鬼子來了，你們也隨便！吹，吹個鳥——等那些洋槍大炮打進來你們就甭吹哨了！給鬼子們吹簫去吧！娘親的哨音成了哀泣，哥在山頭妹在那溝，說不上知心話你就招一招手，別招了！別招了！男人嘶叫：別、別、別、別這樣對她——我會殺了你們！等我過去——等我過去！別、別、別、別——小金花四射迸散，某人懇切道：請下山吧，我們早順著您畫下的記號在山腳駐紮。而槍，本不是這般用法。

李鵬睜開眼時，老頭已鬆手站在一旁，臉色木然。

他們又來了是嗎？那些黑衣漢子？李鵬問。動身之時，長年風吹雨打的皮膚片片脫落。

老頭仍靜靜佇立，雙目、髮膚皆呈灰白，他鬆了手，斷掌早已不知所蹤，取而代之的是一本破爛古籍，外皮上頭有模糊記號，不知為何，李鵬能看懂那代表哨音的長短聲，記號的意思是：《哨譜》。直至李鵬取走古籍，老頭且不動，再也不動。

李鵬全身赤裸從天而降的事情，便是從這裡開始。那日極悶熱，無數黑衣人汗水淋漓爬山，有的背著銀管子，有的裝兇神惡煞樣，有的為了今日按捺數月不手淫，但無論什麼體貌，全低著頭，只看得見自個兒腳尖，李鵬在上頭輕飄飄的奇景便首先給在鵝鑾溪邊踱步沉思的糖葫蘆小哥瞧入眼，當下他手裡還攥著根菸桿，見到李鵬一點不怕，眼睛瞪得大大的，好像無聲指責李鵬這樣做得不得體。李鵬從崖上緩降，絲絲吐出胸腔裡聚集的空氣，形成哨音，起初細若蟲鳴，漸漸高亢起來，像有幾千萬人硬頸揚歌，谷間被震得轟轟然響，衝上了穹蒼，各種聲音的雨，滴呀滴呀，將入谷底，卻又在那時凝滯僅僅一秒後，即電流風竄於鵝鑾山間。

李鵬做的這項表演，山民們全跑出來看，娘們指他跨間臉紅紅，男人則猛揮拳頭。李鵬消氣後漸往下沉，山民們便紛紛拿菜刀追過去，一路上，和好些低頭自語的黑衣人擦肩而過，打聲招呼，也就過去。黑衣人聽不見山民，山色過境的溪谷間，迴盪某種細微黏膩的哨音，全是山精女蘿邀人步入無盡的黑夜。谷底風溫熱異常，似蛇盤繞，竟又帶有女體的暖香，這陣風，乃至於風裡裊裊回音，將令黑衣人行走山巒萬疊。有的墜入山裂，肚破腸流，便將腸子纏在腰際，繼續爬行。有的醒轉過來，卻不能自休，腳後跟都磨出了骨頭，顏色是那樣地慘白，每走一步，腳下便綻出一朵桃花，走到耄耋之年，雙腿皆磨乾淨，卻還爭相爬入最終之終的暗影，無復得路。待最後一黑衣人入了影，鵝鑾山窮極高處，嘴裡塞根蘆葦管的風化老頭雕像便咻——忽然一下——咻咻——又一下，最後響遏行雲的一聲哨音，高高拋入雲海，他亦從插著蘆葦管的嘴邊裂痕蔓生，碎成一地白沙子。

回說李鵬降下來，先找著他的人不意外是糖葫蘆小哥，他抓住李鵬，聽他說幾句話，又感到不對，急忙想跑回村裡。李鵬拉住他胳膊，說那群人不知為何算準了今天，他回去，會被殺的。

小哥吞了吞唾液，本想說什麼，卻又冷下臉，令人看不透的深沉，他只道：總得回去拿點家當。便匆匆要走。李鵬見攔不住，想時間興許還有些餘裕，交代他盡量早回，小哥垂著脖子，一溜煙便跑了。後來人見狀說：小哥已算是山下人，被捉到也不打緊的。李鵬側頭思索，忽地高喊：嘿！小桃子呢？只見糖葫蘆小哥頭也不回，道：在山下呢！

過一陣子，遠遠地，來了個回聲，這回聲，後來有旁的人說不是哨音，也不是什麼別的，就一女孩兒細細地唱山歌，但那會兒，李鵬置身其中，一下子跪到地上，嚎哭不止。趁他哭泣，不知從哪裡跑來一個沒著道的黑衣人，一把奪走李鵬懷裡老頭留下的古籍，拔腿就跑，李鵬也沒心思追去。

或許我們可以說，小桃子成婚那日，李鵬其實不在教堂，當晚，他也不在鵝鸞溪邊的大石頭上，但李鵬自己卻覺得：他去了婚禮，也去了大石頭，並且聽聞小桃子給他唱山歌……其實、其實這也對！只是李鵬會想：他為什麼沒能阻止小桃子背過身去？

李鵬後來怎麼了，沒人清楚，或者說：不足為外人道也。剩下便是些專精鄉野傳奇的說書人流傳的各種版本，有的結尾就停在李鵬回去的那一段……而站在方臺前頭的，可不正是小桃子麼？——就這麼著！看官您若喜歡，且翻回去，再別往下看。

又或者。

不以愛情至上，便走了寫實路線，說李鵬最終下山，學正常人朝九晚五地工作，並娶了個上海姑娘，在黃浦灘過上些小日子。

又或者。

聽一個雙手畸形的老說書先生道：李鵬？李鵬真往那影子走啦！就這麼一生冒險、冒險一生！當初那小子以為自己的本事只是習慣，其實倒也不錯，他這套路在外頭興許沒多大用處，卻在這山裡，他隨年紀漸長，對鵝鑾山的一草一木無比熟悉，後來嘛，後來……

後來李鵬果然終其一生都沒有離開鵝鑾山，也終其一生不懂婚姻，不懂名利，一直像個孩子似的在千迴百轉山谷中，尋找娘親。

一夜無話

年代：不明

羅本星夜兼程，手心裡捏攥著張字紙，已被汗液浸透了，仰目四顧，仍是前不著村後不著店，這黑越越的山道什麼也無。出了山道，淒厲的猿啼仍在身後一聲響過一聲。山風習習撼樹，吹得是滿天殘葉，羅本自知沒半件武具，僅一枝禿筆，需盡快尋處安歇才好。

字紙言曰：「至無人客棧等」。卻走了半夜過，仍未見「無人」，羅本唯恐見不著面，一時心頭肉顫，倏忽寒風又起，恍然間，撲面落葉竟似朔光飛閃，不知是玄德訪賢未遇的風雪，還是林沖夜奔的風雪，只見燦燦銀光落到面前，錚然一聲，卻是兵刃猶帶寒氣，當頭劈將下來，羅本無從應對，權且往後翻倒，頸邊落下一箭，生生插進凍土之中，離皮肉不過寸耳。

羅本翻地而起，就夜色掩身，見那參差錯落的樹影應風虛晃，兩名黑臉漢子，一個使著丈八蛇矛，一個掄雙板斧，鬥了幾十回合，既無罵聲也無緣由，其中一名漢子卻總要把板斧往羅本劈將過去，每每被另一名黑臉漢子止住，往復數次，羅本欲見此二人面貌，身出於星月光下，又是一箭射來，這麼一下，已使羅本看清二人，他們就是再鬥個百來回合，合該是不分軒輊。使蛇矛的漢子猛瞠雙目，抵著殺招，盤轉幾手，竟直刺對方心門，掄斧的漢子被矛鋒逼得氣冷，吁出一口白霧，黑黝的臉色沉入夜色，待羅本再要看時，只剩那口白霧懸而未消。

不待羅本問話，使蛇矛的漢子哼哼著，轉頭便走，雙腿猶如雲催霧趲，一會便不知所蹤。

羅本呆望良久，復往西南數十里。於山腳見「無人」。客棧外不見店家相迎，僅大門虛掩，微光閃爍。羅本推門欲入，突有孩童自身後奔跑，洩聲嘻笑，回身不見人，側耳傾聽，有童謠云：「傻個孩子，千里尋師，不見夫子，但見老子。」

羅本入室，只見偌大廳房，地上數十盞大小燈火，一面方桌，桌邊二人對坐喫酒，桌上棋盤一副，已至殘局。二人均書生打扮，見羅本過來，紛紛起身作禮。

「來得正好，且觀吾等奕棋。」一人曰。

「我……」羅本發話時，滅了幾盞燈火。

「汝欲尋之人，亥時已走。」

羅本驚異不能言。

「留下此張字紙，交代我等予你。」說罷將出字紙，羅本收了字紙，熟視良久，撫膺長嘆。此刻已是三更，夜不得出，遂與二人同桌共飲，欲觀棋局，竟不可得見，那人又將酒食來，待二人對弈數局，棋子用罄便罷。

酒過三巡，羅本復要問，卻每在要問時，燈火即熄滅數盞，使他心生惶恐，不敢言語。

那人忽問：「貫中可知我等何人？」

羅本細觀二人，只覺言語者甚是面善，卻不知另一人為何，只得搖頭不語。

話者笑曰：「無妨，汝不知，前路不難，知，卻不曉得汝欲何往？亮唯敬一杯，幸足矣。」說罷自喫了一杯酒。羅本要問何意，一吐氣竟滅了剩餘燈火，不覺室內昏暗，另一白衣書生手執白子，於桌前擺置一「亮」字，端得的是亮上加白，白字愈亮。羅本只感到一片白晃晃的虛影，趁酒力甚劇，奪人耳目去了，羅本正欲掙脫，兩條銅鍊卻給纏住雙臂，羅本這才知道被藥給迷，卻已昏厥過去。

朦朧間，羅本伏地而起，見又重回舊路，山道上可見熠熠群星。寶貴的字紙仍在暗袋安放妥貼，試想昨夜奇遇，羅本兀自浩嘆不已，心神更慌，「無人客棧」無人，將字紙出於星光下，其曰：「至哀人客棧等。」

羅本齒間打顫、玉樓起粟，正尋思間，卻有羽箭飛來，羅本且躲且逃，但聞其聲怒曰：「留下字紙！」似於十里之外，羅本信其遠，只是緩走，須臾又喊：「留下字紙！」其聲已至五里，羅本甚驚異，拔腿疾奔，至喘息難止處，無復聞聲，羅本暗自慶幸，此時聲又曰：「留下字紙！」竟至百步內，羅本欲走，聲已到咫尺耳畔。

一股寒氣衝得羅本面扑地，雙手交叉至背，被那人搜盡其身，得了字紙，羅本頓感身輕，遂反顧要鬥，那人卻捲身上樹，靜靜看他。

羅本無語，怒視此人許久，算不得要挾，只好問：「何人奪我字紙？」

人不答。

「為何奪之？」

人亦不答。

忽有聲曰：「貫中，行到此處，又何必再問？將死之人，如少水魚，於江湖底，烈日乾燥終將枯盡，那一池蘆葦飄蕩的蓼兒洼、梁山水泊，到底會消失，屆時孰是孰非、孰勝孰負，哪裡重要？我昔日的兄弟，曾經笑過、哭過，與我同桌共飲，如今他們卻在哪裡？一個故事尚且不能留住一個人的性命，你也毫不留情，在故事之外又怎麼能夠？」

忽星宿移位，北斗傾倒流光滿天，羅本見面前站立二人，一人身穿血甲，怒目而視，另一人卻不知是誰，背著光，戴一頂氈笠，又嫌著星光刺眼，把氈笠往下按，遮不住面皮上老大一塊青色胎記，懷抱嬰孩，嬰孩衣中有羅本字紙。二人均手執長槍，耿耿銀河下只是要鬥，戴氈笠那人使得一手上乘槍法，攻防俱佳，槍口吶吐梨花，瞬時燦若星光。另一人足得涯角槍勁，正是天涯海角無對，久經沙場，招招見殺，又顧及嬰孩不肯使猛，漸逼青面漢子直退到不能再退，反顧良久，這才棄了嬰孩遁走。

「汝可繼續前行。」抱嬰孩者話畢，將字紙還與羅本，不待問話，兀自走了。

羅本尋思不已，不覺到了「哀人客棧」。

入了廳室，見一樣的陳設、一樣的方桌和兩名漢子，其一甚是眼熟，兩耳垂肩、面如冠玉，兀自斟酒來喫，其二乃是個黝黑瘦小之人，正俯桌哀泣，四周酒杯狼藉。

「一枝箭，」飲酒人道：「僅一枝箭，能將人折磨至此，也是奇聞了。」

羅本取字紙來，問曰：「我欲尋人來此，可知……」

「是何箭？貫中，汝若猜得，吾將那人留下的話，再與你說。」

話罷將完箭、毒箭、斷箭分置桌前，令羅本擇之。

羅本拾完箭於掌中，反覆撥弄，細看剩餘兩枝箭，無法決定，彷若擇其一，便是將那俯桌哀泣之人置於可悲的運命。

羅本遂留下兩枝箭，覓得屋內一床榻，逕自睡了。

至天明，羅本甦醒起身，遍尋不著完箭，僅枕邊一枝禿筆，又整裝結束，見屋內已無人煙，出了客棧，驚覺孤立於野，腳邊劍光四溢，熟視之，原是高高的烈日反射在沉沉的沙水，水中有物，羅本拾起殘破鐵器，望而興嘆：「兵器猶在，人已亡。」

是以一人騎赤兔馬，面如重棗，手提青龍偃月刀，越羅本向地線五關奔走去了。

斯情斯景，羅本不覺喃喃自語：「錯矣、錯矣。」

可明知故犯乃是他們根性，此後羅氏家譜失卻貫中之名，羅本亦改許家為姓。

遙想那日，青年書生高捲袖管、滿手泥濘，方抬起，手中什物便於烈日下白光閃晃，閃晃種種歷史前朝，而又幾經磨洗，燦亮著雙雙含恨虎目，以指彈之，鐵刃鏜鏜然，其銳逼人。

「如若兵器能歌，必是斬骨削肉之聲。」書生嘆曰，復又將入泥水，盡洗前塵。

年長者笑曰：「貫中此一說，使兵器好比性惡，人使得兵器殺人救人，又或者惡性可收可放，全憑人意，何來赤壁之嘆？恁的傻……」

「只是借物懷古，先生無須掛懷。」

羅本望劍光橫生睡意，擁劍器臥地打盹，夢魂漸飛漸遠，某刻似與先生往茶館聽書，此位於時間洪流一隅，塵埃光中靜，無聲光同塵，初時茶館杳無人，一痲臉兒端坐高臺處，將驚堂木往案上一拍，自顧自說起升斗小民著迷之事，羅本但覺是自己從未聽過的本，遂與先生坐下嗑瓜子聽書，一時半會竟神馳飄蕩，說書人如陳家事一一道來，如珠妙語堂奧悠遠，羅本聽書而不知眼光該擺何處，只見得滿地先生嗑下的瓜子殼，羅本耳中依稀傳來痲臉評書之聲，細品下來，才知痲花臉說到給江湖中人排座次，羅本正想自己最不喜聽這段呢，一旁先生感之莞爾，送賞錢與說書人，這痲臉舌尖輪轉，改而講唱的竟是先生生平故事：

元惠宗至正七年，河陽山
不待考只知當時的陽光是
刀鋒即將舔血的模樣
施家橋辦學授徒，那商賈之子徐徐走來
滿手泥濘眉上帶笑：
「前朝的劍器做束脩禮，何如？」
年輕的眼中有與你相同的夢
無奈時代太壞——壞、壞、壞了，你嘆。
這時代沒有逃離的辦法只能一葦渡江
一葦渡江湖
或者就讓最壞的時代創造最好的人物

現實裡沒有
便在虛構裡讓他們傾巢而出
江湖豪客筆下健長
有骨有肉的凡夫之軀卻依然
流墨色的血
姓劉的不也問你何苦來哉？
分明能成就一番事業
偏偏你出神夢遊彷彿
和林沖魂會山神廟
與魯智深大鬧五臺山
至正十三年
未出山的臥龍終隨九四軍旅
如你筆下的吳學究運籌帷幄
蘇州興化勢如破竹
順遂一路卻只讓你落得，一個空虛的名頭
你在同袍中尋找你的人物
你在戰場上尋找你的家國
那年輕學子的眼神與滿手泥濘每在夜裡將你喚起

江湖走到哪都是江湖啊！你道：原來不過如此
獐不離草力諫遭拒，你毅然回江
昔日前朝劍器，今日後人鐵杵
你又想起初見時二人眼中底夢
夜裡你極力憶起如何魂飛北宋
像一枝箭
箭鋒淬毒
會挽雕弓如月，你將你底夢魂射出——
於是過元
過金
過遼
過西夏
過南宋
你將自己射出
過了關山
你忽覺疲憊不堪，行將就木地看著你筆下的江湖
盛大壯美
你在蘆葦邊上痛哭

那盛大壯美無人底江湖
醒時你破涕為笑
若沒有得勝湖、小陽山，你也不會有梁山水泊
這造孽的事終究要以幾輩子償還
在現實的世界沒有俠客英雄
最終最終，你只能以筆將招式寫就。
明洪武三年
寄寓小方壺齋，門生一人，侍於榻前，病卒。

羅本一書聽罷，飛思難抑，滿地的瓜子殼兒此時仍如流星墜地、胡亂迸散，遂回首尋師，可先生徒留一地瓜子，整間茶館空空如也，只剩他與說書人二者。

羅本難掩哀痛，卻也慣習此齣，此時此地他無能為力，且讓說書人繼續夾沙跑馬，閒話閒談：

「也許世界上並不存在所謂的江湖，江湖就像劍器一樣，是人心造出來的，你當然可以說不想長大，不想進入江湖，可是你的心總有一天會成為江湖，一個抽象的江湖，於是你就開始天天唸著『江湖、江湖』。帶著鄙夷的語氣說它、帶著無奈的語氣說它，但事實是，江湖埋葬了許許多多的死人，那些人曾經都是你的朋友，又或者你的敵人，你要不要恨這樣一個江湖？你要不要愛這樣一個江湖？江湖水底終將乾涸枯盡，剩下你與你的舊識，你們相濡

以沫、相呴以濕，誰還記得不是白骨與血水之前的你們，誰還記得？」

天光更亮，羅本猛起身，此刻他又回到抱劍而眠之地，方覺茶館之行仍屬夢事。一看天外，知曉原來天光並非來自高高的烈日，而是一輪光耀明月，古人指日月為一物，暖而生輝時為陽，融眾星於地坤，光芒收訖，則為陰，群星遂凍於天乾。此一刻，陽月驟起，而致群星奔走，洩流天街一色，融融如化，其勢不可擋。頓時星光爛爛，照天地如白晝，有星其大如斗，墜時流光溢彩，聲如鶴鳴；有星四散迸裂，光中生火、火中生水、水色斑斕奪目，遂七彩雨下；有星晦然，黯淡未明，終至漆黑，成白空一洞。如此這般，羅本手不可及、目不可視，欲止而無法，欲進而無力，見滿天星落，竟不能救其一，只是愕然墮淚，隨群星墜處，跌撞疾走。

「哀哉！痛哉！惜哉！」他哭嚎著，萬里長空亦是茫然若失。

忽一簫聲，若有還無，如絲縹緲，引領羅本回走原路。遠遠地只見得其人背影，羅本卻認得那簫聲，更憶起吹簫人射雁之事，心中頓感悲涼。不覺又回到了黑越越的山道，羅本再不願前行，亦不願完成，可他依舊只能繼續。

取出字紙，其曰：「至離人客棧等。」

方抬頭，便見三人騎馬並立於山道前，一人細眼長鬚，一人紫髯碧眼，一人形貌甚異，遙遠不可得見，至近，羅本巡視異貌之人，見此人面頰插箭，正是哀人客棧方桌上的三枝箭其一；完箭化為禿筆，斷箭已為誓約，那枝毒箭埋駐甚深、甚飢，足以說明最惡毒的人性。

覺察他的顧慮，曹操笑曰：「汝何故心慌？此人死矣。」指遠處模糊燈火曰：「此為離人客棧。」話畢與紫髯者離去，且歌曰：青青子衿，心何所期？繞樹三匝，不解離情。

到「離人客棧」，羅本直入其室，內無半個人影，可字紙如此寫了，當不會有錯，羅本遂至方桌等待，良久，忽覺神思迷茫，只得臥床而眠，昏然入夢，與施耐庵乘舟於蓼兒洼，其時雲淡風靜，唯蘆葦擦響出聲，飛鳥偶啼。

「你說，書名該當如何？」施問曰。

「先生何不揲蓍卜之？」

施折蘆葦為象，得同人卦。

羅本曰：「同人於野，可以水滸為名。」

施大笑然之。

倏起鵝毛細雪，施望船下片片春水縠紋，一拍腦袋：「錯矣、錯矣。」羅本對曰：「先生沒錯，此活水也。」施耐庵再看，果真未凍，可朔風依然，如針砭骨，遂瞠目愕然：「真奇景也！」

「風雪山神廟亦是奇情恣筆，萬般的奇景，無不出自先生之手。」

聞言，施啞然，失笑了。

羅本偏過頭，不忍復看。

蓼兒洼，一葉扁舟、兩點人影，羅本想起不知是真是假的夢境，寄身湖海，這夢底是不吉，兩點人影，在東南枝。

於是夢醒。

但見一人於燭光影下惶惶而容與，羅本解被衾蔽之，微光中，見施耐庵徐徐落座，徑取酒食來喫。

羅本欲言還止，忙著衣下榻，侍立一旁。

良久，施耐庵喚曰：「貫中，吾何人也？」

「吾師，施耐庵也。」

「施耐庵，是何人？」

羅本哽咽難言。

「施耐庵乃是俺乃是、俺乃是羅貫中……乃是我。」

「如此，我便不曾消失。」

羅本無端顫抖起栗，卻又思念益甚，只道是夢魂飛難，終到這最後一棧，曰：「離人」，確是黯然銷魂者，唯別而已矣。

遂問曰：「先生何所願？」

施耐庵笑曰：「吾嘗立德、立功，終不可得，遂立言著書一部，縱遭天怒，子孫三代皆啞，亦不悔，而今再無沉痾之苦，願與前人立千仞，放長嘯三聲。」話畢，舉杯相勸。

羅本慨然掩燭，至此，一夜無話。

第四部

小羅

年代：西元二〇一一年

說書先生柳不是失蹤了！

柳先生失蹤已有月餘，昔日龍山寺底下的老乞丐都說沒見到他，連帶著他的立書人也消失無蹤。

柳先生原本不姓柳，但因為自稱師承了柳敬亭說書一派，學成後索性以柳為姓，原來也不是叫不是，只因為柳先生說書總有個習慣，喜歡天花亂墜，牛頭不對馬嘴，有時掰得全，有時謅不滿，這時聽眾就一一給他挑毛病，說他犯了邏輯上的謬誤，柳先生平日什麼都好，就這個不行，每次一給說破，急得滿頭大汗，連聲道：「不是！不是！」久而久之人們就管他叫柳不是。

柳不是先生失蹤於民國一百年煙花燦爛時，萬頭鑽動的臺北城有SNG新聞車連線、倒數計時的現場轉播，還有歡聲雷動的無數群眾，古怪的是，竟沒有一個人看見柳不是先生究竟是如何消失的，更絕少有人知道，除了柳不是先生以外，失蹤的還有一個搖筆桿的啞巴。

柳先生有個立書人，名曰施無言，其實到了現代，每個說書人最好都能有個立書人將他東扯西湊的故事幻化為結構嚴謹的小說，如此一來才能投稿出版社並為讀者們所熟知，大概二、三十年前，這行銷故事的手法還算厲害，直到今天卻什麼也不是了，柳先生幾十年前原本也是眾說書人之間沒沒無名的一個，偏是遇到了施無言。這施無言是個啞巴，生來就不會說話，端的是一手好文采，筆鋒犀利多變，敘事跌宕有致，更別說改編柳先生胡謅出來的鄉野傳奇，竟然連聲韻語調都能美化複製，躍然紙上，成功付梓後一下子民間搶手，

只不過柳先生說書的現場功力實在令人不敢領教，不但音質毫無魅力，節奏也掌握不佳，

更別說要耍些口技，當真比老北京那些叫賣的小販還要不如，聽過柳不是說書的人往往搖頭嘆氣，直說：「柳不是，不是柳。」

這「柳不是，不是柳」的名堂不脛而走，有一天傳到柳先生耳裡，他心裡一急，正要說「不是」，偏偏「哇啦」地吐出一口血來，施無言忙給老夥伴倒水拍背，從此以後，柳先生的說書功力愈發地差勁了，好端端的《蔣興哥再會珍珠衫》要開頭就「呦……呦……」地哼不出來，敢情從此便換上了口吃的毛病。

無論如何，據說柳先生的失蹤和他們最著名的一本小說有關，那就是《哨譜》。

《哨譜》原為柳不是與施無言合作的長篇敘事，但有隱密消息指出，《哨譜》其實是施無言年輕時投稿文學獎的短篇小說〈哨童〉擴寫而成，〈哨童〉基於各種原因未能得獎，紙稿被棄之時由於工作人員的怠惰未攪成碎紙，便被柳不是雇的幾個尋訪鄉野奇談的龍山乞兒拾去，輾轉交到柳不是手上。

柳先生當時在他臺北華陰街的住處閣樓與人摸麻將，打著赤膊嘴叼白長壽，整閣樓端的是雲裡霧裡看不清，柳不是偏要一手擎施無言的〈哨童〉一面摸海底，別人就當他沒在專心，他更裝自己連摸牌也結巴，把牌的好處壞處摸遍，再顫抖抖捏進自己兜裡，這時同是四人裡的一個老頭子，是柳不是的曾祖父，他見狀掀桌咒罵，柳不是與其餘二人便攥著口袋金錢咚咚直奔下樓，此時柳不是手上還拿著施無言的短篇小說，無巧不巧，看見〈哨童〉裡小桃子唱的山歌段落，恨恨罵了一聲，居然就連滾帶爬落到閣樓下，撞得腦袋瓜子凹進一塊。

後來，柳不是好容易找到施無言，請他到咖啡館喝茶，柳不是憤憤拍桌，居然氣得連結巴都沒有了：「這山歌段落不是《鐵齒銅牙紀曉嵐》裡的嗎？」

施無言當時很年輕，約莫二十出頭，已經是個啞子，他在杯下水霧上寫：是啊。

「你還是啊？這……這樣寫，用人家的東西，無不無聊啊？」

施無言聳聳肩，寫起菜單：那是中國晉北民歌，很多地方其實都有。

柳不是道：「還是無聊嘛。」

施無言寫：我太寂寞了。

「什麼？」

施無言再寫：太寂寞，有時看看電視，看見喜歡的句子，想寫在小說裡，看有沒有讀者知道，連繫上我，可以一起討論電視劇劇情。

柳不是聽了大驚，想這年輕人文字算有丁點文采，可惜是個神經病，怎會有人用如此迂迴的方式徵友呢？

「你……你就為了找《鐵齒銅牙紀曉嵐》同好，寫這樣一篇小說嗎？」

施無言遲疑了一會，寫下：是啊。

柳不是嘆了一口氣，不知是無奈、妥協抑或其他，他開始對施無言說話，評論他的〈哨童〉，告訴他這故事似乎還沒有結束，只是一個巨大事件的開端云云，他一面說一面加進了自己的揣想，施無言靜靜地聽，不時在菜單上繼續塗塗寫寫。從那一天起，柳不是就經常約施無言來咖啡館「說話」，通常是柳不是嘰嘰呱呱地說，施無言皺著眉頭聽，同時在菜單上塗塗抹抹，這就是兩人風雲際會的合作開始，也是〈哨童〉由一篇從文學獎競賽中被淘汰的短篇小說，搖身一變成為眾人傳看的長篇《哨譜》起因。

在當時，說書圈子裡還流行著師承，不過沒人想拜柳不是為師，倒是施無言有一個徒弟，由於年紀太輕了，沒人把他當一回事，只知道他姓羅，管他喊小羅。

這小羅與施無言的相識暫且按下不表，回說自從柳不是與施無言合作寫書，施無言將柳不是腦海中關於哨童的猜想與自己的意念合二為一，寫成了驚心動魄的小說，柳不是原本想找正經的出版社出版此書，但施無言希望兩人合作的第一本書可以以特別的方式保存下來，於是當時他們自己找了印刷廠，一共印製五百本《哨譜》，古怪的是，那五百本《哨譜》上市後盡數售完，卻在一個月後消失無蹤。

所謂消失無蹤，即是連親自購買《哨譜》的讀者都發現，原本還擺在書桌上剛讀完的《哨譜》，隔天就不見蹤影了，假如有個小偷，他也真是等人將書讀完了才把書偷去，柳不是聞言與施無言商量趕緊再印，彼時人們都被買不到書的焦慮與好奇給逼瘋了，人人都在找讀過《哨譜》的人問他們故事內容如何，而讀過的人也極盡所能描述他所記得的內容，儘管無法字句不差，大概情節也不會錯得太離譜，就這樣，《哨譜》得到空前的成功，甚至在各個讀者的口中長成另一副樣子，如此，這就得罪了說書與立書人圈子內的幾個大老，他們批評《哨譜》譁眾取寵、不夠真誠，刻意用噱頭與不足印量來吊人胃口，大老們群體抨擊這種行為，以至於柳不是被逼著離開了他說書的街頭，施無言在某種程度上，可以說是非常喜愛自己的這位好友，在得知了柳不是的遭遇以後，施無言下定決心毀掉他們的作品。

施無言的做法很簡單，他向外發出公告表示《哨譜》將與大出版社合作，印製兩千本，不夠也會再加印，這次人人都讀得到。

他眼中浮現冷黯之色，開始下筆如驚風，只不過，從這一回到往後的千千百百回，施無言運筆墨跡都用上了更多「點」法，也就是把柳不是那些支支吾吾的刪節號加上去，於是乎，不僅整本書增厚增高、印刷成本增加一倍，也讓諸讀者苦不堪言。

從那之後，施無言與柳不是成為他們圈子裡的罪人、叛徒，但也毫無疑問地，他們合作的作品版權成為出版社與出版社之間爭奪的獎賞，兩人失蹤前正為了尋找新作的素材閉門苦讀，據聞，故事將關乎一個流傳已久的傳說。

◆

施無言的字很漂亮，這是小羅對師父的第一個印象。

師父失蹤三天後，正是一月三日，小羅睡到中午，起床便躺在租屋處的床上發呆，他怎樣也不明白，師父為何要給自己留下一篇晦澀難解的短篇小說。

小說名稱叫做〈一夜無話〉，小羅還未仔細看過，實際上他一個字也看不進腦海裡，他滿心想著的都是師父的字十分美麗，還有，那天師父與自己相約跨年煙火在市中心碰面，師父拉著自己的手，一面在他掌心寫字一面疾走，他們身邊盡是斑斕模糊的色彩，師父沉默、堅毅的側臉因汗水微微發亮。

如今，小羅深深懷念。

他與施無言是在一次機緣巧合下認識的，小羅原只是個平凡的大學生，大考後經由分發來臺北求學，他對寫作毫無興趣，偶然一次和同學到龍山寺遊玩，他基於好奇求了籤，其他人到外頭找小吃時，他展開籤詩薄脆的紙有些摸不著頭緒，接著便看見施無言坐在角落，此時恰好有人過去找他解籤，小羅誤以為他是廟祝一類的人物，也帶著籤詩過去。

初時他便注意到施無言不會說話，他在旁邊靜靜等施無言替前一位遊客運筆解籤後，這才遞上自己的。那是觀音一百籤裡的第八十二籤：

炎炎烈火焰燒天
焰裡還生一朵蓮
到底永成根不壞
依然枝葉色新鮮

施無言一看，斂目垂筆，寫了幾個字：「這是海中花並蒂蓮的故事。」小羅這才弄清楚，原來施無言根本不是解籤人，他棲身於此，為一百首籤詩設計了一百個頭尾相連的故事，他以筆說書，要得他的故事就得從抽籤開始，一日一人限一籤，要聽完全部共一百回的故事，勢必得日日來此求籤看書，抽到重複施無言也不管，硬是請對方明日再來，這就讓不少人癢癢在心頭，都不曉得這龍山寺鼎盛的香火，有多少是施無言貢獻的？

小羅莫名在熱鬧的龍山寺裡坐了下來，彷彿入定另一個世界，看施無言以迅疾優美的墨字描繪出彷彿正在眼前生長的畫面，他年輕而習於視覺的大腦不知為何竟為那又舞又跳的字沉醉了，那些字清晰得令他能輕易看懂，甚至很奇怪地，光只是一個筆畫都含有一種神情，一種動作，一種情節的進展，或許漢字本來就是這樣，一個字就能包含許多意思，但施無言的字太奇妙了，他筆畫正確，字體瑰麗多變，隸書、篆書、小楷、狂草……小羅發現自己竟然全看得懂，這些字又如此富有圖像感，他一旦閱讀便深陷其中，他的經驗整個遭扭轉改變，從這一刻起，平面圖像乃至於電視電影，對他來說都不再具有魅力，那些影像如此蒼白淺薄，無法如施無言帶來的字句那樣深遠隱晦，如此複雜精妙，哪怕是一點一捺，都具有歷史與深意，甚至全然與故事本身相關聯，這是不可思議，這幾乎令人無法承受，小羅眼前一黑，有一瞬間的昏眩。

這時施無言適時伸出手穩住了他，以自己指尖在他掌心寫字：「你有驚天之質，除了你，沒人能將我的字讀得那般深。」小羅確實感到自己再也無法回到從前，他的世界潰散，彷如遭鬼神附體，而那是如此古老陳舊的神魔，他墮入了一個泛黃的世界，在那個世界，沒有日新月異的科技，網路與電影、遊戲變得不再重要，小羅覺得那些嶄新的東西似乎都喪失了某種生命，而他看見了真正的「字」，以及字所展現的力量。

小羅覺得自己已經算是個瘋子了，卻不曉得，還有一群人同他一樣，只是體現的方式不同，那些人愛使冷兵器，以古腔古調為樂，動不動就要放長嘯，這樣一個古怪的世界，就此將小羅納入懷中。

他仍過著平凡的日子，他是一名在外租屋的大學生，但另一方面，當他沒課的時候便會到龍山寺找施無言，看施無言寫字，有時一些模樣奇怪的傢伙會找施無言前往一個小羅無從想像的地方，施無言要他跟著，他便跟著，他的生活彷彿切成了兩半，到了後來，小羅都從未是一名寫作者，他本身也不曾有過這樣的興趣，只是施無言所帶給他的近乎傳奇，他雖收小羅為徒，但並未教導他自己寫字與敘事的技術，這似乎是一種老派的師徒關係，施無言讓小羅跟著自己，他的所見所聞，有朝一日將驅策他不得不開始動筆。

以至於當施無言失蹤，小羅的學校開始放寒假了，他空有無限閒散的時間，卻無處可去。

小羅到了下午三點鐘才頹喪地從床上爬起來，盥洗撒尿，他渴望找回一些屬於自己平常的生活，儘管這意味著他必須將與施無言的相遇視作一場幻夢，他與施無言經歷過的事件、到過的地方也都將不復存在，他只是不願意再繼續等待下去了。

他穿著昨晚入睡時的衣服，邋遢地走到外頭，夾腳拖劈哩趴啦，他步行到附近的麥當勞吃飯，機械式地點餐、取餐，垂著頭走上二樓用餐區，人很多，幾乎沒有位子，小羅立刻就注意到窗邊有個女孩子一個人就占了四個人的桌面，那女孩穿著看上去也太怪了，活脫脫只是包著幾條破布，烏溜溜的長髮繫成兩束，一邊用銅錢裝飾，一邊用月牙形狀的鏢子裝飾，小羅也算見過點世面的，卻沒見過那種模樣的暗器，他甚至不確定是不是暗器，或許真只是髮飾吧。但最怪的還不是女孩子穿著外觀，而是她竟能融入吵吵鬧鬧的一群正常人之中，小羅又再努力觀察一會，這才發現那女孩子正在講手機，又笑又噘嘴，小羅仔細一聽，是在與媽媽說話：「喂？娘，我剛跟爹爹說了，班大叔人還活著呢，啊您說海燕阿姨？她也挺好，兩人生了小娃娃……我不喜歡……什麼生幾個給您玩玩！小娃娃又愛鬧又愛哭，最討厭了，況且……我有您就夠啦！欸？小猴子嗎？小猴子自開打鐵鋪了，專門做打礁的活兒，嗯……我從彈丸島過來，但這裡和爹爹說的完全不一樣啊，到處都吵吵嚷嚷的，房子還高高方方的，食物倒不賴！」說著又扔了幾根薯條到嘴裡，偏頭朝小羅的方向燦然一笑，小羅頓時心跳漏了一拍，趕緊低垂下頭，心想自己怎麼就露餡了呢？但又覺得不大對勁，悶頭想了一會，登時顫得托盤裡的可樂都掉在地上。

那女孩子根本沒講手機！連免持話筒也沒有，她是在自言自語啊！

小羅頹然蹲下身一面收拾一面哀哀歎氣：可惜了這麼一張漂亮臉蛋，膚色粉中透紅呢，居然是個神經病。仔細一想，又覺得怪可憐的，反正也沒有其他位置，小羅索性端著濕淋淋的托盤走到那女孩身旁，以手勢告訴她自己想尋個位子坐。

女孩十分爽快，朝小羅點了點頭，又繼續自說自話。

小羅本不想多管閒事，卻對女孩太感到好奇了，他打斷女孩的自言自語，問她：「你在跟誰說話？」

女孩瞪了他一眼，儘管如此，她與空氣的對話似乎是隨時可以中斷的，她冷道：「我和我娘說話，他們不常跟我聯絡的，到臺灣以後比較擔心，就常常跟我通夢魂。」

「什麼通夢魂？」小羅想：難道跟通臉書、skype 有什麼不同嗎？

「說通夢魂也不對，就是我爹爹和我娘親的元神在我體內一顆丹藥裡，他們有時會要跟我說話。」

小羅閉上了嘴，他真的覺得自己惹到了不該惹的人，彼時女孩又繼續嘰嘰喳喳地講起來，小羅就安靜地吃浸在可樂裡的薯條。他想轉移自己的注意力，又拿出施無言留給他的〈一夜無話〉，滿是虔敬地閱讀。

女孩沒有煩擾他，兩人各自做自己的事，互不相干，少女淡淡的體香讓小羅覺得自己正從蒼白、泥淖的日常生活裡被拯救出來，還有些躁動不安，兩種感覺夾擊下，他出奇專注地讀懂了施無言留下的最後一篇小說，尤其〈一夜無話〉是特別留給小羅的，他從中察覺到施無言想同他說的話。儘管這篇小說晦澀難解，文白交雜，小羅仍大略知道，這故事以羅貫中和施耐庵的師徒之情為底，描述在一個虛幻場景中，羅貫中追尋著自己的老師，在每一客棧都遇見自己與老師筆下的人物，譬如《三國》，譬如《水滸》，而其中甚至討論到晁蓋被毒箭射殺的陰謀論，但最後羅貫中意識到他的老師已經死了，而且按照佛教公案，寫《水滸》這樣極惡的作品，施耐庵子孫三代皆啞，彷彿，寫作本身就是一種詛咒。

可難道施無言想對他說的就是這樣一個令人絕望的結論嗎？寫作本身是一種詛咒，小羅覺得有些失望。

「欸，你。」卻在這時，一旁的女孩突然對小羅搭話：「你在讀什麼啊？」

「我師父留給我的文章。」小羅簡單回答。

「你也有師父啊？我以為現在沒人有師父了呢，告訴你啊，我師父就是我爹爹呢。」女孩愈說愈靠近，小羅立刻紅了臉，往旁邊移了移，顫聲問她：「你師父是誰？你叫什麼名字？」

「問人總得先自報家門吧？」女孩秀眉一挑。

「外人都喊我小羅，我師父是施無言。」

「我叫煙花，師父是我爹爹，我爹姓番名紅花，若有說書人講一個雙足從不落地、執巨人蹺的輕功行者，那就八九不離十是我爹爹了，但我想，番紅花可能不是他真正的名字。」

小羅沒聽過誰姓方、叫紅花還紅葉的，也就沒多問，女孩說她叫煙花，倒讓小羅回想起師父施無言於民國一百年跨年煙火中抓著他的手在人群中慌忙穿梭，他被師父強拉著，走得磕磕絆絆，施無言還盡往他手心寫字，就說「跟上」、「快點」，小羅幾次詢問師父他們要往哪裡去，施無言都只是搖頭，最後他們來到最熱鬧、擁擠的廣場中央，這兒是目睹跨年煙火的最佳地點，小羅充滿困惑，下一秒，施無言就在小羅掌心寫：「抬頭看。」

小羅抬頭了，施無言拉著他的手往夜空延伸，他寂靜的指尖指著天際遙遠的一點，施無言放下手，再寫：「你看見了嗎？」

小羅什麼也沒看見。

施無言寫道：「這是最悲傷的結局。」

施無言放開小羅的手，而少年仍仰望天空。

「你看見了嗎？」

「師父……我什麼也沒……」小羅收回視線，想對施無言說話，卻見師父正繼續往前走，目光朝向遙遠的地方，小羅有種古怪的感覺：施無言是故意要離開自己的。或許他只是到攤販處買零食吃，也可能施無言想一個人靜一靜，不知怎地，那一刻施無言的背影傳達出那樣的訊息，極盡孤寂。他不想小羅跟著，小羅也遵循師父的意思沒有追上去。

他獨自走到一處，再走不了了，蹲下身喘氣，眼前遍地檳榔渣滓，他喘了一會，抬起頭看師父，見施無言已站著不動，望著遠方不知處，這時徐徐轉回頭，與小羅對上了視線，有那麼一瞬間，小羅竟感覺天生瘖啞的師父彷彿要同他說話般微微張開嘴，卻也在這同時，百年的煙火盛大地爆裂——嘩啦啦啦、嘩啦啦啦！小羅張嘴大喊師父，施無言不理他，只是看向夜空中燦爛輝煌的煙火一柱接一柱，這時不知戲臺上又有什麼節目，人群登時急流湧動，小羅來不及抓住施無言的目光，亦來不及站起身回到施無言身旁，他只能眼睜睜看著師父隱沒在萬頭鑽動的人潮當中。

師父看煙火的眼神如此沉痛，小羅聽見煙花的名字時，一下子紅了眼眶。

「我說啊……」女孩的聲音平靜地在他耳邊響起：「這篇小說是你師父的告別信嗎？」

小羅嚇了一跳，抬起眼道：「沒錯，你……你怎麼知道？」

「字裡行間充滿訣別之情，不過師徒之間不就是這樣嗎？徒弟總是要離開，到遙遠的地方追尋我派之集體夢想，實踐前人偉大志向，你不能指望有一個最鍾愛的徒弟，卻又不放手讓他遠離。」煙花吃完了自己紙盒裡的薯條，開始吃小羅托盤裡的。

小羅有些倔強地道：「你懂什麼……」

「我跟我爹，同時也是我師父，已經分別十多年了。」煙花漫不經心道。

「怎會如此？」

「我娘和我爹有了我的時候……我們上面幾個師祖輩很震怒，事情鬧得很大，後來我爹就瘋了，他在發瘋之前跟我娘說他死之後要將他的屍身放火燒成灰，灰中有丹藥一丸，我娘須將那丹藥服下，這樣才能完成傳襲……只是我爹死後，我娘因傷心過度也死了，將我拉拔大的廟公伯伯把兩人合在一起燒了，燒成了丹藥一丸，我大了以後，廟公伯伯囑我服下丹藥，從此，我就能在心內與我爹娘說話。」

「等等，如果你爹一直是在兩根棍子上腳不落地，他和你娘是怎麼……」

煙花沒等他說完便甩他一巴掌，喊：「下流！」過了一會又氣呼呼地說：「我爹到臺灣之後，立刻發現自己中的毒根本與雙足落不落地無關，後來也就找回用雙腿行走的方法了……這不是重點！你這人好生輕浮，怎麼就關注這些不痛不癢的事呢？」

小羅摀著臉，幽怨地看著她。

「反正我能跟爹娘說話以後，我爹一直跟我說，我要去尋找《哨譜》的另一部分，他說，這一部分他也從沒見過，但《哨譜》的祕密，是哨童傳人一生的追尋。」

「《哨譜》？」小羅臉上的疼痛稍稍減輕了，此刻他只是十分困惑，《哨譜》是施無言與柳不是合作完成的長篇小說，但煙花所指的《哨譜》，與自己理解的不太一樣，至少他就從來不曾聽施無言說過《哨譜》還有什麼祕密隱藏。

見小羅深思的模樣，煙花面色一沉，一手勒住小羅的脖子：「你知道《哨譜》？」

「當然，那是我師父寫的小說。」小羅被勒得咳嗽不休，搞不清楚這女孩子怎會如此粗魯，也是這時，他恰好抬頭環顧周遭，覺得有些奇怪，二樓用餐空間依然人滿為患，但不知何時，這些人居然恰好都穿了黑色的衣服。

小羅揉了揉眼睛想仔細看清楚，可這些人面貌模糊，有些還戴了面罩，這讓他繃緊了神經。

「那群黑鴨子真是煩人。」煙花冷不防啐道。

「你……」小羅話還沒說完，只是一剎那的事，那夥黑衣人突然同時站起身，從腰際抽出亮晃晃的大刀，直逼小羅腦門砍去，他感覺喉嚨一緊，身體往後摔，恰恰躲過了刀鋒。只見煙花已經打開了二樓的逃生窗，她一把鉤住小羅的頸子，力道出奇地大，她對小羅笑一笑，抓著他從二樓跳了下去。

小羅本來覺得嘛，只是二樓而已，大不了就是摔斷腿，他眼睛一閉，過了好一會卻還沒著陸，他睜開眼，不看還好，一看差點嚇得屁滾尿流，他居然一下子從麥當勞二樓騰飛到十層樓以上的高度，煙花抱著他的頸子，鼓脹的胸口發出一陣悠長的哨音，那哨音彷彿在極為精密的控制下輕而不斷，煙花就以那哨音的抑揚頓挫掌握上下，她並非全然飄飛在空中，不時要足尖點過周遭高樓大廈纖塵未染的玻璃，小羅放聲尖叫，煙花哨音驟斷，哈哈大笑，兩人環抱著如洩了氣的氣球般旋轉著緩緩下降。

他們降落在郊區的一處山坡上，直到平安無事癱坐地面，小羅仍在顫抖，煙花笑夠了，正專心檢視周遭的環境，小羅從沒經歷過這等怪事，不久前還被這嬌俏少女打了一巴掌，真是愈想愈不對勁。

「剛、剛剛是怎麼回事？」小羅結結巴巴地問。

「你沒聽過輕功嗎？雖然我這使的也不完全是什麼輕功，我們哨童一脈就是能飛天，懂？」煙花沉吟著扳了扳手：「剛才裡面已經完全都是黑鴨子啦，我最討厭黑鴨子了，他們追我也真追不累，從彈丸島到這兒，跟水蛭一樣黏人，喂，你說你叫小羅？身上一點武功也沒有，倒比較像個廢物，你聽我說，我此番前來臺灣就是為了找《哨譜》的另一部，既然你也知道《哨譜》，就得幫幫我。」她從懷中取出幾張薄如蟬翼的字紙，紙片幾能透光，上頭的字寫得十分難辨，小羅只能看見上頭寫著：嗶——嗶嗶——嗶嗶嗶嗶——

「外人是看不懂的，就算順利解出答案，也很容易弄錯，要是追錯了故事就麻煩了，可能會到海上尋大龍舟呢。」煙花將字紙重新收好，盤腿而坐，手撐著柔嫩的面頰直勾勾看向小羅：「好了，現在你得告訴我，你說的《哨譜》是什麼？」

嚴格說起來，施無言與柳不是合寫的初版《哨譜》如今市面上是一本也沒有了，新版《哨譜》因加入了一大堆仿擬柳不是的期期艾艾，閱讀困難，雖賣得好卻也被罵得慘，這就導致施無言與柳不是商量著要合寫別冊。

小羅記得施無言曾告訴他關於創作《哨譜》的起源，他說自己年輕時曾進行環島旅行，有一段時間在中橫公路附近遊走，還進入了錐麓古道，他前所未有地接近山林，無意間摔下懸崖，恰好落在一棵中心挖空的枯木裡，他站起身，前方出現一個洞穴，他在洞穴內度過了冰寒的夜晚，還在裡頭找到一本看似年代久遠的筆記，那份筆記主要以漢字寫就，但有相當多日文平假名的記號，讓他覺得相當有趣，徹夜讀完筆記，他暗自發誓假若得救便要將筆記的內容改編成屬於自己風格的小說作品。正在他這麼想的時候，崖上經過一群重裝備登山客，他們很快發現施無言製造的煙霧訊號，將其救了上來。

施無言回到臺北以後，依筆記開頭寫了短篇小說〈哨童〉，初時苦於沒有地方發表，於是他先投稿了文學獎，當時這篇小說入了初選，在決審時落選，其中一位評審指出〈哨童〉有老鷹以爪撕扯獵物的描述，該評審表示老鷹只會以爪擠壓殺死獵物，沒有撕扯，所以落選。

施無言不太在乎，彼時他還有更重要的事要做——他發現那冊筆記隱藏了比他原先所想的更多訊息，裡頭記錄的文字內容與哨音長短，能夠拼湊出類似的圖的描述，施無言暫時放棄了〈哨童〉相關故事，潛心研究，直到遇見了柳不是。

小羅認為，施無言與柳不是的失蹤與那冊筆記有關，也可以說，與《哨譜》有關，因施無言與柳不是合寫《哨譜》時，那冊筆記已經被解析得差不多了，也因此才能順利完成《哨譜》這樣長的篇幅。

小羅想了很多，卻不怎麼想跟煙花說，將頭一轉，道：「我什麼都不知道。」

煙花微微一笑，解開髮上的銅錢，在手中輕輕拋了幾下：「小傢伙，你可知道這是什麼？」

煙花年紀顯然比小羅年幼許多，卻喊小羅小傢伙，小羅心裡哪肯，憮憮地說：「不就是金錢鏢嗎？」

「沒錯，我善使金錢鏢，這銅錢是從我母親那兒流傳下來的，而我十丈之外就能以此奪人性命。」說罷，煙花纖手一轉，小羅只覺得腰際一涼，褲子上的鬆緊帶竟然應聲而斷，他趕緊伸手拉住即將落地的褲子。

「你要搞清楚一件事情，就是我並非在問你，我現在是綁架了你，你若不同我講明，下一樣我瞄準的事物，就是你那白白圓圓的耳朵啦！」

小羅頹然坐下，膝蓋簌簌發抖，他將施無言曾在中橫公路上尋得一冊筆記的事和盤托出，老實說，他並不真的害怕眼前的少女是個殺人不眨眼的魔頭，只是煙花眼裡有些什麼，令他深感不安。

「所、所以……或許那冊筆記就是你想找的另一部《哨譜》，而我師父寫的小說《哨譜》，則是依據那冊筆記所寫。」小羅囁嚅地道：「也就是說，我們口中的《哨譜》是兩種全然不同的東西，一個是小說，一個是……我不知道，武功祕笈？」

小羅乖乖說完了那些，煙花似是滿意，神情都輕鬆不少，她噗哧一笑：「或許吧，我們哨童一脈流傳的《哨譜》分為師部與生部兩部，兩部分別有不同的功用，也隱含不同的訊息，我也不怕跟你說，目前我手上有的是師部，師部記錄了修練騰飛吹哨功夫的祕訣，確實可以說是武功祕笈，至於正在尋找的生部，據說是一幅地圖。」

「地圖？藏寶圖嗎？」小羅小心地抬起眼。

煙花搖了搖頭：「不，這地圖指向了神仙鄉。」

「神仙鄉？」小羅咀嚼這個詞彙，突然心神一凜，這詞彙他曾在師父的小說裡讀到過，可既見煙花表情執著。小羅只想轉移話題：「你剛才說的黑鴨子是什麼？」

煙花正色道：「他們什麼屁也不是，就是一群想搶奪《哨譜》的人。」

「既然他們要奪《哨譜》，應該知道《哨譜》隱藏的祕密囉？」

「我不曾這樣想。」煙花的表情充滿輕蔑：「我聽爹說以前也有黑鴨子，但跟現在的完全不同，新的黑鴨子什麼都不懂，要的是各種極端，最血腥，最色情，最什麼什麼的，他們沒有尋找神仙鄉的興致。」

小羅沒作聲，良久才問：「那以前的黑鴨子又想要什麼呢？」

「就是那發光的島啊，那個結局嘛。」煙花不耐煩地道。

小羅聽得很困惑，他平凡的一天本是從下午三點開始，他本來也以為施無言和他所代表的世界都將一去不復返，誰知道會突然出現煙花，還讓煙花帶著自己展開了逃亡，他不由得問了一句：「黑鴨子常常追著你嗎？」

「他們一直在追我，說實話，我累得很，我從這座島逃到那座島，還試圖逃去時差之島，可他們怎樣也不願放過我，我很清楚，像現在這般短暫的休息或許很快就要結束了，我也很抱歉拖你下水，他們既然看見你跟我在一起，就定不會放過你了。」

小羅吃了一驚：「那該怎麼辦才好？」他想了想說：「去找我師父吧，他跟柳先生一定也是因為得知《哨譜》的祕密才躲起來了。」小羅雖這麼說，內心並不確定，此時夕陽正待西下，染紅了天邊的雲朵，遠方黑色的群鳥，看起來確實就像是一夥低飛的黑鴨子。

「那你師父去哪了呢？」煙花問。

小羅左思右想，最後只得出一個結論：「我想他們去尋找神仙鄉了。」

煙花瞪大了雙眼。

「假如那筆記真是《哨譜》生部，我想師父可能解開了謎底，尋得地圖，想往神仙鄉去也。」小羅感到一股興奮之情油然而生，師父小說中的故事原來皆是真實，怎能不讓人感到激動？

「這樣一來我們又怎能找到他們？」

「我師父為文向來喜歡埋伏筆，《哨譜》之後，他又獨自寫了幾個說本，一個是〈第一個字〉，一個是〈幻想徒弟〉，一個是〈唯慈悲者鬼話連篇〉。」

「再加上他給你的〈一夜無話〉，總共就是四篇了。」

「不只，師父寫過的故事很多，真要說起，觀音一百籤才是他的長篇巨作，只是偏偏觀音一百籤故事共一百回，我從沒讀到完全本。大概真得從這四篇小說裡尋找線索，只是這四篇之中，我又只讀過〈幻想徒弟〉。」

「只有一篇？你怎恁的沒用……」

「我不常跟師父見面，他寫的東西又那樣多，我哪能全部讀完啊。」小羅內心慚愧，又不願表現出來，不經意鬧起彆扭：「〈幻想徒弟〉這篇也甚是好看啊，我便是從這本裡讀到神仙鄉哩。講《哨譜》後續故事，又和《哨譜》沒直接關聯，就說那主角到台灣島上，運神至走火入魔，他師父也救不了他，是以每晚在鵝鑾海岸邊對著海潮喃喃自語，就像以前他師父給他說，到更大的島去看看，後來，神智不清的主角也在海岸邊，對著不存在的徒弟，叫他到更大的島去看看，主角日日夜夜在海邊對他幻想出來的徒弟說話，有一天，這幻想徒弟被嘮叨得乏了，也確實感到內心一股沛然莫之能禦的衝勁，主角最後一次同他說：你到更大的島去看看，幻想徒弟就真的去了，他無形無體，飄飄蕩蕩臥入海風，臥著風，他到了更大的島去，這篇，就是說幻想徒弟到更大的島發生的事。」

「那然後呢？」

「且說幻想徒弟到了更大的島，他發現要找《哨譜》所指的神仙鄉更加艱難，他前往湖南道縣一處叫花村的地方，那兒的人會在冬天給樹木裹上稻草，傳說有花精樹神出沒，人人傳說綠林劍客隱居此處，他便飄飄蕩蕩地前去湊熱鬧，他見到有個小少年神情緊張逢人就問綠林劍客在哪，他也就跟著那少年走，少年粗布衣裳，沒有武學功底，幻想徒弟跟著少年來到一處綠竹林中，竹子搭建的小屋內有個敞著光肚皮呼呼大睡的中年男子……」

「然後呢？」

「少年小心翼翼叫醒了他，發現這人居然就是退隱江湖多年的綠林劍客，可惜了時光就像一把殺豬刀，將當年英姿颯爽的綠林劍客作踐成了一禿頭大叔，少年很是失望，綠林劍客問了他找自己幹嘛，那少年便說自己來自傷神樓，傷神樓樓主以飼養珍禽異獸廣為天下人知，除了性格好客以外，有一雅癖是賭博，他在春華酒宴上與眾人對賭，有人說那曾經風光一時的傳說人物綠林劍客如今恐怕已成土饅頭一座，傷神樓樓主則認為綠林劍客仍在某處執劍仗義，兩人爭執不下，最後便讓少年出發前往據說是綠林劍客最後的出現地——花村。少年說完也是難過，因他從小就把綠林劍客當成心中的英雄，現如今有人賭綠林劍客八成已死，他本帶著不甘的心思決意要找到綠林劍客，將綠林劍客帶回傷神樓，但看見綠林劍客此刻的樣子，少年想他還不如死了呢。可有趣的是，這綠林劍客也是個嗜賭成痴的人，他一聽少年說的話，那雙瞇瞇眼就放起了光輝，他搓著手道：『小子，你趕緊替我更衣梳洗，待我想個樣子再與你共赴傷神樓樓主的春華酒宴！』想當年綠林劍客易容的手法也是出神入化，他這要想個樣子，就讓少年心旌動盪，連一旁觀望著的幻想徒弟，都不知道接下來事態將如何變化。」

「啊，妙！妙極！再然後呢？」

「你這般誆我說完全本，一點意思也沒有啦。再然後，綠林劍客與少年離開竹林，趕赴傷神樓春華酒宴，那是傷神樓一年一度的盛宴，極盡奢華之能事，少年前去向樓主通報，說沒見到綠林劍客，倒是遇見了一隻翠額麒麟，花村的人都說是綠林劍客變成的。世上哪有人變成獸的例子呢？更何況還是神獸，加上傷神樓樓主以尋覓天下珍獸為樂，趕緊讓人將麒麟牽來，眾人見那翠額麒麟，真是舉世無雙的絕妙外貌，獅鬃龍麟、鹿蹄馬尾，最特別的是額前一片透亮的綠毛，眼晶亮如貓眼，這是麒麟嗎？樓主大吃一驚，他從未見過這種麒麟，當下就有賓客笑道：『重點並非牠是不是麒麟，而是牠是不是綠林劍客本人。』話說得很對，賭局開端，賭的便是綠林劍客死了沒有，但這下可難辦了，首先綠林劍客蔥拔劍法天下第一，見劍法如見其人，具有識別力，只是一隻麒麟如何施展劍法？當下一名壯士飛身而出，利斧伴著一聲大喝朝翠額麒麟甩去……」

「你若敢給我停在這裡，看我不揍你！」煙花怒喊。

「在我講述接下來發生的事情之前，你要明白幾個重點，第一，春華酒宴打的賭是綠林劍客是否已死。第二，既然翠額麒麟被認為是綠林劍客化身而成，驗證的方法就是牠能否使出蔥拔劍法。第三，傷神樓樓主愛極珍獸，他與眾賓客打賭的獎賞也是另一頭獸，據說是北海的千年巨鯨……那假如翠額麒麟被那斧子一刀砍死，是不是便驗證了這頭麒麟不是綠林劍客？」

「沒錯。」

「但按常理判斷，人類再怎樣易容都不可能變成一頭獸，綠林劍客自然也不例外，假若綠林劍客變為麒麟這事一開始就不成立，那末，你想當斧子飛去，誰會阻止？」

「傷神樓樓主。」

「傷神樓樓主蹬開桌角，凌空打落斧子，沉聲道：『誰敢動牠？』扔斧的壯漢冷笑道：『既然無法證明這頭麒麟就是綠林劍客，樓主便輸了。』當下樓主極其猶豫，他想兩獸兼得，但又苦無對策，這時在座有一特殊人物，他的名號響遍所有說書人嘴裡，他便是荒海神醫。荒海神醫醫術精湛，無人不服，據說連鬼都醫治過，既然如此，若只是由荒海神醫辨別翠額麒麟體膚毫毛是否為真，又或者綠林劍客易容術當真了得，能將自己扮成麒麟，那也是將人體隱藏於麒麟的外皮底下，荒海神醫應當能驗得出來，此時有人提議，沒有任何反對，樓主讓少年領神醫小心檢查麒麟，一查之下，竟又變幻出了新的轉折。」

此時天色已幾乎完全變黑了，昏沉的暮色中，煙花雙眸晶亮如星，津津有味地聆聽著。

小羅繼續道：「荒海神醫告訴眾人，這頭麒麟患了便祕。牠患了便祕，不僅如此，這頭麒麟還有些老了，不中用了，頭頂的獅毛都禿了，可能還有一點脂肪肝，等等等等，但最重要的是，這頭麒麟現在滿肚子大便，即將因無法排便而死，他們若要這頭麒麟活下來，神醫得立刻在現場做手術，助麒麟排出那堆囤積了可有千年的老糞便。現場鴉雀無聲，再度無人反對，傷神樓樓主簡直嚇呆了，他眼睜睜看荒海神醫吩咐少年準備手術所需的工具，隨即將麻醉過的麒麟移置他們典雅美麗的春華宴桌面，不一會兒，伴隨肉塊切割的聲響，現場酒香漸漸被一股屎臭味所取代。

「這麼過了一柱香時間，荒海神醫卻陡然說：『這些是人類的屎啊！』此時滿桌的屎水都快從桌上流到地上了，就在這時，那原先替樓主傳話的少年終於忍俊不禁，噗哧而笑。我久未提到的幻想徒弟也笑得前俯後仰，因所有人之中，除了少年，就只有他知道綠林劍客本想跟著少年回傷神樓，不料臨行前肚子痛，在茅坑拉了山高的糞便，彼時一名與綠林劍客交好的機關師父恰好來訪，從焦急等待的少年口中得知事情經過，起了玩心，現場打造一隻活靈活現的翠額麒麟，再將拉屎拉到虛脫的綠林劍客扶上床，說要將那隻麒麟送給他，綠林劍客馬上就知道是怎麼回事了，他告訴少年，自己實在沒辦法過去春華宴了，請他將翠額麒麟送去給樓主，告訴他這頭麒麟就是綠林劍客本人，隨後也不知是綠林劍客這齷齪的東西幹的，還是他那機關師父的朋友幹的，總之他們將那堆屎小心翼翼塞進了機關麒麟的肚子裡。

「若只是這樣，還不能證明那些屎確實屬於綠林劍客，少年驚訝地看見荒海神醫從那堆屎中取出了一隻斷掌，斷掌乍看之下毫無稀奇，若近些觀察，會發現那是左手斷掌，在拇指與食指指腹上，有極厚的繭痕，那是因為綠林劍客是左撇子，且所使的蔥拔劍法講求瞬間的抽拔刀刃，均只用食指與拇指拔刀，殺招不過三，剎那間最多三刀，能使敵人當場斃命，拔刀後立刻收刀，遠看只會見到短短的一束綠光閃現，這才是蔥拔劍法名字的由來。經荒海神醫鑑定後，認定斷掌確實屬於真實人體，與會的眾位江湖人士但凡與綠林劍客過過招的，也都上前查看，最終人人皆相信這隻斷掌屬於綠林劍客，並且是不到一天前剛剛卸下的。因此，即便傷神樓樓主名聞天下的春華酒宴就這麼毀於一夕，樓主再生氣也不能拿少年怎樣，畢竟他還是為自己贏得了一隻千年巨鯨。

「那天夜晚，少年獨自走在傷神樓外月光灑落的道路，他的嘴角一下掛著笑，一下憂傷地顫抖，幻想徒弟這才想到，少年最初是沒有任何笑容的，見到綠林劍客以後，更是充滿失望的幻滅神情，或許綠林劍客知道在少年心裡，他並不希望自己跟他回去，只是他又希望自己的主人能贏，既然這樣，就只能借助迂迴的方法了。

「少年坐在路旁的石階，面容逐漸地傾向於悲傷，淚水也一顆顆地落下。『為何要哭呢？我不是把活著的證據交給你了嗎？難道還是被罵了啊？這傷神樓樓主真不是個好東西。』突然，一個熟悉的聲音笑道。

「少年抬起頭來，看見綠林劍客怡然倚劍而立，他空蕩蕩的左手袖口隱藏在陰影裡，少年哭得更厲害了。『你怎麼這麼笨呢？』少年喃喃地問道。綠林劍客在月下朝他招手。

「『說師父笨，可算不上有禮貌啊。』綠林劍客的話讓少年驚喜地睜大了眼。『是你傻呼呼的，我與傷神樓樓主多年前有仇恨未解，他知道你仰慕我，知道你一定能找到我，因我難以拒絕被你這樣的孩子找到，我贈他自己使劍的左手手掌，是還他公道，也向他換你，我綠林劍客餘生再不使劍，但武功無辜，總是要尋得傳人。』

「『武功無辜……』少年第一次聽到這樣的說法，他想多問，但劍客已前行，他只能努力跟上，傷神樓在他倆身後壯麗高聳，陰影悠揚。」

到此，小羅安安靜靜、溫和地闔上了嘴。

煙花也不說話，就這麼支著下巴痴痴地看著他。

許久，煙花才說：「我覺得，你還真有一些說書的天賦。」

「是吧？」小羅很得意。

「但這個故事還是沒講完，你都沒跟我說幻想徒弟後來怎麼了。」煙花不滿意，站起身又想打人。

「不是嘛！這個故事很長啊！天都黑了，我哪說得完！」小羅邊躲邊喊，不是他弱不禁風，實在是煙花的拳頭打起人來太痛了。

「哼，我且饒你一命，但你還是得說清楚，到底怎樣才能找到你師父？」

小羅想了想，試探性地問：「煙花，你聽過光影武鬥會嗎？」

「光影武鬥會？」煙花微微歪頭，連帶著她髮辮上的銅錢丁拎作響。

「每年師父都會帶我參加光影武鬥會，其中有幾個英雄人物曾被師父寫進書裡，我想或許師父筆下的這些人物能知道師父的去向也不一定，比如綠林劍客與他的徒弟飛塵子……」

「你剛才給我說的故事人物竟是真的？」

小羅倒有些不知如何解釋：「很多立書人寫的角色並不存在，這是事實，但師父總跟我說，他寫的都是真的，這是他跟其他立書人不一樣的地方，也因此他每年帶我去看光影武鬥會，都會替我一一指認那些他筆下的人物，我不覺得師父在說謊，雖然他也沒有讓我跟那些英雄人物一塊講過話。」

「天黑了。」煙花突然抬頭看看，伸手拉小羅的手：「既然這樣，我們就一起去光影武鬥會看看吧！」

小羅還沒來得及回答，煙花已經踏著空氣幾步上天，拉著小羅的手緊緊箍住他的手腕，令小羅感到一陣刺骨的疼痛，他的身體沉重地拖在底下，讓他有種即將墜落的錯覺。幸虧這次懸空的距離不高，一層樓而已，小羅尚且還能維持理性。

「所以，這光影武鬥會通常在什麼時候舉辦？」

「已經開始舉辦了，通常就在正月第一天，為期一週，如今已是一月四日了。」

小羅感覺煙花似乎用力拍了拍腦袋：「唉呀！那還來得及嗎？」

「前三天都是學術研討會，今天恰好是武鬥會第一天，不過，我也不曉得他們什麼時候開始比武，等等煙花……啊啊啊啊——」

煙花加快了速度和高度，讓小羅眼前的畫面成為線性與塊狀色彩，他覺得膀胱無力，曾幾何時，他們已經回到了市區，煙花正以極快的速度在水泥叢林間飛竄。

期間煙花只簡短詢問了小羅光影武鬥會場地所在，小羅也簡單交代了，卻見煙花飛得興起，竟像是完全忘了光影武鬥會這回事，她嫣紅的唇邊微微洩漏歡快的哨聲，半拖著小羅的身軀在空中旋轉、翻滾，使她像鳥類般輕盈，也像技巧最高超的空中飛行人，小羅不得不承認，自己在恐懼之餘也有些許出塵離世的快意，那些曾囚困自己的車水馬龍如今與他毫無關係，他辨認出他們正飛過羅斯福路三段，飛過臺大校園的椰林大道，飛過二二八和平公園，飛過植物園，他們飛啊，飛啊，臺北的光影快速從他們身上掠過。

煙花得意地問：「你看我這哨童後人的騰躍功夫，在江湖上可排第幾？」

小羅確實沒在現代看見真能以輕功飛簷走壁的人士，頂多能離地五公分，距離還不超過十公尺，勉強撐著五分鐘不墜地便可稱得上大師了，聽煙花這一問，忙不迭讚曰：「可排第一！可排第一！」

煙花微一挑眉：「你們真有江湖榜嗎？怎麼排的倒是給我說說。」

小羅還被抓著在天空中晃，眼看又到了信義區，就要上臺北一〇一了，他的下半身濕濕的，底下有人在叫罵：「幹你娘！誰尿我一臉？」

他定了定神，機關槍似的說：「我們主要就是按光影武鬥會決定的，每年光影武鬥會要表揚年底榜上前三名，同時舉辦武鬥大賽，按照會中表現排名，每種類各有十名上榜，之後一年便是沒上榜的好漢們努力爭奪的時候，半年端午再排榜，最後半年再行廝殺，年底再籌辦光影武鬥會，如此周而復始。」

「那麼武鬥會榜單總共分為幾類？」

「也是以榜來分，有大俠榜、女俠榜、新人榜、異族榜、不世出榜，並有十大江湖高手和黑名榜，武鬥會頒獎時則另頒不在榜上的終身貢獻一名。」

煙花腳抵高樓邊緣，只輕輕一擦，竟將兩人兇猛的飛勢給停住了，他們就這麼直立在建物邊緣，煙花一手撐著下巴，模樣嬌俏可人：「大俠榜、女俠榜、新人榜我都明白，十大江湖高手也理解，但異族榜、不世出榜跟黑名榜意思是？」

「異族榜主要是保留給異族人士的，好些人從東南亞甚或歐美地區來，有心要在此闖蕩一番，異族榜為他們留下一施拳腳的空間。不世出榜則是為了那些曾身在江湖，但因受不了江湖陰暗齷齪決心隱居的俠士，他們普遍都是長輩了，雖口說要遠離江湖，仍在江湖史上有一席地位，不能真讓他們隱居，因此便有不世出榜排出名氣最大，卻最少露臉的前輩。至於黑名榜就是幹壞事幹到聲名狼藉者，此榜並不頒獎，同時也代表了下一年度的追殺名單，煙花，你可千萬別讓自己上了黑名榜！」

「聽你說的，黑名榜倒更加有趣。」見小羅臉色煞白，煙花笑了笑又問：「終身貢獻獎又是？」

「嗯，這是個獎而非榜，通常是留給有資歷的前輩，譬如一門派的創始人，或者某種武功的創發者，但若長年投身江湖事業，即便沒有建樹也可能得獎，像鍋巴和尚就曾因阻止了光明劍與龍溪派的打鬥而獲獎。」說到這兒小羅忽然搖搖頭：「差點忘了還有說書榜與立書榜，這可是我們這些說書人與立書人紛紛角逐的榮耀，光影武鬥會除了比武之外，也藉機讓說書人與立書人和眾俠士認識，興許能再媒合幾對傳說組合！」

「既然如此，我們此去光影武鬥會就別光問你師父的去向，我們也報名參加吧？」

「那那那怎麼可以——」

「有什麼不可以的，你看不上我嗎？」

「什麼？」

「你說立書人要和英雄豪傑成就天下無雙的組合，我難道不是哨童一脈的英雄？你不能與我組合？」

小羅自然不敢得罪煙花，只能再次忙不迭地答應，讓煙花笑開了花，纖手一轉，提起小羅後腰褲帶縱身躍下。

這一回騰飛，足足飛了一個鐘頭，最終他們降落在一片廣袤無邊的赤色屋頂，小羅趕忙壓低身子，仔細瞧來，這幢建築不愧為臺北頗具歷史感的宮殿式飯店，即便在夜晚也是不減其金碧輝煌。一旁，煙花正專注地觀察底下從牌樓徐徐走來的人群，彷彿他們與自己活在另一個截然不同的世界，渾然不知這幢建築物內部正進行著怎樣神祕的聚會。

小羅此時煩惱的是該如何混進去，畢竟每年施無言帶他入場都有邀請函，如今他與煙花不僅不走正門陽關道，還賊兮兮地趴著人家屋頂。他伸手戳戳煙花，說咱們趕緊先下去吧。但煙花可不情願，她甩開他的手，又一把拉過他的手，側身帶他再度鑽進了陰影中。

「煙花，這裡雖然是飯店，但每年時候到了都會封起來，只進不出，我想今年恐怕是沒辦法……」

「呸呸呸！你給我安靜點，我正想法子破窗呢。」煙花摀著小羅的嘴，急切地道。他們正蹲在一排客房窗戶前。

「你說……」他來不及制止煙花，煙花已經抽出髮上的金錢鏢，放在脣邊一吹，起先什麼聲音也沒有，但接著一陣低微隱約的哨音由低至高，從低沉到無法被聽見，直至音調過高以至於幾乎像是白噪音，只是又更加銳利，這聲音聽久了會習慣，小羅感到耳朵一熱，伸手摸去，竟是斑斑血跡，煙花翻了翻白眼，拉起他的手要他自個兒把耳洞塞住，她繼續悠長地吹，小羅再聽不見了，那哨音震得他眼球都在發痛，且就在他忍無可忍，幾乎要抱頭大喊起來時，一塊安置於客房的玻璃應聲而碎，碎成了粉末形狀，連一點點碎裂的吵雜聲響也沒有，只是讓風一吹，玻璃整塊化為虛無。

煙花牽著小羅的手……他發現，煙花似乎長時間都這麼牽著自己的手，他不免有些臉紅。煙花卻渾然不覺，她牽著小羅的手無畏地潛進那間房，看見布置華美的房間中央那張大床，小羅的臉更紅了，煙花在一旁清了清喉嚨：「那我們現在怎麼辦呢？」

「怎麼辦……」

「怎麼到你說的光影武鬥會啊！」

就在這時，房間玄關處竟傳來開門聲，兩人一瞬間都趴了下去，心跳狂亂，古怪的是，那人並沒有開燈，而是窸窸窣窣地翻箱倒櫃，一會後，門開了，房間裡再度只剩他們兩個。

煙花率先悄悄抬起頭，身子一僵，連呼吸都有些顫抖。

小羅小心地順著煙花的視線看過去，竟看見一名男子瞪大了眼，眨也不眨，坐在房間角落的一張沙發裡，小羅差點尖叫出聲，卻被煙花摀住了嘴，她說：「這人被點了穴。」

仔細一看確實如此，那人雙手平穩地安放在沙發兩側的扶手上，雙腿也整整齊齊地併攏彎曲，只有他的眼睛，不斷劇烈地左右來回。

「你能幫他嗎？」小羅有些不忍心。

煙花不可置信地看著他：「我們都不知道他是不是好人，怎麼還要幫他啊？」

「你看他這個樣子，怎樣也是在受苦，至少幫他減輕一些痛苦，你也不願意嗎？」

「不是我不願意，是我當真不會解穴，我們哨童一脈是專精輕功的，不過依我來看，他這穴法點得不深，眼睛手指都還能動，你瞧。」

小羅低頭看去，男人的手指確實正狂亂顫動，仔細觀察，小羅意識到對方好似在寫字。

看了幾遍，小羅確定了。

「他寫的是：荒海神醫。」

「荒海神醫？就是你在故事裡提到的那個神醫？」煙花忍不住笑了：「他連真假麒麟都分不出來，還真敢自稱神醫呢。」說著就要伸手去碰男子的肩膀，卻忽然停住，煙花瞇眼湊近細看，發出一陣喟嘆。

「怎麼了？」

「把這人弄成這樣的，就是你說的那個神醫了吧。」

小羅剛想問煙花怎麼能夠確定，卻突然看見了男子身上密密麻麻細如毫毛的金針。

「這可不是點穴呀，這是用針灸封住了穴口，讓對方動彈不得的技術，是我低估他了，這神醫還真有些厲害。」

「你到底能不能救他？」

煙花彎下腰，將那毫毛般細微的金針看了好一會，最後她說：「這總共約莫有三千五百萬根針，從第一根針扎下去開始，就是一組三千五百萬數字的密碼，要解開，得全部倒著來，扎在哪，第幾順位，對這人的身體都有嚴重的影響，從小我家鄉也有位神醫，他教過我皮毛，但我沒有天分，走到第一百根就走不下去了，我家那神醫還說，自己曾見過有人拔錯了針，結果整具軀體像熔化的橡皮糖一樣壞爛。」

「你家鄉的神醫叫什麼名字？」小羅聽她這麼說，不免感到好奇。

「人人喊他荒山神醫。」煙花微微一笑：「我現在最多能走一千根針了，大叔，你聽得見吧？我看你也是練武之人，我便替你走一千針，剩下的，你用內力自個兒慢慢解，像這樣的針法，解到一千五百針，雙腿約略就能動彈了。」

男人的目光相當激動，還流出了淚水，接下來好長一段時間，小羅就在一旁看煙花給男人解針，他一面想著荒海神醫的故事。

荒海神醫原是海派說書中一個固定串場的人物，由於此人的角色設定是個從小在船上長大，會暈陸地的文弱男子，他在醫術方面天賦極高，輾轉待過各種各樣的商船、海盜船，醫治了數不清的海上患者，他最大的心願，就是治好自己暈陸地的毛病，有人曾問他：「海洋可比陸地大多了，你就算不上岸，也不會錯過什麼東西，何必著急？」神醫卻不管，當他從海上看著島嶼，覺得那突起的一塊特別讓人心煩，他覺得自己到了陸地上，那塊突起將得以弭平，是以，陸地成為他一生追求的夢想，他想自己有一天非得到那兒看看。他或許不知道，有許多出身陸地又易暈船的孩子，經常從山上眺望遠海，心裡也想著：有一天非得到海上看看去。

荒海神醫在許多說書人評書時的功用，基本是提供一個旁觀者的立場，他在各個故事裡流浪，醫治大海中心數不清稀奇古怪的毛病，尋覓各種生長海洋的奇妙草藥，說書人就喜歡拿他到自己的故事裡旁襯那些冒險犯難的主角，照理來講，拿一個別人的角色去旁襯自己的角色，是件不道義的事，也經常會得罪角色的原始創作者，不過荒海神醫作為一個跑龍套的，歷史居然有整兩百年，已經沒人能夠追溯創造他的說書人了，也幸好，荒海神醫的創造主為他留下必須得遵守的特點，即是荒海神醫的故事只能發生在海上，畢竟，他暈陸地嘛。這便給後世無數說書人留下了規矩，不是發生在海上的，則不能被視為荒海神醫系列。後來許多說書人，漸漸覺得荒海神醫太過經典，已是個必須放在自己故事裡的重要配角，就不惜讓出身內陸之國的主角每天在說書時趕路，趕得暗無天日只為到海邊去會荒海神醫。自然，也有人說乾了幾升的茶水也不能把主角趕到海邊去，又著實很想講荒海神醫，他就只能把荒海神醫改個名字，叫荒山神醫，在所有評書系統中，這是最下流、最沒有技巧的講法了。

直至後來，卻發生了一件事，讓荒海神醫的故事真正成為傳奇。

事情的發生起因於一份莫名其妙出現在說書人圈子裡的口記，這份口記據說來自一位名不見經傳的三流說書人，而口記算是說書人的基本功，也是具有各說書人風格，獨屬於說書人的一種文字素描，將所見所聞絲毫不漏地記錄下來，連語助詞、嘆息、沉默都詳細記錄，說書人的口記，就是他最珍貴的財產，說書人之間彼此可能交換口記欣賞，但例子很少，都是因為害怕別人將自己的故事偷去。

這份口記的怪異之處在於，作者在其中聲稱自己見到了荒海神醫，要知道，口記雖是說書人經常書寫的一種形式，卻不能有謊言或虛構的成分，這是說書人間約定俗成的規矩，尤其這份口記還以極其詭麗夢幻的筆法描述了一段生動無比的海中花並蒂蓮故事，其中，荒海神醫便以絕妙的醫術醫治了海中花女子海叮噹的天生啞病。倘若這是一說本，或者立書人修改潤飾過的書，它都將廣受歡迎，卻偏偏，這只是一頁短小的口記。

小羅一直想，荒海神醫既然只是被說書人創造出來的角色，他怎樣能夠被記在口記裡？其中還涉及一段顯然同樣不真實的故事，這又代表什麼意思？確實，荒海神醫被寫進無名說書人的口記裡，使得我們無法確知這份口記是否為真，但關於荒海神醫，有一精妙的猜想，是說荒海神醫的故事都是荒海神醫自己說的，究竟是荒海神醫真的在真龍雕屍大龍舟上與海叮噹初見？抑或海叮噹也是被作者趕來與荒海神醫交會的？我們只能想像，當兩個故事碰撞在了一起，擦亮出新的故事，這故事虛實交映，反倒更讓當時的一夥說書人全都發了瘋，每個人都搶著依此口記為底，編撰出最能吸引聽眾的故事，只可惜，大多都不成功。

小羅認為，要將這份口記運用得好，有一個絕對必須做到的技巧，便是使用第一人稱，將這份口記全然化之己用，當成自己的親身經歷那樣如臨其境地描述，如此這般，才會得到精采的故事。

毫無疑問，小羅會如此思考，完全是受到了施無言的影響，起初，施無言也得到了口記的副本，但他對於改編嗤之以鼻。

施無言在小羅的手臂上寫：「光只是這份口記，就已經是完整的故事了，雖作者因故無法在上頭留名，我們也絕無必要去染指他人的作品。」

小羅想念說出這樣話語的師父。

他還在思索的時候，煙花已經走好一千根針，伸手拍了拍男人沒插針的手臂，說：「我也只能幫你到這裡了。」

小羅告訴煙花，光影武鬥會通常在大廳舉行，他們到了這裡，便只要跟隨其他人一同搭電梯下去就成了。

兩人悄悄打開房門，小心檢視走道兩側，這才快步離開房間，直到進入電梯，兩人長舒一口氣，正想說話，電梯門卻開了，隨著幾聲「借過」、「不好意思」，電梯一下擠進好幾個人，這電梯能坐上三十四人，這些人也就毫不客氣，他們身穿古裝，可稱得上奇裝異服，以至於煙花的破布裝扮反倒顯得平易近人了。

這些人當中有人注意到小羅，十分好奇地問：「噯，你不是那啞巴的徒弟嗎？」

小羅不搭理他。那人便笑：「好個施無言的徒兒，長輩問話竟不回答，著實沒禮貌，恐怕是師父沒教好。」

小羅壓抑不住怒火，正想發難，煙花卻捉住了他的手，對他嫣然一笑。

「他師父外出取材，我代為監護。」煙花說。

「你又是什麼人？見都沒見過，黃毛丫頭一個。」

此時電梯到了，擠湊著的人群魚貫走出去，煙花輕彈手指，一根汗毛般細的金針飛向出言不遜的男子頸脖，他睜大了眼咿咿呀呀卻說不出話。

「哼，啞巴啞巴地叫，便教你做一回啞巴試試。」煙花說罷，扭頭拉著小羅往外走。

小羅莫名有些感動，煙花牽著他的手輕柔溫暖，快步走在前頭，彷彿不願去面對小羅那張臉。彼時他們也沒空再想方才發生的事，眼前的景象太令人震驚。平素飯店用於接待住客的大廳，這會滿盈紅幔，從二樓徐徐垂掛下來，與飯店著名的紅柱子相得益彰。鋪著紅毯的Y字階梯人來人往，扶手處的蓮花福燈散發暖意，梅花藻井底下原是大缸花，如今卻被搭建起來的武鬥擂臺所取代。放眼可見人潮洶湧，有些人在二樓擺置的座位上嗑瓜子喝茶。而明明人聲鼎沸，卻聽不出個仔細，原是因為所有人都用內功交談，以免談話的內容洩漏出去。

穿著各異的江湖奇人四處蹓躂，有粗壯兇猛的莽漢，正抬著一缸桃花酒一個勁地灌，還有羽扇綸巾的柔弱書生，正笑吟吟地與配刀俠客論天下名劍，原先一群擠在角落，看上去服裝較為正常的男男女女，其實便是說書人與立書人的群體，他們漸漸也融入了人群，開始忙找自己感興趣的英雄人物與之交談，希望能締結合約好讓自己有機會替下一江湖榜榜上有名的英雄說書立言。

小羅過去雖曾參加光影武鬥會，卻覺得每一次來都有種大開眼界之感，場地的紅色圓柱、金龍雕刻與梅花藻井，已經是美輪美奐，經過這些穿著打扮頗有古風的人物一點綴，更顯得有時代感。他忙得目不暇給，煙花卻伸手拉了拉他的衣角。

「這些都是什麼人？長得好生奇怪。」煙花竟然有些怯意地說。

也難怪，煙花從未參加過江湖活動，自然不曉得他們在搞什麼名堂，樓上的前輩大老暫且不提，光是底下一群同道中人，不僅僅要講究一個優良傳統，使的得是冷兵器，說話還得有「俠義腔」，動不動就要吐然諾、放長嘯，說到這個小羅就有點羨慕他師父施無言，因是個啞巴，不說話也不會怎樣，柳不是卻老要小羅幫襯著些，他必得用一口奇怪的非臺灣本地的腔調說上很多很多的話……初聽煙花說話，小羅覺得，她講的就不是「俠義腔」，更靈轉些，混雜島外諸嶼的方言，聽來嬌嗔軟噥，煞是可愛。

想到這兒，小羅頓時就紅了臉，面對煙花困惑的面容，他巴不得轉移話題，索性便一一向煙花介紹他知道的幾位名人。

譬如那頂著熊貓眼，坐在地上昏昏欲睡的榕二公子，早年拜了千年榕樹為契父，十五歲便成了說書人當中最年輕的鬼才，他看起來老是病厭厭的，其實是他樹精契父教給他的功夫：人體有三個丹田，首為神，胸為氣，腹為精，榕二提精為氣，以氣養神，以神煉墨，幾萬字文章一蹴可幾，走筆如亂步，珠玉之句卻又俯拾皆是，使人閱時常有滑跤之嘆，就榕二那番鬼裡鬼氣的神態，又有諸多謠傳，說他是個夜間寫作者，常有失眠胸悶問題，他在晚上咬筆沉思的時候久了，陰氣便盛，榕二修練的功夫又傷精田，於是漸漸練成以陰氣補陽精的法門，他總於子時振筆疾書，寫時異光滿室，吸引眾鬼圍觀，魑魅魍魎時而安靜地陪伴、時而好奇地展讀，更多時候也吵吵嚷嚷要榕二把它們給寫進去，就這麼造就了榕二極陰筆法，他近期寫的也多半是鬼故事。

「所以我師父就說不能在深夜寫作，不然會給好兄弟們抓掠去。」小羅最後下定結論，惹得煙花噗哧一笑。

除此之外還有樂園雙俠，他們是一組老少搭檔，兩人的相逢源於一段往事，樂園雙俠中的神槍大俠，其實本來是圈外人，因緣際會在一個以武俠為主題的遊樂園工作，工作內容就是假扮武俠人物，供遊客與孩子合照紀念，他曾經在訪談中說過，自己小時候也有過一個江湖夢，只是長大了就忘了，扮著那什麼大俠的也是為了混口飯吃，假日他脫了衣裳就到龍山寺插香，跟幾個妹妹交情好得持續多年，他以為自己的人生就將這麼過去，誰知道有一天遇上了一個小男孩，小男孩深信他是個真正的俠士，一天到晚纏著他練武揮劍，漸漸地，他竟然發現自己捨不得讓那孩子幻滅，某天一群黑衣人進遊樂園打人，別人說是老闆欠了他們錢，但神槍大俠老覺得不是那麼回事，他見黑衣人抓住了小男孩，也不知打哪來的力氣，明明什麼功夫也不會，應是湊熱鬧似的撲上前抱住了男孩，他被毆打致昏迷，後來警察姍姍來遲，一個黑衣人都沒捉到，還錯將重傷的他逮捕，莫名被判刑入獄，被送至離島看守所入監，七年過去，他方走出監獄大門，看見一名英姿颯爽的青年，穿著形似他當年扮相的古裝來接他，此人便是當年的小男孩，同時也是樂園雙俠中的石彈小俠。兩人後來結伴同遊天涯，又遭逢怎樣奇遇，以至於習得絕世雙人武功，這便是後話了。

另有一白衣老者在階梯上倚鏽劍而立，那是白髯老仙「百歲不出刀」，據說他老人家已有一百二十歲餘，白髯老仙十九歲時曾是江湖公認的天才，自創刀劍雙法，一旦出手必見血封喉，當時威震八方，無人能敵，卻在二十歲時忽然不再露刀，只執一把漸鏽之劍四處雲遊，由於白髯老仙太過厲害，路上遇見的任何人都不戰而逃，長此以往，白髯老仙直到五十歲時都不曾出刀，他對自己的門生說，自己一旦出刀，將殺遍當今江湖榜上所有人，不少人深信不疑，直到白髯老仙一百二十歲時，他仍這麼說，但當時他已有一百年未出刀，也不曾展露過任何武功，後來江湖上便為他起了別名「百歲不出刀」，事到如今，仍有許多憧憬江湖傳奇的新人劍客仍期待著白髯老仙出刀的那一天。

還有好多說也說不完的故事，小羅看著這些人嘴裡就生津，忍不住那脫口編撰的衝動，只是煙花還四處指來指去問東問西，小羅只好將那衝勁轉個彎，把對煙花的解釋說得十足精采。

他指那個大鬍子撫琴的是御天刀的說書人尖嘴狐魯由，坐門邊戴金絲眼鏡那個是東方和璧，專寫江湖八卦的立書人，至於在桌邊下棋、身穿雪白旗袍的古典美人，那是善使暗器的唐門小鈴蘭，以及與她對奕，今年剛出道的賽雁絲，使得是微雨派毛毛劍法，去年其掌門人剛以毛毛劍譜的發明與傳承榮獲最佳貢獻獎。剛從樓上下來的那是以少林拳法聞名天下的佛圖和尚，還有他的立書人雷霆電手、私塾教授兼職說書的鬼雨書生，美貌驚人的女俠是慢蝴蝶柳夜雨，她身後，則恰好是一臉猥瑣、以粗俗用語出名的說書人黃帝八聲笑。

梁家鏢局亦派了副總鏢頭梁後生前來與會，梁家鏢局歷史悠久，可追溯至著名立書人徐師的《江湖閒話》，估計明末清初便有梁家鏢局的存在，創始人梁益據說還是華山派祕密弟子，如今他們兼營北臺灣運送金額與效率最高的物流公司。早年物流行業不成熟，說書人比立書人粉絲更多，立書人撰寫說本許多，卻苦於無法運送到臺灣各地販售，當時梁家鏢局憑著一股正氣，宣布所有願意將說本作品交給他的立書人，他們都能幫忙運送其作品至各地零售商，他們只需從中抽取一成的管銷費用，義氣之舉為梁家鏢局博得美名。近來卻因新創立的虎山連鎖鏢局以壓低折扣，同時能將說本直接運送到訂戶家裡的服務致使梁家鏢局生意減少，當地的說本零售店更是苦不堪言。最近一次梁家鏢局運送琉璃舌寫獨臂大俠的最新著作手稿至印刷廠時，竟遭不明人士半路劫鏢，導致與他合作的獨臂大俠歐陽子鳳氣得與琉璃舌決裂，轉而與琉璃舌的死對頭玲瓏太保合作，也讓說書人與立書人身分兼具的大師琉璃舌顏面盡失。

此番梁家鏢局派副總鏢頭前來，興許也是為了向這次武鬥會的主持人琉璃舌當面致歉罷。

小羅說了好一會，卻是愈說愈心虛，他發現有好些人都在看著自己，那些人都是熟面孔了，長年看不順眼施無言的幾個立書人，還有一些瞧不起柳不是的說書人，再加上曾經低姿態請求施柳二人能替自己說書立言，卻被兩人斷然拒絕，以致懷恨在心的數十名江湖人物，小羅曾經覺得他們不識好歹，施無言與柳不是向來不和固定英雄角色簽約，他們只找自己感興趣的人物故事，這規矩在外無人不知，只是現在施無言和柳不是雙雙失蹤，他頓時覺得自己沒了底氣，要是對方湊近問起師父何在？他又如何得門道進來？怕是怎樣也回答不出來。

煙花在一旁看他那窩囊樣，以為他是見到來參加的說書人、立書人都有簽約的俠士相伴，內心自卑，於是伸手用力拍了拍他，豪氣地說：「你怕什麼鬼？他們三三兩兩的又怎麼樣？就說你是我說書人還不成？」

「這……怎麼能行？說書人和英雄豪傑要簽契約的。」

小羅不清楚煙花丫頭實際武鬥功夫如何，畢竟目前只知道她輕功了得，但就是再厲害也不比整個武鬥會裡高手雲集啊，便要勸她，說：「你還是小心點，在這些人裡你可不是個人物。」

煙花聽了俏眉飛挑，是大大地震怒，一翻桌將腿擱在上頭，又猛拍椅把喝道：「不是個人物？我幹你爹！」她這一聲惹得眾人側目，有旁人慫恿道：「不知哪來的野丫頭，不服氣？等等武鬥會上見分曉。」

煙花聽了點點頭：「我第一個就要揍扁你！」

兩人眼看就要脣槍舌戰一番，突然音響奏起盛樂，一會後，一名白髮瞿鑠的唐裝老頭走上擂臺，執麥克風微笑道：「看來今年新人輩出，已有小傢伙等不及武鬥會，想就地幹架啦？」說罷張開嘴，露出如爬蟲動物般透紅分岔的舌尖，此人便是琉璃舌，他停了一會，見大夥安靜下來便接著說道：「感謝大家前來參與今年盛會，前三天學術研討會主要是讓圈外人能有一窺咱們江湖奧祕的機會，武鬥會可以說從現在方才開展。光影武鬥會嘛，顧名思義，有英雄就有惡徒，有光明才有陰暗，兩者環環相扣、彼此憑依而生，缺一不可，這次的比武活動也很簡單，先由兩大門派推舉一人，一對一比劃，其中一人離開擂臺，或者昏迷不醒、跪地求饒，便算淘汰，此時任何人都能上臺繼續比賽，最後獲勝而未再有人願意與其對打者，就是本屆光影武鬥會的冠軍，也將保送明年十大江湖高手排行榜第一名……以上規則，諸位都清楚了嗎？」

眾人皆抱拳稱是。

「此外，中午在松廳我們已請北霸天阿龍師設宴，讓大家嚐嚐以內力溫過的烤乳豬、酒仙家的桃花釀，自然也有紅豆鬆糕、醉翁蝦、稻草牛肋、婆參扣花膠皇、鎮江元蹄等經典名菜，武鬥會結束請各位移步餐廳，屆時無論輸贏都可再敘。」琉璃舌說完，維持和煦的笑容走下擂臺。

現在問題來了，首先上場的兩位比武者據說由兩大門派推舉，但兩大門派為何，其實尚無定論，這豈不是要有門派者先在底下大亂鬥一番？意識到這點，坐得靠近舞臺的人都識相地往後退去，清空舞臺前方一小塊空地，頃刻間廝殺喊打聲此起彼落，小羅伸手護著煙花，也隨其他人緩慢退後。

「你剛才為何要說我不是個人物？」孰料煙花還在氣頭上，一把推開小羅怒道。

眼看煙花因憤怒臉紅咬唇、杏眸圓瞠，小羅只能勸道：「別忘了，我們來參加武鬥會是要找我師父的消息，不是比武。」

「那你說要找誰問去？這地方我愈待愈心煩。」煙花低聲道：「還有那什麼荒海神醫的，總覺得事情有些蹊蹺。」

小羅環視周遭，覺得梁後生副總鏢頭與樂園雙俠可以一問，這兩人都曾被施無言寫過、被柳不是說過，合作還算愉快，其他人要不是今天特別研究，竟不曉得幾乎全是對頭。

不遠處仍在酣戰，且演變成只要誰試圖爬上武鬥臺，其他人便把他硬拉下去，小羅與煙花小心翼翼避過人群，往樂園雙俠正觀望的角落挪移。一會後，一陣歡聲雷動，原來是微雨派的新人賽雁絲喘著氣上了武鬥臺，她平舉如針長刃，全身上下不見一點破綻，底下人群愣是拿她沒辦法，微雨派其他人更是興奮至極，全聚集在賽雁絲附近替她守護參賽資格。

樂園雙俠中的神槍大俠正坐在桌邊嗑瓜子，連靠近一點看都沒興致，小羅上前有些緊張地打招呼：「您好，許久不見了，不曉得您是否還記得我？」

「這不是小羅嗎？」神槍大俠看見他似乎很高興：「好久沒見到你師父了，還有柳不是那傢伙，你們最近都在幹什麼啊？」他往小羅周遭看看，疑惑地皺了皺眉毛：「他們今年好像沒來？」

「就是想請問您這事呢，從跨年那晚到現在，師父已經失蹤整整四天了。我記得師父上次取材時特別去找了您，不曉得他是否有透露些什麼？」

「我們那時也沒說太多，他雖打算寫我跟石彈的故事，也只是其中夾沙跑馬的一小段落而已，我們筆談了一個時辰左右，他很快離開，離開前還有跟我提起最近在寫的短篇小說〈一夜無話〉。」

「〈一夜無話〉……」小羅眼眶有些濕潤：「那是師父留給我的唯一一樣東西。」

「我能借來一讀嗎？」神槍大俠向小羅問來〈一夜無話〉手稿，目不斜視地開始閱讀起來，武鬥臺附近傳來陣陣叫囂與歡呼，也絲毫不影響他的專注。

「那不是龍山寺丐幫的莫理狗嗎？這下真是新舊對決，經典丐幫與新興門派的過招啦！」不知誰興奮地叫喊。

煙花拉了拉小羅的衣袖，他才解釋，作為丐幫，常常要外出乞食，最怕的就是狗，這莫理狗是被狗追怕了的，乾脆取狗不理包子之意，起江湖渾名為莫理狗，如此這般你不理我，我不理你，自然是天下太平。

莫理狗的打狗棒使得虎虎生風，一下子就被拱上了武鬥臺與賽雁絲周旋，底下人群也揚起一片叫好。

末了，神槍大俠將文章讀畢，只道：「最後描寫那場流星雨，真是驚心動魄啊！」

「是的。師父喜讀《三國》，見諸葛孔明將死之前夜觀星象，發現自己主星黯淡，命不久矣，師父後來在自己的故事中，便經常以流星暗示英雄逝去，對他來說，天上每一顆星星都代表一個超凡卓絕的英雄角色。」小羅正色道。

「你倒懂施無言的心思。」神槍大俠沉吟著，又說：「你師父的下落，還是問問梁副總鏢頭吧，據我所知，你師父見了我之後，還趕去了梁家鏢局，說是為了一箱原稿。」

「該不會是琉璃舌老先生的……」小羅低道。

「不是。」卻不想，梁後生早已旁聽多時，悠然來到三人面前微一頷首：「琉璃舌老前輩固然筆力萬鈞，我們也是敬他的資歷，但要論才氣，你師父與柳不是的合作才是天下無雙，那日施無言來找我，是將他所有的作品原稿交付予我保管……」

「居然是這樣！」小羅駭然道：「師父不僅故意失蹤，還早有預謀？」

武鬥臺處再度喧鬧翻騰，原來賽雁絲針尖般的武器挑了莫理狗的打狗棒，莫理狗整個人順勢摔倒之時，卻一把抱住賽雁絲，兩人雙雙跌落場外，打成了平手，一下子舞臺又空了出來，惹得眾人一片譁然。

「我相信他不是故意要瞞著你，只是他給我最後的印象，似乎正打算去尋找什麼東西……」

小羅心中浮現了神仙鄉三個字，卻並未說出口，只道：「八成又去尋找故事了。」

「正是。他們若不想給人找到，那便找不到，不過施無言留下線索給你……」梁後生指了指〈一夜無話〉手稿，忽地壓低了聲音：「或許還是希望你能去找他，但他想避開一些人，我給你三個字：黑鴨子。若我沒料錯，你師父必定是想瞞過黑鴨子……你二位師父的行蹤，恐怕只有綠林劍客知道了，就我所知，施無言前陣子正費神修改〈幻想徒弟〉這本說本，也曾因此拜訪過綠林劍客，也許他對他提過什麼也說不定。」梁後生所說的最後一段話音量恢復平常，小羅幾不可察地頷首，正想回頭與煙花討論黑鴨子之事，卻聽見武鬥臺上一陣飄忽風聲，接著全場安靜，再然後，是一道拋入天際的清越哨音，那哨音小羅甚為熟悉，心臟隨著哨音緊緊揪起，他猛一看，果不其然，是莫名其妙以哨童輕功悄然降落武鬥臺上的煙花。

小羅真是欲哭無淚，不是叫她別湊熱鬧了嗎？怎麼這麼不聽勸……

煙花到了臺上，神槍大俠就有興致了，他猛拍小羅的肩膀說：「你女朋友真是巾幗不讓鬚眉呀！這什麼輕功也太俊了！」

小羅一句話也說不出來。神槍大俠哈哈大笑，伸手捏了聲口哨，一道黑影便心領神會地騰空而起。

「我覺得今年的武鬥會特別好玩。」他說罷，示意武鬥臺上的煙花，黑影一個旋身，竟踏著黑壓壓的人頭腦袋直逼武鬥臺而來。此舉立刻引發公憤，在看到臺上黑影真面目後，發現原來是江湖中頑皮搗蛋的石彈小俠，於是大家屁都不敢放一個，畢竟誰要得罪石彈小俠，把好玩的事情搞得不好玩了，他會纏著你一年，直到憤怒的神槍大俠跑來找人，他自然不可能怪石彈小俠，最後的結局往往是兩人聯手將苦主的房子一鍋端了，若是這樣，樂園雙俠的名聲在江湖上理當不怎樣才對，偏偏兩人聯手惡整的都是些品行不佳的惡徒，這就讓過去地方上慘遭魚肉的百姓們感念在心。

這下子武鬥臺上面貌模糊的就只有煙花了，琉璃舌以主持人的身分喝問：「報上名來！哪個門派？什麼師承？」

煙花朗聲回答：「我是哨童一脈後人，父親是番紅花，母親是香油錢，他們兩個都是我師父！至於我嘛，我叫做煙花！」

臺下人等聞言均笑作一團，他們從沒聽過這麼沒氣勢的名號，行走江湖，哪能不取一個響亮的渾名？偏生這丫頭的父親是花，母親是錢，生出來個女兒有煙塵味，是煙火！能不讓在場人士忍俊不禁嘛……煙花的第一句話大多數人沒聽清楚，後面幾句又十足搞笑，也就不在乎前面的了。只有臺下屈指可數的幾人將第一句話聽清了，不禁寒毛直豎，手上的茶盞落到地上碎成粉末。哨童的故事，一般人只道施無言寫過一次，篇名就叫〈哨童〉，也是《哨譜》的起源，但其實不只是施無言，在場好多說書與立書人多多少少都曾寫過、說過，幾多英雄好漢也聽過關於哨童的故事，只是施無言單獨採用了「哨童」作為篇名罷了。哨童的故事在過去從未留下文字紀錄，只通過口耳相傳，實際上流傳在說書人口中的故事有〈鵝鸞山下〉、〈小桃子夜會小李子〉、〈哨童李鵬〉、〈李後人傳〉等多種版本，故事內容也不盡相同，許多人都認為，那故事的原型本身如同魔魅，來來去去，令聽者發瘋，哨童故事最好的表演形式是用說的，還要搭配技巧驚人的口哨功夫，現如今，如此高超的技藝早已失傳。

武鬥臺下暗濤洶湧，武鬥臺上也氣氛緊張，煙花方才聽人笑自己，看起來並不怎麼介意，倒是石彈小俠暗裡替煙花義憤填膺，他擺弄手中的武器，武器模樣很特別，是一副彈弓，彈弓弓身是石打的，兩端纏上橡皮，他撥弄幾下，數顆石彈飛射而出，竟都是進了那些發笑的人嘴裡。

「好紳士啊。」煙花忍不住笑道。嘴裡含石頭的人一時半會都出不了聲。

「我只是不願意一個活生生的傳奇被當成笑話。」石彈小俠話落，雙手投擲石彈的速度讓石與手均化為殘影。

但聞銅錢鈴鐺聲如風如海，煙花拋擲手中銅錢，在一瞬間以金錢鏢擊中無數石彈，以至於石彈小俠的攻擊一發未中。

「你的名字也沒什麼意思。」煙花沉思著：「怎麼就不被當成笑話呢？」

「石彈是取其與『實彈』諧音之意。」石彈小俠回身且縱步，甩開煙花補上的幾枚金錢鏢：「我的夢想起源於一個想像，對那樂園裡裝扮成大俠客的大叔，我曾有過憧憬，我也想要成為大俠，只是後來慢慢長大，發現這個世界早就沒有什麼大俠客了，後來那傢伙說我不如取名小俠，也不拿刀劍，但使玩笑惡戲般的彈弓，在這即將幻滅乾淨的江湖裡走馬看花一回便是，想像的子彈轉為真實的子彈，只是這樣而已。」

「哦。」

兩人過招動作如雙人舞蹈，他們誰都沒想起殺氣，節奏就保持快速迅疾但完全不緊張的狀態，不時有石彈與金錢鏢互相擦出的火光，看得底下的人是不耐極了，但又半句話也吐不出來，其實若看這樣的比試感到無聊，那純粹是他們眼睛跟不上罷了，只見得一團旋風「呼叱」、「呼叱」地飄過來移過去，眼力好的那可真是在心中叫好不迭。

煙花的輕功讓她就像沒有體重一樣，輕如飛羽，她自身就是箭矢後方的羽簇，她的攻擊全部從天上來，猶如暴雨，又全然地足不點地，這是不屬於人類的攻擊方式，以至於讓石彈小俠到後來幾乎難以抵擋，要說彈弓作為武器本就有先天上的不良，石製彈弓或許灌注了內力發射能在幾丈之外致人於死，卻無法在武鬥臺這般狹窄又無處躲藏的場地占上風，面對的敵人又完全不用正常人的方式腳踏實地地出招，這就讓小俠要防守的角度從一百八十度變成了來自天空的三百六十度，石彈小俠會輸是開場就註定的了。

但他玩得挺開心，煙花亦然，她最後擲出一枚金錢鏢，焰準小俠一處破綻，她發出的那一瞬間就知道自己將會勝利，便噗哧一笑，整個人解除了輕功，令埋藏於鼻腔的哨音如幼雛歸巢般緩緩止息，如此，煙花就從半空中落下去了，她不是第一次這樣落下去，還一直都覺得好玩，所以特別喜歡墜落的感受，只是石彈小俠不知，他挨了煙花的金錢鏢，悶哼一聲，又忙著接住落下來的煙花，最終少女趴在他身上哈哈大笑，石彈小俠臉紅氣喘全身冷汗，但也忍不住笑了，琉璃舌在場外呼喚醫療人員，石彈小俠很快就微笑著被抬下去了。

煙花得勝，還淘氣地揚聲問神槍大俠，要不要換他上來替徒弟雪恥，神槍大俠笑著擺擺手，說：「他是我的夥伴，不是徒弟啊！」

石彈小俠負傷離場，突然一婀娜身姿輕移蓮步踏上舞臺，古怪的是，周遭還無一人阻止，那人便是唐門小鈴蘭。她所經之處飄散淡雅的鈴蘭香，聞者無不傾倒，隨之遭迷，昏眩沉醉間，聽琉璃舌一句：「這迷香上臺可不能再用。」

煙花卻挖著鼻孔：「我有點鼻塞，什麼也聞不到。」

「看來是妹妹體質出奇呢。」小鈴蘭聲如柳絮，又輕又柔：「那樣不可思議的輕功，可否再舞給姐姐看看呢？」話音未落，揚手便是滿天紅花。

幾乎是在同一時間，煙花亦揚起手，不是要使那金錢鏢，而是從袖口抖出一張大網，當頭朝小鈴蘭罩下，她那千朵紅花，立刻就被收拾成了一袋子尖銳的暗器紅嘴兒，那紅嘴兒如女子小口，口外有刺，刺有倒鉤，鉤中淬毒，毒能化肉，一旦碰觸一下，紅嘴兒就能卸下一小塊肉，像是女子親口咬下的。

「好狠的暗器。」煙花嘻笑舞蹈：「不過你這招既然像滿天紅花，怎麼不真的滿天灑去？」說罷竟不由分說抖開大網，紅嘴兒不分臺上臺下，一概密密散落，像是殷紅的血雨，好站搖滾區的觀眾冷不防被暗器咬一口，痛得哇哇大叫，一瞬間彼此爭相閃躲，更互相踩踏，哀號之聲不絕於耳。

小鈴蘭自是不管臺下那幫人如何，她既使怨毒暗器，就不怕遭人非議，倒是煙花看上去天真爛漫，居然也有這樣的狠勁，臺下那些人也根本和她無冤無仇，只怕是個瘋子，才能這般敵我不分。

小鈴蘭將心思輕輕抿過，抽出腰際佩劍旋出劍舞，朝她逼落的紅嘴兒一個不差甩向武鬥臺外，她是毫髮未傷。不像石彈小俠從一而終堅持使用彈弓，小鈴蘭很清楚何時該使用適當的武器，她的劍術不是唐門師父教的，而是她自學而成，自今無人知道誰是她的老師，她的劍法也看不出任何名門正派的痕跡，以至於當初就是被這原因逐出師門。

現下她的劍舞走成了蛇形，直取煙花咽喉，沒有多餘的花招，顯得凌厲。煙花側身躲過，突然拍手笑曰：「人人都說南少林拳注重實戰，不耍花槍，北少林則多裝飾性的身法，如今看來真是不錯。」

小鈴蘭秀眉微挑：「我可不懂你在說什麼。」

「你的劍法奇差無比，因你將南少林拳法改劍法，自是無人可以猜出來啦，我有個疑問積壓好多年，你們的武功那麼講求師承、名門正派，可是弄到現在這樣，假如不是行之有年的武學套路，你們居然就不知道怎麼抵擋，這也是人家說你劍術了得，實則只是無法破解的真相，武功本身因為長年的互相適應與演變，套路對上套路，打個不相上下，互道承讓，現在將拳法直接搬成劍法，更是便宜得很。」

小鈴蘭嘴脣顫抖，忍不住轉頭朝向佛圖和尚，如小女孩般擔憂不安地一聲：「師父……」轉瞬間，小鈴蘭已被一掌擊落臺下，她口吐鮮血、神智不清。那一身袈裟的佛圖和尚眉目慈祥，出擊的手堪堪收回，溫然合掌道：「與唐門因緣，到底是巧合。」

此時眾人正驚詫不已，唐門小鈴蘭的劍術師父竟是佛圖和尚，向來不出鋒頭的佛圖和尚竟然上了武鬥臺，還有……那個叫煙花的丫頭，她真說小鈴蘭奇詭的劍術只是南少林拳法改動而成？

「貴圈如何亂，我沒興趣深究，也不關心她為何成為你徒弟。」煙花說道：「不過你既然上了武鬥臺，便是要與我一決勝負！」這是煙花首次主動出招，她踏上不存在的階梯飄然走入空中，到達佛圖光亮亮的頭頂時墜下一枚又快又沉的金錢鏢，可這時小鈴蘭突然出現在煙花面前，替佛圖抵擋了攻擊，她脣邊染血，氣息凌亂，仍堅持站在佛圖與煙花之間。

「我還沒完。」

「你已經離開武鬥臺了。」佛圖輕輕地道。

「那是你把我扔下去的，不能算數。」小鈴蘭冷笑：「怎麼？怕我說出了你的祕密？」

佛圖結出蓮花手印，一道金光閃過，小鈴蘭嗚咽一聲，抱著胸口癱坐下來，那不知是什麼暗器，如此難以被看清，煙花卻睜大了眼，一臉不可置信。佛圖朝煙花走去，看似要與她說話，但全場人都明白，無論是誰踏上這武鬥臺，都要鬥個你死我亡。

「父親！」小鈴蘭在後頭哭喊，佛圖停下腳步，嘴角泛出微笑，對著現場震驚無比的眾人道：「小鈴蘭，你為何入唐門？」

「因我母親生我之後便死了，唐門師父在亂葬崗找到了我。」

「你錯了，你母親生你之前就死了，她本是一具屍體，你們這些肉骨凡胎，都期待著我與那無名女人發生苟且之事，才有小鈴蘭，也才能解釋她方才喊我那句父親。」佛圖淡淡道：「我守戒律，一生皆然，若有要發洩的時候，我便去那亂葬崗尋屍體一用，屍間九相我早參透，腐爛的程度對我來說都無所謂，我這樣做，既沒姦淫，也沒傷害別人，誰知道，那日就遇上剛死的你母親，她面容銀白如月，軀體完整柔軟，甚至仍帶有微微體溫，我亦在月下逞一時之快，卻不知，屍體竟能懷孕，並生下你。」

「等、等等，您不能說出這些！」小鈴蘭聽佛圖所說話語，大驚失色想要阻止，卻又摀著胸口重重坐下。

「我為何不能說？隔夜重返墓地，才發現她根本並非死人，是她的丈夫另結新歡，故將她毒癱了，當作死者埋葬，我因她破了戒，卻也憐惜她的遭遇，遂將她照顧至你出生，你出生後她甦醒片刻，對我微笑致謝，從此撒手人間，我亦是看著唐門人士將你帶走，確定無虞後才離去，我想問，我為何不能說出這些？每回到墓地尋短暫發洩，無非是我夜占星象，總歸自己星圖寂寥，那日見一顆災星徐徐升起，我便回墓地，才發現你母親的真相，後來見她懷孕，方知那災星便是你，你是詛咒之女，你剋死了母親，且是我命中的災星，可我始終不能狠心毀你，因我那偌大星圖空蕩孤寂，只有你，漸漸猩紅、漸漸高升，即將竄我主位，此時此刻，便是你我要了結孽緣的時刻。」

「不好意思打個岔，若你們二位要決一死戰，也得讓鈴蘭姐將我打落臺下才行，否則您暫且還沒那個資格站在這兒。」一旁煙花悠閒地道。

佛圖一聽，微笑不改，只是一拱手便施施然走下武鬥臺，離去前叮囑了一句：「你若輸了，休再喊我師父。」

小鈴蘭仍強撐著，煙花也不若他人猜想，會等小鈴蘭緩過勁才出招，佛圖一下臺她便助跑起飛，雲影落在小鈴蘭恐懼的臉龐上，下一秒，一朵紫霧砰然爆炸，瀰漫整個舞臺。

那紫霧著實詭譎，緩慢飄向臺下，接觸者肉眼均短暫失明，小羅與神槍大俠、梁後生站的地方遠，直覺地往大門奔去，他們要開門讓風強灌進來，吹散紫霧，只是門一開，三人卻徹底愣住，外頭黑壓壓的一夥人正等在外頭，小羅知道，這些人都是黑鴨子。

為首男子披著黑色兜帽。旁若無人經過小羅身邊，像是討論天氣般的語調：「你叫什麼名字？」

小羅像靈魂出竅似的在一旁看著自己呆然回應：「小羅。」

「嗯，算不上是個小說角色的名字呢。」男人似在品嚐這名字的質地與結構，他的語氣沒有絲毫貶低之意，有的只是就事論事的平和：「這是個好名字，它讓你成為了旁觀者，遊走在現實與虛幻之間，跟我的名字很相似。」

「你叫什麼呢？」

「人們都喊我老黑。」他說著便轉向梁後生與神槍大俠：「你們二人的名字就是大有來歷的了，有故事，有背景，你們願意放棄自己的名字，從我手中接過黑色兜帽嗎？」

「你是什麼人？」梁後生與神槍大俠各自抽出了武器，準備抵禦這古怪的情況，但紫霧從他們身後襲來，像無數女子柔軟無骨的纖纖小手，將他們的目光摀住。

接下來的事情小羅往後回想起來，記憶幾近模糊，他不記得梁後生與神槍大俠如何被眾黑鴨子生擒，從此下落不明，他也不記得名為老黑的黑鴨子如何在層層紫霧中走上武鬥臺，蠻橫地撕扯掙扎不已的煙花衣物，殘暴奪取小羅曾見過的幾張透明字紙，見到那幾張字紙時，老黑眼中浮現狂喜之色。他一手就握住煙花的喉嚨，把她整個人拋出武鬥臺，小羅趕緊上前抱住煙花，在短暫失明的她耳邊低語：「別怕，是我。」

小羅亦不記得當晚武鬥會上所有自己曾見過、聽過的傳說中的英雄好漢，後來都去了哪裡，他們展開逃亡之後，曾讀到關於當晚的新聞報導，只說有一群武俠同好重金包下圓山大飯店，裝扮成自己所創的武俠人物，並依據各自的角色故事演出一場亦真亦假的光影武鬥會。

小羅甚至見到佛圖和尚跟小鈴蘭一道接受訪問，兩人一個穿著T恤、破牛仔褲，一個穿著小可愛與短裙，兩人在鏡頭前大方揮手。

「在線上遊戲也有呀，就是RP，Role Playing，角色扮演啦，我們每年都相約要在一個場地裡舉辦光影武鬥會，中間不見面的時候就用網路扮演囉！」小鈴蘭一手挽著佛圖，笑容燦爛：「也算是保留一個讀書時的回憶吧，畢竟現在愈來愈少人喜歡這種類型的故事了，我跟我老公扮演一對父女，你也看到了，我老公扮的是和尚，所以他怎樣有一個女兒，背後一定有故事，他一開始還不想認我這個女兒哩，因為是他破戒的成果……唉呀，不能破哏啦，總之後來私下相認後，他教了我的角色劍法，等等等等的，我們幾個朋友之後還打算一起出書，希望能寫出很棒的江湖故事！」

佛圖在一旁木訥老實地微笑。

「所以，聽附近鄰居說那晚曾經傳出慘叫聲……」記者試探性地詢問，立刻被小鈴蘭打斷：「都是演戲而已，演戲~好玩嘛，你看，連你們都信了，還來訪問我，我們的團體曝光率不是更高了嗎？」

佛圖依舊笑著。

那佛圖甚至不是真的佛圖。

小羅愈來愈不明白，到底什麼是真？什麼是假？仔細想來也是，打從最開始就沒有道理，超乎現實，他遇上了寫作如電影的施無言，但施無言沒了。施無言帶他從平凡的大學生活走入夜晚觥籌與劍光交錯的江湖，認識了樂園雙俠、梁家鏢局以及一干英雄好漢，但這些人也沒了，他懷中只緊緊擁著煙花，那是他所剩不多的證明。

小羅依稀的印象裡，老黑最後與武鬥臺上顯然完全不受紫霧影響的佛圖說話。

「神醫，紫霧的時機也太慢了，這大冬天的，讓我們在外頭好等。」老黑有些不悅地道：「話說回來佛圖人呢？」

「被我囚在房間，用龍鬚針封住行動，五官已削成了我的樣子。」佛圖……不，荒海神醫以佛圖的模樣回答。

「神醫技術真好，我這般近的看，也看不出個瑕疵破綻。」只見老黑伸手要碰荒海神醫的一張佛圖臉，荒海神醫揮手拍掉，不耐地說：「別玩了，我還要趕時間把其他人的臉也給削削。」

老黑笑嘻嘻地抽開手，同時自懷中取出從煙花那奪走的字紙：「您慢慢來吧，我先研究一下這東西，我已經好多年沒看到它了。」說罷便轉身走入鬼哭神號的人群之中。

彼時，黑鴨子正在屠殺雙目失明的眾英雄們，那紫霧八成有不祥之力，最邪惡的成分，導致除了雙目失明以外，武功也暫時俱毀，他們幾乎什麼也不知道就失了性命，鮮血噴起有幾丈高，染紅了梅花藻井內精緻的龍鳳雕刻。

小羅抱著煙花，小心翼翼跑上武鬥臺後方的長階梯，那兒不知為何無人看守，他只想著要離紫霧遠些，如今出口大門被封，便只能往二樓跑去。此時他聽見了荒海神醫的聲音：

「小子，你可以走，但那女孩輕功不凡，註定要留下來，葬身於此。」

小羅轉過身，將煙花護在背後，堅定地說：「我是她的立書人，我不能放她不管。」

「哦，你也是個立書人，看上去還很青澀，那我考考你，你可知道荒海神醫的故事？」

荒海神醫立於喧囂的背面，他緩緩搓動手上的念珠，以佛圖的樣貌站出了一隅沉靜。

「我當然知道！荒海神醫系列有一個最重要的規矩，就是故事只能發生在海上，否則就不能稱為荒海神醫故事，因此我並不相信你就是那鼎鼎大名的荒海神醫。」

聞言，荒海神醫仰頭大笑。

「你簡直單純得過分了！殊不知我最厭惡的就是這項規矩，這是我的故事！怎麼遭人傳頌以後成了這副德性？連我現身親口說明我就是我，我如今已來到這片土地上，也無人願意正視我的存在……我的故事只能發生在海上，不就是因為我暈陸地嗎？但這個病症難道不能醫治？我早已尋了方法令暈眩痊癒，當我在海上時，我將我所乘的船隻當成一座小島，我從這座小島抵達另一座小島，我知道，總有一天，我要到更大的島去，如此這般我到了更大的島，在更大的島上，我又想著總有一天，我要到更大的島去，就這樣我每年換一座島嶼，到了最後，我來到全世界最大的島，彼時，我已不再對陸地感到暈眩，再大的陸地，對我來說也不過就是一座較大的島。」

小羅從沒聽過這段故事，他作為立書人的徒弟，一直相信由師父教導的規則，卻沒有想到，這些規則如何制約著故事中人。

實際上，他也壓根沒有想過荒海神醫是真有其人。

「你是一個活生生的傳說。」小羅發現自己的語氣宛如哀求：「我不知道你怎麼會變成這樣……」

荒海神醫沉默一會，道：「你自然可以想一想，假若我將陸地暈眩的病治好是在後來，那麼哪個故事，在一整個系列中成為轉折？」

小羅幾乎是脫口而出：「綠林劍客。」

「沒錯，那是我從醫生涯一個極大的汙點。」荒海神醫笑道：「這件事羞辱了我，我居然分辨不出來那是一隻用機關木雕作成的麒麟，還要醫治麒麟便祕的毛病，當場挖出一堆屎糞，奇恥大辱啊……也因那個故事並非發生在海上，所以實際上不能被稱作荒海神醫的故事，偏偏在大部分故事中，這個故事卻是無比真實……真實又被我視作羞恥的故事，最後竟然成為流傳最廣的一段關於荒海神醫的笑話，我一直治癒著他人，從那天起，我卻有了心傷。

「有一天，一隻黑鴨子過來找我，帶給我一具屍體，屍體是綠林劍客的，那黑鴨子捉住他，並殺死了他，這黑鴨子……後來我都叫他老黑，告訴我，哪怕故事裡的英雄人物都是真的，最好是真的，他們也終究有一天會死，但荒海神醫或許有辦法讓這些傳說人物永不凋零，這，便是比鑑定一頭麒麟還要更高的成就，老黑勸我，大可不必為了一個曾經犯過的錯誤因噎廢食。

「他的話讓我如夢初醒，我將他帶來的另一隻黑鴨子五官削成了綠林劍客的模樣，讓他到外頭興風作浪，我感受到一種莫大的權力，這權力，你也懂得，那是——」

小羅猛搖頭，他想說自己才不會懂，只是一句話浮現在他口中，當他吐出話語，竟與荒海神醫異口同聲：

「虛構的權力。」

「是啊，後來我與老黑合作，殺了數位英雄好漢，把好些黑鴨子全削骨磨皮，將容貌與身形都改成了那些英雄好漢的模樣，這些黑鴨子就這麼潛入光影武鬥會，我們打算殺死現場所有人，以達到完全掌握江湖，卻不料那女孩自己送上門來……她身上帶著一份名為《哨譜》的武功祕笈。」

荒海神醫說到這裡，煙花在小羅背後哈哈大笑起來。

「你笑什麼？」荒海神醫冷問。

「我笑你把你的角色演得太好，你置身其中，沒法醒轉，且會繼續沉醉下去。」煙花道：「我還笑你不懂《哨譜》，它根本不是啥武功祕笈，它是讓故事永垂不朽的唯一希望，它是藏寶圖，它是詩，它是對這長途旅程的一次謳歌，它是悲傷，它是運命，它是好多人的生命記憶，它是苦，它是愛，它是一種概念，它是一種猜想，是理想，是可能，是甘願，是夢，是星空，但最終，我想它是小說。」

煙花指尖金光流竄，每一次流動都是一根金針，金針是從荒海神醫房內的佛圖身上取下來的，她射出的金針速度快到融成一線，共有三尺之長，趁著荒海神醫不備，運氣極佳地穿過對方腹上死穴，長長的金針兩端沉入地面，導致他無法動彈。

荒海神醫眼神震驚，想著這女孩真的看不見嗎？但那紫霧是不會出錯的，表示煙花在目盲的情況下精準無比地操縱金針制伏了他。

煙花說：「小羅……我們走。」

小羅彎腰背起煙花，發現她好輕，就像隻折翼的雀鳥。他突然有些猶豫：「其他人……」

小羅感覺到肩上的濕意，煙花正在哭泣。

「好，我們走。」

小羅背著煙花走上二樓，過去幾年參加光影武鬥會的經驗使他知曉，二樓的電梯可以通往地下樓層某處，那兒有過去飯店建造時暗藏的密道，密道能讓他們離開飯店。據說密道也不只一條，通往的終點也全然不同。

「我其實不太清楚其他密道可以通往哪裡，但有一條是師父寫過的，他說可以通往山下。」小羅沒有間斷地說著，或許是因為緊張，也可能是為了讓煙花安心，小羅絮絮叨叨地道：「不會有問題的，等我們到了山下，再去找師父，師父一定知道是怎麼一回事，他還認識許多的英雄俠客，他們會幫忙找回你的《哨譜》，對了，眼睛還痛嗎？先不要張開，給它一點時間慢慢恢復……」

煙花並無言語，甚至當小羅背著她艱難地走入密道滯悶的空氣、陡峭的階梯，她也沒有任何反應。

密道水氣深重，令人呼吸困難，照明設備又十分不足，小羅氣喘吁吁地走了一個多鐘頭才終於走出來，兩人重新沐浴在城市的水泥建築中。

那晚的臺北不知為何冰冷乏人，街道空蕩蕩的，只有路燈垂下光芒，小羅突然聽見煙花的嗚咽聲，溫柔安慰：「沒事的，多哭一會，讓眼淚把毒劑沖出來，等會興許就能看見。」

「小羅……我飛不起來了。」煙花恍惚地說道：「我剛剛在密道時就覺得不對勁……我已武功全廢。」

小羅內心一沉：「只是暫時的，別擔心，睡一覺就會好了。」

「你怎麼知道？而且我們可以睡覺嗎？黑鴨子要是再追上來……」

小羅認為，黑鴨子奪得煙花手中的《哨譜》，應當就不會再追來，他不忍心對煙花這麼說。

煙花卻在小羅眼前伸出揑著一張透明字紙的手：「他們沒拿全，還有一頁在我這裡，我想，他們要一陣子才會發現。」

小羅背著煙花到龍山寺尋以前替施無言和柳不是做事的老乞丐，那乞丐從柳不是身上學了點說書的皮毛，便也在龍山寺底下說施無言寫過的故事，施無言沒有為難他，雖然一般而言，像施無言這種等級的立書人，是可以跟說自己故事的說書人索取權利金的。

老乞丐棲身在龍山寺附近的狹窄巷弄裡，巷弄間多得是開工作室的少女，街道兩旁站街的女子往常也是人數眾多、來來去去，如今不知是不是天氣寒冷的緣故，街上一個人也沒有。

老乞丐身披舊報紙來迎，將他們領入廢墟般的破屋子，並對小羅說：「你師父知道會有這樣一天，已經替你安排好了。」

「你說師父他……」小羅很驚訝，驚訝之餘卻是深深的悲傷，他覺得打從最開始師父沒留下一句話就離開，彷彿疏遠了自己，現在一名龍山寺底下的流浪漢都能轉述師父離開前的安排，那讓小羅感到非常不是滋味。

那老乞丐沒發現小羅的心事，反倒笑嘻嘻地替他們介紹：「這破屋子是我外出尋施無言寫作材料的基地，我亦守著一個祕密，便是這兒有一通往龍山寺的密道，密道內空曠舒適，只不過沒有燈火，你們若需要躲藏之處，這地方再好不過，龍山寺內的出入口許早就被封死，故如今只有這裡可供進出，你們的三餐飲食，我也能張羅。」

小羅一聽起了疑心：「你連我二人的餐食都能張羅，怎麼還當流浪漢呢？」

「做流浪漢是我的興趣，我沒有錢財，倒是吃喝不成問題，在這世界上，你若不要錢，其實很容易生存下來，沒有哪戶人家不多一碗飯、一盤菜的，我這般活著自由自在，不須服膺社會規範，早年與施無言、柳不是二位先生結識，他們要幫我脫離流浪生活，也是我不願意，能替他倆收集小道消息，我已心滿意足，他們供我這破屋子居住，甚是合我心思，我今生所知道的祕密與故事，已經多到我不想再回到陽光底下生活，你若擔心我是個連名字都沒有的黑鴨子，我也沒辦法，這密道的入口在此，你們愛去不去，我都沒差。」老乞丐嘴裡嚼著從地上撿來的煙屁股，手指破屋暗處的一片草蓆，小羅將草蓆掀開，發現有一活動木門，木中包鐵，抬起來甚是吃力，上頭掛著金鎖，門後是黑越越的階梯，底下空間極大，是他始料未及的。

他讓煙花先慢慢下去，待自己半身淹沒在密道的陰影中時，老乞丐又說：「你們進去之後，我會將門鎖上，還有什麼需要先跟我說，晚餐時我送過來。」

小羅想了想，只要求：「給我們一個手電筒或蠟燭什麼的吧。」門在頭頂「砰」的一聲闔起，小羅與煙花坐在階梯上，雙手不知如何嫻熟地找到彼此，輕輕相擁，小羅問煙花：「你的眼睛還好嗎？」

「還好，剛才在外面的時候稍微能看得見了，不過這兒那麼暗，怕是又看不見了。」

「我們要在這兒待上一些時日，等黑鴨子離得遠了，那流浪漢會跟我們說。」

「我覺得有些無聊。」

小羅無奈地笑：「那也沒辦法。」

「你說點什麼給我聽吧。」煙花央求道：「幻想徒弟的故事，你不是還沒跟我說完嗎？」

這倒是真的，將一個故事講完，對任何一名說書人來說都是極其重要的，那就像是與聽眾攜手來到結局，結局成為一處地點，一個聆聽者皆可到達的地方，於是，小羅開始說了：

「幻想徒弟目送綠林劍客與他的徒弟在月光下漸漸走遠，它以絕對的旁觀者姿態看見了自己來到新地的一段故事，可它內心始終有一個聲音告訴它：『島之外還有更大的島，你到那裡去看看吧！』於是幻想徒弟再度飛揚，它飄上天際，搖擺穿梭，無數個月亮，無數個日頭，再度來到更大的島，它見羅本夜奔尋師。三國諸葛亮點七星燈續命未果，眾星黯淡；晁蓋中箭身亡，那毒箭不知由何人射出；石破天驚的莽猴於天庭飼天馬，睡裡夢見牠花果山的小猴兒；潘金蓮餵養白貓如同餵養令男人聞之色變的女子情欲。幻想徒弟看了這些，想著那句話：『島之外還有更大的島，你到那裡去看看吧！』它遂更加飛升，更加悠遠，不知幾個日頭，不知幾個月亮，它來到更大的島，那兒有說書人傳唱長恨，它見崔鶯鶯遭張生始亂終棄，卻包裝成帶遺憾的浪漫，它想這兒還不足矣，它要前往更大的島，要往更大的島去看一看，於是它再度飛翔，飛過日月，來到更大的島，那兒竟是如此廣袤博土，地平線延展至永恆，它見始皇造了萬里長城，命徐福率童男童女找蓬萊仙島，徐福尋蓬萊仙島不歸，他又命千萬民工將陸地的一塊緩緩割開，變做船，他讓這船島上的眾人出航，告訴他們，假如沒有找到永生之法，就再也不許回來，不許歸鄉，這些人大多是犯了罪的粗人，他們不曉得，這命令只是流放的變體，後有上億人在岸邊推動船島，使他們永遠地離去，這座船島如此小，如此孤寂，如此悲哀，只是一介彈丸小島，最終連名字也沒有，就這麼停滯在不知名處無風的海面。

「經歷了這一切，輪到幻想徒弟抵達他旅途的終末，有些莫名其妙地，他在那兒遇上了一名老人，老人告訴他，你只是一個想像出來的人物，所以，你前往的這諸多島嶼也只是些想像出來的地方，但別因此洩氣，至少我能告訴你，島之外還有更大的島，你到那裡去看看吧！」

說完這些，小羅感到有些累了，而煙花靠在他肩上睡著，黑暗中，他覺得只有自己所說的故事綻放光亮，未來將如何呢？他所遭遇的一切都是真實的嗎？師父和柳不是先生到底去了哪兒？

小羅思索著，也緩緩墜入夢鄉。

後來幾天他們都在密道裡生活，老乞丐按三餐給他們送飯，密道裡如今有手電筒、棉被、床墊、枕頭，他們過得愈來愈舒服了，也像是身處一個沒有觀眾的舞臺，他們在同樣的地方吃喝拉撒，感受到囚困的鬱悶。

期間小羅又對煙花說了好幾個故事，他說了〈第一個字〉的故事、〈哨童〉的故事，還有〈唯慈悲者鬼話連篇〉的故事，故事串起日子，一日過一日，除了說故事，小羅還將師父給予自己的短篇小說〈一夜無話〉讀了一遍又一遍，直到某天，小羅在密道內回憶與師父的過往，他的手指指尖碰觸到地面，突然覺得觸感奇妙，他趴到地上將灰塵吹開，看見鑿刻的字句：

雨打蓮葉，黑焦枯藕，孤魂化蝶悄尋西國。柳垂百尺，湖起千皺，錦鱗逕將荷淚來啄。封高臺去處，仁者字跡難辨，欲走不走，欲離還留，一池春水乾涸竟，蜂腰折遍泥濘底。除非松針刺，何有來時路？回首前塵，盡寂寞堪笑，並蒂可解，待金芒重開，便與前人立千仞，放長嘯三聲。

讀畢小羅痛哭不已，因這是施無言留給他的訊息，他再度展讀〈一夜無話〉，看著最後羅本追逐天空異相，眾星殞落、流光溢彩，他終於徹底明白。

煙花在一旁看著他，輕輕問一句：「怎麼了？」

「師父已經死了。」小羅道：「原來……他與柳不是先生二人早就已經死了。」

「你怎會這樣想呢？」

「跨年夜晚那天有一場流星雨。」小羅回想那日記憶，卻愈發模糊難辨：「師父知曉星象，那晚百年煙火燦爛盛開，為的是隱去天空中群星殞墜，他老早就預見了光影武鬥會的屠殺，同時也包含自己即將被那夥黑鴨子所殺，那些英雄人物原本存在，如今都已死了，一個這樣的時代，天墮群星，惜哉！痛哉！不得不以煙火蔽之……」

小羅喃喃唸道，煙花也緘口不語。

如今再也沒有任何希望，沒有任何可能性存在，老乞丐替他們送飯，日子從枕畔溜走。有一天，小羅不知怎麼回事，跟煙花說：「聽老傢伙講，又要跨年了。」

「我們在這密道之中竟已生活了一年。」煙花愣忡道。

「煙花，我想帶你去看跨年煙火。」

「不好……黑鴨子說不定正在等我們呢。」

「總不能一直這樣躲藏下去。」小羅道：「而且，我有話想對你說。」

「不能就現在說嗎？」

小羅搖頭：「不能。」

煙花從懷中取出那僅剩一頁的《哨譜》，上頭的奇詭記號，她發現自己已然看不懂，她連能飛天的輕功都失去了，想過去她的驕傲、自由，如今已一去不復返。

煙花於是說：「好。」

他們在晚餐時對老乞丐說，想去看跨年的煙火，老乞丐只說：「那就去吧。」便將兩人拉了上來，重新鎖上活板門。

小羅與煙花互相依持，緩緩步出破爛屋子，見與去年並無二致的臺北冬天，寒冷而乏人，他們走到街口，附近有往來的香客，其中一人身著黑衣，他站在煙花面前，伸出手就從她懷裡搶去了那最後一頁的《哨譜》，旋即像無事一般朝他們點頭離開，煙花再也無法支撐下去，她大哭大叫，悲痛欲絕，小羅不知怎麼安慰，只能將她緊擁懷中。

他們搭乘捷運，擠在忽然多起來的人群裡，小羅有種置身過往平凡生活的錯覺，當他們抵達臺北一〇一，小羅牽著煙花的手回到當時與施無言一同抵達的空地，聽著身旁的人討論倒數，不知何時，身邊擠滿了厚實的人牆，搭配現場主持人的高呼，樂團歌手在舞臺上高唱。

這是一個怎樣的時代，又將誕生怎樣的未來？或許這就是所有故事與人物業已死去的時代。如是這樣，我願從此失去名字。小羅想。

「所以你要跟我說什麼呢？」恍然間，小羅彷彿聽見煙花正問。

「我……」小羅張開嘴，準備將那句話脫口而出，卻又有種遲了的感覺，或許這時說出這句話並不適切，但假如不是今天，不是現在，那又是什麼時候呢？

他握著煙花細膩柔軟的小手，背對後方數臺ＳＮＧ轉播車鏡頭，隨著倒數聲：「十、九、八……」小羅似是說了那句話，也像沒說，他們只是在最後緊緊交握雙手，共同迎向未知的明天。

後記

到這嘛，《哨譜》全本也算是說完了，故事就結束在流星隕雨，而小羅絕望已極的氛圍中，但在這一切之下，愛情正悄悄萌發，可以說，《哨譜》的故事是個悲劇，從黃金時代的哨童到白銀時代的許帽子、增田雄，青銅時代的夜宵、番紅花，最終來到小羅，已經是天人五衰的末法時期、鏽鐵時代，我想這個故事所描述的就是一個巨大夢想的壞滅過程。

不過，小羅倒是想錯了一件事，便是施無言與柳不是其實或許沒死，假若那臭小子當時願意花點時間來問問我這個老乞丐，我會好好跟他們說，施無言和柳不是那兩傢伙，乘著一艘破船尋神仙鄉去也！當然也是按照施無言找到的那冊筆記得出的結論，至於他們二人尋神仙鄉的冒險如何，且容下回分解。

嗯？你問我一個龍山寺邊不事生產的流浪漢到底什麼身分？我嘛……唉，才正說著，我家夫人來也，要拽我回家吃飯，我姓誰名甚，大抵也不是那末重要，畢竟似水流年，當今如我這樣講話的，恐怕也一個都沒有了，就讓我這裝模作樣的人物淹沒在無所事事的未來裡吧。

「死老頭，我說你又往天橋下幹啥呢？那夥黑鴨子懂個鳥，你給他們說書……當真是鴨子聽雷啊？」

「聽雷便聽雷，人生在世不就混口飯吃，太太老爺可憐可憐我，運氣好沒準能吃肉。」

「肉、肉，你就一天到晚惦念你那肉，這點出息，黑鴨子什麼東西，你也給他們當小丑耍，你要肉，老娘今晚還不給你吃肉！」

「我師父講的，說書就像放屁，黑鴨子要聞味而來，我高興都來不及，你說鴨子聽雷吧，也罷，我這老頭兒還有些許餘興，回家或許會給全本加上畫蛇添足的一筆，可還沒寫完，《哨譜》裡面小桃子做新嫁娘那日，不就偌大天空悶一個響屁……」

已是終卷，特刊此書，以饗讀者，且看且珍惜：

經歷了這一切，輪到幻想徒弟抵達他旅途的終末，有些莫名其妙地，他在那兒遇上了一名老人，老人告訴他，你只是一個想像出來的人物，所以，你前往的這諸多島嶼也只是些想像出來的地方，但別因此洩氣，至少我能告訴你，島之外還有更大的島，你到那裡去看看吧！

因老人的這句話，原本無形無體的幻想徒弟忽而沉沉落地，它漸漸有了形體，全身漆黑，這純然想像的造物竟漸漸有了自己的意念，幻想徒弟思索，它也想要有一個自己的名字，它想要成為一個真正的人物。

它慢慢有了人的形貌，一張普普通通，彷彿隨處可見的臉，但不知為何，後來它開始嘗試與人說話時，人們都親暱地喊它老黑。

老黑心裡有個念想，也不知道自己怎麼會如此執著，它只知道自己要得到《哨譜》，它第一次前往太魯閣，探聽到許帽子自稱是哨童傳人，於是使計讓許帽子和夜宵被活埋，卻未從石塊中找到《哨譜》。於是它追逐名為煙花的少女，屠殺光影武門會，直直追到了龍山寺旁，從煙花手中奪走《哨譜》，而終於，老黑發現自己竟能完全讀懂《哨譜》中原本自己讀不懂的密語，它於是明白了神仙鄉的確切位置。

老黑花了這麼多年，這麼多功夫，終於明白了《哨譜》的真相，他離棄了其他的黑鴨子，乘著一艘小船到海上尋神仙鄉。我們姑且不去贅述他找到神仙鄉的過程，也不描述神仙鄉是個多麼詭麗神奇之處，但他到了那裡才明白，原來他也是《哨譜》傳人，他就是番紅花創造的幻想徒弟，他的所作所為，其實也都沒有脫離屬於他的角色應該完成的目的，他創造黑鴨子的原因是不想成為他人故事裡的角色受盡折騰，正如他一開始也沒有名字，因此假如有個黑鴨子要擁有一個名字，那他就成為一個角色，將被逐出黑鴨子的群體。

老黑離開神仙鄉以後，記憶全失，他一出來就步出一巨大的陰影，眼見一座地勢奇詭的山，山與山綿延無盡，千迴百褶的山甚至能保留人的聲音，老黑心中什麼都沒有，只有一蕊如火般的灼灼欲望，那欲望告訴他：要得到《哨譜》。

便在鵝鑾山，它加入當時的一夥恰好也穿黑衣的入侵者，並恰好奪得李鵬手中的《哨譜》，卻發現裡頭一個字也沒有，直到他遇見馬丁，他發現馬丁能讓故事開啟，能完整《哨譜》的內容，於是將《哨譜》贈予馬丁。馬丁攜《哨譜》來臺灣時於彈丸島觸礁，彼時的彈丸島，一切悲劇仍尚未開始。

總而言之，從離開鶺鴒山以後老黑找到愈來愈多同伴，那些原本是故事角色，但後來捨棄名字，不願意成為故事角色的人，一律成為黑鴨子，黑鴨子在故事的夾縫間生活，甚至成了某種反派，老黑重新等待與完整的《哨譜》相遇，從海叮噹那時，到彈丸島那時，直到他帶著燕巧巧與洪福海成為的黑衣人離開殘破的彈丸島，他依然在尋找《哨譜》，且它將永遠尋找下去，只因他同為《哨譜》的傳人，他是——幻想徒弟。

神仙鄉

年代：不明

下集預告：號外號外！
說書先生柳不是與施無言乘船尋神仙鄉去也！

柳不是正急急從小破船裡撈海水出來，可不是，他們的船就要沉了！他的老朋友同時也是合作夥伴的施無言卻依然神色自若地呆坐著，對整艘船正逐漸因船底破洞滲水而下沉的事實不管不顧，柳不是見他那德性就生氣，船這麼一小點兒，當初在基隆碼頭上，柳不是好端端備齊一切物資，打算神不知鬼不覺起程，偏偏這個老施，根本是他腹肚內的蛔蟲，東風一來，船帆鼓脹，柳不是一回神才發現船上多了個閉目養神的人——在他們未來航行海洋的許多天裡也如是這樣飽食終日、無所事事。

柳不是一面撈海水一面向遠處眺望，更差點沒昏過去，遠方正有暴風雨來襲。

那個夜晚，柳不是感到自己即將死去，狂風暴雨使小船劇烈擺盪，他已面如死灰，可就在這時，他看見了幻象般的魔境。

小船輕輕滑入無數傳奇故事裡，海中花並蒂蓮在真龍雕屍大龍舟上翩翩起舞，荒海神醫與燕巧巧悠然撫琴，紅膚青年運力奔騰海上，八寶公主乘紙船航向故土、增田雄的鬼魂以自身屍體為船，徐徐划行尋找他的鄉……這所有令人目不暇給的海上傳奇，在時空扭曲的神仙鄉邊界徐徐發光。柳不是整個大崩潰，大喜樂，開心到手舞足蹈，最後在天明時分，他們終於看見了海平線處發光的金黃一點，他們想，那肯定就是真正最大最大最大的島——神仙鄉無疑！

當代名家·邱常婷作品集2

哨譜

2021年6月初版　　定價：新臺幣370元

著　者　邱常婷
叢書編輯　黃榮慶
校　對　蘇暉筠
內文排版　李偉涵
封面設計　蔡南昇

出版者　聯經出版事業股份有限公司
地址　新北市汐止區大同路一段369號1樓
叢書編輯電話　(02)86925588轉5307
台北聯經書房　台北市新生南路三段94號
電話　(02)23620308
台中分公司　台中市北區崇德路一段198號
暨門市電話　(04)22312023
台中電子信箱　e-mail：linking2@ms42.hinet.net
郵政劃撥帳戶第0100559-3號
郵撥電話　(02)23620308
印刷者　世和印製企業有限公司
總經銷　聯合發行股份有限公司
發行所　新北市新店區寶橋路235巷6弄6號2樓
電話　(02)29178022

副總編輯　陳逸華
總編輯　涂豐恩
總經理　陳芝宇
社　長　羅國俊
發行人　林載爵

行政院新聞局出版事業登記證局版臺業字第0130號

本書如有缺頁，破損，倒裝請寄回台北聯經書房更換。　ISBN 978-957-08-5891-4 (平裝)
聯經網址：www.linkingbooks.com.tw
電子信箱：linking@udngroup.com

鏡文學
MIRROR FICTION

本書獲文化部 MINISTRY OF CULTURE 贊助創作

國家圖書館出版品預行編目資料

哨譜/邱常婷著．初版．新北市．聯經．2021年6月
396面．14.8×21公分（當代名家・邱常婷作品集2）
ISBN 978-957-08-5891-4（平裝）

863.57 110008904